DIE Stille UM uns

BOOKAPI
VERLAG

Bibliografische Information der Deutschen Nationalbibliothek:
Die Deutsche Nationalbibliothek verzeichnet diese Publikation in der Deutschen Nationalbibliografie; detaillierte bibliografische Daten sind im Internet über http://dnb.dnb.de abrufbar.

1. Auflage

Wallgrabenstraße 27, 89340 Leipheim

Coverdesign: Nina Hirschlehner
Lektorat & Korrektorat: Jacqueline Luft - Lektorat Silbenglanz
Buchsatz: Stefanie Scheurich

Druck: booksfactory
ISBN: 978-3-9824015-0-8

Für dich, S.
Wenn es so weit ist, wirst du erkennen warum.
Vertrau mir.

*»Ich trage dein Herz bei mir.
Ich trage es in meinem Herzen.«*
– E. E. Cummings

PROLOG

Eviliana

Stille. Sie umhüllte mich. Wie ein seidener Schal legte sie sich um meine Seele, bis sie meinen Hals umschlang und mich würgte. Sie wirkte beinahe friedlich, harmlos. Man könnte meinen, dass ihre Sinnlichkeit meinen Körper beleben konnte.

Doch sie brachte mich um. Die Stille war so laut, meine Gedanken, meine Sinne, meine Gefühle, alles war so laut.

Und während äußerlich alles leise erschien, schrie ich im Inneren um mein Leben.

Ich hielt die Stille nicht für einen beruhigenden, tröstenden Freund, der mir Entspannung gönnte. Vielmehr war sie mein Feind, der sich langsam anschlich und mein Herz durchbohrte, um all das Leid an die Oberfläche zu manövrieren.

Die Gesellschaft, in der ich lebte, war nicht dafür ausgelegt, die Schreie aus dem Inneren freizulassen. Sie begrüßte die Stille, die Resignation, die Akzeptanz, die wir für das gesellschaftliche System hegen sollten.

Der Unterschied zwischen manchen Marionetten und mir war bloß, dass ich die Stille nicht tolerierte oder hinnahm. Mein ganzer Körper rebellierte gegen sie, übertönte mit Schreien ihre Einsamkeit.

Doch wie sehr konnte man gegen die Stille kämpfen, während das Schweigen um einen herum nicht mehr zu bremsen war?

Die Stille zog mich in eine nie gekannte Dunkelheit. Wie Treibsand lockte sie mich in ihre Tiefen und gab mich nicht mehr frei. Je verzweifelter ich zu fliehen versuchte, desto tiefer sank ich.

Ich hatte mir oft Gedanken über den Tod gemacht. Wie häufig hatte ich mir Dokus über Nahtoderfahrungen angesehen? Doch plötzlich erkannte ich, dass etwas im Inneren sterben konnte und man damit trotzdem weiterleben musste. Vielleicht war der physische Tod nicht halb so schlimm wie der psychische.

Ich hatte nie geglaubt, dass ich irgendwann so schwach sein würde.

Bis ich abtauchte und mich die Stille endgültig einnahm.

Javid

Als die Stille begann, mich einzunehmen, hielt ich es für einen schlechten Scherz, den mir das Leben spielen wollte. Einen Scherz, den man in der nächsten Sekunde besser aufklären sollte. Ich merkte schnell, dass ich die Pointe wohl verpasst haben musste.

Nie wieder, dachte ich mir. Ein Satzanfang, der mit so vielen Worten beendet werden konnte. Das Leben war ein verdammter Beschiss! Du wurdest in diese Welt geboren, ohne dass du es entschieden hast, und genauso gut konnte dir dieselbe Welt auch alles wieder nehmen. Je mehr man hatte, desto mehr konnte man verlieren. Je höher man flog, desto tiefer fiel man. All die bislang belanglosen Floskeln und Phrasen, die man sich bereits tausende Male nickend anhören musste, ergaben plötzlich einen Sinn.

Ich hatte immer geglaubt, »mir passiert so etwas nicht«, hatte nie darüber nachgedacht, was wäre, wenn es dann doch mich treffen würde. Ohne Vorbereitung war ich in die Spirale der Unendlichkeit gerutscht und hatte keine Chance, aus ihr herauszutreten.

Mein Vater sagte mir einst, ich könne alles werden. Das war nicht wahr. Wenn dir das Leben in die Fresse schlug, konntest du nur hoffen, lebend aus der Sache herauszukommen. Und nun wusste ich nicht, ob ich wirklich das Glückslos gezogen hatte, denn leben erschien mir plötzlich nicht mehr als Selbstverständlichkeit. Das Schicksal hatte mich vor eine große Hürde gestellt, die ich entweder überwand oder niemals antrat.

Ich hatte nie darüber nachgedacht, welche Optionen ich im Leben hatte – ich musste es nie.

Bis ich abtauchte und mich die Stille endgültig einnahm.

KAPITEL 1

Manchmal fühlt sich ein Anfang wie ein Ende an.

Den ersten Tag meiner Rückkehr ins richtige Leben – in die Realität – hatte ich mir anders vorgestellt. Weniger genervt und demotiviert und mit Sicherheit auch nicht voller Panik, die mich beinahe ohnmächtig werden ließ. Vielleicht neigte ich zu Übertreibungen, aber diesmal war dieser Gedanke nicht weit von der Wahrheit entfernt. Die letzten Monate hatte ich damit verbracht, ein anderes Leben als anderer Charakter in den unterschiedlichsten Büchern zu führen. Es war verlockend, immer und immer wieder in eine neue Welt abzutauchen, die die negativen Gefühle ausblendete und erst gar nicht zuließ. Denn dort war ich nicht Evie. Aber sollte ich mir ewig was vormachen? Früher oder später musste man aufwachen und sich dem Chaos stellen, das man zurückgelassen hatte.

Ein knappes halbes Jahr. Fünf Monate und sieben Tage. So lange hatte ich mich in meinem Zimmer verschanzt und darauf gewartet, dass ein Wunder passierte. Nun ja, wer vierundzwanzigsieben in seinem Bett lag und seine Nase in Bücher steckte, sollte nicht unbedingt erwarten, dass ein neues Leben anrufen würde. Ich hatte in diesem halben Jahr zwar ansonsten nicht wirklich etwas gelernt (vermutlich nicht viel weniger als in der Schule, die mich eher gelehrt hatte, dass Menschen Arschlöcher waren), aber das war eines der Dinge, deren ich mir nun felsenfest sicher war. Und der Tatsache, dass Yoda von derselben Person gesprochen wurde wie Miss Piggy. Dieses Wissen war doch sicherlich weitaus wichtiger, als die Reaktionsgleichung von Wasserstoff und Sauerstoff zu kennen. Zumindest konnte ich mir diese Dinge weitaus besser merken, weil sie mich *interessierten.* Ich hatte eh nie verstanden, warum uns Wissen in die Köpfe geprügelt wurde, das ohnehin spätestens nach der Klausur wieder aus dem Gehirn gesiebt wurde. Sollte mich mal jemand nach den Inhalten der achten Klasse fragen. Ich würde alle Klausuren vergeigen, weil nichts davon Teil meines Gedächtnisses war.

Schule war eben nur für diejenigen konzipiert worden, die ohnehin nie zur Schule müssten, weil sie sich alles selbst aneigneten und bereits ein wandelndes Lexikon verkörperten. Für alle anderen war es mal mehr, mal weniger ein Durchquälen durch die Hassfächer, die uns an uns zweifeln ließen. Das Selbstvertrauen, das uns im Kindergarten mühselig antrainiert wurde, wurde spätestens ab der fünften Klasse wieder zerstört. Als Zusatz war man dann noch Teil einer Klasse, die ihre eigenen Verunsicherungen kompensieren musste, und passte nicht ins Bild der Gesellschaft. Wenn das der Fall war, konntest du eigentlich schon deine Sachen packen und dir einen Platz in einer therapeutischen Klinik organisieren. Lehrkräfte mochten das alles für melodramatisch halten, aber die jetzige Generation war anders. Vielleicht nicht schlimmer, aber mit mehr Möglichkeiten, dein Leben auch außerhalb der Schule zur Hölle zu machen.

War es nicht merkwürdig, dass wir als Kind Angst vor Monstern im Schrank oder unter dem Bett hatten? Oder viele von uns das Meer nach Monstern erforschten? Oder sich manche sogar danach sehnten, in einem Fantasy-Film mit den verschiedensten Monstern aufzuwachen? All diese Ängste, Faszinationen und Sehnsüchte, die wir für Monster hegten, obwohl wir uns nur vor den Spiegel stellen, die Nachrichten schauen, all die vermüllten Strände betrachten oder unseren Mitmenschen gegenüberstehen müssten, um die wahren Monster dieser Welt zu sehen.

Heute durfte ich einer neuen Schule entgegenblicken und hoffen, dass sie weniger selbstmordverleitend wäre als meine letzte. Ich konnte nie wirklich verstehen, warum die Menschen immer solche Probleme hatten, umzuziehen und somit die Schule zu wechseln. Aber ich hatte auch keine Freunde, von denen ich mich hätte verabschieden müssen. Neues Schuljahr, neues Glück. Mir würde auch weniger Pech reichen.

»Eviliana? Bist du so weit? Du hast noch nicht gefrühstückt«, ertönte plötzlich die Stimme meiner Mutter von unten und erweckte mich aus meinen Gedanken.

»Ich habe keinen Hunger«, rief ich zurück. Als könnte ich jetzt etwas essen. Meine Nervosität ließ meinen Magen eher mit dem Gefühl zurück, etwas hinausbefördern zu wollen anstatt hinein. Obwohl – vielleicht sollte ich etwas essen! Wie unangenehm wäre es, wenn ich im Klassenraum mit neuen Mitschülern und Mitschülerinnen sitzen und mein Magen plötzlich Erdbeben imitieren würde? Zumindest etwas Obst sollte ich mir genehmigen.

Schnell lief ich die Treppe zur Küche hinunter und schnappte mir einen Apfel, während mich meine Mutter schmunzelnd ansah. »Wie schön, ich muss gar nichts sagen.«

»Ne, die Predigt, wie wichtig Energie sei, darfst du heute ausfallen lassen.« Ich grinste und umarmte sie kurz. »Guten Morgen.«

Sie gab mir einen Kuss auf die Schläfe und drückte mich dann an sich. »Ich glaube, du bist bereit dafür, Evie.«

Ich war mir dessen eher weniger sicher, aber hatte ich eine Wahl? Um meinen Abschluss zu schaffen, musste ich wohl oder übel über meinen riesengroßen tiefschwarzen Schatten springen. »Ich hatte gehofft, meine ungewollten Ferien würden länger anhalten«, gab ich träge zu.

»Alles hat ein Ende«, erwiderte meine Mutter.

Es fiel mir schwer, keine unpassende Antwort zu geben. Ich schwankte zwischen »Außer die Wurst, die hat zwei« und »Schade, dass es bei mir so lange dauert«. Beides hätte vermutlich dazu geführt, dass meine Mutter an meiner Zurechnungsfähigkeit zweifeln würde. Nicht unbedingt die beste Strategie, ihrer unaufhaltsamen mütterlichen Sorge zu entfliehen. Also schwieg ich.

Etwas, das meine Mutter bereits gewohnt war.

Langsam trottete ich den Flur meiner neuen Schule entlang. Ich war noch immer drauf und dran, die Busfahrerin, die sich sehr viel Zeit gelassen hatte, zu verfluchen, weil ich nun mit Sicherheit zu spät käme. Trotz dieses Faktes tat ich so, als hätte ich die Ruhe weg, um nicht jetzt schon als hysterische Kuh eingestuft zu werden.

Bei der Anmeldung vor einer Woche war sie noch wie leer gefegt gewesen. Was eine Überraschung, wer ging schon in den Ferien zur Schule? Sie hatte so groß gewirkt, nun drohte sie, mich mit den ganzen Menschen zu erdrücken. Es fühlte sich so an, als würde sich meine Lunge zusammenziehen und mich (in der Annahme, dass mich dadurch weniger Leute bemerken würden) daran hindern wollen zu atmen. So viele Augen von Menschen, die mich mit nur einem Blick verurteilen und bewerten konnten. Ich war ihnen völlig ausgeliefert. Diese Tatsache veranlasste mein Herz dazu, so laut zu schlagen, dass ich meinen Puls in meinen Ohren pochen hörte. Ich hielt den Zettel mit den Angaben zu meinem Raum und meiner Lehrkraft, Frau Siemons, verkrampft in den Händen und schaute wie ein wild gewordenes Reh zu allen Seiten, um zu erahnen, wo Raum zweihundertsieben sein konnte. Es war kurz vor acht. Wenn ich nicht am ersten Tag zu spät kommen und damit den ersten Eindruck vermasseln wollte, der mir sicherlich einen noch intensiveren Starrmarathon einbrocken würde, sollte ich jemanden nach dem Weg fragen. Es gab keine andere Option.

An einem Spind entdeckte ich einen jungen Mann, der offenbar Schwierigkeiten hatte, das passende Buch zu finden.

Zumindest kramte er ziellos in seinen Sachen herum und sah nicht unbedingt danach aus, als hätte er es sonderlich eilig. Ob er eigentlich erst in der zweiten Stunde Unterricht hatte und genauso überpünktlich war wie ich (wenn mein Bus nicht wie heute Verspätung hatte), um nicht zu riskieren, zu spät zu kommen und von allen angestarrt zu werden? Schnell strich ich meine Gedanken aus meinem Kopf und fokussierte meine Angst, die sich langsam durch meine Adern schlich. Mit jedem Schritt, den ich auf den jungen Mann zumachte, waren meine Beine wackeliger und fühlte sich mein Kopf lauter an.

Es war mittlerweile normal geworden, dass sich jedes Mal in Situationen wie dieser zwei Stimmen in meinem Kopf stritten. Anfangs war das nur beim Friseurbesuch so extrem gewesen. Wann immer mich die Friseurin gefragt hatte, wie ich die neue Frisur fand, war ich hin- und hergerissen. Ich sah zwar immer aus wie Prinz Eisenherz höchstpersönlich, aber wollte ich ihr wirklich die Wahrheit sagen und eine Diskussion entfachen? Ich glaubte nicht. Doch meine Angst breitete sich mit der Zeit immer weiter aus und brachte mich in den zuvor normalsten Momenten dazu, zurückzuweichen und Konversationen zu meiden. Hätte ich gewusst, dass ich heute vor dieser Situation stehen würde, wäre ich höchstwahrscheinlich nicht aufgestanden und hätte einen weiteren Besuch bei einem Seelenklempner in Anspruch genommen. Schade, dass sich meine Talente nur auf grenzenlose, kreative Übertreibungen und ultimative Zerstörung beschränkten, nicht aber auf Hellsehen und Beamen.

Je näher ich diesem Kerl kam, desto größer erschien er

mir. Seine dunklen Haare waren so perfekt gestylt, dass ich nur spekulieren konnte, wie sehr er auf meine achten würde. Hallo, Vogelscheuche, und tschüss, letztes Fünkchen Mut. Wie beiläufig rückte ich meine Brille zurecht, obwohl sie ohnehin schon fest auf meiner Nase saß, und presste meine Lippen aufeinander. Ich sollte mich nicht so anstellen. Was sollte denn passieren? *Okay, stopp, nicht darüber nachdenken!*

Immer wieder stellte ich mir diese Frage in Momenten wie diesen, um mir vermeintlich einreden zu wollen, dass ich nichts zu befürchten hatte. Meistens löste jedoch genau diese Frage aus, dass mein Kopf neue Ängste freischaltete und mir mögliche Szenarien präsentierte, die für Panik sorgten. Im Prinzip gab es eine wichtige Lektion: *Denkst du zu lange darüber nach, wirst du es niemals tun.* Das war leider leichter gesagt als getan, wenn das gesamte Leben quasi aus Nachdenken bestand.

Reiß dich jetzt zusammen, du Feigling!, schrie ich mir zu und straffte meine Schultern. Ich nahm all meinen Mut zusammen, den ich noch zusammenkratzen konnte, und wägte ein letztes Mal ab, welche Option die weitaus unangenehmere wäre: diesen Kerl anzusprechen, den ich vermutlich eh nie wiedersehen würde, oder am ersten Tag zu spät zum Unterricht zu kommen.

Tief atmete ich durch, knetete meine Hände und blieb einige Meter vor ihm stehen. »Hey, darf ich dich etwas fragen?«

Meine Stimme klang, als hätte ich mir eine Anakonda um den Hals gewickelt und einen Elektroschocker an meinen Bauch gehalten. Sie zitterte so sehr, als wäre hier drin der tiefste Winter ausgebrochen. Wie automatisch knibbelte ich die Haut um meinen linken Daumen ab, die ohnehin schon gereizt war. Ein Tick, den ich mir einfach nicht abgewöhnen konnte.

Erwartungsvoll blickte ich ihm entgegen und fragte mich instinktiv, ob er wohl dachte, dass ich ein kleines Fangirl sei, das ihn lediglich anflirten wolle. Prompt breitete sich eine Gänsehaut aus, die aus meinem Schamgefühl resultierte.

Ich hätte einen genervten Blick, eine knappe Antwort oder zumindest ein Augenrollen erwartet. Was ich bekam, war so unerwartet wie die Zwei in meiner vorletzten Englischklausur: keine Reaktion. Selbst ein genervtes Augenzucken wäre weniger arrogant gewesen als diese pure Ignoranz. Er schaute mich ja noch nicht einmal an!

So zu tun, als hätte ich nichts gesagt, und einfach wieder kehrtzumachen, würde eine Bloßstellung auf höchstem Level bedeuten, also entschloss ich kurzerhand, ihn anzutippen. Meine Würde hatte ich ja ohnehin bereits verloren.

Als er sich mir schließlich fast schon erschrocken zuwandte, blickte ich in grasgrüne Augen, die mich irritiert musterten. Das tiefe Grün brachte mich aus der Fassung und dazu, nach Luft zu schnappen. Diese satte Farbe glich einem Kunstwerk aus verschiedensten Grüntönen von kräftigem Acryl. Unglaublich, dass diese strahlende Farbe einem Menschen gehören konnte. Doch dann erinnerte ich mich daran, wem diese Augen gehörten und wiederholte meine Frage. Dieses Mal etwas energischer. Während ich sprach, schaute ich überallhin, nur nicht in seine grasgrünen Iriden. Das war eine lästige Angewohnheit, weil ich, sobald ich jemanden ansah und sprach, keinen vernünftigen Satz herausbekam.

Zu sehr war ich damit beschäftigt, die Regungen des Gesichts, die veränderten Blicke zu analysieren. Mal abgesehen davon hatte ich noch nie in meinem Leben eine so faszinierende Farbe gesehen.

Keine Reaktion. Dieser Kerl verkörperte wirklich meinen schlimmsten Albtraum und ohne überhaupt seinen Namen zu kennen, verfluchte ich ihn bereits zutiefst. War es ihm zu blöd, mir zu antworten? Hielt er sich für etwas Besseres? Meine vorherige Schule mit dem Wunsch zu verlassen, dass ich nicht mehr beachtet würde, hatte der Kerl im Geiste wohl zu ernst genommen. Lag es an der Frage, dass er mir nicht antwortete? Im Grunde hatte ich ihm bereits eine gestellt, also war meine Frage wohl hinfällig und absurd. Aber fing nicht jedes Gespräch, das auf einer Frage beruhte, mit einer Frage an? O Gott, meine Gedanken spielten wieder »Welcher Gedanke könnte Evie wohl am schnellsten erröten lassen?«.

Plötzlich veränderte sich seine überraschte Mimik und brachte mich dazu, dass mir vor Verwirrung fast schwindelig wurde. Er sah mich beinahe eingeschüchtert an, antwortete nicht. Das war irgendwie grotesk in Anbetracht dessen, dass er um einiges größer war als ich und mir auch sicherlich überlegen war – körperlich und geistig.

»Sorry, ich wollte nur fragen, ob du vielleicht weißt, wo Raum zweihundertsieben ist?«, versuchte ich es weiter.

Wieder sah er mich bloß an und auch noch sieben Sekunden später bohrten sich seine Augen in meine, ohne dass seine Lippen ein Wort formten, und damit gab ich auf. Arroganter Fatzke!

»Danke für das Gespräch.« Oh, wow, *das* war definitiv schlimmer, als zu spät in den Unterricht zu marschieren, und hatte mir obendrein nichts gebracht.

Das mit dem Geistigüberlegen schien vielleicht doch nicht zuzutreffen. Seufzend machte ich kehrt und starrte instinktiv auf meinen Zettel, um meine Verunsicherung zu überspielen. Das wiederholte Starren auf ein Stück Papier half mir leider nicht. Kurz schielte ich ein letztes Mal zu dem Kerl hinüber und fragte mich, ob er überhaupt meine Sprache sprechen konnte. Ob er ein Austauschschüler war? Wenn ja, hatte ich mich gerade echt mies verhalten. Aber woher hätte ich das wissen sollen?

War ich nicht trotzdem dazu angehalten, nicht vorschnell zu verurteilen und die Gründe für das Handeln anderer zu hinterfragen? Blödsinn. Die anderen scherten sich auch nicht um die Beweggründe ihrer Mitmenschen. Aber bedeutete das, dass ich auch ignorant und verurteilend sein musste oder sollte ich als gutes Beispiel vorangehen, wenn mich diese Art so störte? Als ob mich irgendjemand als Vorbild ansehen würde! Dafür müsste man mich erst mal beachten. War es denn überhaupt wichtig, dass andere sahen, was ich tat, solange es sich für mich richtig anfühlte? Ich tat es schließlich nicht, um anderen zu gefallen. Aber wenn nur ich Hintergründe hinterfragte, würde sich doch nichts ändern. Wenn jeder so dachte, würde sich wirklich nichts verändern. Diesmal würde ich eine Ausnahme machen. Wie wahrscheinlich war es, dass er wirklich ein Austauschschüler war? Der Typ war sicherlich keiner und hatte mich offensichtlich absichtlich ignoriert.

Plötzlich rammte mich etwas an der Schulter und Bücher fielen zu Boden. Erschrocken blickte ich zu einer jungen Frau, die mich entschuldigend anschaute, ihre mahagonibraunen Haare hinter das Ohr schob und anfing, ihre Bücher aufzuheben. »Tut mir leid, ich hatte es eilig und habe dich nicht gesehen.«

Ach, keine Sorge, mich nimmt eh niemand wahr. Offenbar nicht einmal, wenn ich vor ihnen stehe und mit ihnen spreche ...

»Alles gut«, erwiderte ich und hockte mich hin, um ihr zu helfen, die Bücher und Zettel einzusammeln. Mit zitternden Händen hielt ich sie ihr hin. Wenn man vor wenigen Sekunden ignoriert wurde, war so ein Zusammenprall gar nicht mal so schlimm wie sonst. Trotzdem fragte ich mich, ob ich unscheinbarer war, als ich wollte.

»Danke«, sagte sie und lächelte. »Ich bin Faye. Du wirkst ein bisschen orientierungslos. Bist du neu?«

Gut erkannt. Woran hatte sie das gemerkt? Hatte sie etwa an meiner Körperhaltung, an meiner Mimik, meiner äußerlichen Stimmung erkannt, dass ich unsicher war? Was dachte sie von mir? *Okay, stopp, Evie!* Wieder eine falsche Frage, auf die ich sicherlich keine Antwort gebrauchen konnte.

»Ich bin Evie. Ja, ich bin ein bisschen zu doof, um Raum zweihundertsieben zu finden.«

Sie lachte. Vermutlich weil sie dachte, dass ich die an mich gerichtete Beleidigung nicht ernst meinte. »Echt? Wie witzig! Ich schätze, wir sind neue Klassenkameradinnen.«

Das war so ungefähr das größte Glück, das mir seit Monaten passiert war. Vielleicht sogar das einzige. »Ehrlich?«, antwortete ich zaghaft und schenkte ihr ein kleines Lächeln. »Cooler Zufall.«

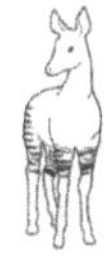

»Ja, oder? Ich dachte, solche Zufälle gebe es bloß in Büchern«, erwiderte sie lachend und ging voran, während sie mir mit der Hand bedeutete, ihr zu folgen. »Frau Siemons hasst Unpünktlichkeit.«

Dann hatten die Lehrerin und ich wohl etwas gemeinsam.

Schnell folgte ich ihr die Gänge entlang und fühlte mich wie gefangen in dem Spiel *Das verrückte Labyrinth.* Ich fragte mich, ob das »verrückt« in dem Titel ein Adjektiv oder doch ein Verb war. Aber noch mehr fragte ich mich, warum ich mir gerade *jetzt* Gedanken darüber machte. Ich hätte diesen Raum niemals gefunden und wenn Faye mich später nicht hinausbegleiten würde, würde ich vermutlich in der Schule übernachten müssen. Orientierung? Nein danke. Faye meinte, ich wirke orientierungslos. Die traurige Wahrheit war allerdings, dass ich die personifizierte Orientierungslosigkeit war.

Als wir in der Klasse ankamen, ruhten sofort aller Blicke auf mir. Sie durchbohrten meinen Körper. Es fühlte sich an, als würden sie meine Gedanken, mein Ich aufsaugen wollen, um möglichst schnell möglichst viel von mir zu erfahren. Mein Herz schlug immer schneller, es lief einen Marathon gegen meine Angst und ich glaubte in der nächsten Sekunde, es würde gewinnen.

Frau Siemons, die augenscheinlich auf meine Ankunft gewartet hatte, begrüßte mich freundlich und wandte sich dann so ruckartig der Klasse zu, dass ihre blonden Locken hin und her wippten und dadurch noch wilder aussahen. Ihre goldene Kette war so groß, dass man meinen könnte, sie sei Darstellerin in einem Hip-Hop-Musikvideo. Wenn sie das schwere Teil den ganzen Tag trug, konnte ich mir nur ausmalen, wie muskulös ihr Nacken wohl aussehen musste. Rest in Peace, Halswirbelsäule.

Schnell erklärte sie, dass ich die angekündigte neue Schülerin sei, bevor sie mich abermals erwartungsvoll ansah. Oh, na Klasse! Das war wohl der Moment, in dem ich mich vorstellen musste. Ich führte meinen rechten Daumen und Zeigefinger wie von selbst zu der Haut meines linken Daumens. Mein Leben und ich waren so uninteressant wie der Fliegenschiss auf einer Fensterbank, deshalb beschränkte ich meine Willkommensrede auf das Minimum: »Ich bin Eviliana.« Und damit würde ich sicherlich die gesamte Stunde nichts mehr sagen.

Die Tische und Stühle waren in einem U angeordnet, sodass ich erst mal desorientiert dreinschaute. Ich kannte nur die klassischen Sitzreihen, bei denen man sich – wenn man hinten saß – unbemerkt am Handy zu schaffen machen konnte, wenn der Unterricht mal wieder zu langweilig wurde. Diese klassischen Sitzreihen, bei denen die Beliebten hinten und die übermotivierten Einserschüler und -schülerinnen vorn saßen, wurden durch diese Anordnung zunichtegemacht. Hier konnten alle gleichermaßen begutachtet werden. Wunderbar.

Als ich schließlich neben Faye Platz nahm, nachdem sie fröhlich auf den Stuhl neben sich geklopft hatte, fühlte ich mich um einiges sicherer und wohler. Ich spürte zwar noch immer die Blicke der anderen auf meinem Gesicht, aber sie ebbten langsam ab. Als schließlich nur wenige Sekunden später die Tür aufging, waren sie endgültig verschwunden.

Ich atmete erleichtert auf, um anschließend die Luft anzuhalten, als ich sah, wer in den Raum gestiefelt kam. Der junge Mann mit den dunklen Haaren, den ich zuvor nach dem Weg gefragt hatte, kam unbeirrt in den Raum. Er setzte sich, ohne etwas zu sagen, auf einen Stuhl direkt an die Spitze des Us und damit frontal zur Tafel. Als wäre er der König der Klasse. Nach ihm stolperte eine kleine Frau mittleren Alters in den Raum und schnappte atemlos nach Luft. »Tut mir leid, das war meine Schuld. Mein Auto ist nicht angesprungen.«

Irritiert blickte ich sie an und vermutete im ersten Augenblick, dass sie eine zweite Lehrkraft sei. Doch diese Vermutung strich ich aus meinem Kopf, als sie sich kurzerhand vorn an die Seite setzte und ihm lächelnd zuwinkte. Was war das denn?

»Schleppt der seine Mutter eigentlich immer mit zur Schule?«, fragte ich schnippisch und musterte den Typen mit den grasgrünen Augen. Ich war sauer. Sauer darauf, dass ich gerade *ihn* angesprochen hatte. Sauer darauf, dass er mich so behandelt hatte. Sauer darauf, dass es mich so sehr störte.

Faye räusperte sich und schien sich schwerzutun, sodass ich den Blick von dem Kerl abwandte und in ihr betrübtes Gesicht schaute. »Das ist Javid und seine Schulbegleiterin … also genau genommen seine Gebärdensprachdolmetscherin Frau Winter. Javid ist seit knapp zwei Jahren gehörlos.«

Mist.

Schockiert sah ich Faye an. »Du machst Witze.« Natürlich machte sie darüber keine Witze! Das erklärte auch, warum er mir nicht geantwortet hatte. Warum um Himmels willen musste immer ich ins Fettnäpfchen treten? Ich hatte spekuliert, wie wahrscheinlich es war, dass er ein Austauschjahr machte, ohne überhaupt darüber nachzudenken, wie unwahrscheinlicher es verdammt noch mal war, dass er mich nicht hören konnte. Aber ich wäre nicht Evie, wenn mir nicht alle negativen Unwahrscheinlichkeiten in die Hände fallen würden.

Sie schüttelte den Kopf und ich starrte abermals zu Javid. In derselben Sekunde richteten sich seine Augen auf mich und der starre Blick durchbohrte meine Seele. Seine Iriden erinnerten mich an Gift, an Schlangen. Der leicht geschwungene Nasenrücken und die vollen Lippen lenkten mich auch nicht von der Intensität seiner Augenfarbe ab. Nur die Kälte in seinem Gesicht brachte mich letztlich dazu, meine Faszination zu stoppen und wegzuschauen. Ich blieb dabei: Er *war* arrogant!

Die gesamte Stunde verbrachte er damit, mich anzustarren und mich damit an den Rand der Verzweiflung zu bringen. Ich hatte mir bereits zig Gründe ausgedacht, den Rest meines Lebens zu Hause zu bleiben, die ich meiner Mutter noch diesen Abend mithilfe einer PowerPoint-Präsentation vorstellen wollte.

Meine Lehrerin schien seine geistige Abwesenheit gar nicht zu bemerken, denn sie beachtete ihn nicht und vergewisserte sich auch nicht, ob er ihr folgen konnte. Seine Sprachdolmetscherin hatte es irgendwann aufgegeben, ihm mit ihren Gesten das Unterrichtsgeschehen mitzuteilen. Auch sie schien dieses Verhalten gewohnt zu sein. Wo er in meiner alten Schule dafür bereits zwanzigmal drangenommen worden wäre – in Anbetracht dessen, dass die Lehrer dort immer auf Nummer sicher gingen, dass auch wirklich alle ihrem langweiligen Monolog zuhörten –, schien er hier einen Freifahrtschein zu haben.

Ich für meinen Teil schaute an die Tafel und tat so, als würde ich interessiert dem Unterricht folgen. In Wahrheit bekam ich aber sicherlich weniger mit als Mr-wenn-Blicke-töten-Könnten.

Ich fragte mich, ob die Tische deshalb in der U-Form angeordnet waren, damit er alle im Blick hatte. Ich konnte nur hoffen, dass er die nächsten Tage ein anderes Opfer auswählen würde.

Um mich abzulenken, beschloss ich, meinen Stundenplan durchzugehen. Auch das war ein Fehler: Er brachte mir einen weiteren Grund, schreiend wegzulaufen. Ich hoffte inständig, dass diese Schule anders sei als meine alte. Wenn die Sportlehrkräfte hier auch nicht begriffen, dass sie, wenn sie das Auswählen von Teams einem Mitschüler oder einer Mitschülerin überließen, das Mobbing unterstützten und tatsächlich auch Traumata auslösen konnten, dann würde ich mit dem Kopf direkt gegen die Wand laufen.

Wie empathielos musste eine Lehrkraft sein, um nicht zu merken, was für Ängste es in einem unbeliebten Menschen auslösen konnte, wenn man immer und immer wieder als Letztes gewählt und dafür verspottet wurde? Ich würde es nie verstehen. Zu allem Überfluss war ich dann auch noch eine Kandidatin, die gut als Torwartin herhalten konnte, da sich jeder Ball offenbar magisch von mir angezogen fühlte und wie automatisch gegen meinen Schädel bretterte, um dann abzuprallen und uns ein Tor zu ersparen. Schade nur, dass mir niemand den Job der Torwartin zutraute und ich als Stürmerin regelmäßig von dem Ball ausgeknockt wurde, während es für die Gegnermannschaft Tore hagelte.

Vielleicht würden sich die Lehrkräfte mal zur Abwechslung meinen Namen merken, der nicht allzu schwer war. Als wir damals einen neuen Chemielehrer bekommen hatten, hatte er ein halbes Jahr gebraucht, um mich nicht mehr Eva oder Franziska zu nennen. Wie bitte kam man von Evie auf Franziska? Während er die Namen aller anderen innerhalb einer Woche draufhatte, schien er mich für so irrelevant und unscheinbar zu halten, dass er sich mein Gesicht in Verbindung mit meinem Namen einfach nicht merken wollte. Das klang melodramatisch, aber unangenehm war es tatsächlich, wenn sich alle zu mir umdrehten, sobald er den falschen Namen nannte. Teilweise hatte ich den Eindruck, dass alle aus meiner Klasse nur darauf warteten, dass er mich aufrief, weshalb ich mich noch weniger meldete als ohnehin schon. Genau genommen: gar nicht.

Zusammenfassend hatte ich in diesem Fach nicht nur Angst, etwas Falsches zu sagen, ich fürchtete mich auch davor, dass der Lehrer mich fälschlicherweise Franziska nannte. Willkommen in meinem gedankenüberfluteten Leben.

Seufzend blickte ich wieder auf und stürzte von einem schlechten Gedanken in den nächsten, als ich abermals bemerkte, dass ich beobachtet wurde. Hatte ich irgendetwas in meinem Gesicht, vielleicht Zahnpasta von heute Morgen? Versuchte er mich einzuschätzen? Analysierte er mich auf Fehler? Keine Ahnung, was er tatsächlich über mich dachte, aber ich wusste, dass er auf keinen Fall gute Absichten hatte. Dazu waren seine Gesichtszüge viel zu kalt.

Als die Schulklingel ertönte, war ich heilfroh. Seine Blicke, die dauernd auf mir ruhten, brachten mich so aus der Fassung, dass auch ich meinen Namen vergaß.

KAPITEL 2

Einige Menschen verleiten mich dazu, über den Kauf eines Boxsackes nachzudenken.

Am Nachmittag beschloss ich, in das Einkaufszentrum zu gehen, um mir noch einige Materialien für die Schule zu besorgen. Gedankenverloren schlenderte ich durch die Gänge und richtete meinen Blick auf den Boden, wann immer mir eine Person entgegenkam. Blickkontakt zu meiden, war die einfachste Form, unscheinbar zu bleiben. Sobald man sich gegenseitig in die Augen sah, galt es als Einladung, sich den Menschen genauer anzusehen. Etwas, das eine ziemlich unangenehme Vorstellung bei mir auslöste.

Eigentlich wünschte ich mir nichts sehnlicher, als beachtet zu werden, als wahrgenommen zu werden, als geliebt zu werden. Doch gleichzeitig waren diese Privilegien auch meine schlimmsten Befürchtungen. Man sagte, die Augen seien der Spiegel zur Seele, und genau das ängstigte mich zutiefst. Es war absurd, wie viele Emotionen man aus dem bloßen Blick einer Person herauslesen konnte. Wie utopisch es klang, dass man *sah*, wenn ein Mensch log, nur durch ein einziges Urteil, das man in den Augen lesen konnte. In meiner kleinen, einsamen Blase zu leben, erschien mir als sicherer, einfacher und nicht so schwer und beängstigend. Sie zum Platzen zu bringen, hätte zur Folge, mich den Gedanken meiner Mitmenschen stellen zu müssen.

Einkaufen beanspruchte für mich viel Energie und Willenskraft. Nicht auszumalen, was eine Partynacht für mich bedeuten würde. Ein einziges Mal war ich mit meiner Freundin Meliya feiern gewesen und hatte diese Entscheidung nach nur wenigen Momenten zwischen den Hunderten von tanzenden Körpern um mich herum bereut. Ich liebte Tanzen und Musik, aber ich hasste Menschenmengen. In einem anderen Leben mit anderen Gedanken würde mir das Tanzen mit Menschen vermutlich das Gefühl von Freiheit verleihen.

Doch in dem Körper von Evie mit den Gedanken, die mich täglich an meine Grenzen brachten, spürte ich zwischen Tausenden von Menschen eine solche Einsamkeit und Leere und gleichzeitig eine auf mich heranrollende Panik. Deshalb saß ich lieber allein in meinem Zimmer und verfolgte mit Tränen in den Augen die Posts meiner Mitmenschen, die meine ersehnten Empfindungen in Fotos widerspiegelten. Dabei ging es nicht mal unbedingt nur um Partys und viele Menschen. Vor allem ging es um Beziehungen, um lächelnde Freunde, die gemeinsame Filmabende machten oder ein Eis aßen. Ich war nie ein Mädchen gewesen, das viele Freundschaften pflegte, dass man gar nicht wusste, wie man allen gerecht werden sollte. Aber früher hatte ich tatsächlich vier, fünf Freunde gehabt, mit denen ich beinahe jede Woche Unternehmungen geplant hatte. Mit der Zeit war ich ersetzt worden. Das Schmerzhafteste war nicht das Ausgetauschtwerden, auch wenn mir diese Aktion Selbstzweifel und das Gefühl von Wertlosigkeit beschert hatte.

Was wirklich wehgetan hatte, war das Vergessenwerden. Nach nur wenigen Monaten waren offenkundig alle Gespräche, Insider, guten Taten wie ausgelöscht und ich war nicht länger Teil ihrer Erinnerungen. Ich verstand, dass sie mich vergessen wollten, aber durch die Tatsache, dass sie es so schnell schafften, schlich sich langsam ein schwarzer Schleier um mein Gehirn, der sich fast unbemerkt fester zog. Bis ich mich fragte, wie lange ich wohl nach meinem Tod in den Köpfen meines Umfelds weiterleben würde.

Schnell wischte ich den dunklen Schauer, den diese Frage mit sich brachte, beiseite und konzentrierte mich auf das Einkaufen. Es war ohnehin sinnlos, über Dinge nachzudenken und sich deshalb verrückt zu machen, die sowieso eintreten würden – ob mit Angst oder ohne.

Nachdem ich noch einmal in meinen Korb schaute, ob ich alles hatte, stach mir ein rotes Notizbuch in der mittleren Reihe des Regals vor mir ins Auge. Auf seinem schlichten Deckel erkannte ich ein einziges türkisfarbenes Symbol: ein weinender Clown.

Clowns zählten nicht unbedingt zu meinen Lieblingsgeschöpfen und wenn ich als Kind im Zirkus gewesen war, hätte ich gut und gern auf sie verzichten können. Doch dieses Notizbuch weckte etwas in mir, das mich dazu zwang, es in meinen Einkaufskorb zu legen. Eigentlich hatte ich nicht vor, viel Geld hier zu lassen, aber wenn jeder Tag dazu ver-

dammt war, Frustshoppen zu betreiben, überraschte ich mich damit kaum mehr selbst.

Als ich letztlich einsah, dass ich alles Nötige hatte, und das Zehnerset Fineliner zurücklegte, schlenderte ich zur Kasse und zahlte mit meinen Geldscheinen, die ich vorab von der Bank geholt hatte. Für gewöhnlich war ich nicht gerade die Motivierteste und ernannte die Redensart »Ein gutes Pferd springt nicht höher, als es muss« zu meinem Lebensmotto, doch in diesem Punkt hätte ich vermutlich auch eine halbe Weltreise zu der nächsten Bank gemacht, nur um bar zahlen zu können. Seufzend hing ich mir meinen Jutebeutel über die Schulter und verließ den Laden.

Als ich an den Geschäften vorbeiging, machte ich plötzlich ein vertrautes Gesicht aus, das vor einem Supermarkt mit einem Mann mittleren Alters kommunizierte. Nicht aber mit der Stimme, sondern mit den Armen und Händen. Der Mann antwortete Javid ebenso mit den gleichen Körperteilen, sprach jedoch dazu laut mit.

Gebärdensprache sah so faszinierend aus, dass ich wünschte, ich könnte sie auch beherrschen. Nicht dass ich sie brauchte – ich kannte bisher nur einen Gehörlosen und den nicht mal wirklich (wollte ich beim besten Willen auch gar nicht) –, aber ich wünschte, ich könnte verstehen, was sie gerade besprachen. Ganz sicher nicht, weil er mich interessierte, lediglich weil man ihn nicht belauschen konnte und das einen gewissen Reiz in mir entfachte. Basierend auf seine Art zu kommunizieren, nicht auf ihn.

Sein Blick glitt zu mir und bohrte sich bis in mein Inneres. Ach du heilige Makrele, vielleicht hätte ich heute einfach im

Bett liegen und mich ohnmächtig stellen sollen. Dann wäre mir das alles erspart geblieben.

»*Geh raus*«, hatten sie gesagt.

»*Sonst verpasst du etwas Positives*«, hatten sie gesagt.

Na ja, eigentlich hatte das nur meine Mutter gesagt und sie hatte jegliche Überredensstrategien gebraucht, um mich vor die Tür zu zerren. Da durften kleine Lügen natürlich nicht fehlen. Positives? Was sollte mir und meiner überempfindlichen Birne Positives passieren? Es sei denn, man betrachtete das Positive nicht aus meiner Perspektive, sondern aus der meiner Mitmenschen. Dann wäre es womöglich auch positiv, wenn ich von einem Rentner verdroschen würde, weil ich ihm über die Straße helfen wollte und er dachte, ich wolle ihn bestehlen.

Der Mann mittleren Alters ließ den Typen mit den grasgrünen Augen stehen und schlenderte in den Supermarkt. Fast schon panisch bemerkte ich erst jetzt, dass Javid auf mich zukam und ich wie angewurzelt stehen geblieben war. Er stoppte wenige Schritte vor mir, während er mich noch immer mit starrem Blick begutachtete.

Here we go again. Oder wie auch immer das hieß …

Dann nahm er seinen Rucksack von der Schulter und zog etwas hinaus, bevor er ihn abermals auf den Rücken schwang. Warum war ich der festen Überzeugung gewesen, dass er seinen Mittelfinger zeigen würde, während er die Hand aus seinem Rucksack gezogen hatte?

Stattdessen lag in seiner Hand ein Tablet mit einer goldenen Hülle. Natürlich Gold. Das war vermutlich seine Ersatzkrone angepasst an das einundzwanzigste Jahrhundert. Kurz

tippte er darauf, ehe ich eine mechanische Stimme vernahm. *»Du spionierst mir nach.«*

Mein Hirn musste einige Sekunden arbeiten, um zu realisieren, dass er gerade auf diese Weise mit mir kommuniziert hatte. Es war das erste Mal, dass er Worte an mich richtete. Genau diese Tatsache in Anbetracht dessen, was er mir unterstellte, brachte meinen Puls zum Rasen. Erstens weil ich mir bereits zigtausend Szenarien ausmalte, wie ich mich mal wieder blamieren würde. Zweitens weil er die Dreistigkeit besaß, mir einen solchen Vorwurf zu machen, obwohl er mich überhaupt nicht kannte. Schockiert sah ich ihn an und schüttelte den Kopf, während er auf meine Lippen starrte. »Nein.«

Er tippte wieder auf seinem Tablet und ich war froh, dass er nur Sekunden dafür benötigte. Wer kannte nicht diese unangenehme Stille zwischen zwei Menschen, die sich nichts zu erzählen hatten? Bei mir brach in solchen Situationen die pure Panik aus und ich suchte hilflos nach einem Thema, das ich ansprechen könnte, nur um dieses Schweigen zu durchbrechen. Meistens zielte es dann darauf ab, dass ich über das Wetter sprach, was ungefähr genauso peinlich war, als gar nichts zu sagen. Denn ich hatte meinem Gegenüber in dieser Sekunde offenbart, wie unangenehm mir diese Stille war. Tatsächlich gab es eine Sache, die mir noch mehr missfiel, als sich gegenüberzusitzen und nicht miteinander zu sprechen: Der Fakt, dass Menschen merkten, wie unsicher ich war.

»Natürlich tust du das.«

Das machte mich wirklich wütend. Wenn ich betonte, etwas nicht zu tun, dann tat ich es auch nicht. Niemand hatte das Recht, es mir trotzdem zu unterstellen und mir damit indirekt die Betitelung Lügnerin unterzuschieben. In Momenten wie diesen zweifelte ich an meinem widersprüchlichen Wesen. Eigentlich passte diese Angst vor Menschen gar nicht zu mir, weil ich viel zu gut wusste, was ich von ihnen hielt. Der einzige Unterschied war, dass ich es nicht äußern konnte, weil ich damit eine Diskussion oder Schlimmeres heraufbeschwören würde und mein Kopf dann sicherlich aussähe wie eine rote Ampel inmitten einer düsteren, laternenfreien Nacht.

Umso größer war die Überraschung über mich selbst, als ich diesem arroganten Typen sagte: »Nein, das tue ich nicht. Du spionierst vielmehr mir nach, du idiotischer Vollidiot!« Ich hatte nicht gerade ernsthaft eine solch Fremdscham erregende Beleidigung ausgesprochen, oder? Ach du heiliges Kanonenrohr, wie war ich bloß auf die Idee gekommen, dass es eine gute Idee sei, heute Morgen aus dem Bett zu steigen?

Augenblicklich zitterten meine Hände, als wollten sie den nächsten Schüttelfrostmarathon gewinnen, sodass ich sie wie beiläufig hinter meinem Rücken verschwinden ließ. Ob ich mich das getraut hatte, weil ich dachte, er sei mir aufgrund seiner Gehörlosigkeit unterlegen? Ziemlich ekliger Gedanke und es widerstrebte mir, diese Überlegung überhaupt zuzulassen, aber vielleicht war es ja wahr? Vielleicht fühlte ich mich sicherer, meine Gedanken zu äußern, weil es bei ihm genauso wie bei mir etwas gab, das ihn einschränkte? Innerlich schüttelte ich mich, wenn ich darüber nachdachte, dass wir tatsächlich eine Gemeinsamkeit hatten. Das Einzige, das ich eventuell mit diesem Typen teilte, war die Antipathie mir gegenüber.

Javid schaute mit gerunzelter Stirn auf meine Lippen, dann tippte er abermals. *»Ich kann dein Mundbild nicht lesen.«*

Langsam blickte er nach oben in meine Augen und ich erkannte plötzlich einen Ausdruck darin, der mich innehalten ließ. Irgendetwas sagte mir, dass sich dahinter tiefe und uralte Traurigkeit verbarg, die unter einem Schleier versteckt war, der nur für wenige Sekunden wie von einem leichten Wind der Unachtsamkeit beiseite geschoben wurde. Dieser eine Funken tiefer Emotion warf mich völlig aus der Bahn. Es fühlte sich fast so an, als würde er mir einen Spiegel vorhalten und genau das zeigen, das ich all die Zeit empfand und zurückhielt.

Plötzlich war da nicht nur dieser arrogante Typ, der er definitiv war, sondern auch ein verletzlicher junger Mann, der gezeichnet von seinem Schicksal war. Wie mies musste es sein, wenn man sich unterhalten wollte, aber nichts von dem Gesagten verstand?

Er fuhr sich durch das volle dunkelbraune Haar und wollte gerade kehrtmachen, da hielt ich schon seinen Arm fest. Keine Ahnung, was in mich gefahren war, ich konnte ihn absolut nicht leiden und doch löste das, was ich meinte, in seinen Augen gesehen zu haben, etwas in mir aus. Unter keinen Umständen wollte ich dafür verantwortlich sein, dass ihm die Situation unangenehm war. Vielleicht weil ich wusste, wie es war, wenn man sich unwohl fühlte und sich darüber stundenlang den Kopf zerbrach.

Nicht dass ich glaubte, dass es ihm wichtig sei, wie ich ihn sah, zumal er ja nichts dafürkonnte, dass er mich nicht verstand, und es auch keinen Grund gab, sich zu schämen. Aber der bloße gedankliche Rollentausch veranlasste mich dazu, ihn nicht auf diese Art aus dem Gespräch zu entlassen. Also hob ich den Zeigefinger, um ihm zu bedeuten zu warten, und kramte mein neues Notizbuch hervor. Ich hätte ohnehin keine Idee gehabt, wie ich es anderweitig hätte verwenden können. Schnell schnappte ich mir meinen Kugelschreiber aus meinem Jutebeutel und fing an zu schreiben.

Das ist kein Problem. Du kannst bestimmt auch nicht meine schreckliche Schrift lesen. Sieht aus wie von einer Siebenjährigen.

Ich reichte ihm das Buch und prompt grinste er. Es war praktisch unmöglich zu ignorieren, dass er durch diesen Gesichtsausdruck tausendmal sympathischer und attraktiver wirkte. Schade nur, dass das Erscheinungsbild keinen schlechten Charakter wettmachte. Schnell tippte er etwas auf sein Tablet. *»Eher wie von einer Zweijährigen.«* Und da war er wieder: Der arrogante idiotische Vollidiot, der offenbar nichts anderes konnte, als mich auf negative Weise erröten zu lassen.

Mit zusammengepressten Lippen versuchte ich, mir nichts anmerken zu lassen und schrieb abermals in mein Notizbuch.

In welcher Welt können Zweijährige schreiben?

Wieder schmunzelte er, tippte etwas ein und schaute mir in die Augen, während er es abspielte. *»In meiner Welt ist alles*

möglich.« Seine grasgrünen Augen fixierten mich und wären sein selbstgefälliges Grinsen und sein höhnischer Blick gefolgt von einer hochgezogenen Augenbraue nicht gewesen, hätte ich fast annehmen können, dass er mit mir flirtete. Während ich völlig perplex war, wurde sein Grinsen breiter. Hatte er wirklich Freude daran, mich zu verunsichern?!

»Du heißt Evie.«

Wenn mich sein vorheriger Spruch aus der Bahn geworfen hatte, katapultierte mich dieser Satz aus dem hundertzwanzigsten Stock eines Hochhauses. Höchstpersönlich hinausbefördert mit einem Tritt von Mr-ich-locke-dich-aus-der-Reserve.

Meine Hände hielten einfach nicht still, sodass meine Schrift noch krakeliger aussah als ohnehin schon.

Eviliana. Wie war das mit dem Spionieren?

Er war noch nicht im Klassenraum gewesen, als ich mich vorgestellt hatte. Somit ging ich stark davon aus, dass er meinen Namen erfragt hatte.

Er ging gar nicht darauf ein, sondern schockierte mich direkt mit der nächsten Aussage, die von der mechanischen Stimme seines Tablets noch stumpfer und dreister klang. *»Eviliana? Eine Langform von Evil?«*

Mich als böse zu betiteln, versetzte mir einen Stich in die Herzgegend. Nicht weil er es zu mir sagte, sondern weil diese Beschreibung gar nicht so weit von der Wahrheit entfernt war. Um genau zu sein, hatte er damit ins Schwarze getroffen. Meine Antwort darauf schrieb ich so schnell, dass meine

Handschrift der meines Hausarztes ähnelte – also kaum entzifferbar.

Ach ja? Und was ist mit dir? War das D ausverkauft?

Ein noch offenherzigeres Grinsen als zuvor breitete sich auf seinem Gesicht aus, während er meine Worte las und gleich darauf etwas auf sein Tablet tippte. »*Wo wir wieder beim Spionieren wären. Scheint, als hättest du auch kein weißes Hemd.*«

O heilige Maria Gottes im Himmel, hatte ich mich gerade ernsthaft selbst enttarnt? Von einer Skala von eins bis zehn, wie peinlich sollte dieses Gespräch noch werden, Evie? Ja.

Ich habe lediglich nachgefragt, wie du heißt, um dich auf meine schwarze Liste zu schreiben.

»*Deine schwarze Liste also? Wie bekommt man denn darauf einen Ehrenplatz?*«, fragte er und blickte mir entgegen.

Schnell widmete ich mich wieder meinem Notizbuch und ignorierte die aufkeimende Panik, die in mir wuchs, je länger diese Konversation anhielt. Ich hätte ihn einfach gehen lassen sollen. Nun war ich so gefangen, dass ich gar nicht anders konnte, als zu kontern und meine Nervosität herunterzuschlucken. Eins stand fest: Diese Szene hier war mit Abstand das Schlimmste, das mir seit Monaten passiert war, und das durfte schon etwas heißen.

Man muss einfach so selbstgefällig sein wie du.

»Und was passiert mit Menschen auf deiner schwarzen Liste?«, fragte er weiter.

Ich halte mich von ihnen fern.

Mit einem kalten Blick reichte ich ihm das Buch, damit er meine Worte lesen konnte. Er sollte merken, dass ich meine Worte ernst meinte.

Er schaute zwischen uns, bevor er tippte. *»Das sieht mir nicht so nach Abstand aus. Impliziert das Fernhalten nicht irgendwie das Meiden?«*

Warum war er so schlagfertig? Und die viel wichtigere Frage: Wie wütend konnte mich ein Mensch machen?

Das werde ich ab jetzt auch.

»Okay. Dann noch viel Erfolg im weiteren Leben, Evil. Lass dir idiotischer Vollidiot patentieren, so viel Kreativität ist selten.«

Schockiert starrte ich ihn an und ließ mein vollgekritzeltes Buch sinken. Er hatte mein Mundbild doch lesen können. Diese gesamte Konversation war nur deshalb entstanden, weil ich meinte, etwas in seinem Blick erkannt zu haben, das nie da gewesen war. Sein Auftritt war lediglich gespielt und ich war darauf hineingefallen.

Als er merkte, dass ich diese Tatsache realisiert hatte, zwinkerte er mir lachend zu und machte kehrt. Bei dem Klang seines Lachens breitete sich eine Gänsehaut auf meiner gesamten Haut aus und ich wünschte, ich würde ihn etwas sagen hören. Noch mehr wünschte ich mir jedoch, ihm

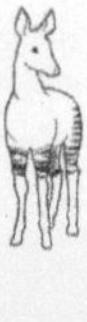

nie begegnet zu sein. Er war mit Abstand der fieseste Mensch, der mir seit Langem über den Weg gelaufen war, und ich hatte gehofft, endlich mit solchen Personen abschließen zu können. Und was passierte? Ich lief am ersten Tag meines Neuanfangs direkt in so einen Menschen hinein. Also wer jetzt noch glaubte, dass pechbesessen zu melodramatisch klang, war wohl der Optimist der Nation.

Als ich schließlich zu Hause ankam, erwartete meine Mutter mich schon auf heißen Kohlen. Ich seufzte, als ich meinen Rucksack in der Küche absetzte und mich ihren neugierigen Blicken auslieferte. »Und wie war der erste Schultag?«

Furcht einflößend, niederschmetternd, nervtötend. »Gut«, erwiderte ich bloß und fasste mir an meinen Bauch, der sich anhörte wie ein Wolf, der seine Beute verteidigte, nachdem er tagelang nichts gefressen hatte. Ich hatte heute definitiv zu wenig gegessen. Mein Magen war nicht gerade erfreut.

»Wie gut? Lass dir nicht alles aus der Nase ziehen«, beschwerte sich meine Mutter. Das war auch eine Gemeinsamkeit, die wir hatten: Wir hassten es, wenn wir immer und immer nachhaken mussten, weil jemand nicht mit der Sprache herausrückte.

Ich grinste und erzählte ihr genau diese eine Sache, die wirklich positiv gelaufen war: »Meine Sitznachbarin ist ganz nett.«

Wissend, was sich in diesem Augenblick auf dem Gesicht meiner Mutter ausbreitete, bekam ich die Bestätigung. Eines der schönsten Dinge im Leben: das Lächeln der eigenen Mutter. Es war ihr wichtig, dass ich soziale Kontakte knüpfte

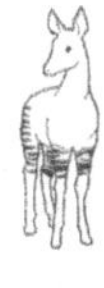

– nach all der Zeit. Sie wusste, dass es mir nur so besser gehen könnte und dass jedes Gespräch, das ich führte, eine Überwindung bedeutete, auch wenn sie nie nachvollziehen konnte wie sehr.

»Das freut mich«, sagte sie schließlich aufrichtig und fügte dann hinzu: »Papa hat angerufen. Ruf ihn doch bitte zurück. Er möchte auch wissen, wie es war.«

Innerlich breitete sich ein Gefühl aus, das ich schnell wieder verdrängte. Es war nicht gesund, über Dinge nachzudenken, die man nicht ändern konnte. Man hatte die Macht, sich selbst zu ändern, aber niemand anderen. Ich zuckte mit den Schultern. »Ja, mache ich gleich.«

Aber zunächst musste ich irgendwas in den Magen bekommen, sonst würde das Telefonat womöglich in völlig falsche Richtungen verlaufen. Hungrig war für mich bloß ein Synonym für aggressiv. Sobald mein Bauch knurrte, könnte man mich gegen einen tollwütigen Bären antreten lassen: Ich würde gewinnen.

Schnell zückte ich mein Handy und schaute, ob ich irgendein leichtes Rezept zaubern konnte. *Eklig, nicht einfach genug, das haben wir garantiert nicht zu Hause.*

Ich seufzte schwer. Eine weitere negative Eigenschaft von mir war definitiv, dass ich viel zu wählerisch war, besonders beim Essen. Man sollte mich lieber nicht fragen, was ich nicht mochte, sondern was ich mochte, wenn man keine siebenstündige Aufzählung ertragen wollte. Keine Ahnung, was mit meiner Zunge nicht stimmte und damit passte sie bestens zu meinem Ich.

»Was hast du?«, fragte meine Mutter, als sie perplex von meinem lauten Seufzer zu mir schaute.

»Primär habe ich einen Schaden, aber gerade stehen wohl meine Bauchschmerzen im Fokus.«

Fast schon tadelnd blickte sie mir entgegen. »Ja, kein Wunder, wenn du immer vor dem Handy sitzt, Evie. Da spielt der Körper irgendwann verrückt.«

Ich schaute sie mit meinem Dein-Ernst?-Blick an. »Ja moin, ich habe Teile vom Handy verschlungen, oder was hat das eine mit dem anderen zu tun?« Ich streckte ihr die Zunge raus und sie direkt auch ihre. Ich liebte es, dass ich mit meiner Mutter Späße machen konnte. Das hatte schon früh angefangen.

In der Grundschule haben wir uns immer mal wieder geneckt und deshalb auch oft verwirrte und herablassende Blicke von Eltern abbekommen. Doch das hatte uns nie davon abgehalten, weiterhin unsere Späße miteinander zu machen. Wir beide wussten, wo unsere Grenzen waren, und hatten das nötige Taktgefühl, um zu bemerken, wann Witze unpassend waren.

Wir wussten, dass viele Menschen unsere Beziehung zueinander als respektlos betrachteten, konnten aber mit Sicherheit sagen, dass wir Respekt im höchsten Maße füreinander hegten. Wir begegneten uns auf Augenhöhe wie beste Freundinnen und teilten denselben Humor. Ich wüsste nicht, was daran verkehrt sein sollte. Für mich war es vollkommen akzeptabel und verständlich, wenn es in der Familie eine gewisse Hierarchie gab, die sie als Respekt vor Älteren oder den Menschen, die dir das Leben geschenkt hatten, benennen würden. Gleichzeitig wäre es schön gewesen, hätten diese Familien mit derselben Toleranz uns gegenüber gestanden.

So war eben die Gesellschaft: *Was du nicht kennst, ist falsch. Was du nicht selbst tust, ist falsch. Was du nicht verstehst, ist falsch.* Sich selbst zu hinterfragen und andere Meinungen zuzulassen, war eine Eigenschaft, die die wenigsten besaßen und auch ich war natürlich nicht fehlerfrei. Wer behauptete, alles zu akzeptieren, log. Wir hatten oft unsere eigenen moralischen Beweggründe oder gesammelten Erfahrungen, die uns in manchen Dingen davon abhielten, etwas zu akzeptieren. Was nicht schlimm war. Schlimm war es nur, wenn man jedem immer und immer wieder seine ungefragte Meinung aufdrückte und Personen damit diskriminierte.

Das war wiederum auch ein Phänomen der Gesellschaft: Menschen argumentierten mit Meinungsfreiheit, wenn sie jemanden beleidigten, ohne den Unterschied zwischen Beleidigung und Kritik zu kennen. Mal davon abgesehen war ich der festen Überzeugung, dass manche Leute lernen mussten, dass man nicht immer und überall jedem seine Meinung entgegenbrüllen musste. Manchmal sollte man sich lieber seinen Teil denken und schweigen.

»Ich habe einfach Hunger«, sagte ich schließlich. »Ich mache mir etwas zu essen und dann ist es wieder weg – trotz Handy.«

»Iss bitte nicht zu viel, wir essen bald.«

Ich nickte. »Verstanden, Chef!«

Es dauerte keine zwei Sekunden und meine Mutter bombardierte mich mit der zweiten Ansage: »Oma kommt heute zum Abendessen, räumst du bitte vorher dein Zimmer auf?«

Ja, ich war ein Chaot, und ja, mein Zimmer war nicht steril wie in einem Krankenhaus. Aber ich war auch siebzehn und keine fünf mehr. »Warum? *Dinieren* wir etwa in meinem Zimmer?«, fragte ich und schaute sie an, als würde ich die Frage ernst meinen.

Meine Mutter lachte, wurde dann jedoch schnell wieder streng. »Wenn es hilft, dass du endlich mal den Saustall beseitigst, ja.«

»Touché!«, erwiderte ich grinsend und hörte dann abermals meinen Magen Walrossrufe während der Paarungszeit nachahmen. »Mann, Mama. Ich habe Hunger.«

»Mach dir ein Brot«, war ihre Antwort und erinnerte mich daran, dass meine Mama alle Mütter auf diesem Planeten in sich vereinte.

»O nein. Kein Brot.« Brot würde ich vielleicht essen, wenn ich vor Langeweile Hunger hätte, aber sicher nicht, wenn ich ein ganzes Getreidesilo samt Inhalt in mich hineinschaufeln könnte.

Meine Mutter zuckte mit den Achseln. »Dann hast du auch keinen Hunger.«

»Weißt du eigentlich, dass du die klischeehafteste Mutter dieser Erde bist? Jetzt fehlt nur noch der Spruch ›Wenn du hier nicht gleich alles klar Schiff machst, komme ich mit dem großen Sack und schmeiße alles weg‹«, erwiderte ich und nahm mir dann doch eine Scheibe Brot aus dem Korb, um es zu schmieren.

Meine Mutter fuhr sich durch das helle, wellige Haar. »Ich habe darüber nachgedacht, ihn auszusprechen.« Dann grinste sie.

Ich verdrehte gespielt entnervt die Augen und konnte mir vorstellen, dass das wirklich der Wahrheit entsprach. »Bitte

erinnere mich daran, sollte ich irgendwann Kinder haben, niemals ›Wenn du kein Brot willst, dann hast du auch keinen Hunger‹ zu sagen!«

»Mache ich, es sollte schließlich nicht jeder so hervorragende Argumente haben wie ich. Das wäre ja sonst langweilig«, entgegnete sie und verließ die Küche.

Ich lachte und schlug mir mit der flachen Hand auf die Stirn. Als ich schließlich die Treppe hinaufging, biss ich beiläufig von meinem Brot ab, während ich die Nummer meines Vaters wählte. Es war besser, es sofort hinter mich zu bringen, als meinem Gehirn die Zeit zu lassen, darüber nachzudenken und es immer weiter aufzuschieben.

Noch bevor ich in meinem Zimmer ankam, nahm er den Hörer ab. »Evie!«, erklang die tiefe Stimme erfreut. »Schön, dass du anrufst. Ich habe versucht, dich zu erreichen.«

»Ich weiß«, erwiderte ich nur schlicht. »Wann kommst du wieder?« Mit viel Willenskraft versuchte ich, meine Stimme möglichst teilnahmslos klingen zu lassen, damit so wenig Relevanz wie nur möglich in meiner Frage mitschwang. Je mehr du zu verstehen gabst, wie sehr dich etwas interessierte, desto unangenehmer würde die Zurückweisung ausfallen. Auch wenn die Enttäuschung dieselbe war, so fühlte es sich wenigstens weniger erniedrigend an.

Kurz war es still am anderen Ende der Leitung, ehe er seufzte. Ich wusste, noch bevor er antwortete, was er sagen würde. »Wir haben hier viele wichtige Kundenmeetings, weißt du? Es ist zurzeit sehr viel los.«

»Ich habe nicht gefragt, ob viel los ist, sondern wann du wiederkommst, Papa.«

»Das kann ich noch nicht beantworten, Schatz«, erwiderte er, dann preschte er schnell mit einem anderen Thema vor. »Wie war es in der neuen Schule?«

»Gut«, erwiderte ich bloß und hatte Mühe, meine stummen Tränen zurückzuhalten. »Ich muss jetzt Schluss machen. Oma kommt bald und ich soll noch aufräumen.«

»In Ordnung. Aber wir sprechen noch mal über die Schule, ja?«, entgegnete er schlicht.

Ich nickte, obwohl er es natürlich nicht sehen konnte. »Sicher. Bis dann.«

»Ich liebe dich, Evie.«

Ich lächelte traurig. »Ich dich auch, Papa.«

Dann legte ich auf.

KAPITEL 3

I think I spider and my pig whistles.

Am Abend saß ich schließlich mit meiner Oma und meiner Mutter am Esstisch und schaufelte mir die Linsensuppe, die meine Mama fleißig gekocht hatte, auf den Löffel.

»Erzähl mal, Eviliana. Sind deine Schulkameraden alle nett?«, fragte meine Oma nach wenigen Sekunden des gefräßigen Schweigens.

Ich zuckte mit den Schultern. »Ich schätze schon. Aber das wird man wohl sehen. Meine Sitznachbarin Faye ist ganz nett. Sie hat mir geholfen, den Raum zu finden.« Dann tauchten die grasgrünen Augen in meinem Kopf auf und eine kühle Atmosphäre breitete sich in mir aus. »Und wir haben einen Typen in der Klasse, der nicht hören kann.«

»Echt? So schlimm wie Opa?«, fragte meine Mutter neugierig.

Ich erinnerte mich daran, wie ich Opa vor seinem Tod immer anschreien musste, sodass ich Sorge hatte, die Nachbarn würden denken, ich würde ihn misshandeln. »Ich schätze noch schlimmer.«

Meine Oma sah wehleidig aus. »So jung und schon solche Einschränkungen.«

»Wie unterhältst du dich mit ihm?«, wollte meine Mutter wissen.

»Gar nicht. Also ich habe ihn kurz beim Einkaufen getroffen und dann hat er mit seinem Tablet und ich mit einem Notizbuch kommuniziert.«

Meine Mutter und meine Oma warfen sich vielsagende Blicke zu, sodass ich rot wurde.

»Nein! Nein, nein! Ich habe ihm nur klarmachen wollen, dass ich nichts mit ihm zu tun haben möchte.« Meine Klarstellung kam so schnell aus mir herausgeprescht, dass ich die Reaktion meiner Mutter nicht vorhergesehen hatte.

Sie schaute mich verdutzt an. »Am ersten Tag sprichst du schon ein Kontaktverbot aus? Ich dachte, deine Mitschüler seien nett.« Sie wirkte zunehmend misstrauischer und besorgter.

Am besten wäre es gewesen, hätte ich ihn einfach gar nicht erwähnt. Leider war es für diese Einsicht zu spät und ich musste das retten, was noch zu retten war. »Ja, doch, das sind sie! Nur er wirkt ein bisschen überheblich, mehr nicht.«

Wieder dieses vielsagende Schmunzeln meiner Oma. »Lass sie nur, Marlia.«

Ich legte meinen Löffel ab. Also wenn sie jetzt wirklich hofften, dass sie mich in ein paar Jährchen unter der Haube hatten, lebten sie wohl in ihrer Fantasiewelt. Aber egal, was ich sagte, es würde entweder in diese Richtung gehen oder in die Ich-mache-mir-Sorgen-um-meine-Tochter-Richtung. Beide waren nicht sehr hilfreich.

»Schmeckt es dir nicht?«, fragte meine Mutter und blickte auf meinen vollen Teller.

Fast schon dankend nahm ich ihre falsche Interpretation meines abgelegten Löffels entgegen und wechselte damit das Thema: »Ehrlich gesagt, nicht so. Liegt aber allgemein an Linsen.« Ich mochte es nicht sonderlich, das Essen meiner Mutter zu kritisieren, zumal ich wusste, wie zeitintensiv es war. Aber sie hatte schließlich gefragt …

Sie zog die Augenbrauen zusammen. »Früher hast du das doch auch gemocht und mit Genuss gegessen.«

»Früher habe ich mir auch auf dem Spielplatz Sandeis – mit hoffentlich wenig Katzenkacke – in die Backen gestopft und mir eingeredet, dass es gut schmeckt. Oder Spielzeug, das schon fast braun vor Dreck war, oder die Spinnen, die mir Daina immer schmackhaft geredet hat, nur damit ihr Kinderzelt von ihrer Spinnenphobie verschont bleibt«, erwiderte ich, nahm allerdings abermals den Löffel in die Hand und schob mir weitere Linsen in den Mund, als mir der dicke Kloß in meinem Hals die Luft abschnürte und die Tränen in die Augen schossen, während mir die kleine Erinnerung von Daina in den Kopf flog.

Kurz wurde es still am Tisch, bis sich meine Mutter räusperte, als hätten meine Worte nichts ausgelöst. »Du stellst mein Essen also mit Katzenkacke-Sand gleich?«, hakte sie gespielt drohend nach und ich lachte halb echt, halb schlecht gespielt, während meine Oma uns irritiert anstarrte. Solche Ausdrücke waren für sie und ihr Herz vermutlich unzumutbar.

»Wann kommt Lars von seiner Geschäftsreise zurück?«,

fragte meine Oma meine Mutter schließlich, als keine Erwiderung von meiner Seite kam.

Beim Namen meines Vaters wurde ich hellhörig.

Meine Mutter schaute kurz zu mir, dann widmete sie sich wie beiläufig ihrer Suppe. »Das weiß ich nicht.«

»Aber das muss man doch sagen können«, widersprach meine Oma beinahe wütend.

Meine Mutter zuckte mit den Achseln, als würde sie sich nicht sonderlich darum scheren. Wir wussten beide, dass das bloß Schauspiel war. »Anscheinend nicht.«

Und auch wenn sie nach unten schaute, die Tränen in ihren Augen konnte ich *hören.*

Wenn ich eines hasste, dann die Ungewissheit. Wollte Faye noch neben mir sitzen? Hatte sie mich bloß aus Freundlichkeit für meinen ersten Tag neben sich sitzen lassen? Dieser Ungewissheit musste ich mich am nächsten Schultag stellen. Und das war nicht witzig.

Als ich ziemlich früh das Schulgebäude betrat, aus Angst, den Raum abermals nicht so schnell zu finden, waren nur vereinzelt Jugendliche zu erkennen, die sich meist paarweise unterhielten. Manche von ihnen wirkten mürrisch und verschlafen, andere hingegen lachten schallend, während sie sich gegenseitig etwas auf dem Handy zeigten.

Ich für meinen Teil war wohl eher Team Früh-aufstehen-ist-eine-Erfindung-Satans. Es war beruhigend zu sehen, dass sie alle zu sehr mit sich und ihren Freunden beschäftigt waren, um mich zu bemerken. Diese Gewissheit ließ mich entspannt aufatmen und freier als zuvor über den Boden

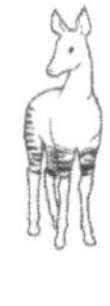

marschieren. Immerhin würde es vielleicht nur die Hälfte der bereits Anwesenden mitbekommen, sollte sich meine Tollpatschigkeit mal wieder aus Wut, nicht oft genug zum Zuge zu kommen, dazu entscheiden, dem Boden eine saftige Kopfnuss zu verpassen. Sie benötigte wahnsinnig viel Aufmerksamkeit, das stand fest.

Gestern erst war ich über meine eigenen Füße gestolpert, als ich Anstalten gemacht hatte, eine Choreografie im Internet nachzutanzen, während ich mit aller Macht versucht hatte, mich von den Peinlichkeiten des Tages abzulenken. Von einem Wertungsrichter hätte ich für diese Glanzleistung sicherlich eine minus Drei und ein Tanzverbot erhalten, um die Gesellschaft vor meiner Unfähigkeit zu schützen.

Als ich schließlich ohne Unfälle im Klassenraum ankam, hätte ich am liebsten wieder kehrtgemacht, doch dafür war es bereits zu spät, denn der arroganteste Typ der Klasse hatte mich bereits in den Raum marschieren sehen. Außer ihm und seiner Gebärdensprachdolmetscherin war noch niemand anwesend und so setzte ich mich auf meinen gestrigen Platz, während ich innerlich flehte, dass Faye nichts dagegen haben würde.

Es erschien mir unangenehmer, mitten im Raum stehen zu bleiben, bis sie auftauchte und ich sie in aller Peinlichkeit fragen konnte. Als ich Platz nahm, schaute die Dolmetscherin von ihrem Handy auf und lächelte mich freundlich an. »Guten Morgen. Eliana, richtig?« Sie wirkte viel zu nett, als dass sie den Job mit einem so nervtötenden Klienten gern machen würde. Am liebsten hätte ich ihr Beileidsbekundungen zukommen lassen, um ihr mitzuteilen, dass ich ihre Kündigungsgedanken nachvollziehen konnte.

»Eviliana. Aber eigentlich nennen mich alle Evie.«

Sie lächelte. »Freut mich.« Dann schaute sie zu Javid und sagte: »Es nennen sie alle Evie.« Währenddessen benutzte sie Gebärdensprache.

Buchstabierte sie gerade meinen Namen oder sagte sie ihm insgeheim, dass mein beiges Oberteil aussah wie eine Gardine von Oma Gertrude?

Seine Reaktion darauf könnte auf beide Optionen schließen lassen. Javid nickte und schaute weg. Frau Winter hingegen sah mich entschuldigend an. »Es ist noch früh, Javid ist ein kleiner Morgenmuffel.« Fühlte sie sich wirklich in der Pflicht, Ausreden für Javids unangemessenes Verhalten zu erfinden?

Ich grinste und während ich »kein Problem, das kenne ich auch von mir« nuschelte, dachte ich nur: *Er ist wohl eher ein Ganztagsmuffel.* Ich wollte ihr gegenüber nicht unhöflich wirken, zumal sie ja nichts dafürkonnte, dass der Typ neben ihr idiotisch war.

Frau Winter zeigte bloß ihre leicht verfärbten Zähne in einer Andeutung eines Lächelns und widmete sich abermals ihrem Handy, während ich stur auf meinen Tisch starrte und an der Haut meines Daumens zog. Die eingeritzten Buchstaben waren plötzlich ziemlich interessant.

Als sich der Klassenraum langsam füllte, erkannte ich schließlich Fayes Stimme und blickte nach oben. Dabei traf mich der Blick Javids und ich starrte in das tiefe Grasgrün seiner Augen. Schnell richtete ich meine Aufmerksamkeit

auf Faye, die sich nun dem Platz neben mir näherte. Fast hatte ich meine Sorge darum, von ihr vor der Klasse zurückgewiesen zu werden, verdrängt, doch sie wurde in dieser Sekunde wieder nach oben manövriert. »Ich hoffe, es ist in Ordnung, dass ich mich hierhingesetzt habe«, stammelte ich und knetete nervös meine Hände. »Wenn es nicht recht ist, setze ich mich woanders hin.«

Faye sah mich mit großen Augen an, als hätte ich sie gerade gefragt, ob ich für sie im Stripclub tanzen solle. »Natürlich ist das in Ordnung, ich bestehe sogar darauf, dass du meine Sitznachbarin bleibst.«

Hoffentlich unbemerkt atmete ich erleichtert aus. Faye war meine Retterin des Tages. »Ich muss dich aber warnen: In Englisch tue ich neunzig Minuten lang so, als würde ich schreiben, damit ich nicht drangenommen werde, während ich nervös mit meinem Fuß zapple. Und in Geschichte könnte ich gelegentlich schnarchen.« Ein lächerlicher Versuch, meine Befangenheit zu überspielen.

Faye lachte. »Kein Ding, solange du kein Problem hast, dass ich mich in Mathe gelegentlich hinter zwanzig Büchern verstecke, damit ich nicht an die Tafel muss.«

Ich musste grinsen, weil ich offenbar endlich jemanden gefunden hatte, bei der ich mich nicht merkwürdig fühlte, wenn ich solche Witze riss. »Ich helfe dir beim Turmbau.«

»Bist du eigentlich schon in der Klassengruppe?«, fragte Faye schließlich und zeigte auf ihr Smartphone.

Ich schüttelte den Kopf und überlegte im selben Moment, ob ich überhaupt Teil davon sein wollte. Klassengruppen waren immer das perfekte Medium für ausgeprägte Mobbingattacken.

»Gib mir mal deine Nummer, ich sage Linh Bescheid, dass sie dich hinzufügen soll.« Faye hatte mir bereits gestern alle Mitschüler und Mitschülerinnen namentlich genannt.

Ich hatte Glück, ein solch gutes Gedächtnis zu haben, was Namen und Gesichter anging. Das half mir wenigstens dabei, nicht mehrmals den Namen zu erfragen, sodass Menschen denken könnten, ich sei zu unaufmerksam oder zu hohl, um mir Dinge zu merken. Bescheuerter Gedanke, der trotzdem zu einer Befürchtung heranwuchs.

Linh war ein großes blondes Mädchen, das ganz vorn von dem U uns gegenübersaß und mit ihren Freundinnen hin und wieder zu mir herüberschielte. Keine Ahnung, ob sie nett war oder über mich lästerte. Ich hatte mir angewöhnt, meinem Gefühl nicht sofort zu vertrauen, denn das sagte mir grundsätzlich immer, dass alle Menschen über mich lachten, mich verachteten und allgemein nur Schlechtes für mich bereithielten. Fast schon widerwillig nahm ich Fayes Handy entgegen und fügte meine Nummer hinzu. Als sie es wieder nahm, tippte sie etwas, dann blickte sie in Linhs Richtung. »Ich habe dir Evies Nummer geschickt. Kannst du sie bitte zur Klassengruppe hinzufügen?«

Mit einem zerknirschten Lächeln schaute ich schließlich auf und die Blicke der Freundinnen glitten direkt zu mir, während Linh entschuldigend lächelte. »Klar, kein Problem. Sorry, ich habe da noch gar nicht dran gedacht.«

Siehst du, Kopf. Sie ist nett!

Ich winkte ab. »Alles gut. Ich wusste ja noch nicht mal, dass ihr eine Klassengruppe habt.« Dann sah ich mit pochendem Herzen wieder auf meinen Block. Irgendwann würde ich einen Herzinfarkt erleiden, wenn mein Körper weiterhin jedes Mal maßlos übertrieb, nur weil ich mit jemandem sprach.

Als ich schließlich eine Benachrichtigung bekam und auf den Klassenchat tippte, lag mein Fokus auf den Teilnehmenden. Durch die Profilbilder konnte ich größtenteils erahnen, wer hinter den unbekannten Nummern steckte, und so versuchte ich mich zwanghaft an *alle* Namen zu erinnern. Bei der vorletzten Nummer hielt ich inne. Ich erkannte ihn, ohne das Bild vergrößert zu haben. Sein kalter Blick durchbohrte meinen und das, obwohl es nur ein verdammtes Foto war.

Ich konnte nicht widerstehen und tippte auf Javids Bild, um es doch zu vergrößern. Sein Profilbild war ein schwarzweißes Porträt, das die Farbe seiner Augen versteckte. Seine dunkelbraunen Haare waren genauso wie jetzt lässig verspielt frisiert und er trug wie heute auch auf dem Foto eine vermutlich hellblaue Jeansjacke. Zumindest ließ es sich auf dem ergrauten Bild nur erahnen. Nachdem ich ihn fertig begutachtet hatte, verkleinerte ich sein Foto. Dann schielte ich verlegen zu ihm, als könnte er merken, dass ich ihn gerade gestalkt hatte.

»Soll ich dich vor ihm warnen oder möchtest du dir dein eigenes Bild machen?«, fragte plötzlich Faye.

Ich zuckte erschrocken zusammen. Sie hatte mich beim Starren erwischt. Wie konnte man bitte dieses Übel retten, ohne völlige Fremdscham auszulösen? »Alles gut, ich weiß, dass Javid ein ignoranter Vollidiot ist«, erwiderte ich achselzuckend und sperrte mein Handy. Sie sollte bloß nicht wie meine Oma und meine Mutter falsche Schlüsse ziehen.

Faye sah mich irritiert an. »Javid? Ich spreche von Herrn Simon, unseren Englischlehrer.«

Mayday! Mayday! Dies ist keine Übung! Bitte ganz schnell im Erdboden versinken und nie wieder rauskommen! Ich wiederhole, dies ist keine Übung!

Ich musste in diesem Moment aussehen, als hätte ich ohne Sonnencreme zwanzig Stunden bei fünfzig Grad in der Sonne gelegen. Wenn es bloß ein Fettnäpfchen auf dieser gesamten Welt geben würde: Es hätte eine hundertprozentige Wahrscheinlichkeit, dass gerade ich hineintreten würde.

Faye sah mich schmunzelnd an und ich konnte nur erahnen, wie viele falsche Assoziationen sie mit meiner Aussage ihm gegenüber verband. Vermutlich dachte sie gerade, dass ich wie ein junges Mädchen so tat, als würde ich den Jungen, den ich insgeheim mochte, total doof finden. Wie peinlich konnte es noch werden? »Javid ist ein bisschen eigen und verschlossen. Aber ob du es glaubst oder nicht: Er ist eigentlich total lieb.«

Mein Gehirn und mein Pessimismus, der im Grunde mit dem Realismus gleichzusetzen war, ließen mich entscheiden, ihr nicht zu glauben. Ich wusste ja nicht, welche Scheinwelt Faye gern besuchte, aber die eine, in der Javid pupsende Einhörner striegelte und das neuste Lied von DJ Ötzi mit grölte, schien ihr nicht gutzutun.

Ich zuckte mit den Schultern und hoffte inständig, dass sich meine unbändige Kunst, in Fettnäpfchen zu treten, im Laufe meines Lebens verflüchtigte. »Warn mich gern vor dem Englischlehrer.« Die Tatsache, dass wir in den ersten beiden Stunden Englisch hatten, machte mich dezent nervös und führte dazu, dass sich meine Scham zumindest für den Moment verabschiedete.

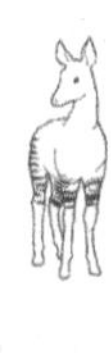

»Er ist eigentlich ganz in Ordnung, noch ziemlich jung. Aber er denkt, er würde uns einen Gefallen tun, wenn er diejenigen an die Tafel holt, die sich nicht melden. Er betont immer, dass er weiß, dass viele mehr können, und dass die mündliche Note so zu verbessern ist.«

Ich sah sie an, als hätte sie mir offenbart, dass in zwei Minuten ein Meteorit in das Klassenzimmer einschlagen würde. Wenn eine Person gesucht würde, die in einem Film über einen Mosasaurier-Angriff einen Passagier auf dem Boot imitieren sollte, wäre dieser Gesichtsausdruck vermutlich die beste Bewerbung. »Meine Note wird das sicher nicht fördern, eher meinen Hass auf die englische Sprache und das Schulsystem«, erwiderte ich und überlegte, ob ich eine Magen-Darm-Attacke vortäuschen sollte, um der Toilette während des Englischunterrichts einen langen, ausgedehnten Besuch abzustatten. Das vor der Klasse zu erklären, wäre allerdings nur minimal unangenehm. Außerdem würde es mir ohnehin nichts bringen. Früher oder später musste ich am Englischunterricht teilnehmen, um wenigstens eine Fünf auf dem Zeugnis zu erzielen.

Und als hätte es Satan höchstpersönlich auf mich abgesehen, marschierte genau in dem Moment, als ich noch über meine Flucht nachdachte, ein Mann, der höchstens Mitte dreißig sein konnte, in den Raum. Sein blondes Haar wirkte so voll, als hätte er zwei Perücken übereinander gestülpt. Sein Blick aus blauen Augen wanderte zur Begrüßung durch den Raum und wäre er kein Englischlehrer, hätte ich sein Lächeln vermutlich als sympathisch empfunden.

Sorry, liebe Lehrkräfte, aber ähnlich wie ein schrecklicher

Charakter konnte auch die Wahl des Unterrichtsfaches unattraktiv machen.

Hätte ich in der ersten Klasse gewusst, was mich erwartete, wäre ich vermutlich Stripperin geworden. Spätestens seit der siebten Klasse hatte ich nur noch einen Trommel spielenden Affen in meinem Hirn sitzen, während ich beinahe heulend vor den Hausaufgaben oder den Klausuren saß.

Das Schulsystem meinte es nicht gut mit mir. Ich war ein ruhiger Mensch. Die ständigen Nachfragen, warum ich so ruhig sei, brachten mich zu der Annahme, dass es falsch sei, diese Charaktereigenschaft zu besitzen. Niemand fragte dich, warum du dich im Unterricht viel gemeldet hast oder ansonsten sehr kommunikativ warst. Meistens merkten es die Lehrkräfte gar nicht, dass sie dir indirekt vermittelten, dass du nicht gut genug warst, wenn du nicht laut warst. Dann fiel auch mal in der Notenbesprechung ein Satz wie: »Trau dich einfach, melde dich einfach!« Ach wirklich? Danke für diesen geistreichen Ratschlag, über den ich zuvor nie nachgedacht hatte.

Keine Ahnung, ob sie annahmen, dass der einzige Grund, sich nicht zu melden, ein Mangel an Disziplin und Interesse darstellte. Ich war eine wahre Niete, wenn es darum ging, sich zu melden, obwohl ich in Fächern wie Biologie kein Vollidiot war. Und trotzdem bestimmten mein mangelndes Selbstvertrauen und meine ruhige Art meine Kompetenzen in einem Fach. Das ergab in meinen Augen wenig Sinn. Genauso wenig verstand ich, warum ich Stochastik verstehen musste, obwohl ich niemals etwas beruflich mit Mathe machen wollte. Ich war keine Fünfer-Kandidatin, aber mein

Lieblingsfach war es definitiv auch nicht. Ich verstand, dass grundsätzliche Dinge wie Addition, Multiplikation und Dreisatz für das Leben wichtig waren, aber ich empfand es als sinnvoller, spätestens ab der zehnten Klasse nur noch ressourcenorientiert zu unterrichten. Unterrichtsfächer, die uns lagen und uns für die spätere Berufswahl halfen. Das Schulsystem brachte viele Schüler und Schülerinnen in ausweglose Situationen und trotzdem wurde noch keine passende Lösung gefunden, die für das Wohl aller sorgen könnte.

Als sein Blick schließlich zu mir glitt und mich damit aus meinem Gedankenwirrwarr herauslockte, hielt er kurz inne, ehe er mich mit einem Nicken begrüßte. »We have a new student. Welcome! I am your englishteacher, Mr Simon.«

Frau Siemons, Herr Simon, wer kam als Nächstes? Fräulein Simone? Meine lächerlichen Englischkenntnisse reichten tatsächlich aus, um seine Worte zu verstehen. Aber um nicht sofort zu offenbaren, dass sich meine Sprachkünste gefühlt nur auf »hello« und »shut up« (beides Dinge, die ich gerade loswerden wollte) beschränkten, lächelte ich möglichst selbstsicher. Ich sah dabei sicherlich so aus, als hätte ich Magenkrämpfe, nachdem ich mal wieder diese mörderische Pizza mit Jalapeños gegessen hatte, die meine Mutter manchmal nach der Arbeit von dem Italiener mit der riesigen Speisekarte mitbrachte.

Als er seinen Rucksack auf dem Lehrerpult abstellte, hatte er den Blick noch immer nicht von mir abgewandt. »It would be nice if you introduced yourself. Tell your classmates something about you.«

Den ersten Teil der Aufforderung, dass ich mich vorstellen solle, konnte ich mir nur durch den letzten Teil erschließen. Ich fragte mich schon jetzt, warum man mich nicht gleich wieder in die erste Klasse versetzte.

Im Endeffekt war er nicht neugierig, welche meine Lieblingsfarbe war oder wann ich wo aus meiner Mutter geflutscht war. Er wollte nur schauen, ob mein Englisch gut, in Ordnung oder eine Vollkatastrophe war. Tja, er würde gleich eine Überraschung erfahren, denn mein Englisch war nicht nur eine Vollkatastrophe, ich war die Vollkatastrophe.

Ich räusperte mich und spürte, wie aller Blicke auf mir ruhten. Meinen rechten Daumen bearbeitete ich mit dem Nagel meines rechten Mittelfingers, um weitere Hautfetzen abzureißen und ja, das war genauso eklig, wie es klang.

Frau Winter stand schon in den Startlöchern, Javid zu gebärden, wie unfassbar unfähig ich war. Faye blickte bloß betroffen auf den Tisch und betete vermutlich gerade für mich, dass ich es schnell hinter mich brächte und sie sich nicht zu sehr vor Fremdscham schütteln müsste.

Es half nichts, ich konnte ja nicht stumm in den Raum starren wie Javid in diesem Moment. »My name is Eviliana. But my …« Verflucht noch mal, was hieß denn bitte Spitzname?

»Nickname«, flüsterte Faye mir zu, als könnte sie meine Gedanken lesen.

»But my nickname is Evie. I am seventeen years old and my favorite color is blue.« Ach du heilige … Was war das denn? Ein klassischer Vorstellungstext in der dritten Klasse traf auf eine Elftklässlerin.

Herr Simon lächelte anerkennend und ich konnte mir nur ausmalen, was er wirklich dachte: was eine Dummbratze. »Thank you, Eviliana. I hope you will have a good time in my English class.«

Wohl kaum und ich würde meine beiden Eierstöcke darauf verwetten, dass er das auch wusste. Meine Wangen glühten wieder so sehr, als hätte ich mein halbes Leben in einer Sauna verbracht, und meine Hände zitterten im Kontrast dazu, als hätte man mich kurzerhand in Eiswasser geschmissen. Peinlicher Auftritt am zweiten Tag: Check.

Endlich widmete er sich seinen anderen Schülerinnen und Schülern und drehte uns den Rücken zu, während er etwas an die Tafel schrieb.

»Auf einer Skala von ›oberpeinlich‹ bis ›wandere am besten gleich aus‹: Wie unangenehm war das bitte?«, flüsterte ich Faye zu.

Kurz musste sie tatsächlich kichern, ehe sie wieder ernst wurde. »Alles gut«, erwiderte sie einfühlsam. »Im Matheunterricht habe ich mir schon mal selbst diese seitliche Tafel gegen den Kopf gedonnert, weil ich so nervös war, dass sich meine Feinmotorik verabschiedet hat. Selbst Frau Edell hat darüber gelacht. Vielleicht beruhigt dich das.«

Ich schmunzelte über unsere Gemeinsamkeit, doch dann zog Herr Simon mit der schlimmsten Frage meiner Schullaufbahn abermals meine Aufmerksamkeit auf sich. »Who knows the answer?«

Ich schaute demonstrativ weg, um das Geschriebene an der Tafel zu entziffern. Ich dachte, nur Ärzte und ich, wenn ich wütend mit Javid kommunizierte, hätten eine solche

Handschrift, aber offenbar hatte auch Herr Simon eine neue Schriftsprache erfunden. In welcher Welt sah ein A aus wie ein waagerechter, welliger Strich? War das überhaupt ein A? Es hätte genauso gut ein M, ein P oder ein K sein können. Ich fühlte mich fast, als wäre ich Teil des Galgenmännchen-Spieles und versuchte ein Wort zu entschlüsseln, ohne alle Buchstaben zu kennen. Aber machten wir uns nichts vor: Selbst wenn ich die Worte hätte entschlüsseln können, es hätte mir ohnehin nichts gebracht. Also war die beste Entscheidung, einfach teilnahmslos wegzuschauen.

Wenn ich ihn nicht ansehe, sieht er mich auch nicht an.

Das hat vielleicht in deinem Kopf im Kindergarten beim Versteckenspielen funktioniert, Evie.

Als ich wieder in seine Richtung schaute, durchbohrten mich seine Augen und so richtete ich meinen Blick auf das Blatt und fing an, darauf wild herumzukritzeln. *Tu einfach so, als wärst du mit Schreiben beschäftigt. Was ich angeblich aufschreibe? Ich habe keinen blassen Schimmer.* Meine Kritzeleien kamen auf jeden Fall Herr Simons Handschrift sehr nah.

»Javid«, hörte ich schließlich die tiefe Stimme meines Englischlehrers sagen und ich atmete auf. Mit Sicherheit hatte er meine Strategie entlarvt und war das Trauerspiel leid. Oder er hatte Erbarmen mit mir. Vielleicht war er aber auch zuvorkommend, dass er mich bei meiner ersten Englischstunde verschonte. Den letzten Gedanken strich ich schnell wieder, weil die Vorstellung vor wenigen Minuten bereits die Blamage des Jahres gewesen war. Egal, was es letztlich war, ich war heilfroh, dass nicht ich die Auserwählte war, die sich wieder vor der gesamten Klasse zum Affen

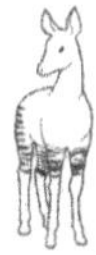

machen musste. Vielleicht war meine Pechsträhne für diesen Tag abgearbeitet. Man durfte ja auch mal träumen.

Die mechanischen Worte des Tablets erfüllten nach kurzer Zeit die Stille im Raum. »*The ocean and the animals in it would be safe if we didn't exist. We, the humans, destroy the world. But we just speak about what we are doing wrong, instead of changing something. That does not save the nature, that saves our conscience.*«

Ich hatte keine Ahnung, um was es ging, aber seine Antwort klang intelligent und es war mir ein Rätsel, wie ein Mensch so schnell denken und tippen konnte. Ob er das »TH« genauso schlecht aussprach wie ich? Wohl kaum, das grenzte an ein Wunder der Talentlosigkeit. Aber praktisch war es trotzdem, dass er die Worte nicht aussprechen musste.

»Well done!«, kommentierte Herr Simon seinen Beitrag und schaute dann zu meinem Erschrecken in meine Richtung. »Eviliana, what do you think about this topic?«

Erinnerung an mich selbst: *Freu dich nie zu früh.*

KAPITEL 4

Nein heißt nein. Manchmal auch ja.

Eines war ich mir nun ganz sicher: Englisch war Satan höchstpersönlich. Nachdem ich nur vor mich hingestammelt hatte und ausgesehen haben musste, als müsste man mir in jedem Moment einen Krankenwagen rufen, ließ Herr Simon mich für den Rest der Stunde in Ruhe leben.

Die Anspannung fiel allerdings erst von mir ab, als endlich die Schulklingel ertönte. Erleichtert atmete ich auf und war kurz davor, eine Party zu schmeißen, als er durch die Klassentür marschierte. Wenn ich jemals in diesem Leben meinen Schulabschluss erreichte, würde ich all meinen Englischlehrkräften einen saftigen Brief zukommen lassen, warum sie und ihr Englischunterricht mein Selbstwertgefühl nach *Selbsthassistan* geschickt hatten. Als ob sie etwas daran ändern konnten.

Ich tat ja regelrecht so, als wäre es ihre Schuld, dass ich nicht einen englischen Satz aussprechen konnte, ohne dass mein Akzent schon bei dem ersten Satz verriet, dass ich eine süße, kleine deutsche Kartoffel war. Ich empfand das nie als schlimm. Solange man sich gut verständigen konnte, spielte es keine Rolle, ob die Aussprache perfekt war oder eben nicht, es war schließlich nicht meine Muttersprache. Aber verständigen konnte ich mich ja auch nicht. Auf jeden Fall keine guten Voraussetzungen, um dieses Jahr mit einer besseren Note als einer Fünf zu beenden.

Während der Pause unterhielt ich mich mit Faye über die Inhalte, die sie bislang in Englisch besprochen hatten, während ich immer wieder zu allen Seiten schielte, ob mich jemand beim Essen beobachtete. War es wohl das Normalste der Welt, breitete sich trotzdem ein Gefühl von Unwohlsein in meinem Inneren aus. Kein gehirnbesitzender Mensch würde sich hinstellen und sagen: »O mein Gott, sie isst! Wie kann sie nur so etwas Überlebenswichtiges tun?!« Und trotzdem prägten mich die sozialen Medien mit all diesen schlanken, perfekt in Szene gesetzten Frauen, deren kleiner Finger mich bereits verunsicherte und neidisch machte.

In manche Blicke interpretierte ich einfach hinein, dass sie sich fragten, warum ich so viel aß, obwohl ich doch auf meine Figur achten solle. Vermutlich dachten sie überhaupt nicht über mich nach, weil ich viel zu uninteressant war, aber mein Kopf wollte mich ja unbedingt davon überzeugen, dass ich (wenn ich denn mal bemerkt wurde) nur im Licht der negativen Beurteilungen stand.

Es war Quatsch, überhaupt darüber nachzudenken, denn es war vollkommen egal, ob ich schlank oder korpulent oder dick war. Ich hasste dieses einseitige, eingeschränkte Idealbild ohnehin zutiefst. Solange man gesund war und sich wohlfühlte, sollte man ohne dumme Bemerkungen wiegen, was man wollte. Schönheit lag ja ohnehin im Auge des Betrachters, also eigentlich hätte es mir egal sein können, ob jemand tatsächlich dachte, ich sei nicht schlank genug. Schließlich wusste ich für mich ganz genau, dass das bisschen Speck auf meinen Hüften ganz sympathisch war. Es *sollte* mir egal sein. War es aber nicht.

Javid und Frau Winter hatten nach etwa fünf Minuten Pause den Raum verlassen, was mich aufatmen ließ. So ein bisschen Befreiung von seinen Blicken würde mir guttun. Schöner wäre es natürlich, wenn er ganz aus meinem Sichtfeld und somit aus meinem Leben verschwinden würde, da das aber erst mal nicht eintreten würde, war ich damit vorerst zufrieden. Nicht zuletzt, weil er nun die größte offensichtliche Schwachstelle von mir kannte.

Als die nächste Stunde begann, alle wieder auf ihren Plätzen saßen und ich einen Blick auf den Stundenplan warf, musste ich laut seufzen. Welcher Sadist hatte beschlossen, dass die besonders grausamen Fächer an einem Tag unterrichtet werden sollten? Ich stellte mir eine Frau in ihrem dunklen Kämmerlein vor, die sich, nachdem sie den Plan konzipiert hatte, die Hände rieb und diabolisch lachte. Mein fantasiereiches Kopfkino war wohl die größte Unterhaltung, die ich am Tag erleben würde.

Ich war froh, dass der Physiklehrer, dessen Name so arg genuschelt von seinen Lippen kam, dass ich ihn beim besten Willen nicht verstanden hatte, mich nicht an die Tafel holte oder mich sonderlich beachtete. Er wolle mir erst einmal

Zeit lassen, in das Thema zu finden. Zumindest hatte er das so gesagt. Er wirkte aber eher so, als würde er sich nicht mit meinen Defiziten, was das Thema betraf, beschäftigen wollen und mich meinem Schicksal selbst überlassen. Ob ich nun verstand, was er da vorn an der Tafel redete oder nicht. Spoiler: Letzteres traf zu. Als wir schließlich ein Arbeitsblatt still in Einzelarbeit bearbeiten sollten, fühlte ich mich, als wäre ich zum ersten Mal in meinem Leben in Japan und müsste zu einem Japanisch geschriebenen Buch Fragen beantworten.

»Kann ich mal eben auf Toilette gehen?«, fragte Linh in die Stille und ich horchte interessiert auf. In diesem Moment war es vermutlich auch interessant, die Risse in der Wand zu zählen oder den Vögeln vor dem Fenster beim Kacken zuzusehen.

»Ich weiß nicht, ob Sie das können. Aber Sie dürfen«, antwortete mein Physiklehrer und lachte dann anschließend.

Es reichte ja nicht, dass ich zu Hause eine klischeehafte Mutter sitzen hatte. Ein Lehrer, der sich seine Sprüche (die ungefähr jeder Lehrer und jede Lehrerin benutzte) vermutlich aus einem »Wie man zwanghaft lustig wirken will«-Buch für Lehrkräfte heraussuchte, durfte in meinem Leben auch nicht fehlen.

Linh hob halbherzig die Mundwinkel und verließ kommentarlos den Raum. Wie viel Überwindung es sie gekostet haben musste, keine Erwiderung auszusprechen, konnte ich nur an ihrem Gesichtsausdruck erahnen.

»Hätte ein Job als Comedian nicht besser zu ihm gepasst?«, sagte ich leise an Faye gewandt und sie kicherte.

»Eviliana, wollen Sie uns an Ihrem Witz teilhaben lassen?«

Mein großes Mundwerk und meine unsichere Art vertrugen sich definitiv nicht. Fast schon beleidigt sah mich mein Lehrer an, als wäre er wütend darüber, dass niemand über seine Sprüche lachte, über meine aber schon. Aller Blicke waren auf mich gerichtet und auch Javid starrte mir genau ins Gesicht. Was sagte ich denn jetzt? Den Satz zu wiederholen, wäre nicht sehr intelligent. Mir etwas anderes auszudenken, war keine gute Idee. Also schüttelte ich einfach den Kopf und senkte ihn anschließend über das Arbeitsblatt, sodass meine Haare wie eine Gardine vor meine gerötete Haut fielen. Umziehen? Auswandern? Auf einen anderen Planeten katapultieren lassen? Letzteres war wohl nach der Aktion die beste Entscheidung. Es fühlte sich so an, als würden sich kleine Trolle mit Nadelstichen an meiner Kopfhaut zu schaffen machen. Alles entglitt mir, so unangenehm war diese Situation für mich. Es half alles nichts: Ich musste mich ablenken, wenn ich nicht gleich heulend auf dem Schulklo sitzen wollte.

Also beschloss ich, mich abermals dem unlösbaren Arbeitsblatt zu widmen. Die Wut darauf, dass ich nicht eine einzige Aufgabe beantworten konnte, verdrängte mein unbändiges Schamgefühl für den Moment. Dieser Tag war noch jung und trotzdem hatten mich bereits zwei Fächer an den Rand der Verzweiflung gebracht und Zweifel an meiner Intelligenz geschürt. Das war doch ein super Schnitt!

Als ich auch nach fünfzehn Minuten keinen blassen Schimmer hatte, was ich aufschreiben sollte, vibrierte plötzlich mein Handy. Verdammt! Ich dachte, ich hätte es in den Flugmodus gestellt! Erschrocken blickte ich zu meinem

Lehrer, der zu meinem Glück immer noch seine Halbglatze kratzend in einem Buch herumblätterte. Auch alle anderen im Raum schienen nichts von der Handyvibration mitbekommen zu haben oder aber sie ignorierten es. Bekam man einen Preis, wenn man das Blatt vollständig löste oder warum hingen alle so hoch konzentriert davor? Dadurch, dass niemand es wahrgenommen zu haben schien, riskierte ich einen Blick auf das Display. Wer um alles in der Welt schrieb mir jetzt eine Nachricht? Wer schrieb mir überhaupt eine Nachricht? Das war die weitaus klügere Frage.

Während ich auf mein Display starrte, fragte ich mich, ob ich zurechnungsfähig sei, denn ich erkannte tatsächlich eine Nachricht von Javid.

Ich würde den Witz gern hören.

Verdutzt schaute ich in seine Richtung und blickte direkt in seine Augen. Ausdruckslos schaute er mich an und legte dann den Kopf schief.

Ich senkte meinen, während ich mein Handy hinter meinem Federetui versteckte und verstohlen zu meinem Physiklehrer schielte. Dann tippte ich. Wie peinlich wäre es, würde ich dabei erwischt werden? Ich wollte es mir gar nicht ausmalen.

Als ich die Frage beendet hatte, ruhte mein Finger in der Luft und ich überlegte noch einmal, ob ich das Geschriebene wirklich abschicken sollte. Ich hatte keine Ahnung, wie er auf Aussagen wie diese reagieren würde, aber ich schätzte ihn so ein, dass er, so selbstverliebt wie er wirkte, damit durchaus umgehen konnte. Also sendete ich ihm die Nachricht.

Ihn zu hören wird vermutlich schwer werden, oder?

Kurz blickte ich zu ihm herüber und sah gerade noch, wie er in sein Handy grinste. Puh, er nahm es mit Humor. Hätte auch schiefgehen können und ich hätte eine drei Kilometer lange Entschuldigung verfassen müssen, um mein schlechtes Gewissen zu bereinigen. Na ja, bei ihm fiele sie vermutlich etwas kürzer aus. So zwei Sätze wären bei ihm wohl das höchste der Gefühle gewesen.

Ganz schön evil, Evil., antwortete er nur wenig später. Das heißt übrigens böse.

Ich verdrehte die Augen. Dieser Spitzname war mir wirklich zuwider. Was erlaubte er sich, mich so zu nennen?

Ich weiß, was das heißt! Eviliana. Mein Name ist Eviliana. Und der Satansbraten bist eher du mit deinem ignoranten Verhalten.

Er zog eine Augenbraue hoch und blickte zu mir, ehe er eine weitere Nachricht schrieb.

Du wolltest doch, dass ich dich in Ruhe lasse, oder? Und aus der Nummer kommst du nicht mehr raus – du bist Evil.

Kein schlechtes Argument. Warum machte ich mir daraus etwas? Sollte er mich doch nennen, wie er wollte. Dann musste er sich aber auch nicht wundern oder gar beschweren, wenn ich dasselbe tat.

Okay, du nennst mich Evil. Dann möchte ich mir auch einen Spitznamen für dich ausdenken. Wie wäre es mit Vid?

Als ich zu ihm blickte, sah er kritisch auf sein Handy, bevor mich eine weitere Nachricht erreichte.

Nicht sehr einfallsreich. Ich glaube, ich muss dir mal bei einer Tasse Kakao erklären, wie man gute Konter bringt.

Hatte er mich gerade um ein Treffen gebeten? Nein, das konnte nicht so gemeint sein. So dreist und selbstüberschätzend war nicht einmal er.

Ich find ihn gut, der Spitzname unterstreicht so schön, dass du ein »Ja« niemals von mir hören wirst.

Als würde er statt zehn Fingern fünfzig haben, kam die Antwort nur wenige Sekunden später bei mir an.

Hören vermutlich nicht. Du hast doch nur Schiss, dass man denken könnte, du wärst

mit dem beliebtesten Kerl der Schule
befreundet.

Wie konnte man nur so arrogant sein? Ich feierte zwar Menschen dafür, wenn sie selbstbewusst waren und Selbstliebe versprühten, aber das war mir in Anbetracht dessen, dass er offenbar keinen blassen Schimmer hatte, wie er sich bei anderen gab, zu viel des Guten. Das Fremdschamerregende daran war, dass ich mir nicht vorstellen konnte, dass er das ironisch gemeint hatte. Dementsprechend fies fiel meine Erwiderung aus.

Hat mich dein Wem-gehe-ich-am-besten-auf-die-Eierstöcke-GPS-Tracker geortet? Wenn ja, wie schalte ich mein Signal ab?

»So, dann lasst uns mal die Ergebnisse vergleichen«, verkündete plötzlich mein Physiklehrer und mein Federetui samt Handy fiel mir vor Schreck beinahe vom Tisch. Ich verkörperte wohl den Inbegriff von »auf frischer Tat ertappt« und war nur heilfroh, dass mein Lehrer, dessen Namen ich noch immer nicht kannte, so unachtsam und desinteressiert durch den Unterricht dahinvegetierte.

Vergleichen? Ja, das hatte ich früher immer gesagt, wenn ich von irgendjemandem die Hausaufgaben abschreiben wollte.

Ich steckte mein Handy wieder zurück in die Tasche, um mein Glück nicht noch weiter zu strapazieren. Noch eine peinliche Konfrontation vor der versammelten Klasse würde ich nicht aushalten, ohne für mindestens drei Monate in

meinem verschlossenen Zimmer zu verweilen. Doch davor linste ich noch einmal auf das Display, das sich in dieser Sekunde erhellte.

Nein, mein Wer-bringt-die-schlechtesten-Sprüche–GPS-Tracker hat dich geortet. Ich glaube, das lässt sich nur abstellen, wenn du dich dahingehend verbesserst.
In dem Zuge am besten auch in Englisch.

Ich verdrehte die Augen. Fast hätte ich sogar geschmunzelt, aber das musste er ja nicht wissen.

KAPITEL 5

*Wenn mir Menschen unangenehme Fragen stellen,
wünschte ich mir manchmal,
dass das Teleportieren möglich wäre.*

Am Abend vibrierte mein Handy und ich schaute schnell nach, ob mir womöglich Faye geschrieben hatte. In mir wuchs die sanfte Hoffnung, sie könnte so etwas wie eine Freundin werden. Vermutlich war es schwachsinnig anzunehmen, dass sie mich als mehr als nur eine Mitschülerin sah. Ich fühlte mich schon beinahe wie eine zwölfjährige Evie, die sich täglich vorgestellt hatte, eine Beziehung mit Edward Cullen zu führen.

Die Wahnvorstellung, mit Faye eine Freundschaft zu führen, war wohl ähnlich hoffnungslos. Mein Kopf sagte mir sogar, dass sie einfach nur nett sei, sich aber insgeheim ihre eigenen negativen Gedanken über mich mache. Eine Sekunde später bereute ich meinen Vorwurf, musste ich mir doch eingestehen, dass nicht sie das Problem meiner Zweifel war, sondern ich selbst. Es war nicht fair, ihr Gedanken zu unterstellen und sie als eine Heuchlerin hinzustellen, nur weil ich nicht einsehen konnte, dass jemand nett zu mir war und es wirklich so meinte.

Also versuchte ich mit positivem Blick auf mein Handy zu schauen, um Fayes Nachricht zu empfangen. Doch zu meiner Überraschung ploppte ein anderer Name auf und brutzelte sich in meine Netzhaut. Ich seufzte auf. Was wollte der denn schon wieder?

Ich lag gerade in meinem Bett und habe an den Haufen Hundekot gedacht, dem ich heute ausgewichen bin. Und plötzlich musste ich an dich denken, Zufall?
Du bist wohl der erste Mensch, der einen Witz über meine Hörschädigung macht, Evil.

Ich grinste. Ich hatte das Gefühl, es würde ihn faszinieren, dass ich ihn auf diese Art auf seine Gehörlosigkeit angesprochen hatte. Was er allerdings mit dem ersten Absatz bezwecken wollte, blieb mir unklar. Um von seiner Faszination abzulenken? Um einen lapidaren *Grund* zu haben, mir zu schreiben? Oder glaubte er wirklich, er sei witzig?

Vielleicht haben die anderen Angst, dass du sie mit deiner riesigen Arroganz überrollst,

antwortete ich und ließ den ersten Teil der Nachricht unkommentiert. Er sollte bloß nicht annehmen, er könnte mein Selbstwertgefühl vollends ausknocken. Gegen mich im Ring hatte er keine Chance, er würde höchstens einen Treffer landen. Meine Schutzmauer, die all meine verletzlichen Seiten und Erinnerungen verbarg, war bereits zu einem Abbild der Chinesischen Mauer geworden.

Es dauerte nicht lange, da vibrierte mein Handy erneut.

Ist es nicht arrogant, meine Einladung zu
einem Kakao auszuschlagen, weil du denkst,
du seist zu gut für mich?

Ich runzelte die Stirn, während ich tippte.

Wann habe ich das denn behauptet?,

fragte ich und kam mir vor, als würde ich auf dem Schlauch stehen. Meinte er das jetzt sarkastisch oder dachte er tatsächlich, dass ich in den Spiegel schaute und dachte: »Heiliges Kanonenrohr, du bist schon eine Granate!«? Oder noch besser: Dass ich wirklich glaubte, ich hätte den perfekten Charakter, mit dem andere nicht mithalten konnten? Er war doch derjenige, der sich für Jesus höchstpersönlich hielt.

Ist das ein Ja?,

erwiderte er und meine Kinnlade klappte Richtung Boden. Seine Interpretation war ungefähr genauso schlüssig wie mein Lächeln auf das Gesagte meines Gegenübers, das ich auch nach dem zweiten Mal wiederholen noch immer nicht verstanden hatte. Lächeln und hoffen, dass es keine Frage war, auf die man antworten musste. Die Person hätte mir auch erzählen können, dass ihr Hamster verstorben war.

Ich lächelte dann einfach wie ein Psychopath, ohne überhaupt zu ahnen, wie unangenehm ich mich verhielt. Vid schlussfolgerte genauso, als hätte er mein Geschriebenes falsch verstanden. Da seine Ausrede *dieses Mal* nicht seine Einschränkung des Hörsinns sein konnte, enttarnte ich seine Erwiderung als »Man hört immer das, was man hören möchte«. Oder er wollte mich auf die Palme bringen. Diese Hypothese hielt ich für den Gewinner.

Nein, das ist ein Nein, Vid.

Und warum sagst du Nein?,

fragte er nur wenige Sekunden später und lockte mich damit aus der Reserve.

War die Frage ernst gemeint? Wenn er darauf wirklich eine Antwort brauchte, war er noch deutlich stärker fernab der Realität als meine zwölfjährige *Edward Cullen*-Schwärmerei.

Sollen wir uns beim Kakaotrinken
anschweigen so wie in der Schule heute?,

stellte ich also die Gegenfrage und hoffte, er hätte nun endlich begriffen.

Doch jede weitere Nachricht verwunderte, verwirrte und machte mich wütend zugleich. Jedes Mal, wenn ich glaubte, ich würde seinen nächsten Schlag vorhersehen, haute er mir wieder eine rein.

Verstehe. Das hat dich verletzt.

Für was um alles in der Welt hielt er sich, dass er glaubte, alle seien auf seine Präsenz und Aufmerksamkeit angewiesen? Das sollte ja wohl hoffentlich ein Scherz sein!

Verletzt? Wohl kaum. Das war eine Wohltat! Aber es wäre mir lieb, würdest du mich auch weiterhin mit deiner Ignoranz bescheren.

Nach einigen Minuten folgte eine Erwiderung, die mich mit einem mulmigen Gefühl in den Schlaf locken wollte, um der Empfindung, die folgen würde, zu entfliehen. Einerseits konnte ich mein Handy mit einem Gefühl des Sieges und der Genugtuung auf meinem Nachttisch ablegen, andererseits löste sie eine Art Leere in mir aus, die mir nur allzu bekannt war: Schon wieder hatte ich jemanden vergrault. Nicht dass er es nicht provoziert hätte oder ich ihn in meinem Leben wissen wollte. Die bloße Tatsache, abermals Menschen von mir fernzuhalten, führte mich wieder in die Spirale meiner Einsamkeit, ausgelöst durch meine unaufhaltsame Angst.

Bevor ich endgültig einschlief, blickte ich noch einmal mit müden Augen auf die Nachricht und seufzte schwer, um die Last, die sich in meinem Brustkorb gesammelt hatte, loszulassen.

Wie du willst. Gute Nacht, Evil.

Die nächsten Tage ignorierte Vid mich. Er schaute mich nicht an, wirkte beinahe so, als wäre ich Luft für ihn. Vermutlich war ich das auch. Warum störte mich das? Ich wollte

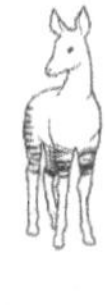

es doch nicht anders. Er war provokant und eingebildet. Ein Mensch, dem ich besser aus dem Weg gehen sollte. Ich hatte allen Grund dazu, ihn loswerden zu wollen. Ich brauchte keine lästige Mücke, der ich ein Zuhause bot und sie duldete, obwohl sie mich ständig stach und damit zum Ausrasten brachte.

Ich glaubte allerdings, es war die Ignoranz, mit der ich nicht klarkam. Es war völlig egal, wer mir mit dieser Haltung gegenüberstand: Ich *hasste* es, ignoriert zu werden. Sollte man mich hassen, mich verachten, mir böse Blicke zuwerfen. Das war wesentlich besser, als behandelt zu werden, als wäre man nicht existent; als wäre man sogar zu irrelevant, um gehasst zu werden.

Andererseits hatte ich ihn ja dazu aufgefordert, also war es ziemlich dämlich, sich nun darüber aufzuregen und sich den Kopf zu zerbrechen. Solange Faye noch an meiner Seite war (ich sollte ihr hierfür einen Tapferkeitsorden überreichen), sollte mich dieser idiotische Vollidiot gar nicht interessieren. Jetzt musste nur noch das *sollte* aus dieser Überzeugung gestrichen werden.

Als mein Deutschlehrer endlich das Wochenende einläutete und mir damit mein Highlight der Woche bescherte, beschloss ich, mir noch einige Schreibutensilien zu besorgen, bevor ich nach Hause ging. Schließlich wollte ich nicht ständig Faye nach ihrem Geodreieck oder ihrem Tintenkiller fragen, sonst würde sie mich Schnorrerin irgendwann aus ihrem Beachtungsradar streichen. Beliebte Menschen schafften es durch die Schulzeit, ohne sich einmal ein eigenes

Radiergummi oder einen eigenen Block zuzulegen. Doch Personen wie ich, ohne Freunde, sollten besser darauf achten, ihre Materialien inklusivc Schulbücher immer selbst dabeizuhaben, denn ansonsten warst du echt am Allerwertesten. Besonders dann, wenn man lieber vortäuschte, krank zu sein, um nach Hause zu marschieren, als jemanden zu fragen, ob man sich etwas ausleihen könne.

Zunächst fuhr ich jedoch zu einem Supermarkt, um mir ein Getränk und ein paar Süßigkeiten zu holen, die ich am Wochenende in mich hineinschieben konnte. Dass ich bei meinem Frustfressen und damit zusammenhängenden Schokoladenkonsum noch nicht aussah wie ein Wal-Baby auf zwei Beinen, blieb ein Mysterium. Ich war zwar nicht superschlank und hatte an manchen Stellen kleine Fettpolsterungen, aber das war absolut nicht in Relation mit meiner Zuckersucht zu setzen. Außerdem war Bodyshaming eh etwas, das ich auf den Tod nicht leiden konnte – außer bei mir selbst.

Als ich schließlich alle Lebensmittel, die mein Herz begehrten, zusammengesucht hatte, ging ich Richtung Kasse. Bevor ich mich anstellte, zählte ich die Preise schnell grob zusammen und ärgerte mich einmal mehr darüber, dass ich so miserabel darin war, mir zu merken, was ich vor einer Sekunde ausgerechnet hatte. Ich sollte wirklich mehr trinken. Mein Gedächtnis würde es mir zumindest danken.

»Soll ich dir Geld leihen?«, hörte ich die mechanische Stimme hinter mir fragen, sodass ich erschrocken herumfuhr.

Ertappt blickte ich in grasgrüne Augen und schaute dann abermals auf die Sachen in meinen Händen, während ich den

Kopf schüttelte. »Nein, nein. Alles gut.« Lebte der in Einkaufsläden oder warum lief ich ihm ständig über den Weg?

Keine Ahnung, ob er die Frage spöttisch oder freundlich meinte, die Stimmlage wäre da vermutlich von Vorteil gewesen. Er hatte ja keinen blassen Schimmer, warum ich wirklich das Geld zählte.

Er zuckte nur mit den Schultern und ging an mir vorbei. Dabei zog mir sein markanter, herber Duft in die Nase, der meine Hormone regelrecht explodieren ließ. Ich konnte mich nicht beherrschen und sog ihn tief in mich auf. Verdammt noch mal!

Während ich noch damit beschäftigt war, mir seinen Geruch einzuprägen, legte Javid ein Erfrischungsgetränk auf das Band. Anschließend wandte er sich wieder mir zu und tippte abermals auf sein Tablet. *»Was machst du heute noch?«*

Ich zuckte mit den Schultern, weil ich nicht sicher war, ob er mich verstand, wenn ich etwas sagte.

Er zog die Augenbrauen zusammen und ließ abermals das Tablet für ihn sprechen. *»Na, dann kannst du ja mit mir zusammen zum See gehen.«*

Ich wurde rot und starrte ihn erschrocken an. Er hatte immer noch nicht aufgegeben. Wie automatisch antwortete ich schnell: »Das geht nicht, ich muss noch zum Schreibwarengeschäft.«

Angestrengt blickte er auf meine Lippen, dann flogen seine Finger über das Tablet. *»Wohin musst du?«*

Ich legte meinen Einkauf auf das Band und zog das rote Notizbuch aus meinem Rucksack hervor. Dann schrieb ich in Großbuchstaben SCHREIBWARENGESCHÄFT auf die nächste freie Seite. Ich hätte auch einfach mein Handy zücken und es ihm darauf abtippen können, aber irgendwie war mir das zu unpersönlich in einem Gespräch, wo wir uns gegenüberstanden. Eigentlich wollte ich die vollgekritzelten Seiten herausreißen und das Notizbuch für andere Zwecke wie eine To-do-Liste, die ich höchstens eine Woche führen würde, weil mich dann die Motivation verlassen würde, benutzen. Aber bislang hatte ich es nicht über mich gebracht, das Geschriebene zu vernichten. Weil ich sogar Eselsohren in Büchern unerträglich fand? Weil ich es in späteren Gerichtsverfahren wegen Beleidigung als Beweise nutzen konnte, weil er mit all der Provokation angefangen hatte?

Er schmunzelte und wieder ertönte nach wenigen Sekunden die mechanische Stimme seines Tablets. *»Da fällt mir ein: Ich möchte ganz zufällig auch noch in das Schreibwarengeschäft.«*

Ich blickte ihn misstrauisch an und versuchte diesmal langsam und klar zu sprechen. »Ganz zufällig also.«

Er grinste, während er auf sein Tablet tippte.

»Zufällig und ohne Absichten.«

Ich lächelte über die Tatsache, dass er mich doch wirklich verstanden hatte. Diese Mimik veränderte sich jedoch in Unbehagen, als ich realisierte, dass er es wirklich ernst meinte und mir folgte. Was wollte er damit bezwecken?

Es war irgendwie unangenehm, neben ihm zu laufen. Nicht unangenehm im Sinne von »o Gott, der stinkt ein bisschen« (er roch leider fantastisch), sondern vielmehr in Richtung »ich fühle mich eingeschüchtert, weil er so groß ist«. Generell hatte ich eine mächtige Portion an Respekt, was große Menschen anging. Nicht dass ich nicht auch kleine

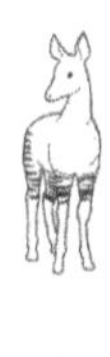

respektierte, es war nur einfach ein anderes Gefühl, wenn man mit einer Person quasi eine Fernbeziehung führte, wenn man nebeneinanderstand und am besten ein Megafon herausholen sollte, um sich zu unterhalten. Vid war nur anderthalb Köpfe größer als ich und er war auch nicht breit gebaut oder besonders muskulös und trotzdem wirkte seine gesamte Präsenz bedrohlich auf mich. Vielleicht weil ich wusste, dass Dummheit gefährlich sein konnte.

Als sich der fünfminütige Fußweg wie zwei Stunden anfühlte und wir endlich im Schreibwarengeschäft angekommen waren, waren meine Hände so schwitzig, dass man darauf eine Poolparty hätte veranstalten können. Nicht nur, dass es mir ohnehin mehr als schwerfiel, mit Menschen zu sprechen, war wohl das weitaus Schlimmere die peinliche Stille, die wie eine dunkle Wolke über uns zog. Warum ging er nicht einfach nach Hause? Was brachte ihm das, wenn er neben mir watschelte, während ich mal wieder einen Zitteraal imitierte, weil ich so nervös war?

Ich ging durch die Gänge und musste mich immer wieder daran erinnern, wonach ich suchte, während ich Vids Blick auf meiner Haut spürte. Er starrte mich mit einer solchen Intensität an, dass ich ihn dafür bewunderte, dass er nicht gegen das nächste Regal bretterte. Meine Psyche und ich versuchten, ihn so gut wie nur möglich auszublenden. Während ich Geodreieck, Tintenkiller und diversen anderen Kleinkram in einen rot-blau gestreiften Einkaufskorb gelegt hatte, schien er noch immer neben mir herzulaufen, ohne auch nur einmal den Blick auf die Ware in den Regalen gerichtet zu haben. Ich blieb stehen und schaute ihm verdutzt in die Augen, doch als mein Kopf Angst davor hatte, er würde meine Worte nicht richtig von meinem Mund ablesen können, lief ich dann doch einfach weiter.

»Wolltest du etwas sagen?«, ertönte der mechanische Klang seines Tablets nach wenigen Sekunden. Na toll. Kurze Stille, dann folgte der nächste Satz. *»Ich bin sehr gut im Mundbild lesen. Und wenn ich es doch nicht verstehe, benutze einfach wieder dein Notizbuch.«*

Ich drehte mich zu ihm, während er wieder hastig etwas eintippte. Als er es abspielte, blickte er mit hochgezogener Augenbraue auf mich herab. *»Es sei denn, das ist für deine Liebesbriefe an mich reserviert.«*

Ich schnappte nach Luft. »Du bist so von dir überzeugt!«

»Dafür hätte ich jetzt nicht mal deine Lippen lesen müssen, dein Gesichtsausdruck hat alles gesagt.« Er lachte leise.

Ich bekam am ganzen Körper eine Gänsehaut. Einmal mehr wünschte ich mir, ihn ein einziges Mal sprechen zu hören, nur um mir vorstellen zu können, wie eine Entschuldigung aus seinem Mund klingen würde. »Vielleicht hast du es auch nur verstanden, weil du selbst weißt, dass du die Arroganz in Person bist.« Ich betonte dabei absichtlich die letzten Wörter.

Er schmunzelte und ließ das Tablet für ihn sprechen. *»Ich muss dich falsch verstanden haben, denn du kannst unmöglich gesagt haben, dass ich arrogant bin.«*

»Idiotischer Vollidiot«, sagte ich und bewegte meinen Mund so übertrieben klar, dass er auflachte und auch ich grinsen musste. Schnell wischte ich die Mimik von meinem Gesicht und tat so, als hätte es diesen Moment nie gegeben.

»Ich hätte jetzt alles. Brauchst du noch etwas oder bist du nur mitgekommen, um mir auf die Eierstöcke zu gehen?«, fragte ich schließlich und wiederholte die Frage noch einmal, als ich sah, dass er nicht alles verstanden hatte.

Als er schließlich noch immer ratlos dreinschaute, schrieb ich ihm kurzerhand alles in mein Notizbuch.

Er zuckte mit den Schultern, während er seine Worte abspielte. *»Ich habe nie gesagt, dass ich etwas kaufen möchte.«*

Ich verdrehte schmunzelnd die Augen und lief Richtung Kasse, während ich versuchte, meinen Einkauf grob zusammenzurechnen. Ich hatte noch zehn Euro bar mit. Das könnte eventuell eng werden. Vids Blick bohrte sich abermals in mein Gesicht. Das machte es mir noch schwerer, mich auf das Zusammenrechnen zu konzentrieren. Fast schämte ich mich schon dafür, dass er mich dabei beobachtete, aber mir die Blöße an der Kasse zu geben, gewann den Preis als schlimmere Vorstellung. Schließlich nach dem zwanzigsten Versuch hatte ich es dann endlich geschafft und kam auf neun Euro und zehn Cent. Nachdem ich alles bezahlt hatte und ich mich nur knapp verschätzt hatte (Fayes Mathekünste färbten offenbar ab), schlenderten wir aus dem Laden.

»Hast du nicht so viel Geld zur Verfügung?«, fragte Vid plötzlich.

»Was?«, fragte ich und blieb stehen. Ich hatte ihn schon verstanden und wusste auch, warum er fragte. Es war naheliegend, dass ich deshalb mein Geld vorab zusammenzählte. Allerdings wäre dieser Grund nicht halb so schlimm zuzugeben wie der wahre. Schließlich gab es etliche Menschen, die wenig Geld zur Verfügung hatten, und oftmals hatten sie auch gar keine Möglichkeit, etwas daran zu ändern. Nicht viel zu besitzen, sollte kein Grund sein, sich zu schämen oder zu verstecken. *Mein* Grund aber schon.

Schnell tippte er. *»Na ja, du musst vor dem Bezahlen ausrechnen, ob das Geld reicht.«*

Fast schon genervt, weil er nicht lockerließ, schüttelte ich den Kopf. Das war absolut übergriffig! »Ich habe genug.«

Dann machte ich auf dem Absatz kehrt und lief mit hochrotem Kopf nach Hause. Noch peinlicher als die Tatsache, dass er mich auf mein merkwürdiges Verhalten ansprach, war es mir, dass ich mich nicht von ihm verabschiedet hatte.

Kurz bevor ich bei meiner Haustür ankam, vibrierte mein Handy und eine Nachricht ploppte auf.

Du bist mir wirklich ein Rätsel.

Mein Herz verabschiedete sich für eine Sekunde vom Schamgefühl. Natürlich war ich ihm ein Rätsel. Welcher zivilisierte Mensch sprintete einfach aus einer Konversation, ohne sich zu verabschieden? Ich hätte mit einer weitaus fieseren Nachricht gerechnet. Und trotzdem war der Gegenangriff meine einzige Option.

Und du bist nervtötend.

Die Antwort folgte, als ich gerade dabei war, meine Arme aus der Jacke zu befreien.

Das meinst du nicht so.

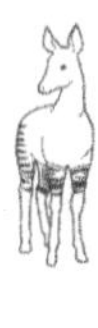

»Es würde einfacher gehen, würdest du dein Handy zum Ausziehen beiseitelegen«, erklang plötzlich die Stimme meiner Mama. Als ich aufsah, stand sie mit verschränkten Armen im Türrahmen. »Aber ich schätze, es hätte einen Eintrag im Guinnessbuch der Rekorde verdient, wenn du das Handy mal für zwei Sekunden aus der Hand legen würdest.«

Ich grinste. »Und du hättest dir einen Platz im Guinnessbuch der Rekorde verdient, wenn du mein Handy für zwei Sekunden mal nicht mit der Gefahr einer Handgranate gleichsetzen würdest.« Trotzdem legte ich das Objekt der Begierde auf der Kommode ab und hängte meine Strickjacke an den freien Haken. Meine Mutter seufzte und wuschelte mir kurz durch die Haare. Ich hasste es und sie wusste das. Deshalb machte sie das ja auch. Danach war mein Kopf, der nur noch aus Knoten bestand, ein potenzielles Luxusnest für einen Steinadler und seine Familientreffen. Als sie von mir abließ, hatte ich Mühe, meine Gesichtsakrobatik unter Kontrolle zu bekommen.

»Du bist spät dran«, sagte meine Mutter schließlich. »Wie war die Schule?« Vermutlich dachte sie darüber nach, ob sie irgendwen verdreschen müsse, weil ich nach der Schule zwei Stunden lang verdroschen wurde. Zumindest las ich das aus ihrem besorgten Mutterinstinkt-Blick heraus.

Bevor ich ihr antwortete, schnappte ich mir schnell mein Handy und tippte eine Nachricht an Vid ein.

Und realitätsfern noch dazu!

»Schule ist Schule«, erwiderte ich trocken. »Aber keine Sorge, noch bin ich nicht das Mobbingopfer.«

Meine Mutter sah mich abschätzig an und ging nicht auf meine vermeintlich beruhigenden Worte ein. »Wo warst du so lange?«

»Ich habe noch Schulkrams besorgt«, antwortete ich und verschwieg bewusst, dass ich mir tonnenweise Zucker gekauft hatte, den ich mir am Wochenende reinschieben wollte. Sie mochte es nicht besonders, wenn ich zu viel davon aß. Aber ich log sie ja nicht an, ich erzählte ihr nur nicht alles. Und wenn man seine erste Schulwoche überlebt hatte, konnte man sich schon gut und gern dafür belohnen. Schließlich konnten manche Schulen mit Survival-Horror-Häusern verglichen werden.

Meine Mutter schaute meinen Rucksack an, der vollgestopfter nicht aussehen konnte. »Viel Schulkrams«, kommentierte sie sarkastisch und zog eine Augenbraue hoch, während ich mir ein Grinsen verkniff. Sie kannte mich einfach zu gut. Ich erwiderte nichts und ging schulterzuckend in mein Zimmer. Manchmal sollte man einfach schweigen, um Diskussionen zu entgehen.

In der Sekunde, in der ich mich auf mein Bett fallen ließ, vibrierte mein Handy und eine neue Nachricht von Vid erwartete mich.

Du machst deinem Spitznamen alle Ehre, Evil.

Ich mochte es nicht, wenn er mich in dieses Licht rückte. Dazu glaubte ich viel zu stark daran, dass es der Wahrheit entsprach; dass ich tatsächlich böse war. Er hätte mir sagen können, dass ich unkreativ sei, denn das stimmte nicht und würde mich deshalb auch nicht stören oder verletzen. Jemanden mit der puren Wahrheit zu konfrontieren war jedoch mehr als verletzend und auch wenn er nicht wusste, was ich getan hatte, machte mich das wütend.

Jetzt mal ernsthaft: Was willst du von mir?

Diese Frage hätte ich schon lange stellen sollen. Sie schwang die gesamte Zeit zwischen uns und verwirrte mich so sehr, dass sogar die Verwirrung verwirrt war.

Seine Antwort folgte prompt:

Keine Ahnung, jedenfalls nicht deine Englischkenntnisse.

Ich verbot mir ein Schmunzeln über seine Neckerei, denn das bewies, wie widersprüchlich ich mich verhielt. Nicht Vid war das Problem, ich war mein Problem. Es machte mich nicht wütend, dass er mit dem Spitznamen ins Schwarze traf, denn dass er mir immer wieder unter die Nase rieb, dass Englisch nicht meine Stärke war, störte mich überhaupt nicht. Denn ich war im Reinen damit. Mir war bewusst, dass man nicht in jedem Fach gut sein konnte und das war okay für mich. Dass ich schlecht oder gar böse war, damit war ich nicht im Reinen und würde ich auch niemals sein können. Meine Weste würde niemals weiß werden, dazu hatte ich sie viel zu sehr eingesaut. Mit dem Leid einer anderen Person.

KAPITEL 6

*Angst ist ein Auslöser deiner Erfahrungen.
Sie definiert nicht die Situation selbst,
sondern die Art, wie du sie fühlst.*

Ich reagierte nicht mehr auf Vids Nachricht und er schrieb mir nicht noch mal. Selbst wenn wir die Intention gehabt hätten, miteinander zu schreiben, hätte ich gar keine Zeit dafür aufbringen können. Das ganze Wochenende saß ich an meiner Deutschhausaufgabe. Wozu hatte man eigentlich Wochenende, wenn man im Grunde die Schule mit nach Hause nahm?

Ich würde vermutlich nie verstehen, warum Eltern sagten, dass man die Schulzeit genießen solle, weil das Arbeitsleben viel härter sei. Man hatte vielleicht deutlich mehr freie Tage, aber Feierabend hatte man nicht nach Schulschluss. Entweder musste man zwanzig Texte schreiben, für die man sich eh kaum Mühe gab, weil man endlich fertig werden wollte, oder man prügelte sich Lernstoff ins Gehirn, den man spätestens und bestenfalls nach der Klausur wieder vergaß.

Mal davon abgesehen, würde ich behaupten, dass sich nur all diejenigen Erwachsenen, die das Privileg hatten, nicht gemobbt zu werden, die Schulzeit zurückwünschten. Für alle anderen war die Schulzeit vermutlich der Vorraum zur Hölle. Natürlich gab es auch Mobbing auf der Arbeitsstelle, was für mich noch weitaus unbegreiflicher war. Pubertierende Teenager, die ihre eigenen Schwächen und Unsicherheiten kompensieren oder unbedingt als entertainender Klassenclown auftreten wollten, um die Aufmerksamkeit und Anerkennung zu erlangen, die sie vielleicht zu Hause nicht bekamen, hatten zwar keine besonders gute Erziehung, keinen glorreichen Freundeskreis und sicherlich auch keinen unglaublich bewundernswerten Charakter vorzuweisen. Aber erwachsene Menschen, die noch immer nicht die Reife und vor allem das Moralverständnis entwickelt hatten, um zu verstehen, was Mobbing bedeutete, waren in meinen Augen längst verloren in ihrem gesellschaftlichen und privaten Wahn des Hasses. Vielleicht hatten Schule und Arbeit ihre eigenen Vor- und Nachteile – so wie fast alles im Leben.

Eine Geschichte über das Thema »Angst«. Mindestens fünf Seiten lang. Mein Gehirn glühte bereits nach wenigen Minuten. Vorgaben und Kreativsein waren zwei Begriffe, die für mich noch nie zusammenpassten und verhielten sich meiner Meinung nach ziemlich konträr zueinander. Ich mochte es, Geschichten zu schreiben, aber nicht unter Zeitdruck und sicherlich auch nicht unter Bedingungen. Wenn ich eine Schreibblockade hatte, schrieb ich nicht weiter und wartete so lange, bis ich wieder die nötige Motivation und ausreichend Ideen hätte. Ansonsten war ich mir sicher, dass nur Müll entstehen und ich die Geschichte früher oder später sowieso aufgeben würde.

Jetzt war ich gezwungen, innerhalb weniger Stunden irgendetwas zusammenzuschustern, das mich wenig überzeugen würde. Das förderte den Spaß am Schreiben ungefähr genauso sehr wie den am Lesen, wenn man uns einen uralten Schinken vorsetzte, der langweiliger war als mein Chemiebuch. Kein Wunder, dass kaum jemand mehr las. Trauma fürs Leben.

Angst. Wovor konnte man Angst haben? Dämonen? Ich wollte keine Horrorgeschichte schreiben. Enge Räume? Nein, da konnte ich mich nicht hineinfühlen. Spinnen? Lieber nicht, sonst träumte ich noch davon. Unnatürliche Rollenspiele, die man im Unterricht machen musste? Keine schlechte Idee, um es endlich mal zu thematisieren. Ich verstand zwar den Sinn und in kleinen, losgelösten, sicheren Gruppen mit resilienten Menschen konnten sie bestimmt auch lustig sein. Aber Lehrkräfte wussten oft nicht, was sie bei Menschen damit auslösen konnten, wenn man sie dazu zwang. Natürlich führten die wenigsten Jugendlichen Rollenspiele gern vor der Klasse auf. Aber etwas ungern zu machen und wirklich Angst davor zu haben, war eben ein Unterschied, der berücksichtigt werden musste. Menschen, die dabei nicht mitmachen wollten, konnten doch zum Beispiel einfach die Beobachterrolle einnehmen und dadurch wertvolle Beiträge leisten. Es war nicht schwer, Aufgaben für diejenigen zu finden, die diese Methode verängstigte.

Ich hatte meiner damaligen Deutschlehrerin erklären wollen, dass ich Angst aufgrund von negativen Erfahrungen

habe und nicht mitmachen wolle. Sie erklärte mir, dass es doch gut sei, wenn ich jetzt positive Erfahrungen sammeln würde, um dieses Unwohlsein loszuwerden. Die Strategie dahinter war mir klar, nur war es die Angst, die mich lähmte. Angst, die bereits von den Gefühlen und Erfahrungen losgelöst wurde und oftmals gar nicht zu greifen war, weil sie wie selbstverständlich existierte.

Seufzend löschte ich die Idee aus meinem Kopf. Niemand sollte wissen, dass ich unsicher war und schon gar nicht wegen einer Unterrichtsmethode, die für viele sicherlich nicht der Rede wert war. Ich beschloss, einfach das Erste zu schreiben, das mir nun in den Sinn kam. Glücklich darüber, dass mich das Thema nicht sehr anstrengte. Ich musste es ja niemandem vorlesen.

Wie war die Erinnerung an mich noch mal? Ach ja: *Freu dich nicht zu früh.*

Kaum hatte der Deutschunterricht begonnen, wurden wir auch schon in Dreiergruppen eingeteilt, um uns unsere Geschichten gegenseitig vorzulesen. *Großartig!* Noch großartiger war es, dass ich mit Vid und Emily zusammengewürfelt wurde und ich mir sicher war, dass weder Vid noch Emily begeistert darüber waren. Die Einzige, die sich offenkundig über die Zusammenarbeit freute, war Frau Winter. Ihre kurzen, lockigen roten Haare federten bei jedem Schritt auf und ab. Sie war wirklich eine wunderschöne Frau. Und ich würde in den nächsten Minuten eine beschämte Frau sein, wenn ich die Grütze, die ich auf das Blatt bekommen hatte, vorlesen würde. Als wir saßen, einigten wir uns darauf, dass wir unsere Texte still lasen, da das Vorlesen bei Vid nicht so ganz von Vorteil gewesen wäre. Außerdem hätte man ein Megafon benutzen müssen, um gegen die Lautstärke der Klasse anzukommen.

Immer wieder schielte ich zu Vid herüber, während er mit konzentriertem Blick meine Geschichte las. O Gott, ich wollte gar nicht wissen, was er davon hielt. Ich konnte mir schon vorstellen, dass er nach meinem miserablen Text nicht nur meine Englischkenntnisse kritisierte, sondern auch noch mein eingeschränktes Fantasiereichtum. Eigentlich konnte es mir auch egal sein, seine Meinung sollte mich ohnehin genauso wenig interessieren wie er selbst. Trotzdem hieß ich meinen Tick willkommen und misshandelte meinen Daumen. Ich war wirklich ein Masochist, wie er im Buche stand.

Emilys Geschichte handelte von einem Mädchen mit Höhenangst, das sich am Ende sogar traute, Fallschirm zu springen. Ich mochte ihren Text, er war nicht sonderlich tiefgründig, dafür trotzdem sehr aussagekräftig und gut formuliert. Ich wünschte, ich hätte ihren Wortschatz, er war vielseitig.

Als ich schließlich Vids Text in den Händen hielt und den ersten Satz las, fühlte es sich plötzlich falsch an, ihn zu lesen. Er wirkte so intim.

Die Angst davor, niemals deine Stimme zu hören.

Ich schluckte einmal geräuschvoll und spähte zu Vid herüber, der kurz aufblickte und mit seinen grasgrünen Augen in meine starrte. Sein Blick war so eiskalt und weich zugleich, dass er mich verwirrte. Was war nur los mit diesem Typen? Ich richtete den Blick abermals auf das Blatt.

Eigentlich ist es keine bloße Angst mehr davor, denn die Angst wurde zur Realität. Ich werde niemals den Klang deiner Stimme hören. Niemals dein Lachen wahrnehmen. Niemals die Gefühle aus deiner Tonlage herausfiltern.

Abermals musste ich stoppen. Das war keine Geschichte, das war ein verdammter Tagebucheintrag. Zumindest klang es wie einer und ich fühlte mich schäbig, ihn zu lesen. Ich hatte mir nie groß Gedanken darüber gemacht, wie es für jemanden war, der nichts hörte. Vermutlich aus dem einfachen, egoistischen Aspekt, dass man selbst dieses Problem nicht kannte und sich weder hundertprozentig einfühlen konnte noch wirklich mit der Problematik in Berührung gekommen war. Es war schlichtweg die Krankheit der Menschheit: Wenn du nicht selbst oder nahestehende Personen das Problem hatten, war es nicht relevant genug, sich damit intensiv zu beschäftigen. Und irgendwie war das auch nur gesund. Wir filterten die für uns relevanten Aspekte, um nicht von Problemen übermannt zu werden. Natürlich war es immer gut, sich mit erschwerten Lebensbedingungen anderer auseinanderzusetzen, um Akzeptanz, Toleranz und Solidarität zu vermitteln. Aber im Grunde konnte niemand von irgendjemandem verlangen, sich in die Problematik aller Menschen hineinversetzen zu können. Das war trotz Empathie und Fachwissen einfach unmöglich.

Ich beschloss, Vids Text nicht weiterzulesen, sondern tat lediglich so, als würde ich es tun. Vielleicht war das tatsächlich übertrieben, es als eine solche Intimität abzustempeln, und vielleicht wollte ich mich auch nicht damit beschäftigen, wie schlimm es für Vid sein musste, nichts hören zu können (auch wenn ich ihn nicht mochte). Auch eine Krankheit der Menschheit: die Augen vor der Wahrheit verschließen, weil es angenehmer war.

Ich drehte die Blätter ab und zu um, um den Schein zu wahren. Als ich auf der letzten Seite angekommen war, brannten sich meine Augen wie automatisch dann doch in den letzten Satz: Wir verstehen uns ohne Worte.

Diese kurzen Textfetzen waren poetischer und gefühlvoller als jede einzelne kitschige Kurzgeschichte, die ich je geschrieben hatte. Ich konnte mir nicht vorstellen, dass sie aus Vids Gedankengut entsprungen waren, kamen doch ansonsten immer nur provokante, dumme Sprüche dabei raus. Vielleicht hatte er Frau Winter angeheuert, ihm den Text zu schreiben. Sie schien ja völlig hin und weg von ihm zu sein. Wenn ich ehrlich zu mir war, wollte ich wohl einfach nicht glauben, dass es eine Seite von Vid gab, die mir gefallen könnte. Es war gesünder, es bei dem Bild zu belassen, das ich momentan von ihm hatte.

Wir gaben uns die Geschichten zurück und beschlossen, dass jeder noch einmal etwas zu dem Gedanken, der hinter den Texten stand, sagen konnte. Das war zwar nicht meine Idee, aber als Einzige dagegen zu sprechen, hätte eine Erklärung bedeutet, also nahm ich die Entscheidung einfach so hin. Es war ja ohnehin die Aufgabe, die uns der Lehrer gestellt hatte.

»Im Grunde kann man das ja aus meiner Geschichte herauslesen«, begann Emily. »Wenn man seine Ängste überwinden möchte, muss man sich ihnen stellen. So wie Dilara in meiner Geschichte. Am Ende hat sie gemerkt, dass ihre Angst unbegründet war.«

»Ich mag deine Geschichte sehr gern«, kommentierte ich und ignorierte meine zittrige Stimme, die durch meinen polternden Herzschlag fast so klang, als würde ich gleich heulen. »Du hast einen sehr ausgeprägten Wortschatz. Ich mochte vor allem, wie du ihre Gefühle beschrieben hast. Das wirkte, als wäre man mittendrin und hätte selbst diese Angst, die man überwinden möchte.«

Frau Winter gebärdete Vid meine Worte und dieser nickte nur bestätigend. Dann tippte er etwas auf sein Tablet. *»Da schließe ich mich Evie an. Du hast die Angst sehr real erscheinen lassen und so hast du Dilara zu einem sehr sympathischen Charakter gemacht.«*

Emily bedankte sich und somit lagen die Augen auf mir. Ich schluckte einmal schwer, ehe ich mich überwand, meine Stimme zu erheben. »Ich habe mich dazu entschieden, dass mein Protagonist seine Angst nicht überwinden kann und versucht zu akzeptieren, dass sie da ist.« Das musste reichen.

»Warum?«, fragte Vid, nachdem Frau Winter damit fertig war, das Gesagte zu gebärden.

Okay, dann reichte es eben nicht. »Weil manche Ängste von anderen Menschen ausgelöst werden und sie deshalb unumgänglich sind. Wie in meinem Beispiel, dass Fynn von seiner besten Freundin enttäuscht wurde. Er hat sich jahrelang geweigert, neue Freundschaften zuzulassen, aus Angst, man könnte ihn wieder enttäuschen. Und als er seine Angst überwinden wollte, ist er gegen die nächste Enttäuschung gelaufen.«

»Für mich ist deine Geschichte noch nicht beendet«, kommentierte Vid, nachdem Frau Winter ihm alles gebärdet hatte.

»Denn es gibt auf jeden Fall mindestens eine Person, die es wert ist, seine Ängste zu überwinden und zu merken, dass man die Angst nicht auf alle Menschen dieser Welt projizieren sollte. Die Angst hat ja irgendwie dazu geführt, andere Menschen prinzipiell zu verurteilen.«

»Verurteilen?«, fragte ich verwirrt.

»Na ja, die Angst lässt dich denken, alle wären gleich und alle wollen dich verletzen, deshalb gehst du nicht auf die Beziehungen ein.«

»Du meinst Fynn. Fynn denkt so«, erwiderte ich mit hochrotem Kopf, während er mich bloß mit unergründlichem Blick anstarrte.

»Also ich finde die Geschichte sehr merkwürdig und unschlüssig, muss ich sagen«, unterbrach uns schließlich Emily mit verschränkten Armen vor der Brust. »Die gesamte Geschichte besteht aus Logikfehlern. Fynn ist derart nervig, dass ich mich frage, warum er überhaupt Freunde hatte. Er muss sich ja mit der Art gar nicht wundern, dass er enttäuscht wird. Einfach nur anstrengend dieser Junge. Und deine Bandwurmsätze waren für mich eine Katastrophe. Ich habe mich echt gefragt, ob du den Punkt auf deiner Tastatur nicht gefunden hast.«

Mir klappte der Mund auf. Frau Winter saß da und man sah ihr an, dass sie sich nicht sicher war, ob sie das alles für Javid übersetzen sollte, tat es zu meinem Beschämen jedoch trotzdem. Konstruktive Kritik war wichtig, um sich weiterzuentwickeln, aber ich fühlte mich bloßgestellt. Konnte man seine Meinung vielleicht nicht ganz so empathielos rüberbringen? Es war ja in Ordnung und gut, dass sie ihre

Meinung äußerte, aber es etwas netter zu formulieren, würde sie auch nicht umbringen. Ich wurde mal wieder rot und knetete meine Hände in meinem Schoß, während ich nach den richtigen Worten suchte, ohne mich zu verhaspeln.

Dann ertönte plötzlich die mechanische Stimme von Vids Tablet. »*Wow, du bist also eine der Personen, auf deren Meinungen man gut verzichten kann. Schade, wenn du die Kritik sachlich geäußert hättest, hätte man sie wohl wirklich gut annehmen können.*«

Entsetzt starrte ich Vid an. Das hatte er nicht wirklich von sich gegeben! Auch wenn ich dasselbe darüber dachte, konnte ich nicht fassen, dass er sich für mich einsetzte. Warum zum Henker tat er das? Hatte es mit mir zu tun oder war er grundsätzlich gegen unverschämte Kommentare, obwohl er, der die Doppelmoral geradezu verkörperte, selbst ständig welche von sich gab?

Während Emily in ihrer Schockstarre dasaß und nicht so recht wusste, was sie darauf antworten sollte, tippte Vid abermals auf sein Tablet. Frau Winter neben ihn unterdrückte sichtlich ein Grinsen und schaute auf den Tisch vor sich.

»*Ich finde die Geschichte sehr tiefgründig. Ja, an manchen Stellen hätten die Sätze tatsächlich etwas kürzer sein können. Die haben manchmal den Lesefluss gestört. Ich finde aber gut, dass du deinen eigenen Schreibstil gefunden hast. Die Geschichte bietet eine gute Diskussionsfläche, sie animiert Menschen, sich selbst Gedanken darüber zu machen. Und ich mochte Fynn, er wirkt sehr authentisch und real.*«

Ich bedankte mich kurz bei Vid und schaute dann auf meine Hände. Hoffentlich würde ich dieser unangenehmen Situation bald entfliehen können.

»Jetzt, wo fertig geschleimt wurde, kann ja Javid weitermachen«, sagte Emily schließlich, als sie den Schock über seine Einmischung überwunden hatte, und schaute erwartungsvoll in seine Richtung. Wow, Emily hatte ja wirklich die beste Laune heute.

Dieser sah sie warnend an, sodass ich geräuschvoll schlucken musste. Wenn Blicke töten könnten …

»Meine Geschichte ist vielmehr ein Monolog. Ein junger Mensch, der checkt, worum es wirklich geht. Nämlich aus seiner Angst etwas Positives zu ziehen.«

Emily blickte mich mit gerunzelter Stirn an. »Da meine Meinung ja nicht mehr gefragt ist, darfst du gern.«

Eingeschnappte Zicke! Hatte ich das gerade laut gedacht? Es war nicht wirklich von Vorteil, jemandem eine Rückmeldung zu einem Text zu geben, den man nicht gelesen hatte. Deshalb hatte ich eigentlich auf Emily gezählt, der ich dann einfach nur hätte beipflichten können. Warum manövrierte ich mich immer wieder in diese misslichen Situationen? Ich biss mir auf die Unterlippe und schusterte mir Buchstaben in meinem leeren Hirn zurecht. Dann schaute ich Vid ins Gesicht. »Deine Geschichte ist wirklich sehr berührend und ich finde es mutig, dass du darüber schreibst.« Worte, die trotz der wenigen Sätze, die ich gelesen hatte, der Wahrheit entsprachen.

Er schaute gar nicht zu Frau Winter, die ihm meinen Satz gebärden wollte. Er starrte mir lediglich auf meine Lippen und anschließend tief in meine Augen, fast schon in meine Seele, ehe er anfing zu tippen. *»Das sind nicht meine Gefühle, die ich da beschrieben habe. Mir ist das egal, ob ich irgendwelche* *nervtötenden Stimmen höre oder nicht. Ich sehe das eher als Privileg.«*

Emily, Frau Winter und ich sahen ihn mit großen Augen an und warteten darauf, dass er uns offenbarte, dass das ein schlechter Scherz gewesen sei. Doch er starrte uns bloß kalt entgegen. Diese Gruppenarbeit war definitiv unangenehmer als befürchtet und wenn diese Stunde nicht bald beendet würde, müsste ich mir doch noch ein Loch buddeln, um im Erdboden zu versinken.

KAPITEL 7

*Es gibt keine unangenehmen Fragen.
Es gibt nur Menschen,
die sie unangenehm machen.*

Dieser Tag zog sich wie ein Kaugummi unter einem Schuh, sodass ich aufatmete, als die Schulklingel endlich ertönte und ich meine Sachen zusammenpacken konnte. Faye neben mir stupste mich kurz an. »Du siehst nicht so begeistert von deiner neuen Schule aus.«

Zerknirscht sah ich ihr entgegen. »Ich glaube, meine Begeisterung hält sich für jede Schule dieser Erde in Grenzen.« Dann zwinkerte ich. »Aber ich habe immerhin die beste Sitznachbarin.«

»Da fühle ich mich doch glatt geschmeichelt«, erwiderte sie und reckte stolz ihr Kinn.

Während ich meinen Block in den Rucksack stopfte, spürte ich, wie mein Sarkasmus an die Oberfläche schwamm. »Das kannst du auch. Ich bin schließlich eine wahnsinnig bedeutende Persönlichkeit, auf deren Meinung man unfassbar viel geben kann.«

»Ich gebe wirklich viel auf deine Meinung«, erwiderte Faye ernst. »Weißt du, ich habe gelernt, dass emotionale Intelligenz weitaus wichtiger für mich ist als geistige.«

Schmunzelnd schaute ich sie an, während wir uns erhoben und aus dem Klassenraum schlenderten. »Netter konntest du nicht ausdrücken, dass ich dumm wie ein Toastbrot bin.«

»Du bist wie ich, drehst alle Komplimente so, dass sie eine Beleidigung werden«, entgegnete Faye lachend und schubste mich leicht, sodass ich gegen Vid stieß, der gerade an uns vorbeilaufen wollte. Oder wollte er mich einholen? Ich war mir nicht ganz sicher, denn nachdem ich mich entschuldigte, lief er noch immer neben uns her. Als er anfing, auf sein Tablet zu hämmern, machte ich mich schon auf einen blöden Spruch gefasst. Umso mehr schockierten mich seine wahren Absichten.

»Wollen wir was essen gehen? Ich lade dich ein.«

»Was?«, schoss es mir von den Lippen und Faye neben mir wurde ganz still. Ich spürte förmlich, dass sie sich in diesem Moment am liebsten verflüchtigt hätte. Was dachte sie jetzt? Wohl doch hoffentlich nicht, dass Vid und ich irgendetwas miteinander hatten!

Er schmunzelte. *»Und ich dachte, ich höre schlecht. Wollen wir was essen gehen?«*

»Ich wollte mit Faye Bus fahren, tut mir leid.« Was war das bitte für eine beknatterte Ausrede? Als wäre eine Busfahrt die ultimative Spaßachterbahn in dem größten Freizeitpark der Erde.

»Kein Problem, Evie«, sagte Faye und ich verfluchte sie innerlich, dass sie mir in den Rücken fiel. »Wir fahren einfach morgen zusammen. Geh ruhig.«

Entgeistert schaute ich sie an und ihr Schmunzeln sagte alles. Faye war toll, aber ich hätte ihr in diesem Moment in den Po treten können. Sie glaubte doch wirklich, dass ich ihm absagte, weil ich mich ihr verpflichtet fühlte (was im Grunde sogar stimmte), nicht aber weil ich absagen *wollte.* Vielleicht sollte ich sie später mal aufklären, damit sie nichts in den falschen Hals bekam.

»Also?« Er würde doch ohnehin nicht lockerlassen, oder? Eine plausible Ausrede hatte ich ja ohnehin nicht mehr.

»Wenn es sein muss«, antwortete ich schulterzuckend in seine Richtung, während er auf meine Lippen blickte. Als er meine Worte erfasste, grinste er breit. *»Ich kenne ein gutes Restaurant in der Nähe.«*

Wollte er mich wirklich so hart auf die Palme bringen, bis ich die Schule aus freien Stücken wechselte?

Ich nickte und Faye verabschiedete sich noch immer schmunzelnd von uns. Sie wertete das alles hier völlig falsch, da war ich mir sicher.

Nachdem ich diesen Schock überwunden hatte, schoss mir auch schon der nächste Gedanke in den Kopf: Nach meinem Einkauf am Freitag hatte ich kein Bargeld mehr. Ich hielt inne. »Wir müssen nur noch kurz zur Bank.«

»Ich lade dich ein«, widersprach Vid.

Ich schüttelte den Kopf. »Nein danke. Ich bezahle selbst.« Erstens war ich absolut kein Fan von der klischeehaften Rollenverteilung, in der der Mann alles bezahlen musste. Ich war der Meinung, dass man sich gegenseitig einladen konnte und auch jeder für sich zahlen durfte, ohne dass es merkwürdig wurde. Zweitens sollte er nicht den Eindruck haben, dass es ein Date sein könnte. Nicht dass ich glaubte, dass er es für eines hielt, aber sicher war sicher. Natürlich konnten sich auch Freunde gegenseitig einladen, aber das waren wir schließlich auch nicht. Und drittens: Ich wollte so wenig Vertrautheit wie nur möglich zwischen uns lassen. Vor allem hatte ich keine Lust auf das Gefühl, ihm etwas schuldig zu sein. Ganz. Sicher. Nicht.

Er sah fast beleidigt oder niedergeschlagen aus, so ganz konnte ich seinen Gesichtsausdruck nicht werten. *»Du kannst dort sicher auch mit Karte zahlen.«*

»Ja, bestimmt, aber ich habe immer gern etwas Bargeld dabei.«

Irritiert schaute er mich an. Da ich nicht wusste, ob er so aussah, weil er nicht verstand, warum ich so ein Drama machte, oder weil er mein Mundbild nicht lesen konnte, wiederholte ich meine Worte langsamer.

Er zuckte mit den Schultern. *»Okay«*, war alles, was er dazu kommentierte.

Dafür war ich ihm mehr als nur dankbar. Entweder interessierte ihn der Grund nicht weiter oder er hatte tatsächlich bemerkt, dass ich darüber nicht sprechen wollte. Egal, was es letztlich war: Er hatte uns eine schlecht formulierte Lüge erspart.

Nachdem wir also zunächst bei der Bank gewesen waren und anschließend das Restaurant erreicht hatten, hatten wir bloß eine Handvoll Worte gewechselt. Ähnlich wie am Freitag war es mir unangenehm, stumm neben ihm zu gehen und gleichzeitig stellte ich es mir schwierig vor, mit ihm zu sprechen, weil wir uns dabei gegenseitig anschauen mussten. Einer von uns wäre sicher gegen eine Straßenlaterne gebrettert. Mal davon abgesehen wusste ich einfach nicht, über was ich mit ihm reden sollte. Eigentlich verstand ich generell nicht, warum er mich gefragt hatte, ob ich mit ihm essen gehen wolle. Er mochte mich nicht, ich mochte ihn auch nicht sonderlich. Entweder er wollte mir nun endlich von Angesicht zu Angesicht sagen, was er von mir hielt, oder er hatte eine gespaltene Persönlichkeit. Beide Optionen verursachten in meiner Bauchgegend alles andere als ein wohliges Gefühl.

Das Restaurant sah vielversprechend aus. Ich war verblüfft, dass wir, was das betraf, einen ähnlichen Geschmack besaßen. Die großen Fenster ermöglichten schon von Weitem einen Blick in das Innere und das vermutlich aus gutem Grund, denn die Inneneinrichtung war sehr dekorativ und gemütlich. Große Pflanzen zierten den großen, dunkel gehaltenen Raum und schirmten jeden einzelnen Tisch voneinander ab. Die massiven dunklen Holztische und die dazugehörigen Stühle könnte ich mir gut in meiner späteren Wohnung vorstellen. Die großen goldfarbenen Lampenschirme ließen das Restaurant gleich wertiger und heller wirken und gaben mir ein Gefühl von »Ich habe definitiv das falsche Outfit an«. Ob die Kellnerinnen und Kellner mich für geschmacklos hielten? Ich seufzte innerlich auf. Es war nicht in Ordnung, alles und jeden als oberflächlich abzustempeln, nur weil ich alles totanalysierte. Ich *musste* mir das abgewöhnen!

Als Vid und ich uns schließlich gegenübersaßen, knetete ich nervös meine Hände. Was tat ich hier eigentlich? Für

gewöhnlich hielt ich zu anderen Menschen mindestens zwei Meter Abstand und das auch außerhalb der strengen Coronazeiten, die bereits ein paar Jährchen zurücklagen. Völlig untypisch also, dass ich nun mit einem Typen in einem Restaurant saß, während er so tat, als wäre es das Normalste der Welt. Vermutlich war es das auch. Er ließ sicherlich nichts anbrennen und war diese Szenarien gewohnt, während ich mich nicht daran erinnern konnte, wann ich das letzte Mal mit *irgendwem* außer meiner Familie essen gegangen war.

Wie war ich nur in diesen Schlamassel geraten? Die Antwort saß direkt vor mir und studierte bereits die Speisekarte. Verhalten schielte ich zu ihm herüber, während ich ebenso zur Karte griff. Seine dunklen Haare fielen ihm leicht in die Stirn und lockten sich so natürlich, dass jedes Model dafür töten würde. Er war vielleicht nicht normschön, aber seine Natürlichkeit war so strahlend, dass er mit keiner Operation der Welt schöner als jetzt aussehen konnte. Das durfte man ja mal loswerden, auch wenn man kein Fan von ihm war.

Schnell wandte ich den Blick gänzlich von ihm ab und konzentrierte mich auf die schier unendlich lange Karte. Meine Güte, was sollte ich essen? Burger? Nein, lieber nicht. Ich stellte mich immer wie ein Kleinkind an, wenn ich so etwas aß, und hatte am Ende überall die Soße kleben, ohne es zu merken, während der halbe Burger dann zerfleddert auf meinem Teller lag. Einen Salat? Nein, bei aller Liebe und egal wie sehr ich mich – dämlich wie ich war – schämte, vor anderen deftig zu essen, ich hatte einen Mordshunger. Auch wenn ich es *hasste,* in der Öffentlichkeit zu essen, war es unangenehmer, mich hierhinzusetzen und Vid beim Essen zuzuschauen, während er auf eine Erklärung wartete, die ich ihm nicht liefern konnte.

»Hast du etwas dagegen, wenn ich ein Stück Fleisch esse?«, ertönte die mechanische Stimme.

Ich schaute irritiert auf. »Von mir aus kannst du auch eine ganze Sau essen, solange sie ein schönes Leben hatte«, antwortete ich, als ich realisierte, dass er seine Frage ernst meinte. Warum fragte er mich das? Das ist doch seine Entscheidung! Selbst wenn ich Vegetarierin oder Veganerin gewesen wäre, hätte ich nicht das Recht, darüber zu entscheiden, was er hier gern essen wollte.

Vid sah mich fragend an. *»Kannst du das noch mal wiederholen und langsamer sprechen.«*

Ich dachte kurz nach und sagte dann nur: »Iss ruhig«, weil ich befürchtete, er würde es sonst nicht verstehen.

Er schüttelte den Kopf und tippte etwas auf sein Tablet. *»Das hast du nicht gesagt. Bitte verkürze deine Sätze nicht extra.«*

Lange sah ich ihn an und ich verstand seine Bitte. Nur weil es bequemer war, die Gespräche zu verkürzen, bedeutete das nicht, dass man das auch tun sollte. Er sollte nicht das Gefühl haben, ich würde meine ausgesprochenen Gedanken vor ihm verbergen, nur weil ich mir nicht die Mühe machen wollte, mich geduldig auf das Gespräch einzulassen.

Ich nickte und wiederholte meinen Satz noch mal langsamer und bemühte mich dabei, deutlich zu sprechen. Teile davon schrieb ich zusätzlich in mein Notizbuch. Zur Bestätigung, dass er mich verstanden hatte, bekam ich ein herzliches Lachen. Meine Güte, er hatte so eine schöne Stimmfarbe. Ob er nicht sprechen konnte?

»Darf ich dich etwas fragen?«, überwand ich mich schließlich. Keine Ahnung, ob es passend war, ihm so persönliche Fragen zu stellen, aber meine Neugier war zu entfesselt, als dass ich es weiterhin hinterfragen wollte.

Er tippte auf sein Tablet. *»Klar.«*

»Wie kam es dazu, dass du gehörlos geworden bist?« Wann immer ich glaubte, er habe nicht alles erfassen können, zückte ich meinen Stift oder versuchte, es mit lapidarer Zeichensprache zu umschreiben.

Die Frage schien ihn nicht ansatzweise zu überraschen. Fast schon teilnahmslos und gelangweilt haute er die Antwort in sein Tablet. Die langen Finger flogen über den Bildschirm. Sein silberner, breiter Ring an seinem rechten Ringfinger faszinierte mich dabei so sehr, als wäre ich neunzig und hätte zum ersten Mal die Funktionen eines Smartphones präsentiert bekommen. *»Meningitis. Hirnhautentzündung durch einen Zeckenbiss. Die kleinsten Entscheidungen können dein Leben verändern. Wäre ich nicht durch diesen verschissenen Wald gewandert, könnte ich noch hören.«*

Betroffen blickte ich auf die Tischplatte vor mir. Das war wirklich ein mieses Schicksal, um es milde auszudrücken. Bei ihm traf »Zur falschen Zeit am falschen Ort« leider bitterlich zu und auch wenn er und seine selbstverliebten Sprüche mir auf den Senkel gingen, tat er mir sehr leid. Niemand hatte verdient, etwas so Kostbares wie das Gehör zu verlieren. In keiner Welt. Niemals.

Als ich wieder aufsah, erwiderte er meinen Blick mit erwartungsvoller Miene. Er war darauf gefasst, dass meine Fragerunde nicht beendet war. Damit traf er völlig ins

Schwarze und es war eine Einladung für meine Neugier, dass es offenbar in Ordnung war, ihn weiterhin auszufragen.

»Warum benutzt du kein Hörgerät oder irgendwie so was?« Dabei tippte ich mir ans Ohr. Ich hatte keinen blassen Schimmer, was es für gehörlose Menschen für Möglichkeiten gab oder vielmehr, ob es *überhaupt* Möglichkeiten gab. Eventuell war meine Frage total dämlich, aber die Wahrheit war eben, dass ich mich nie mit der Thematik befasst hatte.

Wieder das schnelle Tippen. *»Möchte ich einfach nicht.«*

Die Antwort irritierte und erstaunte mich zugleich. Er *möchte* nicht? Er *möchte* nicht besser hören können? Unmöglich hatte er seinen Spruch, es sei ein Privileg, gewisse Stimmen nicht hören zu können, ernst gemeint. Keine Stimme der Welt konnte ihn so sehr nerven, dass er auf sein Gehör verzichten wollte. Oder?

Für *mich* wäre es kein Grund, mein Gehör verlieren zu wollen, ob es für ihn genauso war oder nicht, konnte ich nicht beurteilen. Vorstellen konnte ich es mir aber trotzdem nicht. Ich zeigte auf meine Augen und legte den Kopf schräg. »Wenn ich meine Brille abnehmen würde, wäre das ziemlich nervig für mich.« Klar, der Vergleich hinkte, weil ich nicht blind war, sondern ohne mein Nasengestell einfach nur miserabel sah. Aber immerhin war es auch ein Hilfsmittel, das meinem eingeschränkten Sinn unter die Arme griff. Vor einem Jahr hätte ich seine Aussage »Möchte ich einfach nicht« geteilt, denn als sich herausstellte, dass ich kurzsichtig war und eine Brille tragen musste, hatte ich mich strikt geweigert, sie aufzusetzen. Da mein Augenarzt mir aber beipflichtete, meine Augen würden sich dadurch verschlechtern, und

Kontaktlinsen für mich keine Option waren, fühlte ich mich quasi dazu gezwungen, meine große, rundliche goldene Brille zu tragen. Ich mochte sie und hätte sie vermutlich an jeder anderen Frau und jedem anderen Mann schön gefunden.

Bei anderen sahen Brillen oft aus wie schicke Modeaccessoires, die perfekt zu ihrem Gesicht passten. Sie machten Menschen sofort interessanter und zeigten ein Stück Persönlichkeit. Nur bei mir sah sie total fehl am Platz aus. Vielleicht hatte ich einfach kein Brillengesicht.

Mittlerweile fand ich mich damit ab, sie zu tragen. Sie erleichterte mir das Leben. Nicht zuletzt, weil ich Mülltonnen nicht mehr mit Kindern verwechselte oder zwei Zentimeter vor die Anzeige an den Bahnhaltestellen treten musste, um überhaupt ansatzweise zu erkennen, wann die nächste Bahn kam. Und vor allem hinderte sie mich daran, in peinliche Situationen zu gelangen, in denen ich Bekannte nicht erkannte und ihnen emotionslos in das verschwommene Gesicht starrte, weil ich mir nicht sicher war, ob sich dahinter eine vertraute Person verbarg, während sie mich verwirrt anlächelten. Spätestens dann hätten mich alle, die nichts von meiner Sehschwäche wussten, als Psychopath abgestempelt.

Mir war es mittlerweile wichtiger, vernünftig sehen zu können, als so oberflächlichen Fantasien hinterherzujagen. Brillen waren cool und so schlimm sah sie nun wirklich nicht an mir aus.

Meine Worte ignorierend, beschloss er offenbar, seine Aussage zu ergänzen: *»Es würde vermutlich sowieso nicht viel bringen. Hörgeräte ersetzen nicht deinen Hörsinn, sie dienen als Unterstützung für noch bestehendes Gehör.«*

»Vermutlich klingt nicht nach einer wissenschaftlichen Erkenntnis.«

Er sah mich fragend an und als er es beim zweiten Versuch noch immer nicht erfassen konnte, zückte ich wieder mein rotes Notizbuch und schrieb den Satz noch einmal dort auf. Dankbar blickte er auf meine furchtbare Handschrift, ehe er sich abermals seinem Tablet in dieser grotesk goldenen Hülle widmete.

»Es gibt für viele Dinge keine hundertprozentige Sicherheit, aber wer mag schon gern enttäuscht werden, wenn man all seine Hoffnung in etwas steckt, das am Ende nicht funktioniert?«

Bei jedem Wort legte sich meine Stirn einmal mehr in Falten. Ich musste wie eine Mischung aus Shar-Pei und dem ältesten Mann der Welt aussehen.

Hattest du nicht heute genau das an meiner Geschichte bemängelt?

Er zuckte mit den Schultern. *»Menschen können sich ändern, bei ihnen hast du mehrere Chancen, um jemanden zu finden, der dich nicht enttäuscht. Das Gehör ist eine einmalige Chance.«*

Ich nickte verstehend und brachte es nicht über mich, über ihn zu urteilen. Schließlich hatte ich auch Ängste, die niemand voll und ganz nachvollziehen konnte. Es war gelogen zu behaupten, ich würde seine gar nicht verstehen. So musste er nicht in der Gewissheit leben, keine Chance mehr zu haben, irgendwann hören zu können. Er lebte lieber mit der Ungewissheit weiter, um diesen Einschlag in seine Psyche nicht ertragen zu müssen. Andererseits änderte sich

dadurch auch nichts. Sein Leben lief ja quasi so, als würde diese Gewissheit bereits bestehen. Er gab seinem Gehör nicht mal eine Chance. Erschrocken verdrängte ich den Kloß in meinem Hals, der immer größer zu werden schien, je mehr Parallelen ich zu meinem eigenen Gefühlskarussell entdeckte.

Um eine drohende Auseinandersetzung mit meinen eigenen Gedanken zu umgehen, fokussierte ich mich schließlich wieder auf Vid. »Gibt es nicht auch so was wie diese Talker-Apps mit Bildern und Symbolen? Wären die nicht einfacher und schneller als ein normales Schreibprogramm auf dem Tablet?« Kurz versuchte ich, mit Zeichensprache das Gesagte zu unterstreichen. Ich kannte diese Art von Kommunikationshilfe von dem Nachbarsjungen zwei Häuser weiter, der das ATR-X-Syndrom hatte und bestens damit auskam. Es half Menschen dabei, auf schnelle Art zu sprechen.

Ich sah an seinem Blick, welchen Teil er nicht verstanden hatte, und glaubte zu wissen, welches Wort daran schuld war, also schrieb ich Talker und Apps noch einmal in das Notizbuch. Fast schon war ich stolz auf mich, dass ich offenbar recht hatte, denn seine Augen wurden klarer, als hätte die Glühbirne in seinem Kopf aufgeleuchtet.

»Ich brauche so was nicht. Ich tippe sehr schnell. Gamervorteil.«

»Das muss ein Erfolgserlebnis sein, wenn du doch sonst nichts kannst«, erwiderte ich mit einem streitlustigen Grinsen.

»Ich kann eine Menge. Du würdest dich wundern, wie viele Fähigkeiten in mir stecken«, erwiderte er und lächelte mir zwinkernd entgegen.

Zunächst schaltete mein Hirn gar nicht, was er gerade für Andeutungen gemacht hatte. Es war lediglich darauf fokussiert, froh darüber zu sein, dass er mein Mundbild tatsächlich lesen konnte.

»Ich denke, ich würde mich sogar wundern, wenn du zur Abwechslung nicht so selbstverliebt reden würdest«, erwiderte ich und wiederholte den letzten Teil des Satzes.

Er lachte leise. Meine Gänsehaut, die darauf folgte, wanderte bis in meinen Nacken. *»Ach Evil, das ist doch noch gar nichts.«*

Meine unbeschwerte Freude erlosch sofort, als ich den verhassten Spitznamen hörte. Als würde ich eben noch in einem sanften Feuer der Normalität stehen, wurde ich nun mit eiskaltem Wasser der grausamen Realität übergossen. Für wenige Minuten hatte ich Vid doch tatsächlich sympathisch gefunden, bis er mir wieder offenbart hatte, was für ein idiotischer Vollidiot er doch war. Doch es dauerte nur den Bruchteil weniger Sekunden und ich hielt inne. Wenn ich es nicht ansprach, konnte er ja nicht wissen, dass der Name mich auf emotionale Weise störte. Er kannte mich kaum und war leider auch nicht mein Edward Cullen, der Gedankenlesen konnte.

»Kannst du aufhören, mich so zu nennen?«, fragte ich also zorniger als beabsichtigt. Er hörte zwar nicht meine Tonlage, aber meine zusammengezogenen Augenbrauen und das fiese Funkeln in meinen Augen sprachen Bände. Höchstwahrscheinlich sah ich für ihn gerade aus wie der Inbegriff von Kampfzwerg. Schätzungsweise wäre ein Boxsack eine super Idee für meine Weihnachtswunschliste dieses Jahr.

Verdutzt sah er mich an. *»Ist der Spitzname so schlimm für dich?«*

Würde ich sonst wollen, dass er es unterließ, mich so zu nennen? Wer auch immer meinte, es gäbe keine dämlichen Fragen, hatte wirklich eine beeindruckende Toleranzgrenze.

Würdest du es toll finden, würde ich dich Hörgeschädigter nennen?

»Aber du bist doch nicht wirklich böse.«

Was er mit diesem Satz auslöste, reproduzierte sich auf meinen gesamten Körper. Mir wurde prompt heiß und kalt zugleich. Zunächst war mein Kopf wie leer gefegt, bis er sich mit den verschiedensten Gedanken füllte. Anfänglich war es wie das schönste Kompliment auf Erden, dass er wirklich annahm, ich sei nicht böse.

Doch dann erinnerte ich mich daran, dass er das gar nicht beurteilen konnte. Vid *kannte* das Böse in mir nicht. Er kannte *mich* nicht und würde er mich weiterhin kennenlernen, würde er den Spitznamen irgendwann als meine persönliche Beleidigung verwenden, dessen war ich mir sicher. Mir diese Art von Kompliment zu machen, löste bei mir eine ähnliche Reaktion aus wie die Frage »Was ist los?« kurz vor einer Heulattacke: Meine Augen füllten sich mit Tränen und ich blickte schnell auf die Tischplatte vor mir. Kurz ging ich in mich und ermahnte mich. In aller Öffentlichkeit und vor allem vor Vid in Tränen auszubrechen, war eine Horrorvorstellung, die ich nie wieder vergessen würde.

Es half: Mein seelischer Ausbruch schob sich hinter meine Angst und blieb dort verdrängt liegen. Dann blickte ich wieder auf. Ich tat seine Aussage mit einem Achselzucken ab.

Er schien es richtig zu deuten, dass ich das Thema beenden wollte, denn er redete nicht mehr darüber.

Nachdem wir bestellt hatten und warteten, bis das Essen kam, sprachen wir über unsere Lieblingsserien, die so überhaupt nicht übereinstimmten. Er liebte Fantasy, ich liebte Drama (meine ausgeprägte Neigung zu Kitsch verheimlichte ich dabei wissentlich) und er erklärte mir, dass die Untertitel vieler Serien und Filme oft zu früh oder zu spät eingeblendet wurden und er Schwierigkeiten dabei hatte, ihnen zu folgen und gleichzeitig die Mimik zu deuten. Man konnte nämlich Sätze in den unterschiedlichsten Stimmlagen und somit unterschiedliche Bedeutungen meinen.

Die Unterhaltung war entspannt. Wenn er mir nicht folgen konnte, wiederholte ich den Satz oder schrieb ihn auf. Mit der Zeit sah ich ihm im Gesicht an, welchen Teil er nicht verstanden hatte und wiederholte diesen dann instinktiv. Wenn ich schwierigere Wörter benutzte, besonders englische, schrieb ich sie ebenfalls direkt auf. Es wurde mit jedem Satz einfacher zu kommunizieren.

»Darf ich dich noch etwas fragen?« Wir hatten gerade den letzten Happen gegessen, als ich mich dazu entschied, endlich die Frage zu stellen, die mich am meisten interessierte. Während wir gegessen hatten, hatten wir uns kaum aufeinander konzentriert und das war mir nur recht. Ich hasste es, wenn ich dabei beobachtet wurde, wie ich aß. Umso mehr Zeit hatte mein Gehirn, darüber nachzudenken, ob es taktlos war, wenn ich ihn damit konfrontierte. Letztlich gewann allerdings meine Neugier und meine Zuversicht basierend darauf, dass er all meine bisherigen Fragen ausnahmslos beantwortet hatte – wenn auch nicht alle gleich detailliert und ausschweifend.

»Ziemlich viele Fragen für jemanden, der sich eigentlich von mir fernhalten möchte«, kommentierte er und schenkte mir ein schiefes Lächeln.

Erwischt. »Nur aus reiner Neugier.« Ich versuchte, so teilnahmslos wie nur möglich zu agieren, doch meine schlechten Schauspielkünste verrieten mich sicherlich.

Er ließ sich die Oberpeinlichkeit diesbezüglich nicht anmerken, spielte seine Erwiderung ab, legte bloß seinen Kopf leicht schief und blickte mir erwartungsvoll in die Augen. *»Frag, was du möchtest.«*

»Kannst du nicht sprechen?«, schoss es aus mir heraus wie ein geschüttelter Softdrink nach dem Öffnen, während ich trotzdem bemüht war und darauf achtete, deutlich zu reden.

Eine kurze Antwort folgte: *»Doch.«* Sein Blick veränderte sich, seine Augen blickten mir nun in einem matten Grün entgegen, das weitaus dunkler wirkte als Sekunden zuvor.

Unruhig rutschte ich auf meinem Stuhl hin und her. Er schien plötzlich angespannt, als würde er das Thema hassen. Oder mich, die das Thema ansprach. »Warum sprichst du dann nicht?«, fragte ich in meinem Wahn trotzdem weiter.

»Weil ich nicht möchte.«

»Du möchtest nicht?«, hakte ich verwirrt nach und erinnerte mich an seine ähnliche Antwort, die er bezüglich meiner Frage über die Hörgeräte gegeben hatte.

Doch noch bevor er antworten konnte, stand plötzlich ein junger Mann neben unserem Tisch, der Vid lächelnd musterte.

Dieser schien ihn auch zu bemerken. Als Vid aufsah und ihn augenscheinlich erkannte, veränderte sich sein verärgerter Gesichtsausdruck in eine sehr entspannte, freudige Mimik. Auf der Stelle fing er an zu gebärden, während er dabei seinen Mund bewegte, ohne auch nur einen Ton herauszubringen.

Fasziniert starrte ich ihn an, während der junge Mann vor ihm mit Gebärdensprache antwortete. Wenig später wandte sich Vid wieder mir zu. *»Das ist Jonas. Ich habe ihn bei dem Kurs für Gebärdensprache kennengelernt.«* Er sah mich lächelnd an, als wäre die energiegeladene Spannung zwischen uns nie gewesen, und zeigte auf den jungen Mann mit den langen schwarzen Haaren.

Ich beneidete ihn für seine Haarpracht und verglich sofort meine braunen, welligen Strunzen mit seinen glatten, glänzenden Strähnen, die gut und gern Teil einer Werbekampagne für Shampoo sein konnten. »Ich bin Evie«, sagte ich an Jonas gewandt.

Er lächelte freundlich und schaute fragend zu Vid, der abermals an ihn gerichtet gebärdete. Er streckte seine Hand aus und machte eine fließende Bewegung, ballte dann zunächst seine Hand zu einer senkrecht gerichteten Affen-Faust. Anschließend zu einem Peace mit Handballen nach vorn. Dann wieder zu einer senkrechten Faust, diesmal mit gestrecktem kleinen Finger, um am Ende abermals die Affen-Faust wie am Anfang zu formen. Ob er gerade meinen Namen gebärdet oder ihm klargemacht hatte, dass man mich und meine grenzenlose Dummheit meiden solle, wusste ich beim besten Willen nicht. Doch Jonas gebärdete ihm etwas zurück und lächelte mir dann zu.

»*Er sagt, er freut sich, dich kennenzulernen*«, übersetzte Vid für mich und wandte sich dann wieder Jonas zu.

Als wäre ich der Nabel der Welt, machte ich mir wirklich Sorgen darum, dass sie über mich lästerten, doch das wäre selbst für Vid viel zu dreist. Es war, als würde ich danebensitzen, während sich zwei Menschen auf einer anderen Sprache unterhielten und ich beim Fake-Lächeln beinahe meinen Kieferknochen brach. Sie könnten, ohne dass ich es wusste, über den Verlust eines geliebten Menschen sprechen – ich saß daneben und grinste wie eine verrückte Serienmörderin. Vielleicht hätte ich besser mein Handy herausholen und so tun sollen, als hätte ich etwas ganz Wichtiges nachzulesen, während ich eigentlich nur durch das Menü swipte, um beschäftigt zu wirken. Vielleicht, aber auch nur ganz vielleicht, sollte ich endlich trainieren, nicht mehr so viel über unnützes Zeug nachzugrübeln.

Trotzdem war ich heilfroh, als sich Jonas verabschiedete und sich von unserem Tisch entfernte.

Das Dessert kam viel zu schnell und Vid starrte viel zu intensiv in meine Augen, während wir kaum mehr sprachen, sodass ich offenbar verlernte, wie ein normaler Mensch zu essen. Denn zu aller Peinlichkeit pustete ich mein Eis und ließ dann vor lauter nervösem Zittern meinen vollgestopften Löffel auf meinen Schoß fallen. Grandios! Als die Tollpatschigkeit verteilt wurde, hatte ich wohl versehentlich, während ich gestolpert war, alles davon an mich gezogen. Und als die Intelligenz verteilt wurde, war ich vermutlich gerade dabei, mich zu übergeben, weil ich die Zukunft der Menschheit gesehen hatte.

Vid tat so, als hätte er meinen Fauxpas nicht bemerkt und aß mit einem Grinsen, das ihn verriet, sein Eis. Ich war heilfroh, dass er mich dabei nicht ansah und meinen hochroten Kopf bemerkte.

»Kannst du die Gebärdensprache perfekt?«, fragte ich schließlich, als er wieder aufsah, um von meiner grenzenlosen Unfähigkeit abzulenken, und unterstrich meine Frage mit Handbewegungen.

Er schüttelte den Kopf, während er tippte. *»Nein, aber das Nötigste kann ich schon.«*

»Bring mir etwas bei«, flehte ich.

Kurz überlegte er, dann klopfte er mit der Faust auf seinen Handrücken. *»Das heißt ›Guten Appetit‹.«*

Ich schmunzelte und imitierte seine Handbewegungen. Er grinste zurück, hielt sich die ausgestreckte Hand vor das Kinn und bewegte sie mit dem Handrücken einmal nach vorn in meine Richtung. *»Das heißt ›Danke‹.«*

Ich wiederholte seine Bewegung und war stolz, als er mir anerkennend zuzwinkerte, während er sich wieder seinem Eis widmete.

Wir unterhielten uns noch lange über belangloses Zeug. Wie bei unseren Gesprächen zuvor wiederholte ich oftmals meine Sätze und ab und zu schrieb ich etwas in mein Notizbuch. Es störte mich nicht eine Sekunde und ich glaubte, das strahlte ich auch aus.

Vid war offen und geduldig. Er brachte mich schließlich zur Bahn und umarmte mich zu meiner Überrumpelung auch noch innig zum Abschied. Seine Arme schlossen sich kurz, aber kräftig um mich, er drückte mich fest und gleichzeitig mit einer solchen Sanftheit an sich, dass es mir den Atem raubte. Keine Ahnung, wann mich jemand außer meiner Mutter das letzte Mal umarmt hatte. Das musste ungefähr vor Christi Geburt gewesen sein.

Wie automatisch sog ich seinen markanten Geruch ein und hätte ihm am liebsten seinen Pullover weggerissen, um die nächsten zwanzig Jahre daran schnuppern zu können. Ich war echt ein Freak!

Zu Hause angekommen durfte ich mir noch eine Predigt meiner Mutter anhören, weil ich sie nicht informiert hatte, wo ich gewesen war. Ich konnte sie verstehen. So viel wie in der Welt passierte, war es nur allzu verständlich, dass sie sich um ihre Tochter sorgte. Entschuldigend umarmte ich sie und versicherte ihr, dass es nicht wieder vorkommen würde. Wo und mit wem ich war, fragte sie gar nicht und ich war froh darüber, dass sie mir diese Freiheit gab zu entscheiden, ob ich es ihr erzählte oder eben nicht. Es wäre echt unangenehm geworden, ihr zu offenbaren, dass ich mit dem Kerl essen war, den ich kurz zuvor vor ihr und Oma schlechtgemacht hatte.

Als ich schließlich im Bett lag und vor mich hin döste, erreichte mich eine Nachricht von Vid.

> Der Tag war schön mit dir. Hätte ich nicht erwartet bei so einer nervtötenden Persönlichkeit.

Ich schmunzelte, als ich meine Antwort eintippte.

Oh, das kann ich nachvollziehen. Du meinst
die nervtötende Persönlichkeit mit dem
Tablet, oder? Sich mit ihr zu unterhalten, war
tatsächlich in Ordnung.

Seine Erwiderung ließ nicht lange auf sich warten.

Wärst du damals, als das Wort unlustig
etabliert wurde, bereits existent gewesen,
hätten sie das Wort nach dir benannt, antwortete er.

Einmal mehr erwischte ich mich dabei, ihn amüsant zu finden. Zumindest ein kleiner Teil an ihm. Und außerdem war mein Spruch wirklich schlecht gewesen.

Ich musste zugeben, er war schlagfertig. Aber er musste nicht glauben, dass ich ihm das unter die Nase reiben würde. Schnell tippte ich meinen Konter ein.

Bilder sagen mehr als tausend Worte.
Deshalb wäre es sinnvoll gewesen, in
Vokabelheften einfach dein Bild neben dem
Wort Vollidiot zu platzieren.

Seine schnelle Antwort war ein einziges Wort: Touché!

Ich lächelte. Er und ich würden vermutlich keine Freunde werden, aber gänzlich schlecht, wie anfangs vermutet, war er nicht. Kaum zu glauben, aber Javid hatte auch seine guten Seiten. Oder eine. Aber immerhin!

Gute Nacht, Vid.

Ich legte mein Handy beiseite und schmiegte mich in mein Kissen. Der ganze Tag war so nervenaufreibend und reizüberflutend gewesen, dass ich nur noch erschöpft daliegen konnte und mich fragte, warum ich nicht innerhalb einer Minute in Morpheus' Armen ruhte. Noch bevor ich gänzlich einschlief, vibrierte mein Handy abermals und müde las ich die Nachricht. Mit einem leichten Lächeln auf den Lippen tauchte ich schließlich ab ins Reich der Träume.

Gute Nacht, du kleine Nervensäge.

KAPITEL 8

Ruhig zu sein, ist keine schlechte Eigenschaft. Sie ist bloß befremdend für Menschen, die immer laut sind.

Die nächsten Tage nickten wir uns bloß zur Begrüßung und zum Abschied zu und beachteten uns darüber hinaus kaum. Kaum, weil ich hin und wieder zu ihm hinüberstarrte und er mich hin und wieder zu aller Peinlichkeit dabei erwischte. Hin und wieder war vielleicht untertrieben. Ich starrte ihn dauernd an.

Keine Ahnung warum. Vielleicht, weil ich ihn faszinierend fand. Wer lernte schon einen Gehörlosen kennen? Diesen Gedanken wischte ich jedoch schnell aus meinem Hirn, weil ich ihn als unangebracht empfand. Als wäre Vid eine seltene Spezies, die man sich im Museum anschaute. Er war wie du und ich, nur eben ohne Gehör. Natürlich war es auf eine Art und Weise spannend, in seine Welt abzutauchen, denn sie war unweigerlich anders als meine.

Aber es war nicht der Grund, warum ich seine Lippen

beobachtete, während er konzentriert auf sein Tablet tippte, um den Lehrern Antworten zu übermitteln. Es war auch nicht der Grund, warum ich seine sehnigen Hände anschaute, während er etwas auf seinen Block schrieb. Sein schwarzes Lederarmband, das sich um sein Handgelenk schmiegte, machte meinen Starrmarathon auch nicht besser. Ebenso wenig, warum ich seinen leicht geschwungenen Nasenrücken und die kleinen Sommersprossen darauf anstierte oder warum ich seine langen Beine bis hin zu seinen schwarzen Chucks musterte, während er mit dem linken Fuß auf und ab tippte. Und ganz sicher war es auch nicht der Grund, warum ich in seine hellen Augen blickte, als würde ich seine tiefste Seele darin wiederfinden.

Es wäre dämlich zu leugnen, Vid wäre nicht attraktiv. Er war vielleicht nicht unbedingt jedermanns Idealbild, aber genau das machte ihn umso anziehender für mich. Rein optisch natürlich. Charakterlich war er noch immer ein idiotischer Vollidiot.

Am Freitag drehte Vid das Spielchen um und starrte mich zu meinem Leidwesen in einer Tour an. Ich konnte allerdings mit Sicherheit sagen, dass mir das weitaus mehr ausmachte als ihm, denn meine Hände hörten nicht eine Sekunde auf zu zittern. Ich schwitzte und hoffte inständig, dass ich mich nicht peinlich verhielt. Das verursachte meist jedoch, dass ich mich besonders peinlich benahm, weil ich mich völlig unnatürlich bewegte. So ging es mir zwar grundsätzlich immer, wenn ich mich beobachtet fühlte, aber Vids Blicke legten diesem gesamten Tick noch eine Schippe drauf.

Auch Faye schien unsere nonverbalen Annäherungen zu realisieren. Sie blickte immer wieder zwischen uns hin und her, kommentierte aber nichts und das war auch gut so. Der Höhepunkt der Peinlichkeit wurde dann erreicht, als ich zu ihm schaute und erkannte, dass er auf meine zitternden Finger achtete. Anschließend blickte er mir fragend ins Gesicht und damit wurde dann auch die tiefrote Tomate aus ihrem Schlaf erweckt, um meinem Schädel die passende Farbe für diese Situation zu verleihen.

Ich hatte keine Ahnung, warum wir uns so verhielten, nachdem wir am Montag echt einen netten Tag gehabt hatten. Klar, wir waren keine Freunde, aber es erschien mir trotzdem albern, dass wir uns derart ignorierten. Andererseits führten diese wechselseitigen Reaktionen zu einer Art Spannung, die sich aufregend anfühlte.

Meliya, meine Mitschülerin aus der alten Schule, hätte jetzt wahrscheinlich behauptet, ich sei chronisch untervögelt. Vielleicht hatte sie mit ihrer maßlosen Übertreibung im Kern gar nicht unrecht, denn wenn ich Vid nicht auf *diese* Art anziehend fand, dann auf gar keine. Schäbig kam ich mir trotzdem vor, als ich darüber nachdachte, dass meine hormongesteuerten Empfindungen ihn offenbar als so was wie ein Objekt der körperlichen Begierde wahrnahmen. Zumindest würde das erklären, warum ich ihm nah sein wollte, obwohl ich ihn nicht sonderlich mochte.

Am Ende des Schultages fing Vid mich auf dem Schulgelände ab. Bevor er auch nur ein Wort gesprochen hatte, verabschiedete sich Faye mit einem Schmunzeln bei mir und lief zu dem Bus, der gerade einfuhr. Hatte sie sich mit ihm abgesprochen oder dachte sie tatsächlich, ich sei gern mit ihm allein? Ich glaubte, ich musste sie da mal endlich aufklären.

»Darf ich dich nach Hause fahren?«, fragte Vid schließlich.

Mit ihm allein in einem Auto? Auf dem Gepäckträger eines Fahrrads war wohl nicht gemeint. Da er auch keine Helme in der Hand hatte, hatte er hoffentlich auch nicht vor, mich auf einem Motorrad Todesängste ausleben zu lassen. Kurz fragte ich mich, ob er überhaupt Auto fahren durfte, zumal er ja beispielsweise Sirenen nicht hören konnte. Nein, Evie, er durfte nicht Autofahren und fuhr trotzdem, weil er sich nichts verbieten ließ. Auf jeden Fall. Doch dann schlich sich eine andere Erkenntnis in mein Gehirn. Er war also schon volljährig.

»Du bist achtzehn?«

Er verstand mich offenbar sofort, als hätte er mit der Frage ohnehin gerechnet. *»Fast neunzehn. Wie Faye musste ich eine Extrarunde drehen.«*

Ich nickte und offenbarte nicht, dass ich gar nicht wusste, dass Faye ebenso älter war als ich, geschweige denn warum sie die Klasse wiederholen musste. Aus irgendeinem Grund glaubte ich nicht daran, dass das an mangelnder Disziplin oder kognitiven Fähigkeiten lag.

»Und ja, ich darf Auto fahren.«

Mein Herz polterte, als ich merkte, dass er tatsächlich auf meine unausgesprochene Frage geantwortet hatte. »Das habe ich gar nicht gefragt«, erwiderte ich, während er mit schiefem Grinsen auf meine Lippen achtete. Warum sah er dabei so selbstbewusst und gleichzeitig so vorsichtig aus?

»Das musstest du auch gar nicht, die Frage hat man dir angesehen, als hättest du sie mir entgegengebrüllt.« Sein leises Lachen erklang, während er die Worte abspielen ließ, und bereitete mir prompt eine Gänsehaut.

Ob ich irgendwann wie ein normaler Mensch darauf reagieren würde? Beinahe hätte ich bei diesem Klang vergessen, dass er offenbar aus mir lesen konnte, als wäre ich ein offenes Buch für ihn. Eine dunkle Erinnerung daran, dass ich mich von ihm fernhalten sollte. Jemanden in mein Leben zu lassen, der früher oder später meine Geheimnisse erkannte, war gefährlich. Gerade Vid, der sicherlich nicht nur gute Absichten hatte, würde all das gegen mich verwenden und ich mir eine neue Schule suchen müssen.

Ich blickte zu Boden, während er abermals etwas auf sein Tablet tippte. *»Also, sollen wir? Mein Auto steht hinten auf dem Parkplatz.«*

»Ich kann mich nicht daran erinnern, Ja gesagt zu haben«, erwiderte ich langsamer als zuvor, weil mein Satz länger war als der vorherige.

Er wartete gar nicht, bis ich alles ausgesprochen hatte, sondern widmete sich wieder seinem goldenen Tablet, als wüsste er ganz genau, was ich sagen wollte. *»Weil das Vid so gut unterstreicht, dass ich nie ein Ja von dir bekommen werde«*, entgegnete er und schmunzelte ein weiteres Mal. *»Das bedeutet aber nicht, dass ich es nicht trotzdem immer und immer wieder versuchen werde.«*

Ich ignorierte die Tatsache, dass mir sein zweiter Satz schmeichelte, und verschränkte die Arme vor der Brust. »Und warum?«

Abermals flogen seine Finger über die Bildschirmtastatur. *»Weil ich das Gefühl habe, du bist diese Geduld in jeder Hinsicht wert. Und glaub mir, ich bin der ungeduldigste Mensch, dem du je begegnet bist.«*

Wie bitte?! Mir klappte in Gedanken die Kinnlade runter und ich musste ihn völlig perplex angesehen haben, denn er schenkte mir noch einmal ein leises Lachen. *»Komm schon, ich fahre dich bloß nach Hause.«*

»Und wenn du ein Psychopath bist, der mich in das nächste verlassene Gebäude bringt, um mich dort zu töten?« Ich wiederholte den Satz langsam und versuchte mit Gesten, das Gesprochene zu unterstreichen, sodass er meine Frage zu meinem Staunen beim zweiten Mal verstand.

Er überraschte mich immer wieder, dass ich mich dabei erwischte, wirklich anzuzweifeln, dass er gar nichts hörte. *»Um dein Gehör zu stehlen und es mir einpflanzen zu lassen?«*, hakte er mit einem Augenzwinkern nach.

Ich riss gespielt schockiert die Augen auf. »Das würde gehen?«

Er antwortete nicht und legte eine seiner Hände auf meinen unteren Rücken, um mich zum Gehen zu leiten. Seine angenehm warme Hand spürte ich in jeder Pore, auch wenn er sie so sanft auf meinen Körper legte, dass es sicherlich mit einem Flügelschlag eines Kolibris vergleichbar war. Mein Kopf kribbelte, er fühlte sich an, als wäre er nicht mehr Teil von mir. Meine Hände wurden in derselben Sekunde schwitzig. Während ich mich in Bewegung setzte, ließ er sie schnell wieder sinken und hinterließ ein Prickeln unter meiner dünnen Bluse.

Meine Güte, ich sollte mich echt zusammenreißen! Als ich mich auf dem Beifahrersitz seines Autos niederließ, nachdem er mir die Tür aufgehalten hatte, konnte ich mich nur damit beruhigen, dass ich ihm kein Ja gegeben hatte, sondern in irgendeiner Weise zum Mitfahren gedrängt wurde. Aber als er sacht meine Autotür schloss und selbst hinter das Lenkrad glitt, wusste ich, dass es unfair war, ihm so etwas gedanklich zu unterstellen. Auch wenn er ein idiotischer Vollidiot war, tief in seinem Inneren war er vermutlich ein netter Kerl. Wahrscheinlich. Eventuell. Vielleicht. Er hielt mir sein Navi hin und ich tippte schnell meine Adresse ein, bevor er es wieder in die Halterung steckte.

Als er losfuhr, war es totenstill. Es war unmöglich, miteinander zu kommunizieren, zumal er sein Tablet beim Autofahren nicht benutzen und mich ebenso wenig anschauen konnte, um meine Lippen zu lesen. Es war beruhigend, dass er vernünftig fuhr und nicht wie ein protzender Trottel, der gefährliche Manöver startete, um zu beeindrucken. *Mich* beeindruckte so ein Verhalten nicht, sondern machte mich aggressiv. Warum sollte es attraktiv sein, wenn jemand dich willentlich in Gefahr brachte? Ich würde bei der nächsten Ampel aus dem Auto und gleichzeitig aus dem Leben des Fahrers flüchten.

Ich faltete meine Hände im Schoß, während ich merkte, dass er zu mir schielte. Er tippte auf das Radio und schaltete die Musik an. Es folgte eine Ballade von Lewis Capaldi, die mich immer wieder zu Tränen rührte, deshalb schaute ich demonstrativ aus dem Fenster, um meine Emotionalität zu verbergen. Ich spürte dennoch Vids Blicke an jeder roten

Ampel und als er schließlich sacht meine Hand berührte, schaute ich schließlich erschrocken in seine Augen. Er zog sie sofort wieder weg, aber die Wärme seiner Haut brannte sich trotzdem in meine und hinterließ einen angenehmen Schauer, der sich bis in meine Kopfhaut zog.

Fragend und besorgt zugleich schaute er mich an und ich verstand auch ohne Worte, was er von mir wissen wollte. »Es ist alles okay«, antwortete ich auf seine unausgesprochene Frage und zwang mich zu einem Lächeln, während ich auf das Radio zeigte und einen Daumen hochhielt. »Ich mag das Lied sehr.«

Er nickte und schaute wieder auf die Straße. Nachdenklich musterte ich ihn von der Seite und dachte darüber nach, wer er war. Der idiotische Vollidiot, der niemanden emotional an sich heranließ und glaubte, er sei Gott höchstpersönlich, war plötzlich von meiner Intuition in eine Kiste mit einem riesengroßen Fragezeichen gesperrt.

Als wir schließlich vor meiner Haustür ankamen, schaute er neugierig aus dem Fenster, während er sein Tablet aus seinem Rucksack fischte. Geduldig wartete ich, bis er etwas eingetippt und abgespielt hatte. *»Ein wirklich schönes Haus.«*

Ich nickte und fuhr mir durch mein Haar. Es war mir ein Rätsel, warum er mich nach Hause fahren wollte, schließlich hatten wir die Autofahrt über nicht einmal miteinander geredet. Ich empfand es als unhöflich, ihn nicht hineinzubitten, auch wenn mir das Bild von ihm in meinem unaufgeräumten Zimmer makaber vorkam. Zum ersten Mal in meinem Leben verfluchte ich mich dafür, nicht auf meine Mutter gehört und aufgeräumt zu haben.

»Möchtest du mit reinkommen?«, fragte ich Vid, hoffte, er antwortete nicht mit einem selbstgefälligen, zweideutigen Spruch, und deutete auf das Haus.

Er schaute mich mit großen Augen an und tippte abermals etwas auf sein Tablet. *»Nein, Quatsch. Alles gut. Ich wollte nur, dass du sicher nach Hause kommst.«*

Verständnislos blickte ich ihn an. »Ist der Bus so viel gefährlicher?« Ich wiederholte die Frage zweimal langsam, ehe er verstand und schmunzelte.

»Das wohl nicht. Aber der Weg von der Bushaltestelle zum Haus könnte gefährlich sein. Seit gestern wird ein Mädchen hier aus der Gegend vermisst.«

»Sag mir nicht, du sorgst dich um mich?«, fragte ich und holte mein Notizbuch raus, falls er den Rest der Konversation nicht verstehen würde. Ich wollte unbedingt, dass er jedes Wort richtig begriff.

Kurz blickte er auf mein Buch, dann schaute er mir tief in die Augen, bevor er seine Finger über die Tastatur fliegen ließ und seine Worte abspielte. *»Ich sorge mich um den Menschen, der dich verschleppt, ohne zu erahnen, was für eine Nervensäge du bist. Und stell dir mal vor, die Person kann nur englisch. Das wäre ja die Hölle auf Erden.«* Er grinste schelmisch, doch ich sah in seinem Blick, dass ich mit meiner Vermutung ins Schwarze getroffen hatte.

Die Frage, die sich mir nur stellte, war, warum er plötzlich dieses zweite Gesicht zeigte. Da sich meine Neugier als Detektiv für Arme entpuppte, entfachte der offensichtliche Beschützerinstinkt seinerseits etwas in mir, das mich gefährlich nah an meine Toleranzgrenze in Sachen emotionale Nähe brachte.

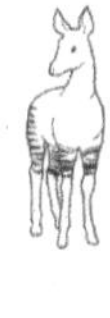

Ich schmunzelte über seine Antwort und deutete abermals auf das Haus. »Also, möchtest du mit reinkommen?«

Vid zögerte kurz und blickte mir wieder tief in die Augen. Dann zuckte er wie beiläufig mit den Schultern, als wäre es nichts Besonderes, von mir eingeladen zu werden. »*Warum nicht*«

Oh, für mich gab es da viele Warum-Nichts. Weil wir uns nicht sonderlich gut ausstehen konnten. Weil meine Mutter zu Hause war und mit Sicherheit gleich glauben würde, Vid wäre ein besonderer Mann für mich, da ich so gut wie nie ein männliches Wesen in mein Zimmer eintreten ließ. Geschweige denn *irgendein* Wesen. Weil ich keine Ahnung hatte, was ich mit ihm bequatschen sollte. Weil ich Angst hatte, ihn nicht loszuwerden, sollte es peinlich werden. Und vor allem: Weil ich nicht sicher war, ob mein roter BH noch auf meinem Sofa lag.

Wir stiegen gemeinsam aus und schlenderten zum Haus, während ich den Schlüssel aus meinem Rucksack zog. Mit zitternden Fingern schloss ich die Haustür auf, während ich Vids Blick auf mir spürte. Was dachte er bloß von mir? Ob er einfach Mitleid mit mir hatte, weil er begriffen hatte, dass ich ein armseliges Opfer ohne Freunde war?

Als wir eintraten, kam uns auch schon meine Mutter entgegen, die – als sie den Schönling neben mir erblickte – abrupt stehen blieb und sich erst mal nach dieser Überraschung sammeln musste.

Ich räusperte mich und kämpfte gegen den Drang an, meinen Daumen für meine Unsicherheit bezahlen zu lassen. »Hallo, Mama. Das ist Javid. Du weißt schon, der Gehörlose aus meiner Klasse.«

Ich hasste mich dafür, ihn damit vorzustellen, weil es ihn nicht definierte. Andererseits hatte ich Angst vor peinlichen Situationen, wenn meine Mutter nicht wusste, dass er gehörlos war.

Sie richtete ihre Augen mit einem breiten Lächeln auf Vid. »Hallo, Javid. Ich bin Marlia.« Sie sprach die Worte so *übertrieben* deutlich und laut aus, dass ich sofort errötete.

»Mama, du kannst normal mit ihm sprechen«, flüsterte ich ihr zu und hoffte inständig, dass Vid den Satz nicht mitbekam.

Dieser tat so, als würde er gar nicht bemerken, dass sie bescheuert beim Reden aussah, und tippte schnell auf sein Tablet. *»Freut mich sehr, Sie kennenzulernen.«*

»Um Gottes willen, du kannst mich gern duzen!«, erwiderte meine Mutter sofort und bemühte sich, etwas weniger behämmert dabei auszusehen und weniger den Mund aufzureißen. Wo war die Schaufel, wenn man sie brauchte?

Vid sah sie fragend an und so beschloss ich, ihren Satz noch einmal zu wiederholen. »Du kannst gern Du zu ihr sagen.«

Vid sah auf meine Lippen und schaute dann wieder nickend und lächelnd zu meiner Mutter. *»Gern.«*

Sie hingegen musterte mich mit einem breiten Grinsen. Ich warf ihr bloß einen warnenden Blick zu. Dann bedeutete ich Vid, mir zu folgen.

Als wir in meinem Zimmer ankamen, schleuderte ich den BH, der tatsächlich noch gut sichtbar dalag, schnell hinter das Sofa. In dem Moment, als ich mich zu Vid umdrehte, schaute er sich gerade in meinem Zimmer um und ließ mich damit erröten. Der Raum sah nicht unbedingt aus wie ein

Messie-Haushalt aus dem Trash-TV, aber ich hatte leider auch die Angewohnheit, mich schwer von Gegenständen trennen zu können. Dementsprechend hatte die Betitelung meiner Mutter, es sei eine Rumpelkammer, gut gepasst.

»Ein schönes Zimmer.« Er lächelte mich an.

»Ich bin nicht gerade ein ordentlicher Mensch«, erwiderte ich achselzuckend.

Er ließ meinen Satz unkommentiert, obwohl ich mir sicher war, er hatte ihn verstanden, und schlenderte zu meiner Pinnwand. Meine Kehle wurde staubtrocken, als er sich die Fotos anschaute und an einem Bild hängen blieb. *»Du hast Geschwister?«*

Ich lief zu ihm und schaute ihm ins Gesicht, während ich schnell den Kopf schüttelte. »Nein. Das ist meine Cousine.« Ich schrieb ihm das letzte Wort in mein Notizbuch, um sicherzustellen, dass es keine Missverständnisse gab.

Er zog die Augenbrauen hoch. *»Ihr seht euch sehr ähnlich.«*

Rasch bedeutete ich ihm, auf meinem Sofa Platz zu nehmen, und ich setzte mich vor ihn auf den Boden. Ich hatte das starke Bedürfnis, sofort ein neues Thema zu beginnen. »Wie schaffst du es, jedes einzelne Wort zu verstehen?« Zügig schrieb ich ihm die Frage noch einmal auf, um meinen nervösen Gesichtsausdruck hinter den Gardinen meiner Haare zu verstecken. Ein triftiger Grund, warum ich nie einen Zopf trug. Meine Mähne war eine Art Schutz, ein Stück Sicherheit, um mich von den Blicken anderer abzuschotten und mich vor ihnen zu verstecken. Nicht dass meine Haare vor meinem Gesicht hingen, aber trotzdem waren sie wie ein Vorhang, ein Schleier, der meine Mimik dann verbarg, wenn ich es brauchte.

»Tue ich nicht. Ich erschließe mir die Lücken der Sätze, die ich nicht verstanden habe. Man sagt, man kann nur etwa dreißig Prozent der Worte von den Lippen ablesen. Frau Winter ist aber der Meinung, dass ich mittlerweile weitaus mehr kann. Schwierig wird es bei Wörtern wie Mutter und Butter, weil sich die Lippenbewegungen nicht sonderlich unterscheiden. Aber wie gesagt, ich habe großes Glück, dass ich gut darin bin, mir Sätze zu erschließen und Mundbilder abzulesen. Außerdem habe ich mir zwei Jahre lang quasi jede freie Minute Lippenbewegungen von verschiedenen Wörtern in den Kopf geprügelt. Manche Menschen glauben, wenn sie übertrieben laut sprechen, würden wir sie besser verstehen, es verfälscht aber nur das Mundbild und es ist viel schwieriger. Worte zu verstehen, wenn der Hörende nuschelt, grenzt allerdings auch an der Unmöglichkeit. Und wenn die Person dann noch einen Vollbart trägt, ist es ganz vorbei.«

Ich hatte den Drang, Mutter und Butter auszusprechen, um seine Aussage zu prüfen, doch ich verkniff es mir und nahm es mir vor, wenn er nicht bei mir war. Noch bevor ich antworten konnte, senkte er seinen Blick abermals auf sein Tablet und gab etwas ein, was er kurze Zeit später abspielte. *»Vor allem bei dir fällt es mir leichter, die Worte abzulesen. Du hast ein sehr ruhiges und klares Mundbild. Viele Menschen werden ungeduldig oder hektisch, wenn sie mit mir kommunizieren und merken, ich verstehe das ein oder andere nicht. Das ist dann schon kontraproduktiv. Du hingegen strahlst diese Geduld und Ruhe aus.«*

Ich musste über diese Komplimente schmunzeln, denn ich erinnerte mich abermals daran, dass meine Lehrkräfte mir immer einreden wollten, dass mir meine ruhige Art im

Wege stehen würde. Immer wieder hatten sie meiner Mutter bei jedem Elternsprechtag eingetrichtert, dass ich mich zu selten meldete und viel zu ruhig sei. Das ging so weit, dass sie den Lehrkräften diese Aussage vorwegnahm und sie provokant gefragt hatte, ob sie auch noch andere Dinge zu berichten hatten. Wie gesagt: Das Schulsystem war nicht auf Individualitäten ausgelegt, sondern bevorzugte nur die Menschen, die den einheitlichen Anforderungen entsprachen. Das bedeutete im Umkehrschluss, dass meine ruhige Art etwas Schlechtes war.

Nun sah ich selbst ein, dass dem nicht so war. Unsere unterschiedlichen Charaktereigenschaften mussten keine Schwäche sein, sie konnten genauso gut eine unserer größten Stärken darstellen.

»Wenn du mein Mundbild lesen kannst, warum hast du mir bei unserer ersten Begegnung nicht geantwortet?« Fast schon verärgert erinnerte ich mich an meinen ersten Tag in der neuen Schule und das Gefühl der Zurückweisung, als er mich bloß angestarrt hatte.

Er blickte mit gerunzelter Stirn auf meine Lippen und so zückte ich schnell mein Notizheft, um die Frage aufzuschreiben und ihm hinzuhalten.

»Weil ich überhaupt nicht spreche, wie du weißt, ich nicht sofort mein Tablet rausholen wollte, um deiner Reaktion zu entgehen, und na ja …« Dann schaute er fast schon schüchtern auf sein Handgelenk, ehe er mich mit einem schiefen Grinsen musterte.

»Na ja was?«

»Ich schätze, ich war zu gefesselt von deinen Augen.«

»Von meinen Augen?«, fragte ich entgeistert, zeigte auf sie.

Er nickte. *»Du bist eine dieser Personen, die man anschaut und das Gefühl hat zu ertrinken.«*

Ich runzelte die Stirn, war überrascht, dass er ähnlich wie in seiner Geschichte im Deutschunterricht eine poetische Seite hatte. Doch bevor ich eine sarkastische Bemerkung äußern konnte, spielte er auch schon den nächsten Satz ab, der mich völlig aus der Fassung brachte und mich für den Augenblick sprachlos zurückließ.

»Aber man erleidet dabei keine Schmerzen. Es ist, als ob man seinen Frieden gefunden hätte.«

KAPITEL 9

Ich bin nur ein guter Verlierer, wenn ich gewinne.

Als meine Mutter schließlich zum Essen rief, bedankte sich Vid gefühlte dreihundert Mal bei ihr, dass er mitessen durfte, und entschuldigte sich mindestens genauso oft für seinen ungeplanten Besuch. Meine Mutter beteuerte immer wieder, dass es ihr keine Umstände mache, und still bat ich bloß, dass die beiden bald ein anderes Thema fanden.

»Es freut mich, dass Evie nette Freunde gefunden hat«, sagte meine Mutter schließlich.

Schnell nahm ich meine Bitte zurück. Freunde? Vid und ich waren doch keine Freunde. Oder doch? Ich blinzelte zu ihm herüber und hoffte nur, dass er die Aussage meiner Mutter nicht verstanden und ich eine Chance hatte, ein anderes Thema anzuschneiden, ehe er noch einmal nachhakte, was sie gesagt hatte. Doch zu meinem Leidwesen schien er den Kern der Aussage verstanden zu haben.

»Es ist schön, dass sie unsere langweilige Klasse interessanter macht.« Das war weder ein Zuspruch, wir seien Freunde,

noch ein sonderlich gutes Kompliment, weil es genauso bedeuten konnte, dass ich so strunzendoof war, dass ich für Unterhaltung sorgte. Aber es stimmte mich zufrieden. Peinlicher wäre es gewesen, hätte er meiner Mutter klarmachen wollen, dass wir definitiv keine Freunde waren.

Nach dem Essen hatte Vid es eilig, sich zu verabschieden, und ich war auch nicht traurig darum. Seine Anwesenheit machte mich nervös – anders als bei anderen Menschen. Er beförderte meine Unsicherheit auf ein neues Level und gleichzeitig löste er ein Gefühl in mir aus, das mit Frieden einherging. Kurz winkte ich ihm zum Abschied zu, damit er nicht auf die Idee kam, mich wieder zu umarmen, und so verließ er schnell die Einfahrt vor unserem Haus. Wir verhielten uns merkwürdig und dumm, was mit Sicherheit ein weiteres Merkmal dafür war, dass er und ich absolut nichts gemein hatten und uns schleunigst neue Gesprächspartner suchen sollten.

Als ich am Abend den BH hinter meinem Sofa hervor fischte und durch meine Nachrichten scrollte, fiel mir auf, dass Emily vor wenigen Minuten eine zweiminütige Sprachnachricht in die Klassengruppe geschickt hatte. Was gab es Freitagabend schulisch so Wichtiges, dass man zwei Minuten darüber quatschen konnte? Schnell tippte ich auf die Nachricht und hörte mir ihre detaillierte Idee für das Geburtstagsgeschenk für Frau Siemons an. Dass sie ihr ein Bilderrahmen mit einem Klassenfoto und eine Pflanze, an die wir Kärtchen mit persönlichen Glückwünschen hängen sollten, schenken wollte, hätte man vermutlich auch in einer halben Minute ausdrücken können. Da ich sowieso nichts zu

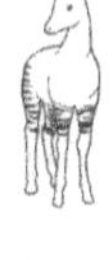

tun hatte, konnte ich mir ihre Synchronsprecherstimme ruhig anhören. Die Länge eines Hörbuches hatte sie damit ja schon fast erreicht.

Kurz bevor die Nachricht ihr Ende erreichte, schickte Vid eine Erwiderung in die Gruppe:

Kann mir das jemand noch mal schreiben?
Wäre sehr lieb.

Daran hatte ich gar nicht gedacht. Gott sei Dank war ich nicht in das Fettnäpfchen getreten. Nicht dass es unmenschlich schlimm war und ich wusste auch, dass Vid so etwas nicht übel nahm, aber den Spruch, den ich dann von ihm hätte bekommen können, wäre mir dann doch zuwider. Gerade als ich zum Schreiben ansetzen wollte, ploppte eine neue Nachricht auf.

Wofür hast du denn deine Dolmetscherin?

Was war das denn für eine gehässige Antwort von Emily? Mit Sicherheit war sie noch wütend wegen des Gespräches im Deutschunterricht und musste ihre kindische Ader wie ein Internetrambo raushängen lassen. Sie wurde mir immer unsympathischer.

Meine Gebärdensprachdolmetscherin ist
nicht vierundzwanzig Stunden bei mir. Sie
darf neben ihrem Job auch noch ein eigenes
Leben führen, entgegnete Vid nur wenige Sekunden später.

Ich musste grinsen. Dann ploppte auch schon die nächste Nachricht von Emily auf, als würde sie wie ein wütender Stier auf ihr Handy kloppen, die meine Mimik wieder in die andere Richtung manövrierte.

Dann spiel es ihr morgen vor. Denn wie du
schon sagtest: Es ist ein Job.
Und zwar nicht unserer.

Wow. Was war das denn für eine miese Nummer? Was hatte sie gegen ihn? Hatte er ihr womöglich etwas getan, was ihre Missgunst rechtfertigte? Hielt sie es wirklich für einen Job, menschlich zu sein? Traurige Welt konnte ich da nur sagen. Mein Finger ruhte über meiner Handytastatur, bereit, Emily einen saftigen Konter zu verpassen. Doch langsam zog ich ihn zurück und starrte traurig auf den Klassenchat. In einem anderen Leben hätte ich für ihn stark sein, meine Angst überwinden können. Wie oft hatte ich mich über Menschen aufgeregt, die bei Schikanen und Mobbing wegschauten, anstatt zu intervenieren und zu helfen? Für wie feige hatte ich sie immer gehalten? Ja, einige von ihnen waren sicherlich ignorant und betrachteten es nicht als ihr Problem. Aber es gab bestimmt auch viele wie mich, die fürchteten, selbst als gejagter Bär herhalten zu müssen. Dabei wäre es so einfach: Würden wir uns alle auf die Seite des Opfers stellen, würde niemand mehr als Zielscheibe herhalten müssen und wir würden den Hass bekämpfen können. Das Problem der Welt war nur, dass alle so dachten: Würde es die Mehrheit machen, würde ich mitmachen. Wenn nur niemand den An-

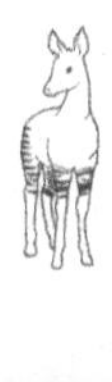

fang machte, würde aus der Minderheit nie eine Mehrheit werden.

Auf einmal sah ich Fayes Nummer und ich bewunderte sie einmal mehr für ihre Stärke, denn sie war die Person, die dieses System begriffen hatte. Sie würde ihre eigene Furcht nicht vor die Unversehrtheit eines anderen Menschen stellen.

Mensch, Emily, wie hast du deine gute Note
im Sozialverhalten bekommen?
Durch deine hilfsbereite Art?
Ich höre mir die Sprachnachricht später an
und schreibe dir, was sie gesagt hat, Javid.
Ich bin gerade noch bei Cailan.

Emily zückte noch einen primitiven Emoji, Vid bedankte sich kurz und knapp und dann war es in der Gruppe totenstill. Die restlichen Leute, die den gesamten Chat neugierig beobachtet hatten, beförderten wohl gerade das restliche Popcorn in den Müll oder schauten sich nach einem anderen Drama um. Ich konnte es ihnen leider nicht verübeln. Die Menschheit war eben darauf geeicht, dramatische Fernsehsendungen und Geschehnisse zu verfolgen, als wären sie der weltverändernde Blockbuster, den sie für ihr Dasein brauchten. Leider schloss ich mich dabei nicht aus. Ich war eine von ihnen.

Kurzerhand entschied ich mich dafür, Vid privat den Inhalt der Memo wiederzugeben, um ihn nicht so lange warten zu lassen. Im Grunde war es nur ein Vorwand herauszufinden, wie es ihm nach Emilys Attacke ging, denn ihre

Sprachnachricht war jetzt nicht so lebensverändernd, wie sie vielleicht annahm.

Danke, war das Einzige, das er antwortete.

Nicht unbedingt das, was ich mir erhofft hatte, also versuchte ich es direkter:

Es tut mir leid, was Emily gesagt hat. Das war nicht richtig und absolut frech.

Nach weniger als einer halben Minute folgte seine Antwort.

Ach ja? Und warum erzählst du mir das, während du feige hinter ihrem Rücken sagst, dass sie frech ist, anstatt es direkt in die Klassengruppe zu schreiben?

Das hatte gesessen. Er hätte mir auch mit zwei Meter Anlauf in mein Gesicht treten können. Der Aufprall hätte sich ungefähr genauso anfühlen müssen. Vielleicht hatten mich seine Worte so getroffen, dass sich Tränen in meinen Augen sammelten, weil ich genau wusste, dass er recht hatte. Die salzige Flüssigkeit rann über meine glühenden Wangen und tropfte schließlich von meinem Kiefer in meinen Schoß. Ich war ein Feigling und genau das, was ich an anderen so verurteilte. Am meisten störte mich jedoch, was Vid von mir dachte. Er hielt mich nicht nur für feige, sondern für jemanden, der still lästerte, anstatt es der Person ins Gesicht zu sagen. Im

gewissen Maß war Lästern wohl normal, auch wenn wir jeden dafür ächteten, der es tat. Seinem Ärger Platz zu machen, nach Rat zu fragen, um dann abermals ins Gespräch zu gehen, wäre aber wohl der bestmögliche Weg, anstatt es nur beim Lästern zu belassen.

Mein Egoismus baute sich jedoch eine Mauer aus Ausreden auf, um meine Schandtaten zu begründen und zu verschönern. Ich war gerade erst in die Klasse gekommen und wollte nicht jetzt schon als Opfer herhalten wollen. Der Wechsel meiner alten Schule auf die neue hatte nicht unbedingt den Zweck, einen erneuten zu provozieren. Außerdem konnte ich meiner Mutter nicht wieder zumuten, dass sie sich fragen musste, was mit ihrer Tochter schiefgelaufen war, weil sie niemand leiden konnte. Wenn ich wirklich ankommen und Freunde finden wollte, musste ich mich zumindest am Anfang etwas bedeckt halten.

Aber je mehr Ausreden ich mir auch zusammenschusterte, er hatte recht und ich war ein Trottel.

Weil ich egoistisch bin,

gab ich schließlich offen zu, anstatt mich mit dämlichen Gründen, die nicht ansatzweise triftig waren, rauszureden.

Ich legte mich in mein Bett und rechnete gar nicht mit einer Antwort, glaubte sogar daran, ihn nun endgültig vergrault zu haben. Doch zu meiner Überraschung vibrierte mein Handy abermals.

Nein, es war egoistisch von mir zu verlangen,
dass du ihr die Meinung geigst, obwohl du
damit selbst in die Schusslinie gerätst.

Seine Nachricht stimmte mich erleichtert und beruhigte meinen Herzschlag. Er war viel reflektierter und selbstloser, als er nach außen ausstrahlte und mir anfangs weismachen wollte. Diese Tatsache gefiel mir so sehr, dass es mir gar nicht gefiel. Ich antwortete nichts und beließ es dabei. Was sollte ich dazu auch sagen, ohne dass es in einer Diskussion ausartete, die ich absolut nicht führen wollte? Es wäre mir zu riskant, ihn tiefer blicken zu lassen und ihn vermutlich an die Tatsache heranzuführen, dass ich durchaus bereits Erfahrung mit der Schusslinie gemacht hatte. Also schloss ich meine Augen und fiel schließlich in einen unruhigen Schlaf, der abwechselnd Vids grüne Augen und das Foto an der Pinnwand zum Vorschein brachte.

Am nächsten Tag führten mich meine dämlichen Gedanken immer wieder zu Vid. Jedes Mal stellte ich mir vor, wie es war, würde er verschwinden und mich hier zurücklassen. Schnell veränderten sich diese Gefühlsachterbahnen zu Befürchtungen, er könnte mich nach gestern doch hassen. Noch dämlicher als diese Gedankengänge war die Erkenntnis, dass er mich nicht kaltließ und er es trotz meiner strikten Meinung über ihn doch geschafft hatte, ein stilles Ja aus mir herauszukitzeln. Vielleicht war es an der Zeit, sich nicht ständig dagegen zu wehren und einzusehen, dass aus ihm und mir eventuell noch Freunde werden konnten. Also beschloss ich, über meinen Schatten zu springen und ihm zu schreiben, indem ich ihn fragte, was er gerade tat.

Er antwortete sofort, als hätte er nur darauf gewartet und gab meiner Erschütterung, jemandem zu offenbaren, dass ich an ihn dachte, einen Namen.

Vermisst mich da jemand?

Ich war froh, dass er gerade nicht vor mir stand, ansonsten hätte er mal wieder Bekanntschaft mit meinem Tomatengesicht machen müssen. Der sollte bloß nicht glauben, dass er mich um den Finger gewickelt hatte, denn auch wenn ich einer Freundschaft nicht abgeneigt war, so war er nicht der Mittelpunkt meines Lebens.

Nein, ich brauche nur wieder einen Schub Selbstbewusstsein und nichts hilft besser als mit so einer Matschbirne wie dir zu schreiben. Danach fühlt man sich auf magische Art intelligenter, konterte ich also.

Nach wenigen Sekunden bekam ich lachende Emojis zurück und es folgte eine weitere Nachricht:

Dann solltest du mir wohl im Englischunterricht schreiben, wenn das funktioniert. Dann schaffst du vielleicht sogar eine Fünf auf dem Zeugnis.

Ich grinste. Böse! Jetzt mal ehrlich: Was machst du?

Ich lese ein bisschen,
antwortete er nach nur wenigen Wimpernschlägen.

Das verblüffte mich tatsächlich. Du liest?

Bei seiner nächsten Antwort konnte ich fast das Schulterzucken spüren. Ab und zu.

Kaum zu glauben, dass wir in diesem Leben
eine Gemeinsamkeit besitzen,

erwiderte ich daraufhin und meine Nachricht war ehrlicher, als ich zugeben wollte. Offensichtlich bewertete ich das Buch nach seinem Cover, denn Vid hätte ich absolut nicht so eingeschätzt, dass er sich wie ein Bücherwurm in seinem Zimmer verschanzte, um den Wörtern anderer Beachtung zu schenken.

Ich könnte dir meine Buchsammlung zeigen,
wenn du vorbeikommen möchtest,

schlug er vor und vermittelte mir damit das Gefühl, mir ein Ja entlocken zu wollen. Um dem zu entgehen, fiel meine Antwort Fremdscham erregend aus:

So wie ein Psychopath, der seine Opfer mit
Schokolade anlockt?

Es überraschte mich kaum, dass er eine passende Erwiderung parat und ich kaum mehr Möglichkeiten hatte, seine Einladung auszuschlagen.

Was hast du nur immer mit Psychopath?
Ich dachte mir, es wäre nur fair, wenn du
auch mein Zimmer siehst, nachdem ich
deines sehen durfte.

Ich dachte darüber nach, willigte schließlich ein und fragte mich in derselben Sekunde, warum ich das tat. Es war etwas völlig anderes, ihn hier in meinen vier Wänden zu begegnen als in seinem Territorium. Hier war ich sicher, hier war er der Gast. Doch bei ihm war ich der Eindringling, der über eine unsichere Türschwelle treten und womöglich auch noch neue Leute kennenlernen musste. Hätte ich länger über meine Entscheidung nachgedacht und nicht sofort mit einem »Na gut« geantwortet, wäre ich jetzt nicht in dem Dilemma gefangen, keine plausible Ausrede für eine Absage zu finden. Nun musste ich wohl oder übel alles in Kauf nehmen, was mich erwarten würde. Dieser Umstand veranlasste mich dazu, mich kurz vor einer Scheinohnmacht zu befinden.

Javid bestand darauf, mich abzuholen und nach längerem Hin und Her stand er dann tatsächlich vor meiner Haustür und hielt mir mit einem Grinsen die Beifahrertür auf. Insgeheim war ich erleichtert darüber, dass er mich abholte, weil ich dann nicht in Versuchung kam, die Fahrgäste mit meinem nervösen Blick und dem Tippen meiner Füße zu belästigen. Ein schlechtes Gewissen hatte ich trotzdem, denn er wollte nicht einmal Spritgeld von mir nehmen.

Wieder sprachen wir die Fahrt über kein Wort, worüber ich dankbar war. Zu sehr musste ich mich darauf konzentrieren, bei der aufkeimenden Anspannung nicht innerlich durchzudrehen. Erst als wir vor einem Gartentor hielten, holte Vid sein goldfarbenes Tablet heraus, benutzte es allerdings nicht. Er ging vor und führte mich durch einen großen Garten mit vielen Vergissmeinnicht, die sich teilweise um dunkle Steine schlängelten, und hinein in eine riesige Wohnung. Anders als ich es mir vorgestellt hatte, erstrahlte sie in hellem Cremeweiß mit smaragdgrünen Möbeln und kupferfarbenen Elementen wie die massiven und zugleich verschnörkelten Bilderrahmen an beinahe jeder Wand. Ungefähr so hatte ich mir eine perfekt eingerichtete Wohnung vorgestellt. Ich war neidisch darauf, dass es offenbar Menschen gab, die meine Vorstellungen in die Tat umsetzen konnten, ohne dass es nach »gewollt, aber nicht gekonnt« aussah.

Als ich einen groß gebauten Mann mittleren Alters auf einem Sessel ausmachte, verschwamm mein gelbes, ehrfürchtiges Staunen und wurde von einem hellroten alarmierenden Schock überblendet. Meine Finger machten sich bereit, den armen Daumen zu bearbeiten.

Seine dunklen Haare schimmerten genauso im Licht wie Vids und auch seine Präsenz erinnerte mich an den jungen Mann neben mir. Zwei von dieser Sorte. Großartig! Meine Wangen fingen an zu glühen, meine Hände wurden schwitzig und mein Atem ging schneller. Wenn Bereuen eine Person verkörperte, dann war ich es. Wie war ich nur auf diese sinnfreie Idee gekommen, auf seine Einladung einzugehen, obwohl ich genau wusste, wie ich auf neue Menschen reagierte? Die neue Schule mit all den Fremden war noch keine Zumutung genug, da musste ich Angst – masochistisch wie ich war – auch noch freiwillig entfachen. Ich würde heute die gesamte Nacht darüber nachdenken, wie peinlich ich mich benommen hatte, und selbstverständlich Pläne schmieden, wie ich mich nie wieder in Vids Sichtfeld blicken ließ.

In dem Moment, als der Mann mich erblickte, legte er seine Tageszeitung beiseite und stand erfreut auf. Sein Lächeln

erreichte seine dunkelgrünen Augen und eröffneten mir damit den ersten gravierenden Unterschied zu Vid: Er sah glücklich aus, während er lächelte.

»Das ist Evie. Sie ist neu in meiner Klasse. Evie, das ist mein Vater Lucas«, stellte uns Vid einander vor.

Sein Vater blickte fast schon niedergeschlagen und mit gerunzelter Stirn auf sein Tablet. Diese Mimik machte ihn sofort mindestens fünf Jahre älter und spiegelte eine Traurigkeit wider, die er tief in seinem Inneren verschlossen zu halten schien. Er fing sich jedoch schnell und reichte mir mit einem einladenden Lächeln die Hand. »Hallo, Evie. Wie schön, dich kennenzulernen.«

»Vielen Dank, ich freue mich auch, Sie kennenzulernen«, erwiderte ich und schüttelte seine Hand, die er sich sogleich waschen musste, weil sie von meinem kalten Angstschweiß überflutet und verpestet wurde. Gott sei Dank ließ er sich nicht anmerken, dass er angeekelt war, und stimmte mich damit ein wenig ruhiger.

»Ich hole kurz Sue. Sie wird Evie so oder so auf die Nerven gehen.«

Noch bevor ich fragen konnte, wer Sue sein solle, verschwand Vid auch schon aus der Tür. Es gab noch etwas Schlimmeres, als bei Vid zu Hause zu sein: Bei Vid zu Hause ohne Vid zu sein. Jetzt war ich also allein mit seinem Vater und hatte keinen blassen Schimmer, worüber ich mit ihm sprechen sollte. Immer mehr erfüllte mich die Erkenntnis, dass es absolut keine gute Idee war, hier zu sein. Zu meiner Scham über die Stille, die sich über uns legte, blickte ich zu allem Übel auch noch auf meine Füße. Ich hätte ihm direkt entgegenbrüllen können, dass ich gleich vor Beschämung wie ein aufgeschrecktes Reh davonlaufen würde.

»Schade, dass er in deiner Gegenwart nur mit Tablet spricht«, beendete Lucas plötzlich das Schweigen.

Verwundert blickte ich auf und schaute ihn bloß fragend an.

Vids Vater sah beinahe traurig aus. »Javid kann noch gut sprechen, er tut es nur fast nie. Nur zu Hause, mit meiner Frau, seiner Schwester und mir redet er. Das Problem ist nur, wenn er es so selten tut, wird er mit der Zeit verlernen, die Wörter richtig auszusprechen. Wenn man nichts hört, ist es ja generell schwieriger.«

Er preschte mit den Worten so hervor, als hätte er seine Sorge viel zu lange zurückgehalten und wollte ihr nun Platz schaffen. Ob Vid ansonsten niemanden zu sich einlud oder Lucas bei jedem diese Offenbarung zeigte, wusste ich nicht. Aber es hatte den Anschein, als bräuchte Lucas jemanden, mit dem er darüber sprechen konnte. Kurz dachte ich darüber nach, wie unfair es doch war, dass Vids Familie seine Stimme hören durfte und ich nicht, wischte diesen egoistischen Gedanken aber beiseite. »Verstehe«, entgegnete ich und räusperte mich einmal, weil sich meine Stimme vor lauter Aufregung brüchig anhörte. »Was ich nicht verstehe, ist, warum er nicht außerhalb der Familie redet.« Einfach nur keinen Bock auf Sprechen zu haben, erschien mir nicht plausibel, und mein Gehirn ratterte jetzt schon unaufhörlich, um die einleuchtende Glühbirne anzuschalten.

Noch bevor Lucas zu einer Antwort ansetzen konnte, betrat Vid mit einem blonden Mädchen den Raum. Die Ähnlichkeit bis auf die Haarfarbe war nicht zu bestreiten und sogar ihr breites Grinsen war beinahe das Spiegelbild zu Vids. Wenn das nicht besagte Schwester war, würde ich wohl einen Besen fressen müssen. Immerhin hätte ich dann endlich eine passende Ausrede, dass ich einen Stock im Allerwertesten hatte, sobald ich in einer Menschenmenge unterging.

»Hallo«, brachte ich schüchtern heraus. Eigentlich fühlte ich mich Kindern gegenüber weniger gehemmt, doch die Tatsache, dass es die Schwester von Vid war, brachte mich dazu, trotzdem nervös zu werden. Sie musste vielleicht zehn oder elf Jahre alt sein und war trotzdem fast so groß wie ich. In einem Jahr hatte sie mich ganz bestimmt überholt.

»Hallo, ich bin Sue«, erwiderte sie und winkte mir fröhlich zu. »Wurde auch mal Zeit, dass er dich mitbringt.«

Verstohlen starrte ich zu Vid, doch er blickte sie gar nicht an, sodass er nicht verstanden haben konnte, was sie mir gerade gesagt hatte. Hatte er bereits von mir erzählt und wenn ja, was? Dass ich die Unfähigkeit in Person war? Warum hatte er überhaupt über mich gesprochen oder verwechselte sie mich bloß mit einer anderen Frau, auf die er womöglich sogar stand?

Ich hatte keine Möglichkeit, eine Erwiderung auszusprechen oder mich wenigstens vorzustellen, um das mögliche Missverständnis aufzuklären, denn sie zückte auch schon das Spiel Monopoly und setzte einen Hundeblick auf. Sue schaute Vid und mich abwechselnd lächelnd an und hielt das Spiel in die Luft. »Bitte?«

Ich grinste sie an, weil sie mich in diesem Augenblick so an mich selbst erinnerte, und sah dann zu Vid. Er tippte gerade etwas auf sein Tablet. *»Nein, Sue, du bist so eine schlechte Verliererin. Das tun wir Evie nicht an.«*

Seine Schwester fing an zu schmollen und suchte meinen Blick. »Bitte. Diesmal ist es mir egal, ob ich verliere!«

»Ich habe keine Ahnung, was du gesagt hast, aber du hast auf jeden Fall gelogen.« Vid zog eine Augenbraue nach oben, seufzte dann aber und setzte sich an den Tisch. Sue und ich folgten ihm, während Lucas uns lachend viel Spaß wünschte und sich wieder seiner Zeitung widmete. Ich war froh, dass Sue ein Spiel spielen wollte, das ich kannte und nicht allzu schwierig war. Wäre sie jetzt mit Schach gekommen, hätte ich mich gleich verabschieden oder einen Ohnmachtsanfall vortäuschen können. Wobei Letzteres wahrscheinlich noch weitaus unangenehmer wäre, als meine Unfähigkeit in Strategiespielen zu zeigen. Noch erleichterter war ich jedoch darüber, dass sie damit die Stimmung lockerte und mir ein Stück Anspannung nahm.

Ich saß direkt neben Vid, sodass ich die Wärme seines Armes spürte. Die elektrisierende Spannung, die sich in dieser Sekunde aufbaute, war fast greifbar. Meine kleinen Armhärchen stellten sich auf, die Gänsehaut glitt über meinen ganzen Körper und hinterließ ein Kribbeln in meinen Fingerspitzen. Der Fakt, dass wir uns so nah und trotzdem so distanziert waren, war nicht auszuhalten und grenzte an Folter. Das große Fragezeichen in meinem Kopf verwob sich mit dem Ausrufezeichen und hinterließ ein Durcheinander, das nie zuvor geherrscht hatte. Es war, als würde sich mein Körper zu ihm hingezogen fühlen, mein Geist sich jedoch mit aller Macht dagegen stemmen. Ich schielte zu seinem Lederarmband und ließ meinen Blick dann zu seiner Hand wandern. Ich kam nicht umhin, mir vorzustellen, wie es wäre, wenn er mich damit berührte. Schnell schüttelte ich kaum merkbar den Kopf und räusperte mich einmal, während ich mich auf Sue und das Spiel konzentrierte. Heiliger Bimbam, was war das gerade?

Es dauerte nicht lange, da wurde Sues Laune sichtlich schlechter. Ihre Mundwinkel zogen sich nach unten, sie wurde stiller und ihre Schultern sackten nach vorn. Als Vid die nächste Sechs würfelte, sprang sie auf, nahm den Karton des Spieles und schmiss alle Spielsteine hinein. Ich musste mir sichtlich das Lachen verkneifen.

»Hat gut funktioniert, Sue«, hörte ich die mechanische Stimme erklingen. Dann bewarf Vid sie mit seinen restlichen Spielscheinen und Figuren, als würde er eine Art Kissenschlacht einläuten wollen. Sue streckte lediglich die Zunge raus und sammelte alles wieder zusammen. Schnell verließ sie das Wohnzimmer und ließ uns allein zurück.

Lucas war mittlerweile verschwunden und so hörte ich bloß das laute Ticken der Wanduhr. Wie es für Vid nur sein musste, die ganze Zeit nichts als Stille zu vernehmen?

»Tut mir leid. Wenn sich Sue etwas in den Kopf gesetzt hat, lässt sie sich nicht davon abbringen.«

Am liebsten hätte ich ihm gesagt, dass sie da ja eine Gemeinsamkeit für sich entdecken konnten, doch ich ließ es. Diese Andeutungen erweckten nur den Eindruck, wir würden miteinander flirten.

Ich lächelte, ließ meinen Blick durch das große Wohnzimmer schweifen und starrte schließlich auf ein kastenförmiges Objekt in der Steckdose, das beim näheren Hinsehen mehrere Symbole abbildete. Vid schien das Objekt meiner

Neugier zu bemerken. »*Das ist eine Lichtsignalanlage. Es empfängt akustische Signale und wandelt diese dann in Blink- und Blitzlichter um. Daran gekoppelt sind zum Beispiel die Türklingel, der Wecker und der Rauchmelder.*«

Ich kam mir blöd vor, hatte ich mir nie darüber Gedanken gemacht, dass diese vermeintlich kleinen, unscheinbaren Dinge des Lebens gar nicht so selbstverständlich waren. Nickend zeigte ich ihm, dass damit meine leise Frage beantwortet war und fuhr mir durch die Haare, um meine Unsicherheit über das Schweigen zu überspielen.

Letztendlich erhob er sich mit mir im Schlepptau und blickte sich mehrmals zu mir um, während ich mit ihm das Wohnzimmer verließ und er mich in ein Zimmer führte, das augenscheinlich seines war. Er wirkte nervös, als wir eintraten und ich mich langsam umsah. Ich fragte mich, ob ich gestern genauso aussah und wie es sein konnte, dass ein so selbstbewusst erscheinender Mann plötzlich so zerbrechlich und unsicher wirkte. Das Zimmer war sehr dunkel gehalten. Die meisten seiner Möbel waren tiefschwarz, die Bilderrahmen und die Anime-Zeichnungen darin ebenso düster. Dadurch schien der Raum deutlich kleiner zu sein und doch gefiel es mir sehr. Es wirkte auf mich grotesk beschützend und trotz der eher kalten Atmosphäre sehr gemütlich und stimmig. Sein Schreibtisch war, anders als meiner, gepflegt und aufgeräumt. Auf einer Kommode lag ein Skizzenblock, der darauf hindeutete, dass die Zeichnungen an der Wand aus seiner Hand entstanden waren. Wie viel hatte er mir noch verschwiegen? Seinem großen Bücherregal widmete ich meine größte Aufmerksamkeit. Deshalb war ich immerhin hier. Das ein oder andere Buch hatte auch ich in meinem Regal verewigt und freute mich darüber, jemanden gefunden zu haben, der meine Liebe für Bücher teilte. Lächelnd schaute ich mich zu ihm um. »So viel Geschmack habe ich dir gar nicht zugetraut.«

Schnell zückte ich mein Notizbuch, doch er schien den Kern meines Satzes verstanden zu haben, denn er tippte bereits. *»Das kann ich nur zurückgeben.«* Er zwinkerte mir zu und ich streckte ihm wie Sue zuvor die Zunge raus.

»Setz dich ruhig, wenn du magst.«

Ich blickte in seine hellen Augen und sah aus den Augenwinkeln, wie er auf sein Schlafsofa deutete. Wortlos ließ ich mich darauf nieder, während er sich grinsend vor mich auf den Boden setzte. Sofort dachte ich an gestern und musste wieder schmunzeln. Keine Ahnung, wie lange es her war, dass sich meine Mundwinkel so oft hochzogen, aber er brachte mich öfter zum Lächeln, als mir lieb war.

Dann wurde ich ernst. »Ich habe mich komisch benommen, oder?« Die Fremdscham, die durch Vids Venen floss, musste sich zähflüssig und brennend anfühlen, während er daran denken musste, wie stumm ich dagesessen und kaum einen Laut über die Lippen gebracht hatte.

Er schaute mich fragend an und ich wiederholte meine Frage abermals.

»Wie kommst du darauf?«

Ich zuckte mit den Schultern. Warum hatte ich dieses Thema bloß angeschnitten?

»Du machst dir viel zu viele Gedanken, was andere von dir denken. Warum ist dir das so wichtig?«

»Und dir?«, konterte ich und hasste mich sofort dafür. Ihn mit dem zu konfrontieren, was sein Vater zuvor enthüllt hatte, war sicherlich nicht dic feine Art. Gerade weil ich erstens nicht wusste, wie Vid darauf reagieren würde, und zweitens weil ich mir nicht sicher war, ob sein Vater es mir anvertraut hatte und ich gar nicht offenlegen durfte, dass ich die Wahrheit kannte. Jetzt war es raus und ich musste mit allen Konsequenzen leben. Und das nur, weil ich so ein Plappermaul war, das sich von seinen Emotionen leiten ließ, anstatt einmal logisch und geordnet zu denken.

»Was meinst du?«

Meine Augen ruhten schließlich auf seinem Tablet in seinen Händen und Unmut machte sich plötzlich breit. Es wie ein Vorwurf klingen zu lassen, erschien mir als Unverschämtheit, besonders in Anbetracht dessen, dass ich seine Gründe gar nicht kannte. Also versuchte ich es auf die weniger freche Art und entschied mich für eine einfache Frage: »Warum sprichst du vor mir nicht?« Schnell schrieb ich ihm die Frage noch einmal auf.

Kurz saß Vid wie versteinert da, bis er merklich seine Mauer hochzog und sich lässig durch sein Haar fuhr, während cr mit der anderen Hand tippte. Die Kälte, die sich im Raum ausbreitete, war greifbar und erinnerte mich an den Vid, dem ich am ersten Schultag begegnet war. *»Es ist doch nur fair, wenn ich deine Stimme nicht hören kann und du meine auch nicht.«*

Aber deine Familie darf deine Stimme hören, konterte ich, fühlte mich aber sofort schlecht. Als ob ich mit seiner Familie zu vergleichen war.

Er seufzte kaum hörbar und zuckte nur mit den Achseln. Offensichtlicher das Gespräch zu beenden, ging kaum.

In diesem Moment vibrierte mein Handy und ich zog es schnell aus meiner Hosentasche, während mich Vid neugierig musterte. Ich bekam nicht gerade oft Nachrichten und wenn, dann höchstwahrscheinlich von meiner Mutter, die sich über irgendetwas aufregte. Ich sollte mich irren.

> Evie! Ich wollte dich fragen, ob du vielleicht mit meinem Freund und mir zu Mittag essen magst. Wir wollen das neue Restaurant hinter dem Parkplatz der Schule ausprobieren.

Ich grinste, als ich Fayes Nachricht las, und verfasste eine knappe Antwort. Währenddessen spürte ich Vids Blick auf mir. Ob ich mich unhöflich verhielt, ihn zu ignorieren, obwohl wir gerade zusammen waren? Ich fühlte mich kurz wie Meliya, die jedes Mal am Handy gewesen war, als ich ihr von meinen negativen Gedanken und Erlebnissen berichtet hatte. Sie sagte zwar immer, ich solle weiterreden und sie würde mir zuhören, aber die Art und Weise, wie sie mir mit Blick auf dem Handybildschirm gegenübertrat, führte herbei, dass ich mich irrelevant und nervig fühlte.

> O ja, am Wochenende das Risiko einzugehen, Herrn Simon über den Weg zu laufen, klingt sehr verlockend,

antwortete ich trotzdem und entschuldigte es damit, dass wir ja ohnehin gerade das Thema beendet hatten und nicht miteinander kommunizierten.

Allein bei dem Gedanken, ich könnte meinem Englischlehrer begegnen, schüttelte es mich, doch Faye hatte sofort eine passende Antwort parat, die mich noch breiter grinsen ließ:

> Ich glaube nicht, dass Lehrer in der Schule übernachten. Ich habe mal gehört, die haben sogar ein Privatleben. Und wenn er auftauchen sollte, werfe ich ihn mit einem Vokabelheft ab, okay?

Als ich zu Vid schaute, um abzuwägen, ob ich ihn fragen sollte, ob er mit mir dort hinfahren wollte, begegnete ich einem beinahe mürrischen, misstrauischen Blick, der mich aufhorchen ließ.

»Wem schreibst du? Die Person scheint ja sehr lustig zu sein.« Fast klang seine Bemerkung eifersüchtig.

Aber schwer zu sagen, schließlich war die Tonlage der mechanischen Stimme ziemlich monoton und griff nicht Vids Stimmung auf. Aus diesem Grund unterließ ich es, Vermutungen anzustellen, die im Endeffekt ohnehin völlig an den Haaren herbeigezogen waren.

Ich hielt ihm den Chatverlauf hin und seine Züge glätteten sich schlagartig.

»Bei Faye muss ich mir keine Gedanken machen, oder?«, fragte er schließlich und meine Augen weiteten sich, als mir klar wurde, dass meine Spekulation wohl doch nicht so unwahrscheinlich war. »Gedanken machen?«

»Na ja, du findest sie doch nicht auf diese Art anziehend, oder?«

Ich bezeichnete mich selbst als pansexuell, wobei ich *eigentlich* gar keinen Bock darauf hatte, mich selbst in eine

Schublade zu stopfen. Ich liebte einfach und es sollte *eigentlich* keiner Diskussion bedürfen, wen man lieben durfte. Das hatte niemand für dich zu entscheiden. Punkt.

Aber Faye war von Anfang an nur eine liebe Person, die ich gern zur Freundin hatte. Sie war schön und lustig und freundlich, aber romantische Gefühle würden da vermutlich nie aufkommen.

Warum interessierte ihn das überhaupt und warum interessierte mich, dass es ihn interessierte? Verflucht. »Nein.«

Er nickte und seine Schultern entspannten sich sichtlich. *»Ich möchte dich gar nicht aufhalten. Darf ich dich hinfahren?«*

Entgeistert schaute ich ihn an. Er fragte mich ernsthaft um Erlaubnis, mich herumkutschieren zu dürfen? Aus welchem Jahrhundert war dieser Mensch entsprungen? War er das Synonym für Gentleman? Einige andere Frauen hätten dieses Verhalten vielleicht für anhänglich und machomäßig gehalten, ich für meinen Teil empfand diese Art als sehr zuvorkommend und wertschätzend – wenn auch so freundlich, dass ich mich fühlte, als würde ich ihm etwas schuldig sein.

Er deutete meine Mimik offenbar falsch, denn er tippte abermals auf sein Tablet. *»Ich würde auch sofort wieder fahren. Es würde mir nur besser damit gehen, dich in Sicherheit zu wissen. Das Mädchen ist noch immer nicht wieder aufgetaucht.«*

Mein Herz pochte plötzlich unaufhaltsam schnell und meine Hände begannen zu kribbeln. Machte er sich etwa wirklich Sorgen um mich?

»Ich hoffe, das kommt nicht irgendwie gruselig rüber. Wenn doch, sag es bitte, dann höre ich damit auf – auch wenn es mir schwerfallen wird.«

Ich schüttelte den Kopf, bevor er abermals tippte. Das war … niedlich?

»Auch wenn du eine Nervensäge bist, ich möchte trotzdem nicht, dass dir etwas passiert.«

Ich wünschte mir in diesem Augenblick nichts sehnlicher, als seine Stimme zu hören. Was würde ich dafür tun herauszufinden, welche Gefühle wohl in seiner Tonlage mitschwangen? Welche Emotionen ich wohl aus ihr herausfiltern konnte? Was sie mir alles offenbaren würde? Ob ich völlig falschlag? Einmal mehr wurde mir bewusst, wie wichtig die Sprache und die damit verbundenen Stimmungen waren, um sich zu verstehen.

»Ich dachte, du hasst mich.« Keine Ahnung, warum ich diesen Satz aussprach, vermutlich weil es tatsächlich genau das war, was meinen Schock über seine Worte entfachte.

Vid starrte mich verständnislos an, sodass ich mein Notizbuch öffnete, doch er richtete sich halb auf und legte mir eine Hand auf meine, sodass ich in meiner Bewegung innehielt und ihn ansah. Er schüttelte bloß den Kopf und strich mir eine Strähne hinter mein Ohr, sodass ich für einen Moment vergaß zu atmen. Seine Fingerspitzen erreichten so kurz und sacht meine Haut, dass es bloß eine Andeutung seiner weichen, kühlen Berührung darstellte. Und trotzdem lösten sie mehr in mir aus als der Waschmaschinen-Kuss von Michael Dister aus der fünften Klasse (der im Übrigen auch mein erster Kuss war), nachdem er eine Wette verloren hatte.

Vid seufzte, dann brachte er wieder ein bisschen Abstand zwischen uns und tippte. *»Also, was sagst du? Darf ich dich fahren?«*

»Ich habe ehrlich gesagt gehofft, du würdest mit uns essen«, erwiderte ich mit brüchiger Stimme und schrieb den Teil, von dem ich glaubte, er habe ihn nicht verstanden, noch einmal in mein Notizbuch. Natürlich musste meine Hand dabei so sehr zittern, dass man sie mit dem Arm einer gewissen Filmfigur mit runder Brille vergleichen konnte, nachdem sie ein magischer Professor nach einem Spiel, das bis in den Himmel ragte, heilen wollte. Weniger Kontrolle beim Schreiben konnte man nur haben, wenn man in einer Achterbahn saß, die die Organe an Stellen beförderte, wo sie nicht hingehörten.

Als ich wieder aufsah, spürte ich Vids liebevolles Lächeln bis ins Mark und beförderte die Ansicht, er würde nie glücklich dabei aussehen, in mein Gedächtnis. Denn in diesem Moment tat er es. Sein Glück war so nah, dass ich nur meine geistige Hand ausstrecken müsste, um danach zu greifen.

Er nickte und ich beeilte mich, Faye eine Nachricht zu schreiben. Diese unangenehme Stille, die gerade zwischen uns lag, war anders als die ununterbrochene, die uns die gesamte Zeit begleitete. Etwas geschah zwischen uns und ich wusste nicht, ob ich das wollte. Er war ein idiotischer Vollidiot und ich war ein gebrochenes Wrack. Keine gute Kombination jedenfalls und ich wollte es mit Sicherheit nicht darauf ankommen lassen, ein Experiment zu starten, wer als Erstes als Verwunderter das Spiel verließ.

Habt ihr etwas dagegen, wenn ich Vid mitnehme?

Ihre Antwort folgte prompt, als hätte sie nur darauf gewartet.

Vid? …

O Gott wie peinlich. Spätestens jetzt würden ihre Spekulationen, was zwischen uns laufen mochte, auf Hochtouren laufen.

Javid meine ich.

Sie ging zu meiner Erleichterung gar nicht mehr auf meinen Fauxpas ein und antwortete schnell, sodass ich nur hoffen konnte, dass sie sich nichts weiter dabei dachte.

Klar, gern. Bring ihn mit! Um 13:30 Uhr beim Restaurant?

Ich bejahte schnell und wusste schon jetzt, dass es unangenehm würde. Was würde Faye jetzt denken? Dass er und ich zusammen waren? Dass wir sehr gut befreundet waren? Und das, obwohl ich ihr gegenüber immer gezeigt hatte, wie sehr mir sein Charakter missfiel. Hielt sie mich jetzt für eine Lügnerin, eine Heuchlerin? Ich machte mir schon wieder viel zu viele Gedanken. Faye war keiner dieser Menschen, die schlecht über andere denken würden. Ich schätzte sie so ein, dass sie erst analysierte und hinterfragte, bevor sie sich ein Urteil bildete.

Ich hielt Vid mein Handy hin, damit er das Geschriebene lesen konnte. Er schmunzelte und ich wurde sofort wieder rot.

KAPITEL 10

Neidisch auf andere Personen zu sein, beweist nur, dass du deinen eigenen Wert noch nicht erkannt hast.

Als wir schließlich zu meiner Genugtuung pünktlich am Restaurant ankamen, sah ich auch schon Faye und einen groß gebauten Mann neben ihr auf uns zukommen. Seine Haare waren schwarz und matt, seine Augen erstrahlten in einem warmen Honigbraun. Seine Hand war mit Fayes verwoben, beinahe beschützend, während Faye neben ihn anders wirkte als sonst. Glücklicher. Friedlich. Sicher. Als wäre er ihr Zuhause, in dem sie sich vollkommen fühlte. Noch nie zuvor hatte ich ein Paar gesehen, das mehr Liebe ausstrahlte, als mein zerfetztes Herz ertragen konnte.

Als sie schließlich vor uns zum Stehen kamen, blickte ich mit einem schüchternen Blick zu Fayes Freund, während diese ihn vorstellte. »Das ist Cailan.«

Ich lächelte ihn vorsichtig an, während mein rechter Zeigefinger und Daumen zu meinem linken Daumen zuckten. »Hi, ich bin Evie.«

Cailan erwiderte mein Lächeln und nickte mir höflich zu. »Freut mich, dich kennenzulernen. Faye hat mir schon viel Gutes über dich erzählt.«

Kurz blickte ich zu Faye und sie grinste mir nur bestätigend entgegen, sodass ich mein Strahlen nicht mehr unterdrücken konnte. Hatte sie wirklich über mich gesprochen? Und vor allem: Hatte sie wirklich *gut* über mich gesprochen?

»Ich bin Vid«, erklang plötzlich die vertraute mechanische Stimme neben mir. Dass er sich mit seinem Spitznamen vorstellte, stimmte mich zufrieden. Er schien ihn zumindest insoweit zu mögen, dass er ihn vor Fremden lieber gebrauchte als seinen vollständigen Namen.

Cailan widmete sich nun Vid und reichte ihm die Faust. Dieser erwiderte die Einladung und begrüßte ihn, indem er seine Faust leicht an Cailans schlug. Damit war das Eis zwischen den beiden Männern gebrochen. Man konnte förmlich spüren, wie das Testosteron aufhörte, eine spürbare Spannung zu erzeugen.

»Ich habe einen Mordshunger. Wollen wir hier wie bestellt und nicht abgeholt herumstehen oder endlich reingehen?« Okay, Cailan war direkt.

Kommentarlos schlenderten wir gemeinsam in das Restaurant, während Vid uns allen die Tür aufhielt. Ich schritt als Letzte über die Türschwelle, während ich seinen Blick auf mir spürte. Kurz blickte ich zu ihm auf und begegnete seinen grasgrünen Augen, die mich von oben bis unten musterten. Er wirkte fast fasziniert, beinahe beeindruckt. Ich senkte meinen Blick und setzte mich an den Tisch gegenüber von Cailan und Faye, den uns ein Kellner zuwies. Vid nahm neben mir Platz und ich fühlte die Spannung, die zwischen unseren Körpern entflammte. Mein Arm kribbelte, die feinen Härchen stellten sich wie zuvor bei ihm zu Hause auf und plötzlich hatte ich den unmenschlichen Drang, seine Haut zu berühren. Was war bloß los mit mir? Vielleicht sollte ich ihn abschreiben und ihm irgendeine Ausrede auftischen, warum ich nichts mehr mit ihm zu tun haben wollte, denn auch wenn ich sie noch nicht einordnen konnte: Diese Gefühle gepaart mit seiner Nähe waren einfach nicht gesund.

»Also, Evie, erzähl mal«, begann Cailan schließlich und weckte mich aus meinen perfiden Gedanken.

Ich erstarrte regelrecht und wappnete mich jeder erdenklichen Gesprächsaufforderung.

»Warum hast du die Schule gewechselt? Schlimme Lehrer, die unterschwellig mobben? Mithäftlinge, die nichts Besseres zu tun haben, als andere fertigzumachen? Oder bist du umgezogen?« Okay, er war *wirklich* direkt.

Mit Schallplattenaugen starrte ich ihm entgegen, völlig perplex über seine einleitende Frage, die man vermutlich für gewöhnlich erst stellte, wenn man ein paar mehr Worte miteinander gewechselt hatte. In derselben Sekunde trafen sich meine Hände und ich ermahnte mich, meine empfindlichen Daumen gänzlich zu massakrieren.

Faye neben ihm rutschte merklich nervös auf ihrem Platz hin und her, sagte jedoch nichts.

»Das Mensaessen war ziemlich schlecht«, witzelte ich schließlich achselzuckend und hoffte inständig, dass er es dabei beließ.

Cailan grinste und auch Faye entspannte sich, indem sie die Schultern wieder sinken ließ und ihren Arm lässig auf dem Tisch abstützte. Ihr Freund stupste sie leicht an. »Jetzt weiß ich, warum du sie so magst.«

Faye sah ihn augenrollend an und widmete sich schließlich Vid und mir. »Was habt ihr beiden heute gemacht?«

Vid neben mir reagierte nicht, er starrte bloß teilnahmslos in Fayes Gesicht und blickte dann zu mir. Keine Ahnung, ob er ihre Frage nicht verstanden hatte oder mir den Vortritt ließ. Beide Optionen missfielen mir.

»Wir haben mit seiner Schwester Sue versucht, Monopoly zu spielen«, antwortete ich wahrheitsgemäß.

»Versucht?«, stocherte Faye nach.

»Sie ist keine gute Verliererin, würde ich sagen.«

Faye kicherte verstehend und nach nur wenigen Sekunden war es totenstill. Vermutlich wäre nun ich dran gewesen, das Gespräch aufrechtzuerhalten, aber mir fiel ums Verrecken nichts ein, was *nicht* blödsinnig und unangenehm war.

Während mein Gehirn, wenn ich allein war, Überstunden machte, verabschiedete es sich bei Unterhaltungen und Zusammentreffen wie diesen in den Feierabend. Meine Unsicherheit schien sich auf Faye zu übertragen, denn auch sie schien die Stille nicht als netten alten Bekannten zu begrüßen, sondern eher als Störenfried, der nichts als Ärger bereithielt.

Der nervige Nebeneffekt dieser Stille war das Fokussieren auf Vids Nähe, das mir absolut nicht guttat. Sein angenehmer Geruch stieg mir in die Nase, seine Wärme, die er ausstrahlte, nahm ich förmlich in jeder Pore meines Körpers wahr.

Es wurde etwas einfacher und lockerer, als unsere Getränke auf den Tisch abgestellt wurden. Das Bestellen war zwar wieder zu einem Stottermarathon geworden, aber das Gefühl, mich blamiert zu haben, kam Gott sei Dank bei Menschen nicht vor, denen ich halbwegs vertraute. Vid, weil er mich – selbst wenn er mich stottern hören würde – niemals dafür auslachen würde. Faye, weil sie sowieso die Freundlichkeit in Person war. Und Cailan, nun ja, er wurde schließlich nicht ohne Grund von der Freundlichkeit in Person geliebt.

Ich umschlang das kalte Softgetränk mit beiden Händen und redete mir ein, dass ich dadurch weniger in Versuchung geraten würde, meine Hände in Vids Nähe zu bewegen. Ich war so ein Freak, dass ich nicht mal wagte, in seine Richtung zu sehen. Ich schaute zu Faye und Cailan, die sich dafür entschieden haben, das unangenehme Schweigen durch Worte zu ersetzen, und gerade darüber diskutierten, ob Gurken auf einen perfekten Burger gehörten oder nicht. Er hatte einen Arm um ihre Schultern geschlungen und grinste breit, als sie ihre Meinung dazu bis ins kleinste Detail erklärte.

Mein Blick blieb an Fayes Armen hängen, die von ihrem hochgerutschten Cardigan entblößt wurden, und ich schluckte schwer. Die wulstigen Narben, die ihre feine Haut zierten, waren ein solcher Kontrast und brachten mich so sehr aus der Fassung, dass ich mich beinahe an meinem Getränk verschluckt hätte. Als ich aufschaute, begegnete ich ihren hellen Augen und in ihnen lag die stille Erkenntnis. Waren wir uns doch ähnlicher, als ich dachte?

Cailan zog Faye ein Stück weiter an sich heran, als auch er

meinen Blick bemerkte, gab ihr einen Kuss auf die Schläfe und fixierte dann mit seinen honigbraunen Augen die meinen. »Wie lange seid ihr schon zusammen?«

Dass er Faye zuliebe ein anderes Thema anschnitt, war wirklich taktvoll, aber diese Frage kam so unerwartet, dass ich völlig verdattert dasitzen musste. Was um alles in der Welt brachte ihn zu der Annahme? Glaubte das Faye womöglich auch und kam dieser Irrglauben von ihr? Was brachte Cailan zu dieser Spekulation? Zu viele Ungereimtheiten für so wenig Mumm, sie zu erfragen.

Entgeistert starrte ich ihn an und blickte zu Vid, der gerade dabei war, die Speisekarte zu studieren. Er hatte unmöglich Cailans Lippen lesen können. Wenn ich vor einigen Minuten noch geschafft hatte, zwischen meinen Fingern den Streit zu schlichten, folterte meine linke Hand nun meinen rechten Daumen. Ich freute mich schon darauf, den Nagellackentferner in die Nähe meiner Nagelhaut zu befördern.

Verstohlen schaute ich wieder zu Fayes Freund und versuchte, mich möglichst wenig zu bewegen, damit Vid nicht auf unser Gespräch aufmerksam würde. »Wir sind nicht zusammen.«

Faye lachte und gab Cailan einen kleinen Stoß. »Dass du immer so neugierig sein musst!«

Ich kam nicht umhin festzustellen, dass sie erst dann so amüsiert war, nachdem ich sie beide aufgeklärt und sie mich dabei neugierig gemustert hatte. Man konnte doch nicht ernsthaft glauben, er und ich seien ein Paar!

Cailan zuckte mit den Schultern. »Liegt in meiner Natur, weißt du doch.«

Die beiden schauten sich intensiv in die Augen, sodass ich den Blick diskret abwendete und zu Vid sah, der gerade die letzte Seite aufschlug. Vielleicht wäre die Vorstellung, mit ihm zusammen zu sein, gar nicht so abwegig – in einem anderen Leben mit einer anderen Evie.

Cailan durchbrach das kurze Schweigen abermals mit einer Aufforderung, die mich ins Schwitzen brachte. »Kannst du ihn mal antippen? Würde ihn gern mal etwas fragen.«

Fast widerwillig tat ich das, worum er mich gebeten hatte, und als Vid mich ansah, nickte ich zu Cailan. *Bitte keine Frage, die auf mich bezogen ist. Bitte keine Frage, die auf mich bezogen ist. Bitte keine Frage, die auf mich –*

»Wann fragst du Evie mal nach einem Date?«

Wäre ja auch zu schön, wenn eine Befürchtung zur Abwechslung mal nicht eingetreten wäre. Schockiert starrte ich ihn an und wurde puterrot. War das hier eine Verkupplungsmission?!

Vid tippte auf seinem Tablet und ich ahnte, dass das Ganze noch peinlicher würde. Vermutlich schrieb er gerade hundert Gründe auf, die gegen ein Date mit mir sprächen. Obenauf, dass ich aus offensichtlichen Gründen nicht sein Typ war, um am Ende noch mal klarzustellen, dass er mich eher als kleine Schwester sah, die er nicht mal sonderlich mochte.

»Dein Mundbild ist miserabel!«, erwiderte Vid zu meiner Erleichterung und blickte Cailan ernst entgegen.

Das war meine Chance. Noch bevor Cailan seine Frage wiederholen konnte, schnappte ich seine Aussage als Möglichkeit auf, diesem unangenehmen Thema zu entfliehen. Kurz legte ich meine flache Hand auf seine Schulter, um seine

Aufmerksamkeit auf mich zu lenken und zog sie genauso schnell wieder weg.

»Es ist bewundernswert, wie gut du eigentlich Mundbilder lesen kannst. Du kannst stolz auf dich sein.« Mit all meiner Kreativität versuchte ich, das Gesagte durch Zeichensprache zu verstärken. Und das meinte ich auch so. Er befand sich in einer solch schwierigen Situation – zumindest stellte ich mir das so vor – und meisterte sie ausgesprochen gut.

Vids Mundwinkel zuckten leicht in die Höhe, ehe er sich seinem Tablet widmete. *»Eigentlich liegt die wahre Kunst des Lippenlesens darin, einen Menschen so gut zu kennen, dass man weiß, was diese Person sagen möchte.«*

»Evies Mundbild kannst du sehr gut lesen«, erwiderte Faye und zeigte auf mich, während sie erst auf ihre Lippen zeigte und dann den Daumen nach oben hielt.

Vid nickte und spähte kurz zu mir, bevor er tippte. *»Evie hat ein sehr klares Mundbild und ihre Mimik zeigt oftmals, was sie denkt und oft dann auch sagt. Man erschließt sich außerdem viel aus dem Kontext. Wenn ich dich zum Beispiel frage, was du gestern gegessen hast, fallen Millionen andere Wörter automatisch weg. Die Chance, dass du mit einem Gericht antwortest, ist sehr hoch. Dadurch fällt es mir leichter, das Gesagte zu entschlüsseln. Bei vielen Wörtern ist es ähnlich wie beim Lesen – je besser man lesen kann, desto weniger liest man wirklich. Man sieht ein Wort und weiß, was da steht, ohne die einzelnen Buchstaben miteinander zu verbinden. Der Vergleich hinkt vielleicht ein wenig, aber so ähnlich ist es bei mir. Man merkt sich einfach die Lippenbewegungen von Wörtern, die man oft verwendet.«*

Cailan und Faye nickten eifrig und wirkten, als würden sie

am liebsten noch weitaus mehr erfahren wollen. Doch sie beließen es dabei und kommentierten seine Sätze nur mit anerkennendem Blick. Ob sie nicht weiterfragten, weil sie Sorge hatten, Vid würde ihre Lippenbewegungen nicht verstehen können, oder weil sie nicht wussten, wie viel er eigentlich noch darüber preisgeben wollte, wusste ich nicht. Vielleicht beides. Sie waren sehr taktvoll und darauf bedacht, keine unangenehmen Gefühle aufkeimen zu lassen. Zumindest Faye. Cailan hatte schließlich keinen Skrupel davor, Vid auszufragen, warum er nicht mit so einer Hohlbirne wie mir ausginge.

Den Rest des Essens hielt sich Vid im Hintergrund und auch auf meine Versuche, ihn in die Gespräche zu integrieren, reagierte er bloß mit kurzen Sätzen. Er fühlte sich nicht sonderlich wohl. Vielleicht auch deshalb, weil er nicht alles verstehen konnte, was wir sagten. Fühlte er sich ausgeschlossen? Sollte ich alles aufschreiben, was wir sprachen? Fühlte er sich dadurch noch *besonderer*? Ich hatte keine Ahnung von Richtig und Falsch. Fakt war nur, dass ich mich mit dem Gedanken unwohl fühlte, dass sich Vid unwohl fühlte. Wenn wir uns allein unterhielten, konnte ich auf ihn eingehen und geduldig sein. Doch sich mit anderen zu unterhalten und ihn gleichzeitig dabei zu unterstützen, alles mitzubekommen, gelang mir überhaupt nicht. Ich beschloss, mir dieses Problem auf eine imaginäre Liste zu setzen, um Vid später zu fragen, wie es zu lösen war.

»Hast du Lust, morgen mit mir shoppen zu gehen? Es ist verkaufsoffener Sonntag«, weckte mich Faye schließlich aus meinem zwiespältigen Gedankenkreis.

Völlig überrumpelt von ihrer Frage verschluckte ich mich zum zweiten Mal an diesem Tag beinahe an meinem Getränk. Freak! Ich war ein totaler Freak! »Äh, gern«, brachte ich heraus und zappelte nervös auf meinem Stuhl hin und her, weil ich die Blicke aller auf mir spürte. Ich hegte eine ausgeprägte Sympathie für Faye. Sie wirkte mit mir verbunden. Als würde sie bereits wissen, dass etwas mit mir nicht stimmte, und trotzdem bleiben. Sie war irgendwie rein und doch so beschmutzt. Nicht weil sie sich beschmutzt hätte, vielmehr das Leben hatte dunkle Schlieren, einen dunklen Nebel an ihr hinterlassen. Ich war mir nicht sicher, ob ich einfach nur in einer Scheinwelt lebte und ihr etwas zuschob, das sie nicht war, aber es war lange her, dass ich mich bei einer Frau in meinem Alter so sicher gefühlt hatte.

Und trotzdem: Blicke auf mir zu spüren, war noch immer die reinste Horrorvorstellung. Für mich – aber auch für jeden anderen, der meine Peinlichkeiten beobachten musste, die damit einhergingen. Umso glücklicher war ich, als wir letztlich zahlten und den Heimweg einschlugen. Faye und Cailan wollten noch einen Moment im Restaurant bleiben. Sie behaupteten zwar, sie wollten noch einmal nach der Karte fragen, um sie abzufotografieren, ich hielt die Ausrede aber für schlecht, weil es Speisekarten meist auch im Internet nachzulesen gab. Vielmehr glaubte ich daran, dass sie Vid und mich allein gehen lassen wollten, weil sie sich erhofften, uns dadurch eher verkuppeln zu können. Die beiden sahen wohl Dinge, die niemals wahr würden. Vid war zwar sehr nett zu mir, aber genauso ein Idiot, der keinen Versuch der Schikane ausließ.

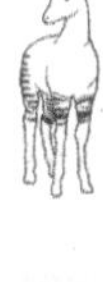

»Also, wann hast du Zeit für ein Date mit dem idiotischen Vollidioten?«, ertönte plötzlich Vids Tablet, als wir ein paar Schritte vom Restaurant entfernt waren.

Verdattert starrte ich ihn an und blieb unter der hell erleuchteten Laterne stehen, damit ich sicher sein konnte, dass er meinen Mund sah. »Du hast Cailan doch verstanden!«, traf mich die Erkenntnis und ich hätte darauf wetten können, dass ich blass wurde.

»Ich habe lediglich gesagt, dass sein Mundbild schlecht ist, aber ich bin doch der Profi im Lippenlesen.« Welch eine Bescheidenheit. *»Wenn ich auch das meiste erahnen musste. Die Frage war leicht zu entschlüsseln.«* Er zuckte mit den Schultern und schenkte mir ein schiefes Lächeln. Warum war er nur so attraktiv?

»Warum hast du dann so getan, als hättest du es nicht verstanden?«, fragte ich und unterstützte es mit Zeichensprache.

»Weil es dir unangenehm war.«

Verdutzt sah ich ihn an. Wer war dieser Mann? Wer war er wirklich? Der unnahbare Mistkerl, dem es egal war, wen er mit was verletzte, oder der liebenswerte Typ, der auf Gefühle anderer Rücksicht nahm? War er beides? Ging das überhaupt? War beides miteinander vereinbar? Wenn nicht, welche Rolle spielte er und welche war er wahrhaftig? Wusste er das vielleicht selbst nicht? Und die wichtigste Frage: Seit wann machte ich mir so viele Gedanken um ihn und seine Absichten? Ich hätte mich am liebsten als Wrestling-Profi verkleidet und mir selbst mit Anlauf eine Kopfnuss verpasst, als mir klar wurde, dass er mir, seitdem ich ihm das erste Mal begegnet war, nicht aus dem Kopf ging.

»Also?«, erklang wieder diese mechanische Stimme.

Ich zuckte zusammen. Der Schweiß stand mir vermutlich schon auf der Stirn. Ich hatte so heftige Hitzeschübe, als hätte ich bei fünfunddreißig Grad meine Periode. Hallo Hitzeschübe, Tschüss funktionierendes Hirn (falls es überhaupt irgendwann mal vernünftig funktioniert hatte). Meinte er Date wirklich als Date? Wie definierte er Date? Warum sagte er Date? Weil Cailan es so genannt hatte? Meinte er womöglich einfach ein normales Treffen unter Freunden und verwendete den Begriff nur aus Spaß? Immerhin hörte ich seine Stimmlage dabei nicht. Er hätte es auch sarkastisch meinen können oder er wollte bloß herausfinden, ob ich schon Gänseblümchenblätter abrupfte à la »Er liebt mich, er liebt mich nicht«. Wenn ich jetzt ernsthaft darauf antwortete, schreckte ich ihn vermutlich ab, weil er es gar nicht ernst meinte. Wenn er es jedoch wirklich ernst meinte, stieß ich ihn vor den Kopf, wenn ich mit einem blöden Spruch antwortete. Egal, wie ich mich entschied: Es könnte sehr unangenehm werden – wie jede Situation in meinem Leben.

Ich sollte mich endlich locker machen. Aber wem machte ich etwas vor? Das predigte ich meinem Gehirn schon seit vielen Monaten, wenn nicht schon Jahren. Ich musste mittlerweile völlig gequält aussehen, so sehr verzweifelte ich an meiner Verzweiflung, die meine grenzenlosen Gedankengänge auslösten.

Vid schien diesen Gesichtsausdruck und meine lange Pause des Nachdenkens falsch zu werten, denn er tippte fast schon verletzt auf seinem Tablet herum. *»Ich verstehe schon, warum du so abgeneigt von dem Gedanken bist, mit mir auszugehen. Ich werde niemals mit dir reden können wie Cailan.«*

Er drehte sich um und gab mir gar keine Möglichkeit, ihm zu widersprechen. Ich war so irritiert über seine Schlussfolgerung, dass ich, selbst wenn er sich nicht umgedreht hätte, keine vernünftige Erwiderung hätte aussprechen können. Mit schnellen Schritten entfernte er sich von mir und stieg in sein Auto. Es dauerte nicht lange, da war er um die Ecke gebogen. Nachdem ich meine Schockstarre aufgegeben und tief durchgeatmet hatte, holte ich mein Handy raus, um ihm die Worte mitzuteilen, die in meinem Herzen verankert waren.

> Das ist mir egal. Durch deine Gehörlosigkeit kommunizieren wir auf einem ganz anderen Niveau. Das ist besonders, das ist intensiv. Nicht du bist das Problem, Vid. Ich bin es.

Wie schlimm musste es für ihn sein, sich immer ausgeschlossen zu fühlen? Sich durch seine Gehörlosigkeit kleinzumachen? Dabei musste er das gar nicht! Nur dumme Menschen würden ihn deshalb herunterstufen und herablassend behandeln! Dieser Moment hatte mir mehr offenbart, als mir lieb war.

Hinter seiner starken, arroganten Fassade steckte ein junger Mann mit zahlreichen Zweifeln und Ängsten, die sich offenbar so in sein Inneres gefressen hatten, dass seine Selbstzweifel entfacht wurden. Es war beinahe lustig, dass ich mich nie zuvor an den Spruch meiner Mutter erinnert hatte, wenn es um mich selbst ging. Doch nun, wo mir Vids Lage bewusst wurde, war er so präsent in meinem Kopf, dass ich die Stimme meiner Mutter förmlich hören konnte:

»Evie, du bist gut genug. Ich ertrage es nicht, dass du so schlecht über dich denkst«, hatte sie gesagt.

Ich selbst hatte nur mit den Schultern gezuckt. *»Würde es nicht stimmen, würden es nicht so viele Menschen behaupten.«*

Mit Tränen in den Augen hatte sie mich in den Arm genommen und mir Worte ins Ohr geflüstert, die ich in diesem Augenblick zu gern Vid widmen würde: *»Hege keine Selbstzweifel, sondern zweifle an dem System, das dich an dir zweifeln lässt.«*

»Evie?«, erklang plötzlich Fayes Stimme hinter mir und erst jetzt bemerkte ich, wie ich zitterte. »Javid hat mir gerade geschrieben, dass er schnell nach Hause musste und du eine Mitfahrgelegenheit brauchst.«

Mein Herz pochte. Trotz dessen er verletzt war, war es ihm ein Anliegen, dass ich sicher nach Hause kam. Dieser Mann war ein Rätsel, das ich vermutlich niemals lösen würde.

Schnell versuchte ich, meine Gesichtsakrobatik unter Kontrolle zu bringen, um mich zu ihr umzudrehen. »Äh, ja. Ja, genau. Das ist lieb von ihm, er musste schnell weg.«

Faye und Cailan sahen mich beide mit demselben misstrauischen Blick an und einmal mehr wurde mir klar, was für eine miserable Lügnerin ich doch war. Also zuckte ich bloß mit den Schultern und verbarg mein Gesicht, indem ich auf meine Schuhe starrte und meine Haare wie ein Vorhang vor meine Augen fallen ließ. Jesus, war ich kindisch.

Cailan und Faye stellten keine Fragen, sie brachten mich einfach nur nach Hause. Während ich so nach draußen auf die vorbeihuschenden Bäume starrte, vibrierte mein Handy. Mit flauem Magen entsperrte ich mein Display. Es hatte sich in den letzten Tagen etwas zwischen ihm und mir verändert,

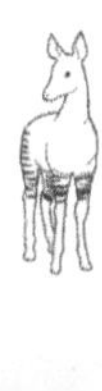

das konnte ich nicht leugnen. Ich wusste nicht, ob ich zu viel hineininterpretierte oder ob auch er spürte, dass wir uns in eine Richtung entwickelt hatten, die uns womöglich beide überraschte und irritierte.

Die Frage, ob es für einen Abbruch zu spät war, umgab mich wie ein dichter Schleier, der meine Kehle umschlang, während meine Angst ihn kräftig zuzog. Seine Augen verfolgten mich mit jeder in die Nacht gehüllten Baumkrone und wurden mit einem »Tu das nicht« begleitet. Doch was sollte ich nicht tun? Ihn vergessen oder mich weiterhin in diesem Spiel verfangen?

Die Nachricht war von ihm und verursachte mir ein warmes Gefühl, das mich gleichzeitig zutiefst traurig stimmte.

Pass auf dich auf.

KAPITEL 11

Wenn du nichts über deine Ängste wusstest, weißt du es spätestens, wenn du von ihnen träumst.

Ich antwortete nicht. Auch wenn ich abends im Bett lag und meine Hände so sehr kribbelten, als würden sie nur auf den Moment meiner inneren Schwäche warten, behielt ich sie bei mir – weit entfernt von meinem Handy. Keine Ahnung warum. Vielleicht weil ich nicht wusste, was ich ihm schreiben sollte. Vielleicht weil das, was ich ihm schreiben wollte, zu viel von mir offenbarte. Wir kannten uns kaum, wir hatten mehr stichelnde Worte als liebe miteinander gewechselt. Warum also sollte ich mich auf diese Konversationen mit ihm einlassen, die uns beide nicht guttaten? Weder ihm, der offenbar sehr mit sich haderte, noch mir, die anderen mehr Probleme bereitete, als sie von ihnen zu befreien. Keine gute Kombi.

Die Strömung ist zu stark!, war das Erste, das ich dachte. Mein zweiter Gedanke war nur: *Bitte erlöse mich!*

Warum dachte ich das? Was war los mit mir? Noch während ich mir diese Fragen stellte, ließ ich mich fast friedlich von der Strömung mitziehen. So widersprüchlich meine Fragen und Taten waren, so stark war auch mein Wille, die Situation zu verstehen.

Als ich dachte, ich würde in die erbarmungslose Unendlichkeit gezogen werden, tauchte plötzlich ein nur allzu bekanntes Gesicht in meinem Blickfeld auf: grüne Augen, die mich fixierten, besorgt, ja fast hilflos. Volle Lippen, die sich öffneten. Braune Strähnen, die ihm nass in der Stirn lagen. Vid schrie meinen Namen und forderte mich auf durchzuhalten, ohne seine Stimme zu benutzen. Spürte seine Worte, hörte ihn aber nicht. Verstand ihn, ohne dass er etwas aussprechen musste. Wie ein Fels in der Brandung war er vor mir und zog mit so einer Kraft meine Aufmerksamkeit auf sich, dass es sich anfühlte, als würde ich wie magnetisch zu ihm gezogen werden.

Zu meinem sicheren Hafen, zu meiner einzigen Rettung. Die Strömung zerrte an mir, zog mich immer wieder in ihre Klauen zurück. Ich drohte zu ertrinken, ahnte bereits, dass die Kraft des unendlich wirkenden Ozeans zu stark war. Doch Vid war stärker und mit jedem weiteren Blick kam ich ihm immer näher. Schließlich, als ich fast bei ihm war, umschlang er meinen Arm und zog mich an sich, bis ich an seine Brust prallte.

Dann plötzlich tauchte vor mir ein Zettel auf. Perplex darüber, wo ich gerade war und was mit Vid passiert war, beugte ich mich über ihn und las die Worte, die sich bereits vor wenigen Tagen in mein Gehirn gefressen hatten:

Eigentlich ist es keine bloße Angst mehr davor, denn die Angst wurde zur Realität.

Noch während ich den Zettel mit meinen Händen umfasste, zerfiel er zu Staub und vor mir stand abermals Vid. Er tippte etwas auf sein Tablet und während er seine Worte abspielte, blickte er mir mit einer solchen Kälte entgegen, dass es mir den Atem raubte. *»Du bist nicht gut genug, Evil.«*

Das letzte Wort wiederholte sich wie ein Echo, das immer leiser zu werden schien, bis sich schließlich Vids Gesicht in das einer bildhübschen Frau verwandelte, die mir nur allzu bekannt war. Mit Tränen in den Augen blickte sie in meine, voller Wut biss sie ihre Zähne aufeinander, bis sie schließlich schrie: »Warum hast du mir das angetan?«

Keuchend schrak ich aus meinem Traum auf und strich mir über meine verschwitzte Stirn, um meine Haarsträhnen aus dem Gesicht zu entfernen und die kleinen Knötchen zu entwirren. Ein großes Knötchen hatte ich auch in meinem Hals, das die schlimmste Emotion ankündigte, die mir in all den Jahren ein treuer Begleiter war. Mit all meiner Willenskraft, die ich nach diesem rastlosen und nervenaufreibenden Schlaf aufbringen konnte, hielt ich die Tränen auf, die drohten, an die Oberfläche zu gelangen. Nur eine einzige rann über meine Schläfe und endete in meinem Kissenbezug. Die warme Feuchtigkeit, die sich auf meiner Haut abzeichnete, wischte ich schnell fort und redete mir ein, dass sie nie da gewesen war. Als würde ich mir dabei helfen und mich selbst therapieren, wenn ich mich anlog und die Wahrheit verdrängte.

Das war vermutlich der Unterschied zwischen mir und einer richtigen therapeutischen Fachkraft: Während sie mich daran hindern würde, die Schatten zu ignorieren, bedeckte ich meine Sonne mit Lügen, um die Schatten erst gar nicht ertragen zu müssen.

Dass Träume immer einen bestimmten Sinn hatten, glaubte ich schon, seit ich denken konnte. Sie brachten unterbewusste Erinnerungen und Befürchtungen zutage, ließen dich Erlebnisse verpackt in abstruse Formen verarbeiten. In all den wirren, verflochtenen Träumen steckte wohl ein Sinn, der tiefer ging, als du annahmst. Es war nicht unbedingt schwer herauszufinden, was der Sinn meines Traumes war. Die letzte Szene verfolgte mich schließlich schon seit einigen Monaten und suchte mich beinahe jede Nacht heim. Kein Wunder, dass ich auch nach einer Mütze Schlaf völlig erschöpft war.

Ich floh vor der Realität, indem ich früh schlief und wurde von ihr während der Nacht noch einmal konfrontiert. Das Leben hatte es echt auf mich abgesehen und ich wüsste zu gern warum. Manche Menschen behaupteten, dass alles aus einem Grund passiere. Also entweder war mein Grund für das ganze Pech die Unterhaltung anderer oder das Schicksal wollte aus mir ein Paradebeispiel für all diejenigen machen, die dachten, ihr Leben liefe beschissen, weil sie keine Tickets für ihre Lieblingsband ergattert hatten. Zumindest war das ein Grund, um anderen ein gutes Gefühl zu bereiten.

Es müsste ja nicht heißen, dass er für mich gut ausfallen musste. Früher hatte ich an Karma geglaubt, mittlerweile fragte ich mich, ob es nur ein Konstrukt unserer Hoffnung war, damit wir Frieden mit schlechten Erlebnissen schließen konnten. Keine Ahnung, es war nicht mehr wirklich Teil meiner Gedanken, weil es für mich nicht relevant war. Das Leben schlug dir eben ins Gesicht und entweder du konntest damit leben und das Beste daraus machen oder du musstest gehen. Es gab kein Erbarmen, es gab keine Ausflüchte, es gab nichts dazwischen. Meine Güte, war ich wieder selbstmitleidig.

Fernab der Träume über *sie* verursachten mir nun die Träume über *ihn* Kummer. Für mich bedeutete es, von jemandem zu träumen, dass er bereits Teil meines Bewusstseins, Teil meiner Erinnerung war und damit – egal ob positiv oder negativ – ein Kern, ein Element meines Lebens darstellte. Die Verwirrung, die damit einherging, bereitete mir Kopfschmerzen und ich wünschte, ich hätte die Schranke zu meinem Dasein für ihn bereits geschlossen, als ich ihm das erste Mal vor die Augen getreten war. Von allen Schülerinnen und Schülern dieser verdammten Schule war ich gerade *ihm* in die Arme gelaufen und hatte ihm damit erlaubt, mein Leben auf den Kopf zu stellen, ohne dass es mir bewusst war.

Bis vor Kurzem hatte ich ja noch nicht einmal angenommen, dass ich ihn mochte – im Gegenteil. Wie es passieren konnte, dass ich nun bereits von ihm träumte, an ihn dachte, mich zu ihm hingezogen fühlte, war mir beim besten Willen ein Rätsel. Vor ihm hatte ich immer gedacht, ich kannte meine Gedanken gut und würde die Hintergründe meiner Taten ganz gut einschätzen können. Aber seit es ihn in meinem Umfeld gab, hatte sich diese Vermutung widerlegt. Meine Gedanken waren, was ihn betraf, ein verschlossenes Siegel, das meine Angst zusätzlich fest umschlungen hielt. Trotz-

dem kam ich nicht umhin, mich zu fragen, was mir mein Traum wirklich mitteilen wollte. Es war absurd, dass ich mich mit den wenigen Worten von Vids Deutschtext, die ich gelesen hatte, identifizieren konnte.

Denn irgendwie ist es zu meiner Angst geworden, seine Stimme niemals zu hören.

Nachdem ich abermals erschöpft in einen traumlosen Schlaf gefallen war, traf ich mich am nächsten Morgen mit Faye. Vid hatte mir keine weitere Nachricht geschickt und ich war dankbar dafür. Es hätte mich noch weiter in die Zwickmühle gezwängt, ihm schreiben zu wollen, aber aufgrund meiner aufgekeimten Angst, ihn zu sehr zu mögen, nicht zu können.

Faye wirkte tiefenentspannt, als wir die Einkaufsläden durchstreiften, doch irgendetwas sagte mir, dass sie mich mit einem Scanblick durchlöcherte. Meine tiefen Augenränder machten nicht wirklich besser, den Anschein zu erwecken, dass alles in Ordnung sei. Sie ahnte vermutlich, dass Vid und ich gestern nicht gut auseinandergegangen waren. Also beschloss ich, sie von ihren stummen Vermutungen abzulenken: »Ich glaube, ich habe noch nie ein Paar gesehen, das so perfekt zusammenpasst wie ihr zwei.«

Faye lächelte, während sie ein T-Shirt hochhielt, um es sich genauer anzusehen. »Das war ein harter Weg, glaub mir. Selbst eine Matheklausur zu schreiben, wäre leichter gewesen.«

»Du machst mich neugierig. Wie habt ihr euch kennengelernt?«

Faye schaute mich lange an, dann zog sie die Ärmel ihres Pullovers hoch und entblößte ihre wulstigen Narben.

Ich sog die Luft ein, obwohl ich sie gestern schon gesehen hatte. Der Anblick würde mich wahrscheinlich auch beim zwanzigsten Mal noch schockieren. Schnell hüllte sie den Stoff wieder über ihre stille Geschichte und vermied sichtlich den Blickkontakt mit mir. Ich hatte trotzdem das Gefühl, es hätte sie erleichtert, sich mir abermals und diesmal bewusst zu offenbaren. Als hätte sie endlich etwas ohne Worte ausgesprochen, das sie schon längst hatte sagen wollen. »Wir waren beide in einer Klinik. Cailan war anfangs ziemlich arschig zu mir, das kann ich dir sagen. Als ich sein wahres Gesicht sah, nachdem er endlich seine harte Maske abgesetzt hat, habe ich mich ziemlich schnell in ihn verliebt. Nur mein Kopf wollte das nicht, aus Angst, verlassen oder verletzt zu werden, verstehst du? Aber durch einen heftigen Vorfall habe ich letztlich erkannt, dass dieser Mensch mich niemals verletzen könnte und er es wert wäre, würde er es doch tun.«

Sie ahnte gar nicht, wie sehr ich ihre damalige Angst verstehen konnte, als hätte sie meine eigene laut ausgesprochen. Mich beschlich die Erkenntnis, dass die Situation zwischen Vid und mir ähnlich war: Ich hatte seine verletzliche Art hinter seiner Arroganz erkannt und entwickelte Angst, mehr für ihn zu empfinden. Nur war ihre Geschichte nicht unsere und ihre Probleme nicht meine, genauso wenig wie meine ihre. Nur weil ihnen ein Happy End vergönnt war, hieß es noch lange nicht, dass es bei uns auch der Fall war. Zumal das völlig weit hergeholt war. Ich wusste nicht, ob ich mich einfach nur zu ihm hingezogen fühlte, weil er attraktiv auf mich wirkte. Es war überhaupt nicht vergleichbar. Ich hegte keinerlei Gefühle für ihn. Vielleicht freundschaftliche.

Würde ich nicht so eine wahnsinnige Angst vor Interaktionen haben, hätte ich mir eventuell auch vorstellen können, mit ihm etwas *Lockeres* anzufangen, aber dafür war ich einfach nicht der Typ. Mehr als sexuell anziehend war da auf der romantischen Ebene nichts. Auch wenn das vielleicht nicht gerade sympathisch klang.

Ich wollte sie nicht über diesen von ihr genannten Vorfall ausfragen. Sie wirkte, als wollte sie nicht darüber sprechen. Ihre gesamte Ausstrahlung und der laut in meinem Ohr klingende Punkt, den sie stimmlich hinter ihren Satz gesetzt hatte, schraken mich vehement davon ab. Vielleicht war sie irgendwann so weit, mit mir darüber zu sprechen. Vielleicht wäre ich irgendwann würdig, ihre wahrhaftige Freundin zu sein.

»So wie er dich ansieht, erscheint es mir unmöglich, dass er es überhaupt jemals in Erwägung ziehen könnte, dir wehzutun«, erwiderte ich wahrheitsgemäß. Sie war so stark, so unheimlich stark, dass es mir den Atem raubte. Nicht nur, dass sie mir ihre Narben gezeigt hatte, nein, sie hatte mir von ihren Ängsten, von ihrer Vergangenheit erzählt. Sie sprach aus, was sie erlebt hatte, was sie fühlte. Das war für mich eine der größten Stärken, die ein Mensch erbringen konnte.

Faye lächelte dankbar. »Ja, manchmal zweifle ich noch immer und habe Angst, aber er braucht mir nur in die Augen zu schauen und ich bin zu Hause. Klingt kitschig, oder?«

Ich schüttelte den Kopf. »Nein, überhaupt nicht.« Und ich sprach die Wahrheit. Wenn man die beiden miteinander erlebte, wusste man, dass das keine schnulzigen Phrasen waren, die sich frischverliebte Pärchen gegen die Birne schrien, sondern die Realität, die sich beinahe jeder wünschte: die wahre Liebe. Hätte ich die beiden nicht kennengelernt, hätte ich vermutlich endgültig geglaubt, dass es die große Liebe nicht gab, aber sie hatten mich mit dem Bruchteil eines Tages eines Besseren belehrt. Mit dieser Geschichte, die Faye mir nun erzählt hatte, verstand ich sogar ein wenig, warum das Band zwischen ihnen so stark war: Das Gefühl, sein Leid zu teilen, verstanden zu werden, gerade in einer Zeit, in der man sich vielleicht selbst nicht verstand, konnte wie ein Wunder sein. Wie ein Anker. Wie der letzte Strohhalm, an dem man sich festhielt. Wie konnte etwas mehr zusammenschweißen? Zwei Rosen, die gemeinsam erblühten.

Und dann kam ich: Das Unkraut, das inmitten einer Wiese voller Blumen gewachsen war.

Ich räusperte mich, als ich auf ihren Arm starrte, den sie gerade erhob, um sich eine Bluse anzuhalten, und abermals an den Anblick der Narben dachte. Dann sah ich in ihr schönes Gesicht, das trotz ihrer warmen Erscheinung die Kälte der Vergangenheit zierte, und mir wurde klar, dass hinter dieser positiven, glücklichen Fassade noch ganz andere Emotionen schlummerten. Faye, die gutherzige, liebevolle Person, die ich so zu schätzen begann, die Person, die ich trotz der kurzen Zeit an mich heranließ – abgesehen von Vid –, ging es so schlecht, dass sie sich selbst wehgetan hatte? Wie unfair war diese Welt? Wie absurd war diese Gesellschaft? Und die wichtigsten Fragen: War das wirklich alles Vergangenheit oder ging es ihr noch immer nicht gut? Übersah ich etwas? Konnte ich ihr helfen?

»Und wie geht es dir jetzt?«, fragte ich also vorsichtig und kam mir dabei rigoros vor. Keine Ahnung, inwieweit sie mir Zugang zum Teil ihrer Gedanken geben wollte, aber die Tatsache, dass sie mir sogar ihren Arm gezeigt hatte, machte mich mutig, diese Frage zu stellen. Offenbar vertraute sie mir.

Ihr Lächeln verschwand und sie zuckte mit den Schultern. »Es wäre gelogen zu sagen, dass ich vollends glücklich bin und die Depressionen überwunden habe. Aber ich gehe damit offen um. Ich spreche darüber und gebe meinem Schmerz eine Stimme. Ich denke, das hilft. Jetzt wo ich mich und meine Gefühle nicht mehr verstecke, fällt es mir leichter, mich ein Stück weit normal zu fühlen, falls es so was wie normal gibt. Ich verstecke mich nicht mehr. Klar, gibt es Rückfälle und ich falle auch oft zurück in das Loch mit der festen Überzeugung, die Wände wären zu glatt, um wieder hinauszuklettern. Manchmal hält mir Cailan die Hand hin und zieht mich wieder hoch. Oftmals sagt er mir aber, dass die Wände perfekt zum Klettern sind und ich finde allein hinaus. Er meint, das ist wichtig für mich: Wege zu finden, mir selbst zu helfen.«

Ich nickte, doch noch bevor ich meine Zustimmung verbalisieren konnte, sprach sie auch schon weiter. »Aber jetzt genug von mir. Erzähl mal: Was läuft da zwischen dir und Javid?«

Entgeistert starrte ich sie an. »Wie bitte?« Mit dieser direkten Frage hatte ich absolut nicht gerechnet, obwohl sich Cailan und sie gestern sehr auffällig verhalten hatten. Aber im Endeffekt hatte ich sie doch schon gestern beantwortet. Mein Herz schlug plötzlich unkontrolliert. Warum wurde ich eigentlich so nervös, musste ich doch nur die Wahrheit sagen?

»Ach, komm, das würde sogar meine Oma sehen und die ist fast blind!«, behauptete Faye und zwinkerte mir anzüglich zu, als würde das Offensichtliche, das sie sich zusammen spann, sowieso schon auf der Hand liegen.

»Was denn?«, fragte ich unschuldig. Meine Stimme verriet, dass ich peinlich berührt war.

Das hielt Faye aber nicht davon ab, ihre Vermutungen in ein neues Level der Peinlichkeit zu manövrieren. »Javid schaut dich an, als wärst du die einzige Frau auf diesem Planeten, und du siehst ihn an, als würdest du ihn stumm anflehen wollen, dich zu küssen.«

»Was? Bullshit!« Ich lachte und es klang so unecht, dass ich mich von dem Klang innerlich übergeben musste. Wie ich falsche Heiterkeit verabscheute. Leider war sie mit ihrer Spekulation über meine gedanklichen Wünsche gar nicht so weit von der Wahrheit entfernt und brachte meine Wangen zum Glühen.

»Du kannst dir vielleicht etwas vormachen, Evie, aber mir nicht. Ich hatte locker auch solche Blicke drauf, als ich mich in Cailan verliebt habe.«

»Verliebt? Nein, Faye. Er ist schön, ja, aber mehr auch nicht.« Zumindest das konnte ich zugeben. Vid war attraktiv, aber auch ein idiotischer Vollidiot. Und das obwohl ich mir im Klaren war, dass er seine arroganten Sprüche zumindest zum Teil deshalb brachte, um seine Verletzlichkeit zu verstecken. So überheblich zu denken, dass einem die Worte nur so zuflogen, erforderte trotzdem eine Spur von Idiotentum. Ihr zu sagen, dass ich mich lediglich körperlich zu ihm hingezogen fühlte … Ich wollte ja nicht direkt mit der Tür ins Haus fallen.

»Sagst du das, weil du dich selbst verarschen willst, weil du mir nicht vertraust oder weil du dich vor einem möglichen Korb – den es niemals geben wird, so wie er dich anstarrt – bewahren möchtest? Such es dir aus.«

Ich starrte sie an und wusste nicht, was ich sagen sollte, also beendete ich das Thema mit einem Schulterzucken. Nicht der intelligenteste Weg, um ihr die Meinung zu nehmen, dass sie mit ihrer Vermutung richtiglag, aber der momentan einzige, der mich nicht noch weiter in ihre verworrenen Spekulationen führte.

Ich war froh, mit Faye shoppen zu gehen. Das letzte Mal richtig shoppen war ich mit *ihr*. *Sie* hatte mich sozusagen davor bewahrt, mit meiner Mutter einkaufen zu gehen, denn jedes Mal, wenn ich mit meiner Mama shoppen war, hatte sie mich eingekleidet wie meine alte Erdkundelehrerin. Und nein, diesen Geschmack hatte ich nicht geteilt.

Das, was ich allerdings am meisten am Shoppen hasste, waren nicht die überfüllten Läden mit kaum überlebensfähiger Luft, und auch nicht die Klamotten, die mir bereits beim Anschauen sagten »Probiere es erst gar nicht!«. Es war definitiv Hosen kaufen. Wenn die erste nicht passte, war ich schon fertig mit den Nerven und du konntest mir einen Boxsack bereitstellen. Sich in diese Hosen zu quetschen, bei denen man meinte, man müsse über den Boden robben, um sie über die Oberschenkel zu bekommen, musste wie ein Exorzismus aussehen. Ich verstand nicht, warum in einem Laden eine Hose nicht mal über die Hüfte gezogen werden konnte, während eine in derselben Größe in einem anderen Laden wie ein Kartoffelsack saß.

Keine Ahnung, was die Modewelt noch alles in petto hatte, um junge Mädchen zu verunsichern. Ich wollte es gar nicht wissen, das reichte mir schon. Am meisten ärgerte es mich jedoch, dass ich eine klare Sicht auf diese verblödete Gesellschaft hatte, aber selbst jeden Tag davon manipuliert wurde. Sich frustriert und manipuliert in eine zu enge Hose zu quetschen war auf jeden Fall mit einer Stunde Englischunterricht gleichzusetzen: die Hölle.

Nachdem wir unsere Shoppingtour beendet hatten (Faye mit zwei Einkaufstaschen im Gepäck, ich mit einem noch mickrigeren Selbstwertgefühl), setzten wir uns in die Straßenbahn, um nach Hause zu fahren.

»Wenn du mal so überlegst, sind menschliche Körper echt nicht sehr schön«, sagte ich, als wir einige Minuten stumm nebeneinandersaßen.

Faye sah mich schmunzelnd und mit fragendem Gesichtsausdruck an.

»Na ja, Tiere wie Katzen und Hunde haben überall Fell. Wenn wir uns nicht rasieren, haben wir überall Haarbüschel wie so gerupfte Hühner.«

»Du bist echt so schräg wie ich. Und ich dachte, das sei unmöglich«, sagte Faye grinsend und buffte mich sacht mit ihrer Schulter an. »Scheint, als hätte ich endlich jemanden gefunden, der meine komischen Gedanken teilt. Halten dich auch manchmal Fragen wie ›Können Spinnen furzen?‹ wach?«

»Nein«, antwortete ich.

Prompt wurde Faye rot, so als hätte sie ein Geheimnis offengelegt, das ihr nun zum Verhängnis wurde, weil ich es nicht mit ihr teilte.

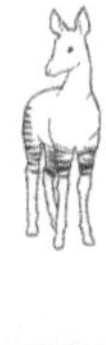

»Die Fragen halten mich nicht vom Schlafen ab, aber ganz sicher vom Lernen für Englischklausuren. Oder aber das Anstarren der Wände – auch sehr interessant, während man lernt.«

Sie lachte und lockerte schnell wieder ihre angespannten Schultern. Ich war so froh, dass durch sie endlich ein Stück weit Normalität in mein Leben getreten war. Vor nur wenigen Wochen wäre das undenkbar für mich gewesen: mit jemandem zu sprechen, ohne zu erröten, ohne zu zittern, ohne zu stottern. Plötzlich wirkte es fast einfach. Mit ihr. Mit Vid. Vielleicht fühlte ich mich zu gebrochenen Seelen hingezogen, weil ich annahm, dass sie mich verstanden.

Als ob Vid mich verstände.

Als ob Vid eine gebrochene Seele wäre.

Er war taub, ja.

Er war in gewisser Weise dadurch verletzlich, ja.

Das bedeutete aber nicht, dass es ihm gänzlich schlecht ging.

Oder war ich nur zu sehr mit meinen Ängsten beschäftigt, um seine wahrzunehmen?

KAPITEL 12

Ich mag es, wenn du ehrlich bist. Aber bitte nur dann, wenn du auch Worte aussprichst, die ich hören möchte.

Am späten Nachmittag schaute ich gerade die vorletzte Folge meiner Lieblingsserie, die mir langsam, aber sicher die Nerven raubte, als mein Handy vibrierte. Während ich das süchtig machende Objekt in die Hände nahm, überkam mich ein metallischer Geschmack auf der Zunge. Wenige Millisekunden später realisierte ich, dass ich mir auf die Lippe gebissen hatte. Jetzt machte mir nicht nur das Abknibbeln meiner Haut zu schaffen, sondern mein Tick, meine Lippe aufzubeißen, war ebenso zurückgekehrt. Als würde mein Kopf nach einer Methode suchen, mir wehzutun und mich zu bestrafen, dass ich so unsicher sein musste, und zeitgleich als würde er einen Weg kreieren wollen, meine Nervosität zu kompensieren. Was auch immer die Gründe dafür sein mochten, ich musste es mir schleunigst abgewöhnen, bevor ich aussah wie ein zerfleddertes Huhn.

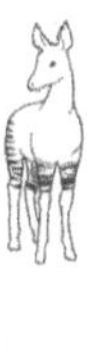

Die Nachricht, die mir angezeigt wurde, versetzte mein Herz in Schockstarre. Nicht nur, weil sie von Vid war, sondern vielmehr das Zusammenspiel von Sender und Inhalt spielte dabei eine Rolle.

Du fehlst mir, Evil.

Warum musste er mir gerade dann schreiben, wenn ich einmal *nicht* über ihn nachdachte? Er fehlte mir vielleicht auch ein wenig, aber was sollte ich sagen? Ich hatte keine Lust, mich in das nächste Verderben zu stürzen. Ihn umso weniger. Ich hatte schon genügend Menschen Leid zugefügt, ich musste Vid nicht auch noch den Gnadenstoß verpassen. Sollte er wirklich aus unerfindlichen Gründen gefallen an mir gefunden haben, war die Chance ziemlich groß, verletzt zu werden. Meine Ängste waren so ausgeprägt, dass sie sich leicht auf ihn übertragen konnten: die Angst, enttäuscht zu werden. Die Angst, ihn mehr zu mögen als er mich. Die Angst, irgendwann nicht mehr gut genug zu sein. Die Angst, dass er doch bemerkte, wie schwierig ich war. Die Angst, mich ihm hinzugeben. Vor allem aber die Angst, dass er die Wahrheit über mich erfuhr. Zusammenfassend konnte man also sagen, dass es keine gute Idee war, ihm auf diese Nachricht zu antworten. Außerdem hatte ich ja festgestellt, dass ich ihn auf dieser Ebene ohnehin bloß sexuell interessant fand.

Aber als mein Handy wenig später klingelte, hatte ich doch kurz Hoffnung, seinen Namen zu lesen. Zu meinem Bedauern und meiner gleichzeitigen Erleichterung blieb mir dieses Szenario erspart und doch durchzuckte mich im selben Moment ein Gefühl von Unbehaglichkeit.

Meliya. Meliya, meine damalige einzige Freundin und Verbündete der unerbittlichen Zeit im Knast namens Schule, die sich nach meinem *Verschwinden* aus genau dieser nur ein-, zweimal bei mir gemeldet hatte. Und das auch nur, um mir mitzuteilen, dass ihr Verflossener sie mal wieder nur verletzt hatte. Es war merkwürdig: Sie kannte ich bereits mehrere Jahre, Faye bloß einige Wochen und doch hatte ich in Faye eine tiefere Verbundenheit gefunden als in Meliya. Das klang so fies, dass ich mich sicherlich bösartig gefühlt hätte, hätte ich nicht gewusst, dass Meliya diese Tatsache absolut nichts ausgemacht hätte. Sie war jemand, der genügend Freunde, den nötigen Egoismus und die fehlende Relevanz für das Zusammengehörigkeitsgefühl aufbringen konnte, um Menschen leicht zu vergessen und zu ersetzen. Es war eindeutig, dass sie nicht mit mir abgehangen hatte, weil sie mich sonderlich mochte, sondern weil sie jemanden brauchte, der ihr zuhörte und ihre Hausaufgaben erledigte. Ich war nicht so naiv, um dieses Verhalten nicht durchschauen zu können, aber zu hassbesessen auf mein Ich und alles, was damit zu tun hatte, um einzusehen, dass ich das nicht verdient hatte. Im Gegenteil: Ich war der Meinung, dass mir gar keine bessere, loyalere, innigere Freundschaft zustand. Nicht in Anbetracht dessen, was ich mir alles geleistet hatte.

»Hallo«, wisperte ich in den Hörer und räusperte mich dann. Warum hatte ich noch immer so viel Schiss, mit ihr zu telefonieren? Weil ich nicht wusste, wie man Gespräche am Telefon möglichst schamlos beendete? Weil ich ihre

Gesichtsausdrücke nicht lesen konnte, nachdem ich etwas gesagt hatte? Weil ich ihr nicht vertraute? Weil ich generell aus genau diesen Gründen Telefonieren verabscheute? Vermutlich spielte alles eine erhebliche Rolle für mein Unwohlsein.

»Hey, Evie.«

Ich zuckte zusammen bei ihrer glatten, selbstbewussten Stimmlage. Selbstbewusste Menschen schüchterten mich weitaus mehr ein als introvertierte, was wohl auch ein Grund sein mochte, weshalb mich Menschen nicht sonderlich ernst nahmen.

»Wie geht es dir? Ich wollte dir noch mal sagen, dass ich ja keine Ahnung hatte, dass es dir so schlecht geht. Du bist einfach immer so still gewesen.«

Für manch andere Menschen wäre gerade diese Tatsache Grund genug gewesen anzunehmen, dass etwas nicht stimmte. Leider bestand die traurige Realität darin, dass viele deine Sorgen nur dann ernst nahmen, wenn man sie weinend herausbrüllte. Da das aber vielleicht zwei Prozent der Betroffenen taten, litt man zwangsweise still. Ich war nach außen ruhig, das stimmte. Meine Mitmenschen würden mich wohl als stille Beobachterin beschreiben, aber innerlich schrien meine Gedanken so laut, dass ich kaum mehr meine eigene Stimme vernehmen konnte.

»Gut.« Eine Pause. »Wie geht es dir? Gibt es etwas Neues?«

»Raste jetzt bitte nicht aus.«

Das gab meiner Unsicherheit einen Dämpfer und ich wurde hellhörig. *Wenn sie schon so anfängt, raste ich garantiert aus.*

»Ich weiß, du wirst das nicht gutheißen.«

Bitte, Gott, sag mir nicht, es geht um ihren Ex.

»Und ich verstehe auch, dass du es nicht gut finden wirst.«

O nein, es geht um ihren Ex.

»Aber ...«

Ich bin nicht rassistisch, ABER ich will dich nicht beleidigen, ABER ... dann sag es doch einfach nicht, Mensch.

»Nic hat sich wirklich geändert.«

Das hat sie jetzt nicht ernsthaft gesagt.

»Und ich denke, jeder hat eine zweite Chance verdient.«

Ja, die zweite Chance, dein Herz ein weiteres Mal ins Jenseits zu katapultieren.

»Also, Evie, was sagst du dazu?«

Okay, du bleibst jetzt nett und höflich und sagst es ihr liebevoll wie jede andere Freundin auch. »Ist übergeschnappt eine Charaktereigenschaft, die man sich verdient, wenn man sich von einem Typen verarschen lassen hat?« *Wow, Evie, das war liebevoll.*

Wenn sie mich erst wütend machen musste, damit ich keine Angst mehr vor Gesprächen mit ihr hatte, dann konnte ich darauf verzichten. Ich hasste es, wenn sich Menschen – egal ob männlich oder weiblich – von anderen so arg herunterstufen ließen. Wenn sie sich ihren Wert nicht bewusst waren und glaubten, sie hätten verdient, sich so behandeln zu lassen. Wenn sie glaubten, dass es in Ordnung sei, sie so zu erniedrigen, mit ihren Gefühlen zu spielen. Immer und immer wieder. Und ich hasste es, dass ich genau dasselbe mit mir machen lassen würde, solange ich eine geliebte Person nicht verlieren würde. Ganz egal, wie wenig sie oder er auf meine Gefühle achtgab. Das Traurige war, dass das beinahe normal war und dass so arg viele Personen so waren wie wir, weil wir nicht genügend Selbstvertrauen hatten, um anders zu handeln. Und noch viel weiter: um zu erkennen, dass uns Unrecht getan wurde, was wir nicht akzeptieren durften.

»Als du angefangen hast zu reden, da dachte ich daran, wie selbstbewusst sich deine Stimme anhört. Aber nachdem, was für Worte ich da gehört habe, o je, Meliya…« Ich seufzte und versuchte, etwas nachsichtiger zu sein. »Es ehrt dich, dass du an das Gute in einem Menschen glaubst und es gibt bestimmt Menschen, die ihren Fehler einsehen und eine zweite Chance verdienen. Aber Nic hat dich schon so viele Male verletzt.«

»Letztlich hat er mich aber nur einmal betrogen, Evie, und dafür hat er sich mehrmals entschuldigt«, versuchte sie, ihn zu verteidigen.

Ich atmete einmal tief durch, um nicht auszurasten. »Einmal zu viel. Und davor hat er dich auch behandelt, als wärst du ein Objekt, das er, wann immer ihm danach war, benutzen konnte. Er hat sich nie um deine Gefühle geschert, hat dich verlassen, sobald es ihm zu stressig wurde, und hat es als Beziehungspause getarnt, um dich warmzuhalten. Und selbst wenn man das alles ausblenden würde, bliebe immer noch der Fakt, dass er dich betrogen hat. Willst du meine persönliche Meinung dazu hören?«

Zum Glück bejahte sie – wenn auch widerwillig –, denn ich hätte ihr meine Ansicht womöglich trotzdem um die Ohren geknallt und bedauert, dass ich ihr erst die Wahl gelassen hatte. »Es gibt für mich keine Entschuldigung, einen Menschen absichtlich derart zu verletzen. Schon gar nicht eine Person, die man liebt. Denn durch so eine Aktion verliert die geliebte Person nicht nur das Vertrauen zu dir, sondern womöglich auch das Vertrauen in Beziehungen, in Liebe. Das, was man in einer Person zerstört, weil man sie betrügt, kann man nicht wieder rückgängig machen, kann man nicht heilen. Als würde man ein Stück Tapete abreißen und es mit Tesafilm abermals an die Wand kleben. Die Tapete wird nie wieder ganz sein, nie wieder wie vorher. Sie ist so empfindlich, dass man besonders vorsichtig damit umgehen muss, damit sie nicht abermals kaputt geht. Alle Menschen, die bei dir eintreten, werden diese Risse in der Tapete erkennen, manche von ihnen werden direkt wieder gehen, weil sie ihnen zu tief erscheinen. Und manche Tapeten werden eben nie mit Tesafilm gerettet und landen im Müll.«

Ich räusperte mich nach diesem merkwürdigen Vergleich. »Ich hoffe jedenfalls, du verstehst, was ich meine. Es gibt keine Ausreden von wegen, man sei alkoholisiert gewesen oder man hat sich nicht mehr genügend geliebt gefühlt und hat es bei jemand anderem gesucht. Diese Standardausreden – diese Lügen – sollten verboten werden. Wenn es Probleme in einer Beziehung gibt, sollte man darüber reden oder die Beziehung beenden, aber jemanden so etwas anzutun, ist für mich das Letzte.«

Kurz war es still, dann holte Meliya tief Luft. »Nic hat sich geändert. Ich habe das Gefühl, du bist nur zu verbittert, es zu akzeptieren, weil du dich selbst nicht ändern kannst.«

Ich hielt den Atem an. Hatte sie das gerade wirklich gesagt?

»Fühlt sich das nicht ein bisschen doppelmoralisch an, wenn gerade *du* darüber schwafelst, dass es keine Ausreden gibt, jemanden zu betrügen, Eviliana?«, fragte sie.

Ich hörte in ihrer Stimme, wie wütend sie auf mich war.

Ihre rhetorische Frage brach mir das Genick. Und nicht nur das: Es führte mich in das Loch zurück, das ich so feinsäuberlich zugeschaufelt hatte. »Hast du mich deshalb angerufen?«, flüsterte ich mit zusammengebissenen Zähnen und Tränen in den Augen. »Um mich daran zu erinnern, was ich für ein Stück Scheiße bin?«

»Nein«, erwiderte Meliya gleichgültig. »Ich habe dich angerufen, weil ich gehofft habe, dass sich meine *Freundin* für mich freut. So wie es eine Freundin hätte tun sollen.«

»Dann haben wir wohl eine andere Auffassung von Freundschaft, denn ich heuchle keine Freude vor, obwohl ich weiß, dass meine Freundin ins Verderben rennt«, konterte ich und spürte, wie eine Träne über meine Wange lief.

»Dann hat die Freundschaft wohl auch keinen Sinn«, erwiderte Meliya trocken.

Ich hörte die Irrelevanz in ihrer Stimme, die sie für Nic hätte hegen sollen. »Offensichtlich«, flüsterte ich und konnte nicht fassen, was hier passierte. Wie konnte ein so kurzes Telefonat derart ausarten?

Bevor sie auflegte, sprach sie noch einen letzten vernichtenden Satz aus, der mich in die Knie zwang und mein Herz in tausend Teile zerschmetterte: »Du solltest nicht von anderen verlangen, dass sie dir verzeihen, wenn du es selbst nicht kannst.«

Dann war die Leitung tot. Genauso wie meine Hoffnung in die Menschheit.

Den Rest des Abends verbrachte ich damit, im dunklen Zimmer zu sitzen und darüber nachzudenken, wie sinnlos dieses

Leben war. Meliya wusste genau, welche Worte sie verwenden musste, um mich zurück in die Realität zu führen. Die Realität, in der ich eine Versagerin war, eine Heuchlerin, ein schlechter Mensch.

Hatte ich wirklich geglaubt, eine neue Schule mit Menschen, die nichts von mir wussten, würde etwas daran ändern, wer ich war? Nur weil ich es verleugnete und verschwieg, bedeutete es nicht, dass es vergessen oder nicht wahr war. Und vermutlich war es nur eine Frage der Zeit und meine neuen Mitschüler würden die Wahrheit über mich erfahren. Schließlich war ich nicht in ein anderes Land, auf einen anderen Kontinent oder Planeten gezogen. Ich war ja nicht mal weggezogen. Nur weil meine Schule eine Stunde von meiner alten entfernt war, bedeutete das nicht, dass sich mein Geheimnis nicht verbreiten konnte. Vermutlich kannte mindestens eine Person aus der Schule bereits alles ins kleinste Detail und wartete nur darauf, es jemandem unter die Nase zu reiben, den ich mochte. Als Vids und Fayes Gesichter vor meinem inneren Auge auftauchten, bekam ich eine Gänsehaut und mir wurde speiübel. Spätestens, wenn sie es herausfanden, würden sie mich meiden und sich wünschen, nie mit mir geredet zu haben. Und noch schlimmer: Sie würden mich verachten. So wie alle anderen, die die Wahrheit kannten.

Kurz vor drei Uhr nachts starrte ich auf den Chat zwischen Vid und mir. Das Gespräch mit Meliya hatte mir einmal mehr bewiesen, dass es keinen Sinn hatte, mit ihm Kontakt zu haben. Vor allem aber, dass es ihm gegenüber unfair wäre, würde er dabei die Wahrheit über mich nicht kennen. Da ich nicht bereit dazu war, sie ihm zu offenbaren, blieb mir nichts anderes übrig, als ihn zu meiden. Warum fiel mir das nur so schwer? Im Grunde war er doch ein idiotischer Vollidiot, der sich seiner Attraktivität durchaus bewusst war. Er war arrogant und frech.

Und doch war er beschützend und gefühlvoll, ganz anders, als er sich die meiste Zeit in der Öffentlichkeit zeigte. Vielleicht ja sogar ein wahrhafter Freund. Innerlich gab ich mir eine deftige Kopfnuss und versuchte, mich daran zu erinnern, dass ich ihn im Endeffekt kaum kannte.

Nur leider änderte das nichts daran, dass ich mich ungewöhnlich leer fühlte, wenn ich daran dachte, er würde einfach aus meinem Leben verschwinden.

KAPITEL 13

Wenn es im echten Leben Untertitel gäbe, müsste ich nicht mehr lächeln, winken und hoffen, dass es keine Frage war.

In der Schule mied Vid mich konsequent und würdigte mich keines Blickes. Die Aussage, er würde mich vermissen, schien plötzlich einer Lüge zu gleichen. Ich tat es ihm nach und blinzelte bloß ein paarmal zu ihm hinüber, weil ich es anders nicht ausgehalten hätte. Auf den Unterricht konnte ich mich kaum konzentrieren, so sehr beschäftigte mich seine ignorante Art. Dabei war es doch gerade das, was ich wollen *sollte*. Die Stimmung zwischen uns hatte sich noch immer nicht erhellt und es machte es nicht besser, ihm nicht geantwortet zu haben. Zweimal. Also im Grunde war ich selbst schuld, dass wir uns verhielten, als wären wir Fremde.

Als ich schließlich am Nachmittag beschloss, mit der Bahn in die Stadt zu fahren, um mein Englischbuch aus der Buchhandlung abzuholen – völlige Geldverschwendung in Anbetracht dessen, dass ich in diesem Buch sowieso keinen einzigen Satz begreifen würde –, blickte ich aus dem Fenster und dachte daran, wie trist mein Leben plötzlich wieder geworden war. Die kurze Zeit, die ich mit Vid verbracht hatte, hatte es wenigstens ein bisschen schöner gemacht – wenn auch ziemlich verwirrend.

Und als wäre das Schicksal nicht schon merkwürdig genug, stieg bei der nächsten Station Vid in die Bahn ein, begegnete meinem Blick und stellte sich dann einige Meter von mir weg an die Tür. Wenn mir die nächste Person widersprechen würde, nachdem ich ihr davon berichtete, wie pechbesessen ich war, würde ich ihr genau diese Situation schildern. Da ich allerdings ohnehin mit niemandem so viel quatschte, dass wir zu diesem Thema kommen würden, würde ich die Erkenntnis, dass das Leben mir eins auswischen wollte, still ertragen müssen. Vid hätte in jeder anderen Bahn, in jedem anderen Waggon, zu jeder anderen Zeit sein können, aber ausgerechnet *hier* und *jetzt* musste er auftauchen. Diese vermeintlichen Zufälle grenzten an pure Absicht und kurz fragte ich mich wirklich, ob ich Teil einer Trash-TV-Show war, die ich heimlich gern schaute. Eigentlich amüsierten mich Videos, die mit versteckter Kamera gedreht wurden, aber wäre ich das Opfer in einer dieser Shows, würde ich meine noch gebliebene Selbstachtung lachend von der nächsten Klippe schmeißen.

Seine Augen hatten sich kurz geweitet, als er mich entdeckt hatte, dann hatte er mich nur desinteressiert angesehen und weggeguckt. Wir benahmen uns echt wie Kindergartenkinder, meine Güte. Morgen würde ich ihn darauf ansprechen. Oder auch nicht. Keine Ahnung. Aber das war doch albern. Vid stand dort, nur wenige Meter von mir entfernt, starrte auf sein Handy, während seine dunklen Wellen ihm leicht in die Stirn fielen. Seine Statur wirkte in der Bahn noch größer und ich kam nicht umhin, mir vorzustellen, wie es wäre, in seinen Armen zu liegen. *Stopp, Evie! Das geht komplett in die falsche Richtung.*

Ich versuchte, mich abzulenken und hörte der Konversation zu, die nur wenige Meter neben mir zwischen zwei jungen Männern ablief. »Die ist übel geil, ich schwöre es dir!«, sagte der Typ mit der Baseballkappe.

»Hast du dich mit ihr getroffen, oder was?«, fragte der andere lautstark.

Der Typ mit der Kappe schüttelte den Kopf. »Nein, Mann. Bei Snapchat, du weißt schon. Ich schwöre, sie hat einfach einen tätowierten Kussmund auf dem Arsch.«

Und damit war ich raus. Zumindest versuchte ich es. Aber je mehr ich mich bemühte, die beiden auszublenden, desto lauter hörte ich die Stimmen in meinem Kopf. Auch wenn Vids Spruch, er würde es als Privileg sehen, die nervigen Stimmen nicht hören zu müssen, vermutlich nicht ernst gemeint war, konnte ich ihn in diesem Moment nachvollziehen. Manchmal wünschte ich mir, die Augen zu schließen und auszusteigen. Aus dieser Bahn. Aus dieser Welt. Aus dieser Generation. Aus diesem Leben.

Am Ende des Waggons hörte ich eine dunkle Stimme, die jemanden lautstark begrüßte. Schnell blickte ich mich um, um mich zu vergewissern, ob es der Schaffner war. Mein Herzschlag beruhigte sich recht schnell wieder, als ich realisierte,

dass es ein ganz normaler Fahrgast war. Ich hatte einen Fahrschein. Das wusste ich auch deshalb hundertprozentig, weil ich vor Fahrtantritt noch mal mindestens zweimal in meiner Brieftasche gesucht hatte. Trotzdem blieb die Angst, ohne Fahrkarte erwischt zu werden, als hätte ich jemanden umgebracht und wollte es vergeblich vertuschen.

Ich wusste, was meine maßlos übertriebene Kontrolle auslöste: Die Vorstellung, tatsächlich ohne gültigen Fahrschein erwischt zu werden, glich einem versehentlichen Gang zur Schule im Pyjama. Alle Menschen schauten dich an, alle dachten daran, wie verpeilt oder noch schlimmer: wie dreist du warst, dass du gegen Regeln verstößt. Strafe zu zahlen, weil man keine Fahrkarte hatte, war für mich gleichzusetzen mit einem Raubüberfall. Zumindest fühlten sich sicherlich die Blicke der anderen identisch an. Das glaubte ich jedenfalls. Erlebt hatte ich beides noch nicht.

»Was guckst du so? Hast du mir etwas zu sagen, oder was?«, hörte ich plötzlich eine männliche Stimme vor mir erklingen, die mich aus meinen Gedanken jagte. Er klang aggressiv.

Mein Gehirn war plötzlich wie leer gefegt, mein Körper befand sich in einer Schockstarre, während ich darüber nachdachte, was ich getan haben konnte, um den Mann vor mir wütend zu machen. Kurz blickte ich zu ihm und bemerkte, dass er den Jungen neben mir fixierte. Wenn ich eben noch dachte, dass Vid und ich kindisch waren, hatte ich uns noch nicht mit diesem Kerl verglichen, der mit Sicherheit mindestens zehn Jahre älter sein musste als wir. Eigentlich setzte ich mich grundsätzlich nie neben fremde Menschen in der Bahn. Und schon gar nicht in einen Viersitzer. Erstens weil mir die Nähe missfiel und zweitens weil ich nicht wusste, ob es überhaupt okay war, würde ich mich dazusetzen. Kurz gesagt: Ich wollte unangenehme Situationen vermeiden. Prompt bereute ich meine Entscheidung, mich diesmal neben den jungen Mann gesetzt zu haben, der vermutlich nur wenige Jahre älter war als ich. So viel Glück wie ich wieder hatte, hätte ich dafür einen Pokal verlangen müssen.

»Nein, sorry. Bleib mal locker«, erwiderte der junge Mann neben mir sichtlich verängstigt und setzte sich gerade hin.

Der aggressive Trottel erhob sich und baute sich vor ihm auf. »Ich zeig dir gleich mal, wer locker bleiben soll, du Hosenscheißer«, lallte er und erst jetzt merkte ich, dass er betrunken sein musste. Himmel, was passierte hier?

»Ich war bloß in Gedanken und habe durch die Gegend geschaut«, versuchte der junge Mann, sich zu verteidigen und ihn zu beschwichtigen, doch es half nichts.

»Wenn du mich noch mal anschwulst, gibt es eine Respektschelle«, giftete der Betrunkene und erhob zur Demonstration seine Hand. Na toll. Aggressiv, dämlich und dann auch noch homophob. Wobei sich Ersteres und Zweiteres mit Letzterem verbinden ließen, weil es Eigenschaften waren, die homophobe Menschen unter anderem auszeichneten.

Der junge Mann neben mir schien nun auch aufzutauen. Ich spürte seine Wut förmlich, als wäre sie Teil meiner eigenen. »Ich muss dich enttäuschen, ich bin nicht schwul und wäre ich es, wärst du mit Sicherheit nicht Teil meines Beuteschemas. Aber keine Sorge, auch du findest den Mann deiner Träume.«

Das hatte gesessen. Der Betrunkene sah mit irrem Blick

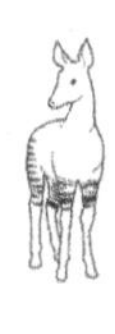

aus wie aus einem Horrorfilm entsprungen. »Was hast du da gerade gesagt?«

Meine Hände fingen an zu zittern, mein Kopf befand sich in einem Konflikt. Sollte ich einschreiten und ihn auffordern, den Jungen in Ruhe zu lassen? Es wäre das einzig Richtige. Aber mein Kopf sagte mir auch, dass ich sitzen bleiben, keine Aufmerksamkeit auf mich ziehen solle – so wie die Erfahrung mir gezeigt hatte, dass es der beste Weg war. Der einfachste. Der sicherste.

Doch als der Typ plötzlich ausholte, schob ich meine Angst instinktiv beiseite. Als wäre ein Schalter umgelegt worden. Wie automatisch stellte ich mich hin und fing seine Hand ab, die ansonsten nur wenige Sekunden später ihren Weg in das Gesicht des Jungen gefunden hätte. Die Kräfte, die ich in diesem Augenblick entwickelte, brachten mich dazu, das Handgelenk des Angreifers zu umschlingen und ihn in seiner Wut zu bremsen. Fast schon schockiert über mich selbst blickte ich mit weit geöffneten Augen in die des betrunkenen Mannes.

Der Typ schaute mich bloß entgeistert an. »Was mischst du dich da ein?« Grob schubste er mich von sich, sodass ich fast auf dem Schoß des Jungen landete. *Neue Angst freigeschaltet.* Keuchend blickte ich auf und wünschte mir sehnlichst, einfach zu Hause geblieben zu sein. Wo war ich da schon wieder reingeraten?

Noch bevor der Typ einen weiteren Schritt auf mich zu machen konnte, wurde er geschubst, fiel zurück auf seinen Platz und stürzte beinahe davon hinunter. Völlig perplex starrte ich in das Gesicht meines Beschützers.

Vid sagte nichts, sein Blick sprach jedoch Bände. Seine Augenbrauen hatte er zusammengezogen, seine Lippen waren zusammengepresst und seine Augen funkelten wie Smaragde. Seine Präsenz zeigte unweigerlich, wie zornig er war, und signalisierte dem betrunkenen Typen, sich besser von mir fernzuhalten. Ich glaubte, ich hatte ihn noch nie so wütend gesehen.

Nach einem Blickduell, das Vid kurzerhand gewann, drehte er sich zu mir um und schaute mich fragend an.

»Ja, alles okay«, antwortete ich auf seine stumme Frage. Ich richtete mich räuspernd auf und entfernte mich aus dieser unangenehmen Situation, indem ich bei der nächsten Station ausstieg. Zu meiner Überraschung lief Vid neben mir. *»Geht es dir wirklich gut, Evie?«*, fragte er schließlich mithilfe seines Tablets.

Ich nickte. »Danke.« Alles an dieser Szenerie missfiel mir: Die Tatsache, dass mit Sicherheit sämtliche Blicke der Mitpassagiere auf mir klebten. Das Erlebnis an sich, dass ich Teil einer Fast-Schlägerei war. Das Unterfangen, mit Vid zu sprechen, nachdem ich für mich beschlossen hatte, ihn nicht weiter in mein Leben zu lassen. Der Zwiespalt, der mich einerseits dazu zwingen wollte, ihn möglichst zu ignorieren, und es andererseits als völlig unangebracht wertete, da er sich doch kurz zuvor für mich eingesetzt hatte. Zu guter Letzt die Schuldgefühle, die mich überkamen, weil ich den jungen Mann nun allein mit diesem betrunkenen, homophoben Heini gelassen hatte. Alles in allem war dieser Tag einfach so schlimm, wie ich mir den Vorhof zur Hölle vorstellte.

»Kurz hatte ich Angst, er würde dich schlagen.«

Überrascht blickte ich zu ihm und blieb stehen. »Angst?«, fragte ich wie automatisch. Es war nicht unbedingt die Verwunderung darüber, dass er sich um mich gesorgt hatte, vielmehr war die Wortwahl der Grund, dass mein Atem stockte. Dieses Wort von ihm zu hören, war merkwürdig, fremd, fast schon erleichternd.

Vid sah mich irritiert an. *»Ja, Angst, Evie. Was ist los mit dir?«*

Was mit mir los war? Wo sollte ich da bloß anfangen? »Was soll sein?«

»Du antwortest mir nicht, tust so, als würden wir die größten Feinde sein, schaust mich in der Schule gar nicht an und tust jetzt so, als wäre es das Abwegigste der Welt, dass ich Angst um dich habe.«

»Du hast mich doch auch nicht angesehen«, erwiderte ich, ignorierte die restlichen Anschuldigungen und kam mir vor wie ein Kind, das ausdiskutieren wollte, wer angefangen hatte. Ich schüttelte den Kopf. »Es tut mir leid. Ich wusste nicht, wie ich mich verhalten sollte nach Sonntag …« Ich zog mein Notizbuch heraus und schrieb den Teil auf, von dem ich sicher war, er hatte ihn nicht ganz erfassen können.

Und offenbar konnte ich ihn schon sehr gut einschätzen, denn nachdem er es gelesen hatte, runzelte er die Stirn und tippte wild auf seinem Tablet. *»Ich wollte dich damit nicht in eine unangenehme Situation bringen. Ich hätte mein Problem nicht zu deinem machen sollen. Tut mir leid.«*

Abermals schüttelte ich nur meinen Kopf. »Ich kann nachvollziehen, dass das Leben für dich nicht immer einfach ist.«

Er fuhr sich durch das Haar und schaute kurz auf den Boden, ehe er tippte. *»Seit ich dir begegnet bin, merke ich erst, wie viel ich eigentlich verpasse.«*

Das versetzte meinem Herzen einen Stich, doch noch bevor ich antworten, überhaupt realisieren und zusammensetzen konnte, was er da von sich gegeben hatte, hörte ich eine männliche Stimme Javids Namen rufen. Mein Kopf huschte nach links und auch Vid wurde durch meinen Blick aufmerksam und schaute in dieselbe Richtung.

Der groß gewachsene junge Mann mit den dunklen Haaren und den beinahe noch dunkleren Augen starrte uns erheitert an. »Ich vergesse immer, dass er mich nicht hört.«

Das war ehrlich.

Vid grinste ihn an und begrüßte ihn herzlich. Dann zeigte er auf ihn und tippte schnell etwas auf sein Tablet. *»Das ist mein bester Freund Marcus. Wir waren in einer Klasse.«*

»Hey«, sagte ich schüchtern und nahm seine Hand entgegen, die er mir reichte. »Ich bin Evie.« O nein, ich wurde doch nicht wieder rot? Schnell erinnerte ich mich daran, dass ich meinen Daumen eine Pause gönnen sollte, und verschränkte deshalb meine Arme vor der Brust, um nicht in Versuchung zu kommen.

»Freut mich. Ich habe Vid ja schon seit Monaten nicht mehr mit einer Frau gesehen.«

Natürlich mussten nun meine Hände zu zittern beginnen und so löste ich meine Arme wie beiläufig voneinander und versteckte sie hinter meinem Rücken. »Echt?« Aus dem Augenwinkel sah ich, wie Vids Augen dieser Bewegung folgten. So viel zum Thema beiläufig. Es wäre beiläufiger gewesen, hätte der Hund wenige Meter neben uns einen Salto beim Geschäftverrichten gemacht.

»Ja, habe eine Zeit lang gedacht, er könnte homosexuell sein. Nicht dass ich etwas dagegen gehabt hätte.«

»Warum macht man sich über die Sexualität anderer Menschen Gedanken?«, fragte ich ihn schließlich das Erste, was mir einfiel, als das peinliche Schweigen einsetzte.

Er zuckte mit den Achseln. »Na ja, ich bin doch dazu verpflichtet, ihn zu verkuppeln. Da muss ich doch wissen, ob ich für ihn einen Mann oder eine Frau suchen muss.« Dann zwinkerte er.

Ich konnte mir ein Grinsen nicht verkneifen.

Fast gequält schaute Vid zu uns und ich konnte nur erahnen, was in ihm vorging: Warum konnte er sich mit mir nicht so unterhalten wie ich mit Marcus? Als hätte er mir genau diesen Gedanken zugeworfen, sprach sein Blick seine Verzweiflung aus und bereitete mir Sorge, dass das Gespräch von Sonntag fortgeführt würde und unsere Versöhnung nur von kurzer Dauer wäre. Es war eine Sache, sich friedlich aus dem Weg zu gehen, weil man eben einfach nicht mehr harmonierte, eine ganz andere jedoch, wenn man im Streit auseinanderging. Das wollte ich nicht. Er sollte nicht glauben, dass ich ihn mied, weil er mir zu schwierig war, denn das wäre wohl das schlimmste Gefühl, das ich ihm verpassen konnte.

»Ich müsste mich jetzt leider verabschieden. Ich muss noch ein Buch abholen und bin schon ziemlich spät dran«, sagte ich schließlich, um der misslichen Lage zu entfliehen und Vids negativen Gedanken nicht weiterhin einen visuellen Platz zu bieten.

»Ich begleite dich«, entschied Vid, als ich ihm meine Aussage noch einmal aufgeschrieben zeigte. Das war nicht unbedingt das, was ich damit bezwecken wollte, aber ein Teil von mir sprang innerlich bei dem Gedanken daran, dass wir Zeit miteinander verbrachten, enthusiastisch auf und ab.

Schnell verabschiedeten wir uns von Marcus und liefen zurück zur Straßenbahn, um das Buch abzuholen. Als er sah, um welches Buch es sich handelte, konnte er sich ein paar provozierende Sprüche über meine Englischfähigkeiten nicht verkneifen und das war mir nur recht. Es fühlte sich irgendwie normal an. Wie ein Insider, der sich zwischen uns eingenistet hatte und Vertrautheit mit sich brachte.

Gemeinsam fuhren wir zu mir nach Hause, wo mich meine Mutter bereits erwartete. Sie war sichtlich erfreut, Vid zu sehen, und ich verdrehte über ihre Euphorie nur die Augen.

Nachdem wir gemeinsam zu Abend gegessen hatten und sich Vid wieder mehrfach für Mamas Gastfreundschaft bedankt hatte, saßen wir still beieinander und tranken unsere gekühlten Getränke aus. Während ich darüber nachdachte, wie sehr diese süßen Softdrinks meine Zähne angriffen, ging eine Lampe in meinem Gehirn an und es preschte einfach aus mir heraus, ohne darüber nachzudenken. »Mama, kannst du heute noch kurz für mich bei Dr. Sint anrufen? Ich brauche noch einen Termin zur Kontrolle.« Nur eine Sekunde später bereute ich es zutiefst und hoffte inständig, Vid hatte das Gesagte nicht mitverfolgen können. Welche Siebzehnjährige schickte ihre Mutter vor, um beim Zahnarzt anzurufen? Sicherlich mehr, als ich annahm, und trotzdem fühlte es sich so an, als würde ich offenbaren, noch ein Kind zu sein, dessen Mutter alles regeln musste. Nicht unbedingt das Bild, was ich Vid vermitteln wollte.

Meine Mutter sah mich stirnrunzelnd an. Nervös zappelte ich auf meinem Stuhl hin und her, wissend, was sie dachte: Ich sollte selbst anrufen. Aber das konnte ich nicht. Kurz neigte ich meinen Kopf zu Vid, um ihr zu signalisieren, dass ich das hier vor ihm nicht thematisieren wollte. »Bitte.«

Meine Mutter verstand meine leise Bitte und seufzte einmal geschlagen. »Na schön.«

Vermutlich war sie es genauso leid wie ich, dass ich es einfach nicht schaffte, mein Leben in den Griff zu bekommen. Vielleicht fragte sie sich auch, wie lange sie meine Aufgaben übernehmen sollte. Bis ich vierzig Jahre alt war? Gut möglich. Wahrscheinlich überlegte sie in diesem Augenblick, ob es überhaupt das Richtige war, mir ständig Telefonate abzunehmen, weil ich dadurch niemals lernen würde, sie selbst zu führen. So brauchte ich mich ja nie überwinden und über meinen großen Schatten springen.

Ob sie sich gerade ausmalte, wie sie mich dabei unterstützen konnte, es selbst zu tun? Hoffentlich nicht, das würde in einem Streit enden. Meine Mutter wusste, wie sehr ich es schätzte, was sie für mich tat, und ihr war auch klar, dass ich mich dafür schämte, es nicht selbst zu können. Es war egoistisch, ihr diese Dinge aufzubrummen, war ich doch eigentlich alt genug dafür und konnte sie mit diesen Belangen entlasten, damit sie sich mehr auf sich konzentrieren konnte.

Dieser Fakt nervte mich. Er nervte mich so sehr, dass meine Mutter dachte, ich sei von ihr genervt, weil ich mit ihr ständig darüber diskutieren musste, wer nun den Anruf für mich tätigte. Dabei lag es absolut gar nicht an ihr – im Gegenteil: Ich war dankbar. Am allermeisten strapazierte nicht die Situation an sich meine Nerven, sondern ich selbst. Mein Ich, das Angst vor den einfachsten Dingen des Lebens hatte. Das allein war schon nervig genug, aber die Einsicht, dass ich sie hatte und nicht überwand und mich von ihr einschränken ließ, brachte mich letztlich komplett an den Rand der Verzweiflung.

Nachdem wir schließlich alles ausgetrunken hatten und meine Mutter Vid mit meiner Hilfe peinlichst genau ausgefragt hatte, erhoben wir uns. Vid und ich schlenderten gemeinsam in mein Zimmer, das noch chaotischer aussah als bei seinem letzten unerwarteten Besuch. Er wusste bereits, dass ich unordentlich war, da war Hopfen und Malz ohnehin schon verloren. Wenigstens lag meine Unterwäsche nicht wie letztes Mal gut positioniert auf meinem Sofa herum. Mehr konnte man echt nicht von mir verlangen.

»Wohin wolltest du eigentlich?«, fragte ich Vid schließlich, als wir uns gegenüber auf das Sofa setzten.

Neugierig schaute er mich an, also machte ich eine fragende Geste mit meinen Händen, dann eine Bewegung, als würde ich ein Lenkrad umfassen, und zeigte schließlich auf ihn.

»Warum ich nicht mit dem Auto gefahren bin?«

Ich schüttelte sacht den Kopf, noch bevor ich mein Notizbuch zücken konnte, tippte er abermals. *»Wohin ich fahren wollte, bevor dieser Idiot dir zu nahe gekommen ist?«*

Nickend schaute ich ihm entgegen und er lächelte, als wäre er glücklich darüber, mich doch verstanden oder es zumindest erraten zu haben, was ich ihn fragen wollte. »*In den Park am Theater. Da gibt es einen großen Hügel, an dem fast nie jemand vorbeikommt. Ein sehr guter Platz, um nachzudenken. Und ich habe das Auto nicht genommen, weil es nicht meins ist und mein Vater es oft nachmittags benötigt.*«

»Nachdenken? Worüber?«, hakte ich sofort nach und konnte mir beim besten Willen nicht vorstellen, dass Vid ein nachdenklicher Typ war, haute er doch mit Sprüchen um sich, als wäre er ein schreiender Händler auf einem Fischmarkt.

Lange sah er mich an und das mit solch einer Intensität, dass es mich erschauderte. »*Über das, was uns das Leben gibt, und das, was wir daraus machen.*«

Schüchtern blickte ich ihm in seine hellen Augen und hatte das Gefühl, die Zeit stünde still. Was auch immer er damit konkret meinte, ich beschloss, nicht weiter darauf einzugehen, zu sehr ängstigte mich der Gedanke, etwas aus ihm herauszubekommen, das ich gar nicht hören wollte, weil es etwas verändern würde.

Deshalb blickte ich nach unten, um seinen Blicken nicht weiterhin standzuhalten. Dabei fiel sein Tablet in dieser goldfarbenen Hülle in mein Sichtfeld und ich sah darin die Chance, das Gespräch in eine andere Richtung zu lenken.

»Warum dieses krasse Gold?«, fragte ich ihn schließlich etwas, das mich tatsächlich brennend interessierte, und zeigte auf die Hülle. Klar, konnte Gold auch eine Farbe sein, die er sehr gern mochte, aber ich glaubte felsenfest daran, dass das nicht der einzige Grund für diese Wahl war. Bei ihm war gar nichts simpel.

»*Warum die Hülle gold ist?*«, hakte er nach. Ich nickte und er fuhr fort: *»Na ja, es ist quasi mein einziges Mittel, um mit anderen zu kommunizieren. Das Gold soll einfach nur unterstreichen, dass es das Wertvollste in meinem Leben ist.«*

Ich verkniff mir die Bemerkung, dass er ja eigentlich auch hätte sprechen können, und ermahnte mich, nachsichtig zu sein und ihm Verständnis entgegenzubringen.

»Warum der weinende Clown?«

Überrascht schaute ich in seine wachsamen Augen, die mich neugierig musterten. Ich blickte auf das rote Notizbuch in meinen Händen und strich gedankenverloren mit dem Zeigefinger über das türkisfarbene Symbol. Ich hatte mir zuvor keine wirklichen Gedanken darüber gemacht, warum ich gerade dieses Notizbuch ausgewählt hatte, wusste jedoch, dass irgendetwas in mir mich dazu verleitet hatte. Nun, da er mir eine so ehrliche Antwort gegeben hatte, wollte ich meine nicht mit einem Achselzucken abtun. Je länger ich mich auf den Clown fokussierte, desto mehr wurde mir klar, dass er zweierlei Bedeutung für mich hatte:

Der Clown als Symbol für Angst, weil ich genau das empfand, wenn ich an Clowns dachte.

Und die Symbolik, die für den Clown stand. Ein lustiger Genosse, der sich für andere zum Affen machte, um sie zum Lachen zu bringen. Jemand, der sich ein grotesk wirkendes Lächeln aufgemalt hatte und sich farbenfroh kleidete, um zu suggerieren, wie gut gelaunt er doch war. Der Kontrast, dass gerade ein Clown weinte, erschien mir als Spiegel meiner selbst.

»Vielleicht weil der weinende Clown genau das widerspiegelt, was ich fühle«, antwortete ich schließlich knapp. Den ersten Teil des Satzes schrieb ich für ihn in das Buch.

»Du machst Witze und wirkst gut gelaunt, obwohl es dir nicht gut geht? Du trägst eine Maske?«, bohrte er nach und schaute mich erstaunt an.

Ich nickte kurz und schloss das Thema mit einer schweren Metalltür, die hoffentlich niemand aufbekam.

»Wollen wir einen Film schauen?«, fragte ich schließlich und er willigte ein, während er mich noch immer mit diesem intensiven, fast schon besorgten Blick musterte. Ich tat so, als würde ich diesen Fakt gar nicht bemerken und machte meinen Fernseher an. Schnell scrollte ich durch die Filme und wartete darauf, bis er sich für einen entschied. Offensichtlich erhoffte er sich dasselbe von mir und als er merkte, dass ich diese Entscheidung nicht treffen würde, gab er sich einen Ruck und beendete unsere Suche.

»Der Film mit dem Megalodon spricht mich an. Hast du den schon gesehen?«

Ich nickte lächelnd. »Der ist super!«

»Wenn du ihn schon gesehen hast, können wir uns gern einen anderen anschauen.«

Ich winkte ab. »Nein, nein. Filme, die ich schon kenne und mag, schaue ich mir gern öfter an.« Meine Zeichensprache, die ich dabei verwendete, schien er zu verstehen.

»Warum?«

Kurz dachte ich darüber nach, dann holte ich mein Notizbuch heraus. Einerseits weil er meine Worte vollends richtig verstehen sollte und andererseits weil es mich beschämte, diese Sätze auszusprechen. Schnell schrieb ich meine Gedanken auf und reichte ihm schließlich mit zitternden Händen das Buch.

Weil es mir eine Art Sicherheit gibt, für zwei Stunden in eine Welt einzutauchen, in der ich genau weiß, was als Nächstes passieren wird. Das ist mir in der realen Welt nicht möglich. Filme immer und immer wieder zu schauen, gibt mir eine Art Kontrolle, die ich sonst nie habe. Ich fühle mich wohl. Es ist eine Art Auszeit aus meiner Welt, die mich verängstigt.

Nach wenigen Sekunden der Stille schaute er auf und sah mir lange stumm und ernst in die Augen, bis ich schließlich den Blick abwandte. Mit diesen Worten hatte ich ihm mehr über mich erzählt als je zuvor. Auf der einen Seite schockierte mich diese Erkenntnis, auf der anderen überraschte es mich, dass ich mich gut fühlte, es offenbart zu haben. Fast so, als würde mir ein Stein vom Herzen fallen, weil ich eine winzige Kleinigkeit nicht mehr vor ihm verbergen musste. Ein Verhalten, das mittlerweile zu einer Charaktereigenschaft geworden war, war nicht länger ein Geheimnis, das ich allein tragen musste. Es sollte mich beängstigen, dass er es wusste, und vor allem sollte es mich schockieren, gerade *ihn* eingeweiht zu haben, aber nichts von beidem geschah. Mich überkam lediglich Freude, etwas geschafft zu haben, wofür ich mich nie mutig genug gehalten hatte.

»Ich lese auch gern Bücher, weil ich in eine andere Welt abtauchen kann«, gab er schließlich zu. *»Ich kann eine Person sein, die ich im realen Leben nie sein werde; ich kann das fühlen, das ich nie fühlen werde. Und vor allem kann ich hören, was ich nie wieder können werde.«*

Mit geweiteten Augen schaute ich in das Grasgrün seiner und war zutiefst berührt aufgrund seiner ehrlichen und tiefgehenden Worte. Vor nicht allzu langer Zeit hätte ich nicht für möglich gehalten, dass er und ich tatsächlich etwas gemeinsam hätten. Dass er nun tatsächlich Dinge aussprach, die auch ich ähnlich sah, beflügelte mich. So als wären wir beide in ein und dieselbe Parallelwelt geflohen und waren, trotz all der Befürchtungen, dort allein verweilen zu müssen, gemeinsam dort. Als hätten *wir uns* dort gefunden.

Sein Blick wanderte zu meinen Lippen und so schnappte ich erschrocken nach Luft und konzentrierte mich mit hochrotem Kopf abermals auf den Fernseher, um den Film zu starten. Vorab schaltete ich den Untertitel an. Ich war froh, daran gedacht zu haben, obwohl er mich aus dem Konzept gebracht hatte und ich so sprachlos war, dass ich nichts erwidern konnte und wie eine unhöfliche Gans aus dieser Konversation ging. Er hatte mir derart tiefe Einblicke gegeben und ich tat bloß so, als hätte er mir erzählt, wie wunderschön das Wetter doch heute war. Doch mein schlechtes Gewissen hielt nicht lange an, zu sehr machte sich eine Frage in mir breit: Wollte er mich küssen? Allein, dass ich das annahm, war absolut an den Haaren herbeigezogen und klang in meinen Ohren völlig utopisch. Schnell katapultierte ich die Vorstellung, dass er mir näherkommen wollte, aus meinen Gedanken, jagte sie ins nächste Universum und besann mich darauf, zur Abwechslung mal nicht alles überzubewerten.

Als ich mich schließlich dem Film widmete, erwischte ich mich dabei, dass ich ständig schaute, ob der Untertitel mit dem Gesagten übereinstimmte. Das war tatsächlich fast nie der Fall. Sinngemäß ja, aber ich fragte mich, ob sie einfach die korrekte Übersetzung aus dem Englischen für die Untertitel verwendet hatten. Die Dialoge mussten vermutlich oft in der Synchronisation abgeändert werden, damit sie mit der Lippenbewegung halbwegs übereinstimmten. Ich hatte mir darüber nie Gedanken gemacht.

Es dauerte nicht lange und meine Sinne fokussierten sich auf etwas ganz anderes: Seine Nähe, die mir abermals ein Kribbeln entlockte, trieb mich in den Wahnsinn. Ständig durchströmte mich das Verlangen, ihn zu berühren, sein Lederarmband näher zu betrachten, seine sehnigen Hände zu umfassen, durch seine dunklen Haare zu gehen …

Hallo, guten Tag, die hormongesteuerte Evie lässt grüßen. Aus dem Augenwinkel starrte ich ihn an und fragte mich, ob er wohl wusste, welche Auswirkungen er auf mich hatte.

Bevor ich gänzlich durchdrehte und die Spannung, die sich in mir anstaute, in eine merkwürdige Reaktion ausartete, nahm ich all meine Willenskraft zusammen und lenkte meine Aufmerksamkeit auf den Film.

Als das erste Mal der Megalodon auftauchte, zückte Vid sein Tablet. *»So einem Monster möchte ich nicht begegnen.«*

Ich schlug mein Notizbuch auf.

Du begegnest jeden Tag den schlimmsten Monstern, die dieser Welt passieren konnten, und du machst dir Sorgen um einen einzigen im Meer lebenden Riesenhai, der vermutlich in Wirklichkeit keinerlei Interesse an mickrigen, knöchrigen Menschen hätte?

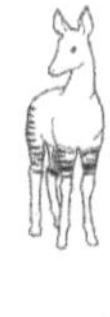

»Menschen sind für dich Monster? Also wenn ich dich ansehe, sehe ich vieles, aber kein Monster, Evie.« Er zwinkerte mir mit diesem verdammten schiefen Lächeln zu.

Ich hätte schwören können, dass mein Herz für einen Augenblick in die Höhe gehüpft war. Wenige Millisekunden später überschattete diese Überschwänglichkeit jedoch ein ganz anderer Schauer, der über meine Seele fuhr: Er hatte ja gar keine Ahnung, wie gut mich das Nomen Monster beschrieb. Um von diesem Fakt abzulenken und ihm mein Enthusiasmus genauso wenig wie meine plötzliche Bitterkeit zu zeigen, senkte ich meinen Blick auf mein Notizbuch, während ich den Dialogen des Filmes lauschte.

Das macht uns Menschen so gefährlich: Anders als die meisten Tiere sind wir unberechenbar und schwer einschätzbar. Hinter dem freundlichsten Lächeln können die fiesesten Gedanken liegen.

Freudig nahm er mein Notizbuch entgegen und schaute sich das Geschriebene ausgiebig an, während sich seine Miene verfinsterte. Ich merkte, dass er dem Film nicht folgen konnte, er interessierte ihn gar nicht mehr. Offenbar war er so vertieft in unser Gespräch, dass der große Megalodon in Vergessenheit geriet.

»Hast du denn fiese Gedanken?«, fragte er schließlich und beförderte mich damit wieder einmal in die dunkle Realität, die ich so gern durchbrechen würde.

Ob ich fiese Gedanken hatte? Sie überwogen all die guten, dass ich mich gar nicht mehr daran erinnern konnte, wie es sich anfühlte, glücklich zu sein, unbeschwert, frei. Ständig hatte ich das Gefühl, jemandem genügen zu müssen, es anderen recht zu machen, immer darauf bedacht zu sein, keine Fehler zu machen. Ich war eingeschränkt, *ich* schränkte mich ein und das teilweise völlig bewusst. Die Dinge, die ich gern machen wollte, weil sie mich erfüllen würden, konnte ich nicht verwirklichen und das aus dem einfachen Grund, dass meine Angst sie mir verbot. Sie war oft so stark, dass sie mich zerdrückte und die beklemmende Befürchtung entfachte, ich könnte nicht richtig atmen. Die Angst verursachte, dass ich mich immerzu so fühlte, als stünde ich vor einer getönten Scheibe. Ich sah meinen Mitmenschen dabei zu, wie sie lebten, während ich nur dastand und mich fragte, was dieses Leben noch für mich bereithielt. Um das tun zu können, was meine Mitmenschen taten, müsste ich vor diese getönte Scheibe treten, mich befreien; mich Meinungen und Blicken stellen. Ab und zu erwischte ich mich dabei, wie ich daran dachte, wie es wäre, wenn ich all die Ängste einfach abstellte. Und dass es dafür wohl nur einen Weg gäbe.

Ich hatte den Gedanken immer wieder schnell beiseitegeschoben, doch ich kam nicht umhin, dass mir mein Leben ab und an zu egal erschien. Als würde ich keinen Sinn mehr darin sehen, weil ich ohnehin niemals frei sein würde. Manch einer würde mir jetzt in den Allerwertesten treten wollen und mich anschreien, dass ich aus meiner Beobachterrolle austreten und in die Position des Machers einsteigen solle. Gerade das waren vermutlich aber diejenigen, die nie in einer Situation wie dieser gesteckt hatten. Es war einfach, jemanden *vermeintlich* gute Ratschläge zu geben, war man nicht selbst davon betroffen.

»Lächle doch einfach« – »Dann mach doch einfach etwas dagegen!« – »Dann überwind dich doch einfach«, waren alles Sätze von Personen, die nie verstehen würden, was es bedeutete, jemand zu sein, der jeden Schritt regelrecht zerdachte. *Einfach* war da gar nichts.

Das alles würde ich Vid natürlich nicht sagen. Er wusste ohnehin viel zu viel über mich. Also schrieb ich bloß wenige Worte auf, die – wie ich hoffte – dazu führen würden, dass er das Thema beendete.

Wir sollten weiterschauen, sonst bekommen wir gar nichts mit.

Kurz schaute er mich mit diesem intensiven Blick an, beließ es jedoch zu meiner Erleichterung dabei und wandte seine Aufmerksamkeit wieder zum Fernseher. Ich lugte auf seine Hand, die mir am nächsten lag, und spürte abermals das Kribbeln, das durch meinen Körper zog. Schnell ermahnte ich mich, meine Gefühle in den Griff zu bekommen. Beinahe verbittert konzentrierte ich mich endlich wieder auf die Dialoge und war heilfroh, den Film schon gesehen zu haben, denn ansonsten hätte ich niemals folgen können.

»Ich habe manchmal fiese Gedanken.« Die mechanische Stimme von Vids Tablet erschrak mich ein wenig, als sie nach wenigen Minuten erklang und den Megalodon erneut in den Schatten stellte. Und das musste schon ein riesengroßer Schatten sein. Irritiert starrte ich ihn an und auch er sah unbeirrt in meine Augen. Vid. Fiese Gedanken. Das waren zwei Dinge, die für mich überhaupt nicht zusammenpassten.

»Wirklich?«, fragte ich vorsichtig.

Er tippte abermals. *»Stellt sich nicht jeder mindestens einmal im Leben die Frage: warum ich?«*

Ich nickte bloß.

»Die Frage zu stellen, ist aber sinnlos. Sie führt zu nichts, wir bemitleiden uns nur selbst – ohne Ziel. Diese fiesen Gedanken bringen uns manchmal dazu, uns kleinzumachen. Aber vielmehr sollten wir uns die Frage stellen: warum nicht ich? Ich habe diese Chance, diese Erfahrung zu machen, erhalten – auch wenn sie noch so schlimm erscheint. Wir prägen die Gesellschaft mit unseren Erfahrungen, wir werden von ihnen geprägt. Zumindest rede ich mir das ein. Manchmal klappt es, manchmal verfluche ich das Leben auch einfach nur.«

»Alles positiv zu reden, ist auch sinnlos.«

»Es geht nicht darum, etwas gut zu reden, Evie. Es geht darum, nicht am Schlechten im Leben zu zerbrechen. Und das schafft man eben nur, wenn man die Schattenseiten des Schicksals umkehrt.«

Ich hasste es, dass er diese Seite an sich zum Vorschein gebracht hatte. Nie hätte ich für möglich gehalten, dass ich mir den arroganten, selbstverliebten Vid zurückwünschte, nur aus einem einfachen Grund: Ich begann, ihn ernsthaft zu mögen. Sehr zu mögen.

Zumindest hatte seine Aussage ein positives Ziel: Wir hatten doch wenig Gemeinsamkeiten. Ja, er hatte ebenso fiese Gedanken, aber anders als ich sah er sie als Privileg, stärker zu werden. Mich schwächten sie.

Als ich aufschaute und in sein Gesicht blickte, bemerkte ich, dass er mich genau musterte. Nervosität machte sich breit und brachte meinen Körper zum Schwitzen. Mit meinem

Nagel des linken Zeigefingers massakrierte ich meinen linken Daumen. Meinen Schmerz ignorierend suchte ich verzweifelt nach einer Frage, die von mir ablenken konnte. Bevor ich auch nur realisierte, dass mein Themenwechsel absolut abrupt und ungalant war, hatte ich meine Worte bereits ausgesprochen und lief knallrot an. »Warum bist du eigentlich nicht auf eine Schule gewechselt, die nur gehörlose oder hochgradig schwerhörige Menschen unterrichtet, anstatt weiterhin auf die Schule zu gehen, die niemanden hat, der sich in dich hineinversetzen kann?«

Ich sah ihm an, dass er Schwierigkeiten hatte, mir zu folgen, also nahm ich mein Notizbuch hervor und schrieb ihm meine Frage auf. Logisch, dass er die Zusammenhänge nicht deuten konnte, hatten sie ja auch überhaupt keinen zu seiner Aussage zuvor.

»Ich wollte nicht noch mehr Veränderungen in meinem Leben, deshalb wollte ich auf der Schule bleiben. Auf einmal war nichts mehr normal«, antwortete er und tat so, als wäre die Konversation vollkommen normal und als hätte ich mich nicht gerade völlig merkwürdig verhalten. Warum war er so umsichtig mit mir, anstatt mich einfach damit zu konfrontieren, dass der Themensprung wenig Sinn ergab?

Ich nickte, denn ich verstand ihn. Zwar hatte ich natürlich nicht dasselbe erfahren wie er – schon gar nicht unverschuldet – und doch gab es auch einen Moment, der alles verändert hatte. Plötzlich war mein Zuhause kein Zuhause mehr, sondern ein Ort, der leerer zu sein schien als das Loch, das in meiner Brust klaffte.

Vielleicht hatten wir zumindest das ganz sicher gemeinsam: Wir hatten beide das Leben verloren, das wir einst nie zu schätzen gewusst hatten.

KAPITEL 14

Mein vierzehnjähriges Ich würde jetzt sagen: »Der Bruder hat Doppelmoral studiert.«

Die nächsten Tage ignorierten wir uns zur Abwechslung nicht. Wann immer wir uns über den Weg liefen, grinsten wir uns an und auch im Unterricht wechselten wir einige Blicke. Das schien Faye nicht zu entgehen, denn ich erwischte sie öfter dabei, wie sie uns anstarrte, nachdem ich den Blickkontakt mit Vid beendet hatte. Ihre Augen funkelten jedes Mal und ich glaubte, sie interpretierte zu viel in die Sache hinein. Sie freute sich ja schon fast für uns! Obwohl es dieses Uns überhaupt nicht gab. Wir waren so was wie Freunde. Freunde, die sich trafen, Freunde, die gemeinsam einen Film schauen konnten, ohne sich zu berühren. Eine gesunde Freundschaft, die nicht tiefer ging als nötig, um harmonisch zu sein. Punkt.

Freitage waren eigentlich schöne Tage, weil sie das Wochenende einläuteten. Ich hatte an diesen Tagen oft gute Laune. Heute wäre es mir lieber gewesen, es wäre Montag. Es sollte normal sein, Präsentationen zu halten. Der Menge nach zu urteilen, die wir in unserem kurzen Schulleben davon halten mussten, sollte man meinen, man sei darin ein Profi. Keine Ahnung, wie es Menschen schafften, frei und offen vor Personen zu reden, die einen bis ins kleinste Detail beobachteten; die deine Versprecher jederzeit gegen dich verwenden könnten; die deinen offenen Hosenstall, deinen Blackout oder dein Stolpern über die Kabelage für die nächsten Jahre als Mobbinggrund nutzen könnten.

Ich war jedenfalls keiner davon. Tagelang habe ich versucht, den Text auf meiner Karteikarte auswendig zu lernen, aber jetzt, wo ich vorn stand, fiel mir nicht mal mehr das Thema ein. Dabei hatte ich alles, was ich sagen wollte, nicht wie andere in Stichpunkte aufgeschrieben, sondern in ganzen Sätzen, wohlwissend, dass ich, wenn ich vorn stand, der deutschen Sprache ohnehin nicht mehr mächtig wäre.

Ich verzichtete in dem Punkt gern auf die Standardaussagen »Du hast frei gesprochen und gute Bilder verwendet«. Dann hatte ich eben nur gute Bilder verwendet, denn Blickkontakt zu der Klasse halten, während man etwas vortrug? Das glich einem »Lachend in die Kreissäge laufen« oder »Bei einem plötzlichen Schneefall zur Bahnhaltestelle laufen und dann überrascht sein, dass die Züge entweder alle ausfielen oder zweihundert Minuten Verspätung hatten«. Man wusste, was passierte. In meinem Fall konnte ich vorhersagen, dass Blickkontakt bedeutete, weniger Worte verwenden zu können als ein zweijähriges Kind.

Warum ich das wusste? Mein Gehirn hatte diese erlebten Erfahrungen rot in meinem Notfallzentrum markiert.

Es war also kein Wunder, dass ich, als ich an diesem verfluchten Freitag vorn stand, während Vid im Zentrum meiner Augen saß, kaum einen Ton herausbekam.

Faye neben mir schien es ähnlich zu gehen. Es war vielleicht doch keine gute Idee, die Deutschpräsentation zusammen zu halten, denn sie schien genauso mit sich zu hadern wie ich.

Als ich schließlich mit meinem Text dran war, fühlte es sich an, als verließe meine Seele meinen Körper. Wäre kaum bedenklich, wäre das tatsächlich der Fall, konnte ich doch gut verstehen, wenn mich meine Seele vor Fremdscham verlassen würde.

Ich zitterte und schämte mich prompt dafür.

Schnell steckte ich meine Hände in die Hosentaschen, holte sie jedoch sofort wieder heraus, aus Angst, die Leute würden denken, ich wäre überheblich. Ich verschränkte sie ineinander und krallte mich an meinen Fingern fest. Meine Güte, ich sollte mich echt zusammenreißen! Am Ende hatte ich einen Arm hinter meinem Rücken versteckt und folterte wie immer den Daumen mit dem Nagel meines Zeigefingers. Dass mir meine Daumen noch nicht abgefallen waren oder sich bereits ins Jenseits verabschiedet hatten, blieb wohl ein ungelöstes Rätsel. Zu meiner eigenen Dummheit blickte ich natürlich nach oben und schaute direkt in das Grasgrün, das mich all die letzten Tage regelrecht verfolgt hatte.

Vids Blick war nachdenklich, fast schon in Sorge, so intensiv, dass er auf meiner Haut prickelte und mich noch mehr aus dem Konzept brachte als ohnehin schon, also schaute ich schnell wieder weg. Ich war so verloren.

Nach der Präsentation konnte man mein Hirn für die restliche Woche in die Mülltonne kloppen – nach dem mäßigen Feedback hätte ich mein Selbstwertgefühl gleich hinterherschmeißen können. Spätestens jetzt wussten alle, was für eine Peinlichkeit in Person ich war. Vor allem Vid. Es dauerte auch nicht lange, da sprach er mich darauf an, und zwar so direkt, dass es mir den Atem verschlug.

»Du bist so unsicher. Warum?«, fragte er nach der Stunde, während wir über den Pausenhof gingen, um nach Hause zu fahren.

Ich starrte ihn an. »Was?«

»Du hast rund um die Uhr Angst, was andere von dir denken mögen. Warum?«, hakte er nach und schaute mich dabei ernst an. Ob er verlernt hatte zu blinzeln?

Wir würden es nie erfahren, denn ich schaute wie automatisch an ihm vorbei, um dem Blickkontakt auszuweichen.

Leugnen war lächerlich und zwecklos. Es war nicht zu übersehen, dass er recht behielt. »Weil es nun mal wichtig ist, was andere von einem denken. Die Gesellschaft erwartet, dass man sich den Vorlieben anderer Menschen anpasst.«

»Den was?«

Ich war erstaunt, dass er den anderen Teil offenbar so gut verstanden hatte. Ob das daran lag, dass er genau die Antwort erwartet hatte?

»Den Erwartungen, den Wünschen«, präzisierte ich.

»Und warum sind deren Erwartungen und Wünsche so arg wichtig?«

»Wenn sie nicht erfüllt werden, wird man dafür bestraft. Ganz einfach.« Ich hatte keine Lust mehr, darüber zu sprechen.

Es fühlte sich nicht gut an und er hatte auch nicht das Recht, mich derart in Verlegenheit und Bedrängnis zu führen. Warum fühlte ich mich so angegriffen? Eigentlich waren das normale Fragen, aber es wirkte, als würde er tief in meiner Vergangenheit stochern wollen, um die Schatten an die Oberfläche zu ziehen.

»Was ist mit deinen Erwartungen und Wünschen?«, fragte er weiter.

War ich in einer Therapiesitzung? »Meinen?« Was hatte das damit zu tun?

»Sind die unwichtig? Solltest du nicht so sein, wie du eben bist und sein willst?« Seine vollen dunklen Augenbrauen zogen sich zusammen, sein Blick sah fast schon gequält aus. Beinahe hätte ich erwartet, er würde mich in der nächsten Sekunde schütteln.

»Du verstehst das nicht. Das habe ich versucht.« Ich hoffte inständig, er würde nun endlich aufhören.

»Das ist alles nur in deinem Kopf, Evie.«

»Alles nur in meinem Kopf, genau«, wiederholte ich sarkastisch und tippte mir dabei an das besagte Körperteil. Ich hatte Angst vor anderen, weil ich mir *eingeredet* hatte, dass sie über mich lästerten und mich fertiggemachten. Ich war so unsicher, weil mir die Menschen täglich zeigten, dass ich perfekt war, wie ich nun mal war. Und vermutlich brachten sich Menschen um, weil ihr Leben so wundervoll war und sie jeder wahnsinnig gut behandelt hatte. Wir Menschen waren Monster, wir waren nicht unglücklich geboren.

»Du solltest dir nicht von anderen dein Leben einschränken lassen. Du lebst nur einmal, irgendwann ist es vorbei und dann

hast du nicht dein Leben gelebt, sondern das anderer Menschen, während es dich nicht erfüllt hat.«

Lange schaute ich ihn an. Seine Weisheiten verbitterten mich, sie machten mich wütend, als wäre ein Familienmitglied von mir verstorben und er hätte mich mit einem halbherzigen »Das wird schon wieder!« getätschelt.

»Und was ist mit dir, Vid? Wie wichtig sind dir Erwartungen und Wünsche anderer?« Ich zeigte beim Reden auf ihn und sah ihn fragend an.

Er zuckte mit den Schultern. *»Ich bin mir selbst wichtiger.«*

So wichtig, dass du wegen anderen Menschen darauf verzichtest zu reden?, führte ich meine schamlosen rhetorischen Fragen fort.

Wütend starrte er mich an. Okay, das hatte anscheinend gesessen. Kurz hatte ich ein schlechtes Gewissen, gegen ihn zu schießen, obwohl er mir bloß meine Angst nehmen wollte. Es war mein Problem, dass ich mich darüber ärgerte, nicht seines. Schließlich basierte meine Wut nicht auf seinen Aussagen an sich, sondern auf der Tatsache, dass ich seine Worte und Ratschläge so gern wahr machen wollte, aber einfach nicht stark genug war. Im Grunde war ich wütend auf *mich.*

Langsam kam ich auf ihn zu, damit die anderen Leute um uns herum nichts mitbekamen, und schaute ihm direkt ins Gesicht. Ich versuchte, nun friedlicher und umsichtiger zu sein, und glättete meine Züge. »Warum sprichst du nicht, wenn du es kannst? Du bist gar nicht auf dieses blöde Tablet angewiesen.« Abfällig starrte ich sein Hilfsmittel an.

Er biss sich auf die Lippen und tippte. *»Weil es sich anders anhört, wenn man spricht, ohne sich selbst zu hören.«*

Ich legte den Kopf schief. Das wagte ich nicht zu bezweifeln. Aber was war daran so beängstigend?

Und wenn du nur vor mir sprichst und ich sage dir dann, ob ich es schlimm finde?

Er schüttelte den Kopf. *»Auf keinen Fall«,* hörte ich die mechanische Stimme.

»Vertraust du mir nicht?« Die Frage war fies, konnte ich doch überhaupt nicht von ihm erwarten, dass er mir so etwas Wertvolles entgegenbrachte.

»Das hat nichts damit zu tun.«

Ich nickte. »Okay. Dann erzähl mir aber auch bitte nichts darüber, dass ich das Leben anderer lebe, ja?« Ich sah ihm an, dass er die Nachricht hinter meinen Worten verstanden hatte, und so drehte ich mich um und ging schnurstracks in Richtung Bushaltestelle. Von Weitem hörte ich noch die mechanische Stimme des Tablets, die mich bat, mich von ihm nach Hause fahren zu lassen, doch ich reagierte gar nicht. In diesem Moment wünschte ich mir still, ihn nie getroffen zu haben, denn er brachte mich an Abgründe, die ich schon lange verlassen hatte. Er kam in mein Leben und führte mich zu ihnen zurück, um abermals in die Tiefe zu stürzen.

KAPITEL 15

Worte zu verschweigen, führt oft dazu, mehr Worte in den Köpfen anderer entstehen zu lassen.

Abends lag ich im Bett und setzte mir meine Kopfhörer auf. Man hatte mir einst gesagt, dass Schlaf die beste Medizin sei und dass ein neuer Tag anbrechen werde, der alles besser werden lasse und Gutes bereithalte. Dass ein neuer Tag mit neuen Herausforderungen und neuen negativen Erlebnissen anstand, war nicht unbedingt hilfreich für mein Wohlbefinden. Ein neuer Tag? Horrorvorstellung.

Ich überging diesen Gedanken und schnell tippte ich auf meinem Handy auf mein Lieblingslied »Train Wreck« von James Arthur, um mich nur wenige Sekunden später seiner wunderschönen Stimme hinzugeben. Er wusste genau, wie man Herzen berührte, um sie nur mit der Leidenschaft in seinen Tönen zu brechen. Kurz dachte ich darüber nach, dass Vid niemals mehr diese unfassbare Kraft der Musik verspüren würde, die uns zerriss und wieder zusammensetzte. Diese Brutalität an Empfindungen, die ausgelöst werden konnte.

Diese Magie, die dahintersteckte, um Stimmungen zu intensivieren, aber auch umzuwandeln. Dieses Lebenselixier, das manchen Leuten half, wieder zu sich zu finden. Dieses Ventil, das viele dafür nutzten, sich auszudrücken und zu erleben, um Dinge aufzuarbeiten und mit anderen zu teilen. Aber nicht nur das blieb für ihn verborgen.

Das angenehme Knirschen des Schnees, wenn man darin einen Fuß vor den anderen setzte, das leise Knacken des Kamins oder Lagerfeuers, das Rascheln der Blätter im Wind, das Zwitschern der Vögel, das Rauschen des Meeres ... All das konnte er nicht hören. Geräusche, die wir als Selbstverständlichkeit ansahen, waren für ihn hinter einer dicken Tür der Stille verschlossen. Ich erwischte mich dabei, ihn zu bemitleiden, und fragte mich gleichzeitig, ob das in Ordnung war. Mitleid war im Grunde nichts Verwerfliches und geschah automatisch und trotzdem fühlte es sich falsch an, so als würde sein fehlender Hörsinn bestimmen, dass er leiden *musste,* ohne ihm die Wahl zu lassen, glücklich zu sein. Dabei glaubte ich daran, dass er gut mit der Gehörlosigkeit leben konnte. Er war hervorragend im Lippenlesen, wusste genau, wie er damit umgehen konnte und war nach so kurzer Zeit der Gebärdensprache mächtig. Bessere Voraussetzungen konnte man nicht haben, wenn man damit leben musste.

Während ich mich von der Musik erfüllen ließ, fragte ich mich, ob Vid und ich eine Zukunft haben konnten. Als Freunde. Er hatte seine Laster, ich hatte meine und irgendwie führten sie uns doch wieder zueinander, um uns abermals zweifeln zu lassen. Seine Stille und meine waren nicht vergleichbar und doch zogen sie sich magisch an, als würden

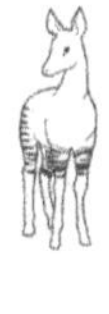

wir Verbündete sein, deren Seelen sich so lange gesucht haben. Es war nicht Vids vermeintliche Arroganz, die er zeigte, wann immer er unsicher war. Es war der verletzliche Charakter, den er hinter einem Schatten verbarg, aus Angst, jemand könnte ihn entdecken und brechen. *Er* war es, der mich hoffen und gleichzeitig zweifeln ließ.

Ich merkte, wie sich meine Stimmung verdunkelte und so schaltete ich die Musik ab und lag nur stumm dort. Auch das machte es nicht besser und so folgte ich meinem stillen Bedürfnis, Vid zu schreiben, meinen Zwiespalt ignorierend, ob das wirklich so sinnvoll war.

Was tust du, wenn es dir schlecht geht?,

fragte ich, weil ich es hasste, wenn Gespräche mit diesem lästigen Small Talk begannen.

Seine Antwort ließ nicht lange auf sich warten und es war auch nicht sonderlich verwunderlich, dass er mich mal wieder damit überraschte:

Ich schreie.

Das verwirrte mich zugegebenermaßen.

Aber du hörst dich doch nicht …?,

hakte ich nach.

Darum geht es ja auch nicht. Ich schreie, um die Dämonen herauszuwerfen, die sich in mein Innerstes gegraben haben.

Das war poetisch und bildete wieder einmal einen erstaunlichen Kontrast zu seinen sonst so provokativen, stumpfen und teilweise primitiven Sprüchen. Der Typ war durch und durch ein laufender Gegensatz.

Und das hilft?, fragte ich weiter.

Mir schon, war seine schlichte Erwiderung.

Ich legte mein Handy beiseite. Schreien, ohne dass meine Mutter etwas mitbekam? Schwierig. Ins Kissen brüllen hatte ich oft versucht, ich konnte aber nie ausreichend loslassen, aus Angst, sie könnte es vielleicht doch hören. Es war eine ungreifbar schlimme Vorstellung, wenn sie das mitbekommen würde: Erstens weil es unangenehm war, dabei erwischt zu werden, und zweitens weil sie dann wissen würde, dass nichts in Ordnung war. Und dieser Grund war tatsächlich so übermächtig, dass ich das Vorhaben abhakte. Wo er wohl schrie? Zu Hause wohl eher weniger. Vielleicht auf diesem Hügel, den er erwähnt hatte?

Plötzlich vibrierte mein Handy erneut und eine Nachricht von Vid tauchte auf dem Bildschirm auf.

Hast du Lust, mit zur Party von Marcus zu kommen? Wäre bestimmt gut, mal wieder etwas rauszukommen.

Auf eine Party zu gehen, war definitiv noch abwegiger, als in ein Kissen zu schreien. So viele Menschen, so viele Meinungen, so viele Möglichkeiten, sich zu blamieren. So viele Gründe, am Ende gehasst oder verspottet zu werden, so viele Freunde von Freundesfreunden, die man kennenlernen musste und die dich dann hinter deinem Rücken runtermachten. Es schüttelte mich bereits bei dem Gedanken daran.

Ja, bestimmt. Aber ich kann nicht,

antwortete ich wenige Sekunde später und verursachte mir damit eine Traurigkeit, die sich so hilflos anfühlte, dass sie zeitgleich mit Wut gedeckelt wurde.

Natürlich konnte ich zeitlich. Ich hatte nichts vor, lag bloß wie ein Nichtsnutz da und bemitleidete mich selbst. Aber ich konnte geistig und emotional nicht. Es war mir unmöglich, mich zu überwinden und all die Risiken auf mich zu nehmen, die meine Angst für mich abbremsen wollte. Warum war ich so *kompliziert*? Warum konnte ich nicht wie eine normale Siebzehnjährige denken und das tun, was ich gern wollte? Rausgehen, Spaß haben, um später nicht die Befürchtung haben zu müssen, etwas verpasst zu haben. So wie viele Erwachsene, die jedem Jugendlichen und Kind beipflichteten, die Zeit zu genießen.

Stattdessen lag ich bloß stundenlang da und sah mir Videos von Leuten an, die den drölften Lippenstift vor der Kamera testeten.

Zu meiner absoluten Schande, die meine masochistische Dummheit noch unterstrich, sah ich mir die Storys meiner Mitschüler an und brach in Tränen aus. Was hatte ich denn bitte dabei erwartet? Traurige Gesichter bei einer Party, die keinerlei Freude zeigten, damit ich sagen konnte: »Aha! Mal gut, dass ich zu Hause geblieben bin und mir das erspart bleibt!« Das war, als hätte ich Essensreste in den Müll geschmissen, ihn zwei Wochen in der Wohnung stehen lassen und mich dann gewundert, dass es anfing zu stinken.

Meine Tränen, die einen Zusammenbruch vorhersagten, hielten mich allerdings nicht davon ab, weiterhin selbstzerstörerisch durch die Profile der markierten Personen der Posts zu wandern.

Und dann sah ich dieses Foto. Dieses Foto mit Vid und einer jungen Frau, die ihn umschlang, während er lachte. Seine Haare wirkten in dem dunklen Schimmer der LED-Lichter fast schwarz, während sich seine strahlenden Zähne davon abhoben. Mal abgesehen davon, dass er offenbar mehr Gelegenheit zum Lachen mit einer anderen Frau hatte, erschreckte mich eine Sache noch weitaus mehr: Das Tablet konnte ich nicht erkennen. Hatte er etwa mit ihr geredet? War sie vielleicht diejenige, die ihn dazu bringen konnte, angstfrei die Stimme zu erheben? Und warum tat mir das weh?

Ärgerlich tippte ich auf die Markierung, die auf dem Mädchen platziert war, und gelangte auf das Profil einer Aline. Das Grauen hatte also einen Namen. Es war eklig, wie ich dachte, und ich wusste das. Meine Wut sollte sich nicht auf sie projizieren, zumal sie nichts dafürkonnte und ich keinerlei Anspruch auf irgendetwas hatte. Aber es störte mich, dass sie ihm offenkundig näher war, obwohl ich dachte, dass er und ich eine besondere Verbindung hatten. Dumm war ich. Zu allem Überfluss verglich ich mich auch noch äußerlich mit Aline und musste feststellen, dass ich nicht einmal ansatzweise in ihrer Liga spielte.

Frustriert schmiss ich das Handy in mein Kissen und platzierte mich daneben. Nachdem ich meine Brille auf dem Nachttisch abgelegt hatte, drehte ich ihm schnell meinen Rücken zu, als wäre ich sauer auf den Gegenstand, der mir diese Bilder offenbart hatte.

Es war mir unmöglich, Schlaf zu finden. Wann immer ich die Augen schloss, hatte ich dieses Bild mit Vid und der anderen jungen Frau vor Augen. Die Frage, ob er mit ihr gesprochen hatte, war die Bildüberschrift.

Ich war ein idiotischer Vollidiot. Seufzend richtete ich mich auf, strich mir die Haare aus der Stirn, wischte über meine Augen und setzte meine Brille auf. Warum machte ich mir solche Gedanken? Sollte er doch reden, mit wem er wollte und wenn ich nicht dazugehörte, dann war das eben so. Ich sollte mir nicht einbilden, einen Extrastatus bei ihm zu haben, nur weil wir uns ab und zu trafen und er mich nach Hause brachte. Das war doch lächerlich!

Ich lief schließlich die Treppe hinunter, um mir noch etwas zu trinken zu holen. Kurz vor dem Ziel meiner Begierde wurde mein Fuß Opfer einer Attacke des Architekten dieses Hauses. Wenn man noch nie seinen kleinen Zeh gegen einen Türrahmen gestoßen hatte, wusste man nicht, was Schmerz bedeutete. Nicht mal ein Film, in dem ein Hund starb, bescherte mir so schnell Tränen in den Augen.

Schmerzverzerrt stöhnte ich und hielt mir den Fuß. Nur blöd, dass ich noch nie wirklich gut meine Balance halten konnte, und so kippte ich beinahe wie ein Sack Kartoffeln um, wurde jedoch von dem zuvor verfluchten Türrahmen gerettet und lehnte mich schließlich dagegen.

Mein Gehirn konnte es sich natürlich nicht verkneifen, den Türrahmen mit Vid zu vergleichen, der mich einerseits zerstören, andererseits retten konnte. So melodramatisch wie ich war, verdiente ich die Hauptrolle in einem dieser dramatischen, uralten Bücher, die man in der Schule totinterpretieren musste. Während der Autor einfach nur erzählen wollte, dass sich der Protagonist den Arm gebrochen hatte, glaubten die Lehrer, er habe damit ausdrücken wollen, dass seine gesamte Seele zerbrochen sei und er hochgradige psychische Probleme davon mittragen müsse, die sich in Form einer Einbildung über seine körperliche Unversehrtheit übertrug. Kurz hielt ich inne und fragte mich, wie ich zu diesem Gedankengang gekommen war. Abschweifen konnte ich.

»Hast du dir wehgetan?«, fragte meine Mutter, die aus dem Wohnzimmer kam.

»Ne, ich übe für die Rolle in einem Horrorfilm, in dem ich die Tussi spiele, der zuerst der Fuß abgehackt wird«, erwiderte ich gespielt ernst und meine Mutter lachte auf.

Als sie in mein Gesicht sah, verschwand ihr Lächeln jedoch schnell und ich wusste schon, bevor sie fragte, dass es eine schlechte Idee gewesen war, in die Küche zu marschieren, ohne mir drei Liter eiskaltes Wasser ins Gesicht zu schütten. »Hast du geweint?«

Ich seufzte, stieß mich von dem Türrahmen ab und ging in die Küche. Eilig nahm ich mir Saft aus dem Kühlschrank und holte mir ein Glas aus dem Schrank. »Sich den Zeh zu stoßen, tut halt weh.«

»Hör auf damit, Eviliana.« Oh, wenn sie meinen ganzen Namen aussprach, war die Kacke am Dampfen. »Rede mit mir. Wenn es wieder schlimmer wird, musst du mir das sagen. Sind deine Mitschüler schlecht zu dir?«

Ich schüttelte den Kopf. »Nein, Mama.« *Ich* war schlecht zu mir.

»Geht es um *sie?*«

Mein Herz zog sich zusammen, der starre Blick meiner Mutter bohrte sich in mein Inneres. Die Schuldgefühle, die mich prompt umgaben, nahmen von mir Besitz und ich stoppte sie, indem ich all meine Wut auf meine Mutter projizierte. »Nein, es geht nicht um Daina. Sprich es ruhig aus: D-A-I-N-A!«, spuckte ich beinahe zwischen zusammengebissenen Zähnen aus. Ich verhielt mich wie eine kindische Ziege.

»Ich will dir doch nur helfen, Evie«, versuchte meine Mutter, mich sacht zu beschwichtigen.

Doch mein Zorn war bereits entfacht, als ich ihre unschuldigen Augen sah, wie sie nicht fähig war, den Namen der Person auszusprechen, die ich ihr genommen hatte. Die Wut galt mir und doch richtete ich sie auf genau den Menschen, der es am wenigsten verdient hatte. Das Schlimmste daran war: Ich konnte damit nicht aufhören. »Ich will deine Hilfe nicht, okay? Ich brauche keine Hilfe. Ich will einfach nur meine Ruhe«, erwiderte ich schnippisch und ging an ihr vorbei. »Und *du* willst einfach nur die Kontrolle über mein Leben haben, weil du die Kontrolle über deins verloren hast.« Als ich die letzten Worte ausgesprochen hatte, hielt ich inne und blieb mit dem Rücken zu ihr stehen. Was hatte ich da gesagt? Mein Gehirn kribbelte und ich wünschte mir, dass ich es sofort zurücknehmen konnte.

Langsam drehte ich mich um und sah in das schockierte Gesicht meiner Mutter. »Mama, es tut mir leid, so war das nicht ge-«

Sie winkte ab und unterbrach mich. »Bitte geh einfach auf dein Zimmer.«

Das schlechte Gewissen schnürte mir die Kehle zu und so ging ich einen Schritt auf sie zu. »Mama, ich wollte dich nicht –«

»GEH AUF DEIN ZIMMER!«, schrie meine Mutter plötzlich.

Ich zuckte unter ihrer Lautstärke zusammen. Es kam selten vor, dass sie ihre Stimme auf diese Art erhob. Dass sie es nun tat, zeigte nur, wie sehr sie meine dämliche Unterstellung getroffen hatte. Ich nickte bloß, denn ich hatte kein Recht mehr zu sprechen, nachdem, was ich ihr an den Kopf geschmissen hatte.

Als ich in meinem Zimmer ankam, überflutete mich die nächste Welle der Emotionen und ich begann abermals zu weinen. Zu allem Überfluss erreichte mich nur wenige Minuten später eine Nachricht von Vid:

Hey, Evil. Schade, dass du nicht dabei bist.
Ich denke an dich.

Ich erschauderte. Unter anderen Voraussetzungen hätte ich diese Nachricht vermutlich mit einem Lächeln gelesen, doch die Tatsache, dass er augenscheinlich mehr Freude ohne mich hatte und durch diesen Fakt der Streit mit meiner Mutter ausgebrochen war, brachte die Wut zum Brodeln.

Zugegeben, *er* war nicht schuld an der gesamten Situation, sondern ich. Ich war traurig darüber, dass er mit anderen Menschen Spaß hatte, während mein Neid mich zu Hause zerfleischte. Letztlich war ich schuld daran, dass ich meiner Mutter so dermaßen verletzende Dinge an den Kopf geworfen hatte und nicht *er*. Aber es war ja einfach, die Schuld bei anderen zu suchen, um sich nicht noch mehr zu hassen und zu verachten. Schade nur, dass trotz all der Überspielungen anderer Emotionen die Wahrheit immer gleich blieb. Daraus ergab sich der letzte Grund meiner Wut, die ich versuchte, auf andere Menschen zu münzen: Der Name Evil passte besser zu mir, als es Vid jemals bewusst sein konnte.

Als ich etwa um fünf Uhr morgens abermals aufschreckte und mich noch erschöpfter fühlte als zuvor, beschloss ich, meiner Mutter einen kleinen Zettel zu schreiben. Früher haben wir das ständig gemacht, wenn wir Auseinandersetzungen ausgetragen hatten und dann nicht miteinander sprechen konnten, weil der Stolz zu übermäßig war. Diesmal war es anders. Diesmal hatte ich Schwierigkeiten, die richtigen Worte zu finden. Es fühlte sich sogar anders an. Als hätte der Konflikt eine Mauer bröckeln lassen, die lange Zeit unbemerkt zwischen uns stand. Bereit dazu, sie einzutreten, war ich nicht. Im Gegenteil: Ich wollte sie wieder heile machen und doch hatte ich die leise Stimme in meinem Ohr, dass es keine Möglichkeit dazu gab, weil mich meine Mutter bereits durch diesen kleinen Spalt, der eingerissen worden war, gesehen hatte.

Deshalb las ich meinen finalen Zettel auch mindestens

zehnmal durch, um sicherzustellen, dass nichts falsch verstanden werden konnte.

Es tut mir leid, Mama. Ich habe Dinge gesagt, die ich nicht so meinte. Im Grunde habe ich mein Leben nicht unter Kontrolle. Nicht so wenig, dass du dir Sorgen machen müsstest, aber schon so sehr, dass ich solche fiesen Aussagen raushaue. Du bist die beste Mama, die man sich wünschen kann, und ich wünschte, ich hätte mein Leben so unter Kontrolle wie du. Du bist mein Vorbild.
Lass uns das Thema mit Daina so weit abhaken, ich glaube, es bringt nichts, darüber zu sprechen. Dadurch bringen wir sie auch nicht zurück.
Ich liebe dich,
Evie

Mit dem Zettel im Gepäck schlich ich zum Bad und legte ihn auf die Ablage neben dem Waschbecken. Kurz verweilte ich davor, las ihn zum gefühlt tausendsten Mal durch und atmete schließlich tief ein. Als ich ins Bett fiel, während die Sonne bereits aufging, entschied ich mich endlich dazu, mir eine Pause zu gönnen, doch mein Hirn hatte andere Pläne. Trotz der übermannenden Müdigkeit brauchte ich gefühlte Stunden, bis die Erschöpfung über mich siegte.

Am nächsten Morgen wachte ich von einem warmen Streicheln über meine Stirn auf. Es dauerte nicht lange und ich erkannte die Person, deren Hand in kreisenden Bewegungen über meinen Kopf fuhr. Im ersten Moment wollte ich aufstöhnen und ihr sagen, dass ich kaum geschlafen hatte und ich wenigstens eine weitere Stunde gebrauchen könnte, um nicht auszusehen wie Gollum in seinen besten Jahren. Doch dann erinnerte ich mich schnell wieder an die gestrige Situation und meinen hinterlassenen Zettel und so kuschelte ich mich noch enger an meine Mutter. »Heißt das, du hast mir verziehen?«, fragte ich vorsichtig.

»Ich überlege es mir, wenn du heute dein Zimmer von deinen ganzen schmutzigen Klamotten befreist«, erwiderte sie mit einem Schmunzeln in der Stimme.

»Na ja, was erwarte ich? Zu der Vorzeigemutter gehört schließlich auch die Qualifikation Erpresserin.« Ich buffte sie sanft an.

»Wir können das Thema Daina nicht abhaken, wenn wir es nicht einmal thematisiert haben, Evie«, flüsterte sie schließlich, ohne auf meine Stichelei einzugehen, und strich mir jegliche sarkastischen Bemerkungen, die ich mir bereits für ihre Antwort zurechtgelegt hatte, aus dem Schädel.

»Es gibt da nichts zu thematisieren«, entgegnete ich entschieden und es folgte ein mütterliches Seufzen.

Sie schwieg.

Dieses Schweigen war lauter als ihre geschrienen Worte von gestern Abend.

KAPITEL 16

Die Angst davor, jemanden zu verlieren, bringt uns oft dazu, andere Angste zu bezwingen.

Am nächsten Tag schmollte ich bloß stillschweigend und mit Decke eingemummelt in der Hängeliege auf unserer Terrasse, während ich ein Buch las, das ich eigentlich schon hätte auswendig erzählen können. Immer mal wieder sah meine Mutter nach mir, wagte es jedoch nicht, mich beim Lesen zu stören. Sie wusste ganz genau, dass etwas nicht stimmte.

Der Sonntag fiel auch nicht sonderlich produktiver aus. Ich lag den ganzen Tag nur im Bett, schaute mir irgendwelche Serien an, die ich direkt nach der ersten Folge abbrach, weil sie mich langweilten, und startete dann schließlich den einen Film, den ich bereits siebenhundertachtunddreißig Mal geschaut hatte.

Aufgrund meines Dates mit dem Fernseher hatte ich mein Handy den gesamten Tag vernachlässigt und so schaute ich kurz vor dem Schlafen, ob ich neue Nachrichten erhalten hatte. Und tatsächlich: Der Name bohrte sich bis in meine Netzhaut.

Du fehlst mir. Ist alles in Ordnung?
Ich mache mir Sorgen.

Idiotischer Vollidiot! Konnte er bitte aufhören, so lieb zu sein, und anfangen, meine Gedanken zu lesen? Es machte mich wütend, dass er nicht wusste, was los war, obwohl er beim besten Willen gar nicht wissen konnte, was los war, weil ich ihm ja gar nicht offenbart hatte, was los war. Aber ich war trotzdem sauer darüber, dass er so tat, als wäre nichts. Einfach aus Prinzip. Diese Logik würde mich noch irgendwann ins Grab bringen.

Wenig später ploppte erneut eine SMS auf.

Du liest meine Nachricht, aber antwortest nicht. Warum?

Beinahe hätte ich ihm geschrieben. Vermutlich wäre die Konversation in diesem Fall in die Richtung ausgeartet, dass ich ihm zeigte, dass er mir leider Gottes nicht egal war. Mal gut, dass ich noch mal die Kurve bekommen hatte.

Nach etwa fünf Minuten folgte der nächste Tsunami, der mich übermannte und meine Finger Richtung Tastatur drängte.

Evie, was ist los? Bist du etwa sauer auf mich?,

fragte Vid und löste in mir etwas aus, das ich nur allzu gut kannte: ein schlechtes Gewissen.

Mein Finger ruhte bereits über dem ersten Buchstaben, doch ich zog ihn mit all meiner Willenskraft zurück.

Ich war so ein Kind. Das war mir bewusst und doch war ich gefangen in dieser endlosen Gekränktheit, die sich wie eine Gewitterwolke über mich zog.

Kurz bevor ich die Augen schloss, wurde mir erneut eine Nachricht angezeigt:

Gute Nacht, Liebling. Ich freue mich,
dich morgen wiederzusehen.

Liebling?! Klasse. Das bedeutete also, ich würde heute wieder nicht schlafen können.

Damit würde ich recht behalten. Diesmal hielten mich keine plötzlichen Gedankenexplosionen mit Vorschlägen und Argumenten, die ich im Gespräch vor zwei Wochen hätte benutzen können, wach. Diesmal dachte ich darüber nach, wie glücklich und traurig es mich zugleich machte, dass er mich Liebling nannte. Sagte man das zu einer Freundin? Und warum breitete sich diese wohlige Wärme in mir aus, als ich immer und immer wieder diese Nachricht durchlas? Dann schließlich fragte ich mich, was ich überhaupt dagegen hatte, dass er mit einer anderen sprach und mit mir nicht. Es war nicht schwer, eins und eins zusammenzuzählen – das hätte vermutlich sogar Faye mit ihrer Dyskalkulie geschafft. Ich war eifersüchtig.

Eifersucht war so ein widerliches Gefühl und existierte nur, um uns noch schlechter fühlen zu lassen. In meiner Welt war »eifersüchtig sein« bloß ein Synonym für »ein Problem mit sich selbst haben« oder »sich nicht selbst zu lieben«. Denn ich würde mal behaupten, dass die meisten von uns nur deshalb eifersüchtig waren, weil sie dachten, sie seien nicht gut genug für eine Person und dass sie deshalb leicht ersetzbar seien. Es war also nicht fair, dieses negative Gefühl auf Menschen zu projizieren, die keine Schuld daran trugen. Auch dann nicht, wenn man eifersüchtig war, weil man bereits schlechte Erfahrungen mit Expartnern oder -partnerinnen gemacht hatte.

Aber ich konnte nicht anders: Ich war eifersüchtig auf diese Frau. Nicht unbedingt, weil sie ihm nah war, sondern vielmehr, weil sie offensichtlich das von ihm bekommen hatte, das ich mir all die Zeit wünschte. Und das bedeutete, dass sie ihm vermutlich mehr bedeutete als ich ihm. Diese Tatsache machte mir mehr denn je klar, dass ich schon viel zu weit gegangen war; dass ich ihm bereits zu viel von mir gegeben hatte, ich ihn doch nicht nur körperlich ansehnlich fand. Das alles würde in einer riesengroßen Katastrophe enden. Die Frage war nur, wer von uns beiden verwundeter aus dem Kampf humpeln würde. Es beschlich mich so eine leise Vorahnung, ich würde die Einzige sein.

Am Montag begann der Unterricht zwar erst zur dritten Stunde, ich wurde aber von meiner Frühaufsteher-Mutter geweckt. Warum sie freiwillig so früh aufstand, obwohl sie freihatte, blieb mir ein Rätsel. Allein der knarzende Boden war so laut, dass es keinen Unterschied gemacht hätte, wäre sie mit einem Martinshorn durch den Flur marschiert. Sie schmetterte den Staubsauger gegen meine Zimmertür und einmal mehr fragte ich mich, warum ich fast durch das Haus flog – sacht wie ein Schmetterling –, wenn ich wusste, dass meine Mutter schlief. »Wenn du meine Zimmertür plattmachen möchtest, brauchst du einen Vorschlaghammer und keinen Staubsauger«, nuschelte ich wohlwissend, dass ich gerade mit mir selbst gesprochen hatte. Als ich wieder einschlief, dauerte es gefühlte zwei Sekunden, dann klingelte mein ätzender Wecker. Ich ignorierte ihn, sodass meine Mutter fünf Minuten später in mein Zimmer stürmte und die Gardinen auseinanderzog. »Los, aufstehen. Du kommst sonst zu spät zur Schule.«

»Liebevoll. Warum zündest du nicht direkt eine Atombombe? Müsste ungefähr genauso wirken«, murrte ich und zog mir das Kopfkissen über mein Gesicht.

»Keine Zeit für deine Späße, Evie. Raus aus dem Bett!« Meine Mutter war manchmal durch und durch eine Sadistin.

In der Schule waren die Mitschülerinnen und Mitschüler mit ihren lauten Organen, die über die tollen Partys berichteten, auch nicht viel rücksichtsvoller, sodass ich so krasse Migräne bekam, dass ich vom Gefühl her eigentlich mit einer Alkoholvergiftung bei mindestens einer dieser Partys gewesen sein musste. Wenn nicht sogar bei allen. Das Ganze wurde definitiv nicht besser, als mir Vid entgegenblickte, dem ich entschieden auswich und geradewegs auf Faye zuwanderte. Still betete ich, dass er meine Ignoranz endlich begriff und mir – ohne dass es Erklärungen bedurfte – fernblieb. Während ich Faye lächelnd begrüßte, linste ich aus den Augenwinkeln zu ihm und zu meiner Erleichterung ging er tatsächlich in Richtung Klassenraum.

Den gesamten Schultag würdigten wir uns nicht eines

Blickes – also zumindest schaute *ich* ihn nicht einmal an, bis ich dann kurz vor Schulschluss wie automatisch zu ihm sah und mich fast zu Tode erschreckte, weil ich auf seine großen Augen traf, die mich fixierten. Kurz blickte ich ihn wie gebannt an, dann senkte ich meinen Blick und kritzelte auf meinem Block herum.

»Ist alles okay zwischen dir und Javid?«, fragte Faye, die den kurzen Blickaustausch mitverfolgt hatte.

Ich zuckte die Achseln und lief rot an, weil es mich beschämte, dass sie unsere – *meine* – kindische Auseinandersetzung bemerkt hatte. Leugnen war lächerlich, das wäre eine Beleidigung ihrer Intelligenz gewesen, also versuchte ich, ausschweifende Phrasen zu finden, um nicht ins Detail gehen zu müssen. »Nicht jeder kann so eine Märchenbeziehung führen wie Cailan und du.« O Gott, klang das neidisch. Ich hoffte, dass sie wusste, dass ich es ihr vom ganzen Herzen gönnte. Noch fataler war es jedoch, dass es so klang, als würde ich das Verhältnis zwischen Vid und mir mit ihrer *Liebes*beziehung vergleichen wollen. Mayday, Mayday, mein Intellekt stürzte mal wieder ab.

»Na ja, also das Erste, was Cailan mir damals gesagt hatte, war, dass ich gestört sei. Das halte ich jetzt nicht unbedingt für den Beginn einer Märchenlovestory«, entgegnete Faye schmunzelnd.

Entgeistert starrte ich sie an, zog die Augenbrauen hoch und öffnete leicht die Lippen, bevor ich fragte: »Echt?«

»Tiefen gibt es in jeder Beziehung – egal ob in der Freundschaft, in der Familie, in der Liebe. Entscheidend ist nur, ob der Zusammenhalt und die Liebe so stark sind, dass sie Tiefen aushalten und überwinden.«

Ich war heilfroh, als meine Lehrerin endlich den Unterricht fünf Minuten nach Klingeln beendete. Warum gab es überhaupt einen Signalton, wenn sich sowieso keine Lehrkraft daran hielt? Um uns daran zu erinnern, dass sie die vollkommene Macht über uns hatten? Sympathisch.

Ich verabschiedete mich von Faye, die heute von Cailan zu einem Kinobesuch abgeholt wurde, und brachte mein schweres Geschichtsbuch in meinen Spind. Wenn ich nicht innerhalb eines Monats einen Stiernacken im Spiegel bestaunen wollte, sollte ich meinen Spind ausreichend nutzen. Es war sowieso super, dass man diese dicken Oschis an Geschichtsbüchern ausleihen oder kaufen musste, um dann zehn Seiten in einem Schuljahr daraus zu lesen und ansonsten nur Arbeitsblätter abzuarbeiten. Sehr sinnvoll.

Außerdem war das Wegbringen des Buches eine perfekte, taktvolle Methode, um für etwas Abstand zu Faye zu sorgen. Sie musste ja nicht noch extra mitlaufen und mir womöglich Fragen über Vid stellen. Auch wenn ich ihre Gesellschaft zu anderen Zeiten und Umständen genoss.

Gerade als ich die Spindtür zumachte, hörte ich Schritte hinter mir, die vor mir zum Stehen kamen. Es war nicht notwendig, mich umzudrehen, um zu wissen, wer sich hinter mir aufhielt. Ich spürte seine Präsenz. Das Prickeln auf meiner Haut entfachte, mein Mund wurde staubtrocken. Keinen blassen Schimmer, wie wir Menschen das machten, dass wir rein intuitiv wussten, wenn eine vertraue Person im Anmarsch war. Ich hörte sogar heraus, ob sich meine Mutter oder mein Vater dem Haus näherte. Wobei das mittlerweile nicht mehr allzu schwer war, weil Papa ja ohnehin nicht mehr da war …

Ich atmete tief durch. Der Nachteil daran, Faye auf Abstand zu halten, war, einen anderen Menschen dadurch anzulocken.

»Du gehst mir aus dem Weg«, hörte ich die vertraute mechanische Stimme neben mir erklingen.

Ich blickte auf. Dann sah ich mich zu ihm um. Noch bevor ich überhaupt darüber nachdachte, was ich im Begriff war zu tun, hatte ich auch schon meine Hohlbirne zum Sprechen aufgefordert: »Hattest du vorgestern Spaß?«

Das war so dämlich! Er sah an meinem Gesichtsausdruck, dass das keine höfliche Frage, sondern dass ich durchaus wütend war. Meine Güte, ich hatte keinen Grund, eifersüchtig zu sein! Warum benahm ich mich bloß wie eine pubertierende, zickige Gans, obwohl mein Innerstes dagegen rebellierte, wohlwissend, dass ich mich gerade vollkommen falsch verhielt?

»Was ist los?« Wieder diese mechanische Stimme, die das Mädchen Samstagabend sicher nicht gehört hatte. Sie hatte seine *Stimme* hören dürfen.

»Warum kannst du mit diesem rothaarigen Mädchen sprechen, aber mit mir nicht?«

Fragend blickte er auf meine Lippen und schnell holte ich mein Notizbuch hervor, um meine Frage aufzuschreiben. Ich war so außer mir, dass ich unmöglich langsam und ruhig sprechen konnte.

Es fiel mir plötzlich verdammt schwer, geduldig zu sein, während er tippte.

Dann endlich begann das Tablet, die Worte laut vorzulesen. *»Was redest du da? Ich spreche mit niemandem außer meiner Familie.«*

Sich dumm stellen. Die beste Strategie, um von einem Fehler abzulenken. Die kleine, rational denkende Abteilung in meinem Hirn stellte jedoch sogleich die Frage, ob es überhaupt einer sei. Im Grunde ja nicht, denn er durfte selbst entscheiden, mit wem er sprach. Was war ich nur für eine blöde Kuh, die meinte, Ansprüche stellen zu dürfen? Das hier ging einfach alles zu weit. Ich wollte ihn nicht verletzen und mich gleichzeitig auch nicht verletzen lassen. Von ihm. Von mir selbst.

Ich seufzte einmal schwer und schaute ihm ernst entgegen, dann öffnete ich meinen Mund und als seine Augen auf meine Lippen gerichtet waren, sprach ich die Worte aus, die ich am liebsten aus meinem Hirn verbannt hätte. »Ich glaube, unsere Welten sind zu verschieden. *Wir* sind zu verschieden.« Dabei zeigte ich auf uns beide und machte eine abwehrende Geste. Es tat weh, aber es war notwendig.

Dadurch, dass ich für ihn mehr empfand, als mir lieb war, machte ich unsere zum Scheitern verurteilte Freundschaft nicht besser. Ich streute Probleme wie ein verrückt gewordenes Blumenkind in alle Himmelsrichtungen und zerstörte alles in meiner Umgebung, was nicht bei drei auf dem Baum saß. Es war Fakt, dass ich keine weiteren Menschen in meinem Leben gebrauchen konnte, die mich verletzen konnten, vor allem aber keine, die *ich* verletzen würde. Und das würde ich früher oder später, denn das tat ich immer.

Als Freund hätte ich ihn noch ertragen können, es hätte die Chance bestanden, dass es funktioniert hätte. Doch mit der Erkenntnis, dass ich mir mehr wünschte, war es schlichtweg unmöglich, ihn zu halten.

Erschrocken sah Vid mich an und tippte schnell etwas in sein Tablet, doch ich ließ ihm keine Zeit. Das war respektlos, feige und frech von mir, aber ich wollte dem allem hier entgehen. Er sollte keine Chance haben, mich umzustimmen oder zur Rede zu stellen. Also entfernte ich mich schnellen Schrittes und schweren Herzens.

Bis plötzlich eine unbekannte, weiche Stimme ertönte, die mich bis ins Mark erschütterte. »Ich will dich nicht verlieren.«

KAPITEL 17

Wenn ich durch deine Augen sehe, sehe ich die Welt in einem Licht, das mir im Schatten meiner Welt verborgen bleibt.

Alles in mir krampfte sich zusammen, ich blieb stehen. Träumte ich? War das alles nur Einbildung? Würde ich gleich in die Realität zurückkehren und schnell wieder diesen Klang vergessen, den mir mein Unterbewusstsein eingetrichtert hatte?

Seine Worte, die sich in meinem Kopf wie ein Echo wiederholten, wurden von einer Stimme begleitet, die tief und weich zugleich war. Eine Stimme, die einen sicher fühlen ließ, die man zum Einschlafen hören konnte, die mir Gänsehaut bereitete. Es fühlte sich so besonders an, als würde ich zum ersten Mal in meinem Leben hören und *seine* Stimme wäre das Erste, das mein Ohr vernahm. Nichts war vergleichbar mit dieser Empfindung, mit diesem unausgesprochenen Wunsch, der in mir gewachsen war, gefolgt von der Angst, dass er sich niemals erfüllen würde.

Langsam drehte ich mich um und schaute in sein Gesicht, das die kalte Unsicherheit spiegelte. In meinen Augenwinkeln bildeten sich Tränen und trotzdem konnte ich die wenigen Menschen auf dem Gang ausblenden. Mir war in diesem Moment egal, was sie von mir halten mochten. Nein, es war mir nicht einmal egal, ich dachte nicht darüber nach. Ich klappte meinen Mund auf, schloss ihn aber sofort wieder, weil ich keinen blassen Schimmer hatte, was ich nun Passendes sagen konnte. Kurz zuvor wollte ich ihn aus meinem Leben streichen und nun war ich kurz davor, ihm in die Arme zu fallen. Selbst für mich waren diese Stimmungsschwankungen zu krass.

Unfähig, deutlich genug zu sprechen, und zu zittrig, um per Hand zu schreiben, klemmte ich mir das Notizbuch unter den Arm, nahm mein Handy in die Hand und schickte ihm kurzerhand eine Nachricht.

Wie konntest du mir all die Zeit diese Stimme vorenthalten?

Kurz blickte er auf sein Handy, tippte etwas ein und sah mich mit einem schiefen Grinsen an, das seine Augen nicht erreichte. Diese Mimik zeigte keine Emotion, die aus Freude entstanden war, sie repräsentierte lediglich eine tiefe Niedergeschlagenheit, die er müde zur Kenntnis nahm.

Darf ich dich nach Hause fahren?,
stellte er die Frage, ohne auf die meine einzugehen.

Ich lächelte beinahe. Es war so bescheuert, voreinander Nachrichten aneinander zu verschicken, aber ich glaubte, es ging ihm in diesem Moment wie mir: Wir waren fasziniert, schockiert und berührt. Meine Entschlossenheit, ihn zu meiden, hatte sich somit in Luft aufgelöst.

Klar. Aber nur, wenn du deine schlechten Sprüche hierlässt.

Er lachte kurz auf, was mir prompt abermals eine Gänsehaut verlieh, während die nächste Nachricht folgte.

Ehrenwort. Vorausgesetzt, du versteckst deinen Eisblock in deinem Herzen im Schrank.

Meine Antwort fiel kurz aus: Abgemacht.

Wir waren stumm, schauten uns nicht an, atmeten kaum, bis wir schließlich bei mir im Zimmer waren. Warum wusste ich nicht, aber es fühlte sich so an, als bräuchten wir einen geschützten, ruhigen Raum, um über das zu sprechen, was gerade passiert war. Ich setzte mich aufs Bett, während er mir gegenüber auf dem schwarzen Sofa Platz nahm. Er seufzte kurz und nahm dann zu meiner Enttäuschung sein Tablet aus dem Rucksack. *Bitte nicht! Nicht, obwohl ich bereits deine Stimme hören durfte!* Es war etwas anderes, damit zu leben, wenn man es nicht anders kannte, bereits daran gewöhnt war, als auf etwas verzichten zu müssen, in dessen Genuss man bereits gekommen war. Ich würde zum Beispiel Schokolade nie vermissen, hätte ich nicht bereits davon gekostet. Komischer Vergleich, aber der Verzicht musste ähnlich schwer sein.

Als er mich schließlich ansah, schüttelte ich flehend den Kopf.

Niedergeschlagen richtete er seinen Blick auf sein Hilfsmittel. *»Es tut mir leid, ich kann das nicht. Es verunsichert mich.«* Das war so ehrlich und damit so mutig, dass ich ihn am liebsten in die Arme geschlossen hätte. Zeitgleich hätte ich ihm aber auch eine saftige Kopfnuss geben können, dass ihn seine Stimme *verunsicherte*. Viele andere würden für so eine Stimmfarbe glatt töten.

»Aber du hast doch mit mir geredet«, erwiderte ich und zeigte auf mich.

»Weil ich musste.«

»Du hast eine tolle Stimme, du musst dich nicht verstecken.« Ich zeigte dabei erst auf ihn, dann auf meine Lippen und zeigte dann den Daumen nach oben. Dann beschloss ich aber doch, mein Notizbuch wenigstens neben mich zu legen und zu nutzen, sobald ich ihm ansehen würde, dass er nicht folgen konnte, weil das Thema doch zu ernst war, um zu riskieren, dass er mich missverstand.

»Ich habe anfangs in der Schule gesprochen. Aber es wurde sich schnell darüber lustig gemacht. Es hört sich einfach nicht normal an.«

Was oder wer war schon normal und wer definierte überhaupt diesen Begriff? »Welche Vollidioten machen sich bitte über so was lustig?« Ich konnte es mir bereits denken.

Ich erinnerte mich daran, wie ich mir vor wenigen Tagen vorgestellt hatte, wie schwer es wohl sein mochte, würde man, während man sprach, Kopfhörer tragen, sodass man sich nicht hören konnte. Kurz blickte ich in seine traurigen Augen, dann entschloss ich mich, seine Welt zumindest minimal zu betreten. Ich stand auf und kramte in meiner Schublade herum. Vids Blick bohrte sich dabei in meinen Rücken und ich konnte die Frage förmlich greifen, die in diesem Zimmer stand. Als ich schließlich fand, wonach ich suchte, setzte ich mich zu Vid auf das Sofa und stöpselte die Kopfhörer in mein Handy.

»Was soll das werden?«, fragte Vid und sah dabei eingeschüchtert aus, doch ich antwortete ihm vorerst nicht. Ich setzte mir die Kopfhörer auf, wählte eines meiner Lieblingslieder aus, »Silence« von Marshmello und Khalid, drückte auf Play und drehte die Lautstärke auf das Maximum.

Dann sah ich in Vids überraschtes Gesicht. »Schau mal, ich spreche auch, obwohl ich mich nicht höre.«

Es war schwierig und erforderte Konzentration, die Wörter auszusprechen und obendrein so klar zu formulieren, dass Vid mein Mundbild lesen konnte. Zusätzlich setzte ich meine fantasiereiche Zeichensprache ein, um ihm irgendwie zusätzlich zu erklären, was ich meinte. Dabei zeigte ich auf mich, führte meinen Daumen ein paarmal gegen meine restlichen Finger der rechten Hand, um das Sprechen zu symbolisieren, dann zeigte ich auf mein Ohr und bewegte meinen Zeigefinger für ein Nein ein-, zweimal hin und her.

Vid lächelte und dann sah ich, wie sich seine Lippen bewegten. Es war nicht viel, das er sagte, aber bei aller Liebe: Ich konnte nicht ein einziges Wort von seinen Lippen lesen. »Was? Wie machst du das? Das funktioniert gar nicht.« Ich war beinahe frustriert darüber, dass es mir nicht gelang, es zu entziffern. Klar lenkte mich auch der Text ab und die Wucht der Instrumente, aber ich konnte trotzdem nicht glauben, dass er darin so gut sein konnte, wie er nun mal war. Das war Wahnsinn!

Nun lachte er und ich wünschte, ich hätte die Kopfhörer abgenommen, um den Klang zu vernehmen. Dann bewegten sich wieder seine Lippen. Angestrengt starrte ich auf seinen Mund, während er das Wort mehrmals wiederholte. Meine Güte, es war bloß ein Wort!

»Übungssache?«, fragte ich dann, als ich glaubte, es identifiziert zu haben.

Er lächelte und nickte. Dann setzte ich die Kopfhörer ab und schaute ihn ernst an, während ich mein Notizbuch hervorzog, um einzelne Passagen meines Gesagten aufzuschreiben. »Wenn du nicht regelmäßig sprichst, kannst du es vielleicht irgendwann kaum noch oder gar nicht mehr. Und dann wirst du es bereuen, weil du ein weitaus *einfacheres* Leben hättest führen können als viele andere, die gehörlos sind. Und weshalb? Weil du Angst vor Meinungen anderer Menschen hast.«

Lange schaute er mich stumm an, dann atmete er einmal tief durch, doch sagte nichts. Enttäuscht schaute ich nach unten und stöpselte meine Kopfhörer aus. Es war nicht verwunderlich, dass meine Worte nicht keimten. Waren wir mal ehrlich: Ich war das beste Beispiel dafür, die Ratschläge anderer, was meine Situation betraf, gekonnt zu ignorieren.

»Du bist wunderschön, weißt du das?«

Mit weit aufgerissenen Augen schaute ich zu Vid und die

Gänsehaut, die sich auf meinem Körper ausgebreitet hatte, intensivierte sich bei dem weichen Blick nur noch. Ich war wie erstarrt, versuchte mir seine Stimme einzuprägen und kämpfte dabei noch gegen meinen rasenden Herzschlag.

»Ich werde so oder so verlernen zu sprechen, Evie.«

Meinen Namen aus seinem Mund zu hören, bescherte mir Schmetterlinge in der Bauchgegend und gab mir den Rest.

»Irgendwann vergisst man, wie etwas ausgesprochen wird.«

Ich versuchte, mich mit aller Macht zusammenzureißen, damit er meine Sprachlosigkeit nicht falsch deutete, zu sehr wusste ich, dass Verunsicherung oft dazu führte, falsche Tatsachen anzunehmen. »Du hast gute Voraussetzungen, es nicht zu verlernen, wenn du regelmäßig sprichst. Dann vergisst du vielleicht, wie es ausgesprochen wird, aber es wird routinierter. Das ist wie Radfahren. Wenn du es kannst, hast du keinen Schimmer, wie du es machst, du tust es einfach.«

Er nickte, während er einige Wörter von meinem Notizbuch ablas, die er nicht verstanden hatte. Dann blickte er mit diesen verdammten grasgrünen Augen abermals in meine. »Wie machst du das?«

»Was?«, fragte ich zittrig, weil mich seine Stimme in so vielen Hinsichten in Verlegenheit brachte.

»Mich über meine Grenzen zu bringen, obwohl ich es selbst nicht schaffe.«

»Du hast es selbst geschafft, Vid! Nicht ich. Vielleicht habe ich dir einen Anstoß gegeben, aber du hast es getan!«, widersprach ich vehement.

»Ich war gefangen in meiner Angst, in meiner Stille, dass ich gar nicht gecheckt habe, dass ich in dieser Blase gesteckt habe; dass es eben nicht darum geht, anderen zu gefallen, sondern sein Leben lebenswert mit den richtigen Menschen zu leben.« In Gedanken verloren blickte er an mir vorbei. »Das ist mir nun klar geworden.«

Lächelnd nickte ich.

Schließlich schrak er aus seinem verträumten Blick und sah mich erneut ernst an. »Genauso wie du in deiner Angst, in deiner Stille gefangen bist, Evie.«

Mein Lächeln verschwand und ich konnte ihn nur mit großen Augen anblicken.

»Du hast eine soziale Phobie, oder?« Seine Stimme war so weich und vorsichtig, dass ich erst gar nicht den Sinn seiner Worte verstanden hatte.

Als mir bewusst wurde, dass er unbemerkt viel tiefer gegraben hatte, als ich geplant hatte, wurde mir heiß und kalt zugleich. »So offensichtlich?«, nuschelte ich und wusste genau, dass er das unmöglich von meinen Lippen ablesen konnte. Doch was sollte ich sagen? Ich wollte es nicht wie ein Vollidiot leugnen und gleichzeitig wollte ich ihm nicht die unangenehme Wahrheit bestätigen. Wie intensiv um alles in der Welt hatte er mich beobachtet? Meine Hände zitterten, ich spürte, wie ich errötete. Mein Zeigefinger begann, meinen Daumen zu bearbeiten, und ich wollte am liebsten so schnell es ging aus dem Raum laufen, so peinlich war mir das.

Doch ich blieb.

Und Vid führte das Horrorgespräch weiter: »Du hast extreme Angst davor, was andere Menschen von dir denken könnten. Du zitterst, wenn du vor anderen Menschen sprichst und schämst dich dann sichtlich dafür. Du zahlst nicht mit Karte, sondern rechnest immer vorher zusammen, ob dein Bargeld für den Einkauf reicht. Du meidest Gespräche und isolierst dich, obwohl du offensichtlich ein Mensch bist, der eigentlich gern unter Menschen wäre.« Langsam legte er eine Hand auf meine Hände, die ich krampfhaft zu einer Faust ballte, damit das Zittern nicht auffiel. »Als ich das alles schließlich zusammengesetzt habe, habe ich angefangen zu recherchieren und bin dann auf soziale Phobie gestoßen. Plötzlich hat alles Sinn ergeben.« Nun veränderte sich sein Blick, Wut mischte sich mit Mitleid und brachte mich dazu, nervös hin und her zu rutschen. »Wer hat dir das angetan? Wer ist verantwortlich dafür, dass du dich in deinem Leben so einschränkst?«

Lange blickte ich ihm in die Augen, dann biss ich mir auf die Lippe und schaute traurig auf die Fotos an meiner Wand. Mit einem einzigen Wort beendete ich deutlich das Thema und führte mich zeitgleich in den Abgrund, vor dem ich mich immer so gefürchtet hatte. »Ich.«

Als Vid schließlich weg war, legte ich mich schon früh ins Bett. Meine Mutter fragte mich schon seit Monaten immer mal wieder, warum ich so früh schlafen ging, ohne zu wissen, dass ich sehr spät einschlief. Ich sagte ihr immer nur, dass ich müde sei. Sie kommentierte diese Aussage oft mit einem Kopfschütteln oder einem tadelnden: »Geh damit bitte zum Arzt, das ist nicht normal.«

Es stimmte: Ich war müde. Müde vom Leben. Ich kreierte abends im Bett ein Leben in meinem Kopf, in dem es weniger schrecklich war. Ich malte mir Szenarien aus, die mir ein

wohliges Gefühl bereiteten; die mich für einen Moment aus diesem eingeschränkten Dasein, das mir meine Gedanken flochten, ausbrechen ließen. Meistens reichte diese Methode nicht aus, um einzuschlafen, deshalb startete ich auf meinem Handy irgendwelche Videos, um den Stimmen zu lauschen und meine eigenen Gedanken zu verscheuchen.

Kurz bevor ich mich langsam entspannte und den Weg in einen unruhigen Schlaf fand, machte mich meine Handyvibration wieder hellwach. Es sollte mich überraschen und nervös machen, dass ich, noch bevor ich auf mein süchtig machendes Objekt der Begierde gelinst hatte, wusste, dass Vid eine Nachricht gesendet hatte. Ich wurde nicht enttäuscht.

Wie ist das, wenn du unter Menschen bist?
Also was fühlst du dabei?

Hielten ihn wirklich diese Fragen vom Schlafen ab? Es war merkwürdig, dass er nun eines meiner Geheimnisse kannte, obwohl ich es doch nie laut ausgesprochen hatte. Vermutlich wäre es mehreren Menschen aufgefallen. Doch zu meinem Glück war ich für andere ungefähr so interessant wie Sicherheitseinweisungen vor dem Flug, während die Stewardess vorn herumhampelte und sich alle bereits die Kopfhörer in die Ohren stopften oder im Prospekt blätterten und darüber nachdachten, welches Bordsouvenir sie wohl ergattern wollten. Anders als meine Wenigkeit sollten diese Einweisungen jedoch ernst genommen werden.

Irgendwie bescheuert, dass ich vor wenigen Stunden noch der festen Überzeugung gewesen war, dass sich unsere Wege trennen sollten, während ich nun darüber nachdachte, wie ich ihm am besten das Gefühl meines tiefsten Inneren erklä-ren sollte. Nun sollte ich mehr denn je weglaufen und den Kontakt weitestgehend auf die Schule minimieren. Jetzt, wo er meine Verletzlichkeit gesehen und thematisiert hatte und viel zu nah an einen zentralen Punkt der Ursprünge heran-getreten war. Doch etwas in mir schien stärker zu sein als all die Befürchtungen. Es war mit den Tagen gewachsen und intensiver geworden, fast schon so nah bei mir, dass ich es hätte benennen können.

Anstatt mich darauf zu konzentrieren, lieferte ich Vid die Antwort auf seine Fragen, indem ich mich überwand, das aufzuschreiben, was meine Misere bestens beschrieb:

> Ich habe das Gefühl, alles von einer Tribüne aus anzuschauen. Als wäre ich belanglos. Als wäre ich im Kino und würde mir das Leben anderer Menschen anschauen und wissen, dass ich hier sitze und kein Teil davon bin. Und manchmal, wenn ich dann doch versuche dazuzugehören, trete ich vor diesen Vorhang. Verstehst du? Als würdest du genau wissen, wenn du jetzt vor ihn trittst, wirst du vor Tausenden von Menschen stehen, die dich beobachten werden. Als müsstest du deine Rolle perfekt spielen, keinen Fehler machen, um gutes Feedback von deinen Zuschauern zu bekommen. Deshalb lasse ich ihn einfach geschlossen und bleibe in der geschützten Dunkelheit.

Seine Antwort ließ nicht lange auf sich warten.

Aber im echten Leben sind Fehler erlaubt.

Niemand möchte freiwillig Fehler machen!, entgegnete ich.

Nein, aber sie sind normal und wichtig, um sich weiterzuentwickeln, konterte er.

Ja, Fehler wie: Wenn du unvorsichtig auf den Baum kletterst, fällst du runter und tust dir weh. Aber nicht jeder Fehler ist verzeihbar, weil man ihn damit begründen könnte.

Nachdem ich die Nachricht abgeschickt hatte, hielt ich inne. Diese Unterhaltung führte in die völlig falsche Richtung.

Ich war heilfroh, dass er eine Erwiderung parat hatte, die darauf schließen ließ, dass er witzelte:

Das stimmt. Ich hoffe, du hast niemanden ermordet.

Nur in Gedanken, gab ich zu und schickte ihm einen vieldeutigen Emoji hinterher.

Vielleicht dreißig Sekunden später folgte die Bestätigung, dass er die Anspielung verstanden hatte.

Da habe ich ja noch mal Glück gehabt.

Dann war es still um uns. Ich schloss meine Augen und redete mir ein, dass ich tiefenentspannt sei. Das klappte so gut, als würdest du deiner neunzigjährigen Oma erklären, dass früher doch nicht alles besser und die heutige Jugend nicht *grundsätzlich* unhöflich sei. Oder aber als würdest du deiner Lehrkraft weismachen wollen, dass dein Haustier deine Hausaufgaben gefressen habe. Szenarien, die schon vor dem Start zum Scheitern verurteilt waren.

Genervt von mir selbst blickte ich abermals auf mein Display und beschloss, genauso ehrlich zu ihm zu sein wie er zu mir. Was anderes blieb mir wohl nicht übrig, wenn ich diese Nacht schlafen wollte.

Du hältst mich jetzt bestimmt für krank.

Als hätte er nur darauf gewartet, ploppte seine Antwort wenige Sekunden später auf.

Weil du mich in Gedanken ermordet hast?
Nein, ich habe es verdient.

Weil ich eine soziale Phobie habe, stoppte ich zugleich seine lahmen Versuche, die Stimmung anzuheben.

Nein, Evie. Ich halte dich für mutig.

Ich runzelte die Stirn, während ich meine Erwiderung eintippte, und konnte kaum glauben, dass er seine Worte wirklich ernst meinte.

Mutig, weil ich Angst habe? Klingt sehr widersprüchlich.

Ob er noch immer witzelte und ich die Pointe einfach nicht gerafft hatte?

Mutig, weil du deiner Angst immer wieder gegenüberstehst und trotzdem dagegen ankämpfst.

Sollte das ein Scherz sein? Machte er sich über mich lustig?

Ich kann nicht mal Essen bestellen …

Mit seiner nächsten Nachricht hätte er mich aus den Socken gehauen, hätte ich welche getragen:

Es geht nicht darum, dass du deiner Angst vollends den Rücken zukehrst und alles meisterst. Sondern darum, dass du jeden Tag ein Stückchen über deine Grenzen gehst, indem du zum Beispiel mit Faye sprichst, mit mir rausgehst und mit einem Trottel wie mir Zeit verbringst.

Keinen Schimmer, was ich von meiner Aussage anfangs erwartet hatte, aber sicher war, dass es *das* ganz sicher nicht war. Mein Herz raste plötzlich auf eine Art, die nichts mit meiner sozialen Phobie gemein hatte. Auf eine angenehme Weise beflügelte mich ein Gefühl, das mich in eine andere Realität brachte und wieder zurückführte.

Ich bin froh, diesen Trottel in mein Leben gelassen zu haben, gab ich zu und starrte aus dem Fenster in den Himmel, der die Nacht ankündigte.

Wenn du so weitermachst, müssen wir dir einen anderen Spitznamen suchen, Evil.

Ich schmunzelte. Und ich muss dich wieder Javid nennen.

Weil ich ein »Ja« von dir hören werde?, fragte er nach.

Ich konnte seinen hoffnungsvollen Blick auf einen Sieg vor meinem geistigen Auge sehen. Als würde ich ihm diese Genugtuung gönnen!

Auf die Frage, ob du die meiste Zeit ein idiotischer Vollidiot bist? Ja.

Evil passt doch ganz gut und solange ich nicht immer ein idiotischer Vollidiot bin, habe ich noch Hoffnung, konterte er.

Hoffnung worauf?, fragte ich sofort irritiert und machte mich auf einen provokanten Spruch gefasst.

Dass du mich mögen könntest.

Ich sollte mich räudig fühlen, dass ich wie erstarrt dalag und mich fragte, wie ich das Ignorieren seiner Nachricht am bes-

ten begründen könnte. Es wäre gesünder, wenn er in dem Glauben lebte, ich würde ihn zumindest teilweise verachten. Da mir keine einzige vertretbare Antwort einfiel, die das Elend beenden konnte, schrieb ich ihm Worte, die mich dazu brachten, mir selbst einen Klaps auf die Stirn zu geben:

Gute Nacht, Vid.

Vermutlich fühlte er sich gerade, als hätte er seine Hand zu einem High Five ausgestreckt und ich wäre daran vorbeigelaufen. Oder als würde er mich zur Begrüßung umarmen wollen, ich aber lediglich die Hand ausstrecken. Übrigens auch Ängste, die mich vor jedem Zusammentreffen mit Bekannten beschäftigten und mir ein halbes Kreislaufversagen bescherten.

Zu meiner Überraschung schien er zu verstehen, dass ich nicht weiter darüber sprechen wollte. Denn nur kurze Zeit später vibrierte mein Handy und während ich mit einem Auge, als würde die Nachricht dann weniger schlimm ausfallen, nervös auf den Bildschirm luscherte, erkannte ich einmal mehr, dass er nicht halb so taktlos war, wie ich zu Beginn unserer Reise angenommen hatte.

Gute Nacht, Evie.

KAPITEL 18

In der Finsternis der eigenen Gedanken reicht nur ein Lichtstrahl, um das Verborgene zu beleuchten.

Am nächsten Wochenende drängte mich Vid fast schon dazu, mit auf eine Party zu kommen. Ich hielt das für keine gute Idee. Allein der Gedanke daran, neue Menschen kennenzulernen, die mich analysieren würden, machte mich verrückt vor Angst. Doch Vid köderte mich mit dem Versprechen, dass wir in einen Club gehen und nur Marcus, Faye und Cailan dabei sein würden. Dieses Versprechen gepaart mit meinem Willen, endlich mal wieder etwas zu erleben, besiegte schließlich die Angst – wenn auch nur im Rahmen des Aushaltens. Weg war sie nämlich nicht.

»Ich glaube, es ist doch keine gute Idee«, sagte ich schließlich, als ich mit Vid vor dem Club zum Stehen kam. Ich hatte meine flachen Boots an, damit ich bloß nicht stolperte. Wie peinlich wäre es, würde ich auf hohen Schuhen herumtorkeln und womöglich noch hinfallen. Bei meinen Künsten gar nicht mal so abwegig. Dazu trug ich eine lange schwarze

Hose und ein Top mit Schößchen. Darüber hatte ich mir eine kurze schwarze Jacke gezogen, deren Kragen ich mir nach oben gezogen hatte, in der Hoffnung, mich dahinter zu verbergen. Natürlich war diese Vorstellung bescheuert, zumal der Kragen nur wenige Zentimeter hoch war und nicht einmal meinen gesamten Hals verdeckte. Meine Haare hingen mir aus demselben Grund offen über die Schultern und dienten genauso wenig als realistisches Versteck. Aber ich fühlte mich tatsächlich gedanklich besser.

»Was soll passieren?«, fragte er schließlich sanft und strich mir eine Strähne hinter mein Ohr, sodass ich mich entblößt und geschmeichelt zugleich fühlte. Diese Berührung war so beiläufig und gleichzeitig so gewollt, dass mir schwindelig wurde. Seine Fingerkuppe strich nur sacht über meine Haut und hinterließ trotzdem an genau dieser Stelle ein Kribbeln, das mich erröten ließ.

»Da fällt mir eine Menge ein.«

»Ich bin bei dir.«

Worte, die Empfindungen in mir entfachten, die ich lieber nicht weiter hinterfragen wollte. Zweifelnd schaute ich zum Club und dann in seine Augen, erwiderte aber nichts.

»Ein Abend, in Ordnung? Bitte lass mich nicht flehen. Wenn dir etwas unangenehm ist, dann gehen wir, okay?« Er deutete meine zweifelnden Blicke richtig und sah mich fast schon wehleidig an.

Dann hätten wir direkt gehen müssen. Denn es war mir bereits unangenehm, vor dem Club zu stehen und das Gefühl zu haben, dass uns Menschen, die auch darauf zusteuerten, anstarrten und sich womöglich fragten, warum wir hier wie bestellt und nicht abgeholt herumstanden. Doch das behielt ich für mich. Ich hatte mir vorgenommen, es zu probieren. Über meinen tiefschwarzen Schatten zu springen. Das war der Plan.

Ich sollte ihn bereuen.

»Diesmal ohne Tablet unterwegs?«, fragte Cailan Vid, während sie einschlugen und nachdem sich Marcus bei Faye und ihm vorgestellt hatte. Cailan machte anschließend eine Geste, die man als Tippen interpretieren konnte, und Vid lächelte ein wenig. Dann räusperte er sich einmal, schaute kurz zu mir und nahm urplötzlich meine Hand in seine. Mein Herz pochte mir bis zum Hals. Fayes und Cailans Blicke wanderten natürlich sofort zu unseren Händen und Faye konnte ihr Grinsen absolut nicht verbergen.

Heiliger Bimbam, das musste ich ihr sicherlich irgendwann bis ins kleinste Detail erklären. Schon jetzt zeichneten sich auf ihrem Gesicht Ausdrücke ab, die allem Anschein nach von ihrer unaufhaltsamen Neugier ablenken sollten.

»Ich glaube, darauf werde ich diesen Abend verzichten können«, antwortete Vid schließlich leise.

Ich sah in Fayes Blick, dass sie fast schon schockiert und beeindruckt zugleich war, ihn sprechen zu hören. Wenn man mir die Überraschung auch nur halb so deutlich angesehen hatte wie Faye jetzt, hatte er bestimmt gedacht, ich würde jeden Moment in Ohnmacht fallen.

»Das glaube ich auch«, erwiderte sie bloß, dann winkte sie, um uns alle aus dieser Situation zu befreien. »Lasst uns endlich reingehen.«

In dem Club angekommen suchten wir uns direkt einen Platz an der kleinen Bar und quetschten uns in eine Nische, von der ich mein Umfeld perfekt und in Ruhe analysieren konnte. Meliya hatte mich damals in eine Disco geschleppt, die mich dazu veranlasst hatte, das erste und letzte Mal feiern gehen zu wollen. Doch zu meiner zumindest den Umständen entsprechenden Erleichterung war dieser Club eher klein als groß und bot deshalb keinen Platz für sehr viele Menschen. Die LED-Lichter flackerten bei jedem Beat auf und der Boden, der durch helles Mosaik gekennzeichnet war, schien im Gleichklang zu beben. Die Musik war so laut, dass ich nicht verwundert gewesen wäre, wäre mein Trommelfell geplatzt. An den Wänden hingen Kunstwerke, die man wegen des dunklen Flackerns kaum erkannte. Ich fragte mich, ob sie die mit Sekundenkleber an die Wand geklebt hatten oder wie sie es zum Geier schafften, dass sie bei dem Beben nicht herunterfielen.

Nachdem wir uns wenige Sekunden angeschwiegen hatten, holte ich mein Notizbuch aus meiner Tasche und platzierte es auf dem Tisch, um beschäftigt zu wirken. Fayes Blick ruhte kurz auf dem Buch, dann blickte sie in meine Augen. »Ist das Symbol türkis? Kann man in dem schlechten Licht nicht so richtig erkennen.«

Sie schrie beinahe und trotzdem musste ich mich näher zu ihr beugen, um ihr folgen zu können. Ich nickte.

Kurz lächelte sie, doch es erreichte ihre Augen nicht. »Das ist die Lieblingsfarbe meiner Schwester.«

Cailan neben ihr wirkte plötzlich aufmerksamer als zuvor und legte seiner Freundin wie beiläufig einen Arm um die

Schultern, um sie an sich heranzuziehen und ihr einen Kuss auf den Haaransatz zu verpassen. Ich traute mich nicht, etwas zu erwidern, zu angespannt schien die Atmosphäre, also schwieg ich einfach wie alle anderen.

»Der Club gehört übrigens Cailans Onkel«, versuchte Faye nach einigen Augenblicken die unangenehme Stimmung, die mit einem peinlichen Schweigen einherging, zu lockern.

»Echt?«, fragte Marcus euphorisch. »Das ist mein Lieblingsclub. Vor allem die Leinwand im Mainroom ist mega. Kino und Disco zugleich.«

Damit war das Eis gebrochen. Sie schnackten und lachten gemeinsam, während sie alle immer mehr Gemeinsamkeiten aufdeckten. Natürlich blieb ich nicht verschont und wurde immer mal wieder in die Unterhaltung mit eingebunden. Ich hatte große Mühe, nicht im Erdboden zu versinken, wann immer ich mich verhaspelte. Mit Faye oder Vid allein zu sein, war eine Sache, aber in einer Gruppe zu sprechen, kam einer Präsentation schon gefährlich nah. Vid war der Stillste von uns, verfolgte unsere Lippen jedoch aufmerksam. Auch wenn ich mir sicher war, dass er in diesem dämmrigen, flackernden Licht kaum etwas erkannte. Hin und wieder schrieb ich ihm kleine Zusammenfassungen in mein Notizbuch und er grinste mich jedes Mal dankbar an. Zwar hatte ich ihn nie – wie eigentlich geplant – gefragt, wie man ihm Gespräche in Gruppen hätte angenehmer machen können, aber ich schien es damit intuitiv zu schaffen. Es wirkte, als fühlte er sich wohl und so konnte auch ich mich zumindest in diesem Punkt etwas entspannen. Was die anderen Punkte anging, wie das Sprechen vor mehreren Menschen, die mich beobachteten, das daraus resultierende Stottern und die vermeintlichen Blicke anderer ... na ja, ich würde mal sagen, ich war beim Reden der Inbegriff von »gewollt, aber nicht gekonnt«.

Marcus, der meine nicht zu übersehende Nervosität zu bemerken schien, stupste mich an. »Alles okay, Evie?« Er schob seinen Cocktail zu mir. »Komm, probier mal.«

Eingeschüchtert sah ich ihn an. »Ich ... Ich weiß nicht.« Ich hatte noch nie getrunken und hatte es auch sicherlich nicht vor, während mich alle dabei beobachteten. Wer wusste schon, wie peinlich ich mich verhielt? Sie würden alle auf meine Reaktion achten, mich womöglich als kindisch ansehen. Andererseits würden sie mich eventuell für spießig halten, würde ich ablehnen. Was war daran spießig, wenn man keinen Alkohol trank? Das war vermutlich eher vernünftig – vor allem in meinem Alter. Aber sahen die anderen das anders? Warum zum Henker war mir das so wichtig, es war doch meine verdammte Entscheidung?!

»Komm schon, du bist doch fast achtzehn, meintest du. Wenigstens mal probieren«, konterte Marcus prompt, als hätte er meine Erwiderung geahnt. *Notiz an mich selbst: Verrate niemandem dein Alter bei einer Party.*

»Lass sie in Ruhe, wenn sie nicht will«, sagte Vid gespielt lässig, aber in seinen Augen sah ich die Warnung, die in seinen Worten mitschwang. Vermutlich hatte er nicht alles verstehen können, dazu war es partout zu dunkel hier, aber zumindest hatte er den Kern des Gespräches mitverfolgt und offenbar meine Reaktion darauf zutreffend gedeutet.

Marcus hob die Arme und schmunzelte. »Hey, hey. Alles

gut. Sie muss ja nicht, wenn sie nicht möchte. Ich wusste nicht, dass sie einen persönlichen Bodyguard mitgebracht hat.«

Vid sah ihn böse an und so beschloss ich, die Situation aufzulockern, bevor sie eskalierte. Ich nahm seinen Cocktail entgegen und kippte das Glas in einem Zug runter. Faye, Cailan und Vid schauten mich mit großen Augen erschrocken und fassungslos zugleich an, während Marcus anfing zu lachen. »Für gewöhnlich sollte man das nicht exen, Süße.«

Vid sah seinem Freund tief in die Augen und ich war mir sicher, er hatte das Kosewort von seinen Lippen ablesen können. Oder aber er kannte seinen Freund gut genug, um zu wissen, wie er sprach. Jedenfalls wirkte Vid plötzlich nicht mehr entspannt und hocherfreut über Marcus' Anwesenheit. Zwischen ihnen schien ein dicker Schleier aus unausgesprochenen Worten zu entstehen, der mit jedem Atemzug und jedem Blick immer dichter und schwärzer wurde. Ich konnte nur hoffen, dass der Alkohol schnell seine Wirkung zeigte und diese Diskrepanzen zumindest für diesen Abend ausblendete.

Meine Gebete wurden wohl zu ernst genommen. Es dauerte nicht lange und Marcus war nach einer Runde Kurze und einem weiteren Cocktail bereits so betrunken, dass er uns alle mit seinen Sprüchen nervte. Es fing schon damit an, dass er sich über eine Frau zwei Tische weiter so dermaßen lustig machte, dass ich ihm am liebsten eine verpasst hätte. Sein Bodyshaming brachte mich an den Rand eines Ausrasters, während Faye und Cailan augenscheinlich innerlich genauso kochten wie ich. Vid schaute schon gar nicht mehr zu ihm und ignorierte ihn gekonnt. Das war wirklich ein Vorteil:

Vollidioten mit wenig Gehirn und viel Meinung ausblenden zu können, verschonte dich womöglich vor Bluthochdruck.

Als Marcus dann schließlich auch noch anfing, sexistische Sprüche zu bringen, wie »Eine Frau muss halt einfach zu Hause bleiben und den Haushalt machen, das gehört sich so und war schon immer so« war es bei mir dann ganz vorbei.

Eine Frau sollte immer gut aussehen.

Eine Frau sollte kochen können.

Eine Frau sollte eher gehoben sprechen. Wörter wie »Bro« sollte sie niemals verwenden.

Eine Frau sollte immer rasiert sein. Überall, keine Ausnahmen!

Eine Frau sollte darauf achten, was sie anzog, wenn sie nicht von Typen angemacht werden wollte. Wurde sie belästigt, war es andernfalls ihre Schuld.

Eine Frau sollte einen Körper haben, der dem Ideal der Gesellschaft entsprach, egal wie utopisch das in dieser Vorstellung sein mochte. Aber keine Operationen! Denn das war unnatürlich und künstlich – man wollte ja kein Plastik daten.

Wenn ein Mann, der in einer Beziehung war, feiern gehen wollte, war das vollkommen in Ordnung. Aber eine Frau sollte zu Hause bleiben.

Wenn eine Frau durch all diese Dinge Komplexe bekam, weil sie versuchte, für die Gesellschaft gut genug zu sein, dann wollte man sie nicht. Denn dann war sie schwach und nicht selbstbewusst genug.

Vertrauensprobleme sollte sie auch auf gar keinen Fall haben, denn das stresste ja nur.

Das waren alles Aussagen von Jungs.

Nur Männer würden sagen: Eine Frau sollte glücklich sein.

Am liebsten hätte ich das alles – vor allem aber den Schlusssatz – Marcus an den Kopf geschmissen, doch dazu fehlte mir der Mut, die Furchtlosigkeit, die es bedurfte. Ich war ein Feigling und ich nutzte meine Stimme nicht, um Menschen wie ihm Kontra und damit die Stirn zu bieten. Vielleicht war es aber ohnehin in diesem Zustand keine gute Idee, solch sensible Diskussionen anzuzetteln. Zumindest fing mein Kopf langsam an, etwas zu kribbeln, und meine Augen wurden müder.

Keine zehn Minuten später änderte sich die bittere Note des Alkohols auf meiner Zunge und das Getränk schmeckte plötzlich nach »Du solltest Vid küssen«. Ich war dämlich! Warum ließ ich mich wie ein Mitläufer mitziehen und hatte nicht einfach verneint, als es darum ging, Alkohol zu trinken. Es wäre mit Sicherheit die bessere und gesündere Variante gewesen und hätte mich in weniger schwierige Szenarien gebracht als das hier.

Trotzdem hörte ich nicht auf, auf meinen Kopf zu hören, und kippte im festen Wissen munter weiter, dass ich mich früher oder später dafür hassen würde. Nachdem wir alle eine weitere Runde Kurze entgegengenommen und versenkt hatten, wurde mir immer heißer und plötzlich fühlte ich mich ein Stück weit gelöster. Mochte sein, dass ich mir nicht mehr über *alles* Gedanken machte, aber es befreite mich nicht. Es bereitete mir Angst. Angst davor, mir nicht zu viele Gedanken zu machen und mich dann dadurch peinlich zu verhalten. Vermutlich hätte ich mich ins Koma trinken müssen, um von meinen Ängsten loszukommen.

»Lasst uns tanzen gehen!«, rief Faye uns schließlich über die Musik hinweg zu und erhob sich fast zeitgleich mit Cailan von ihrem Platz. Auch Marcus richtete sich auf und sah mich erwartungsvoll an. Wie automatisch blickte ich hilferingend zu Vid, der meine Gedanken richtig lesen konnte. Tanzen. Ich. In einer Menschenmenge. Eigentlich etwas, das typisch wäre, wenn man feiern ging, aber mir absolut nicht in den Kram passte – auch mit mehreren Shots intus.

»Tanzen?«, fragte er noch einmal leiser an mich gewandt, um sich zu vergewissern, dass er den Plan von den dreien durchschaut hatte.

Ich nickte.

Dann wandte sich Vid den anderen zu. »Ich bleibe noch hier und trinke etwas. Über ein bisschen Gesellschaft wäre ich dankbar.« Dann sah er erwartungsvoll zu mir.

Ich nickte fast zu eifrig. Faye, Cailan und Marcus warfen uns noch vielsagende Blicke zu, ehe sie kommentarlos in den anderen Raum verschwanden. Vid rutschte zugleich dichter an mich heran, sodass ich seine Gesichtszüge deutlich besser erkannte. Ich bildete mir im ersten Moment ein, er habe die Distanz verringert, um mir näher zu sein, aber dass er einfach mein Mundbild in dieser miserablen Belichtung besser lesen konnte, war natürlich deutlich einleuchtender.

»Danke«, sagte ich schüchtern zu ihm gewandt.

Er lächelte kurz, starrte jedoch weiterhin auf meine Lippen. Viel zu lange. Viel zu intensiv. Eine halbe Ewigkeit saßen wir bloß dort und schauten einander an, während ich der dröhnenden Musik lauschte. Es war absurd, so mit ihm zu sitzen, und es fühlte sich absolut nicht freundschaftlich an, wie wir uns ansahen. Sein Blick wirkte zu verschlossen und gleichzeitig so offen und klar, dass ich darin erkannte, dass er einen innerlichen Konflikt führte.

»Ich sehne mich schon den ganzen Abend nach etwas«, gab er schließlich mit rauer Stimme zu und blickte mir mit diesen verdammten grasgrünen Augen in meine.

Ich schluckte. »Was?« Mein Gehirn hatte sich schon mal nach Hause verabschiedet.

Wieder dieses schiefe Lächeln, das ihn so attraktiv machte. Sacht legte er seine Hand auf meine Wange und zog mich ein Stückchen zu sich heran.

Mein Herz polterte mir bis in den Hals und ich fragte mich, ob der Alkohol mich bereits in andere Parallelwelten geschickt hatte. Seine Lippen waren meinen nun näher als je zuvor, ich konnte seinen markanten Geruch ganz deutlich riechen. Heiliges Kanonenrohr, wo war ich hier nur reingeraten?

»Ich brauche ein Ja, wenn ich dich küssen darf«, sagte Vid schließlich sanft und knockte meinen Kopf für wenige Millisekunden komplett aus.

Er wollte mich *küssen*? Mich? Wollte ich das? Eigentlich ja, aber eigentlich nein, Kopf sagte Nein, Herz sagte Ja. Und wer war jetzt der wichtigere, lautere Part? Bei mir eigentlich immer der Kopf, aber das Herz ließ mich gerade auch nicht in Ruhe.

Ob er bloß das finale Ja aus mir herauskitzeln wollte, welches zu unserem Spiel geworden war?

»Und wenn ich Nein sage?«, fragte ich schließlich, während ich etwas zurückwich, damit er meine Lippen besser lesen konnte. »Wirst du mich dann trotzdem küssen?«

In der nächsten Sekunde änderte sich die Stimmung schlagartig. Er zog seine Hand auf meiner Wange weg, als hätte er sich verbrannt, und lehnte sich zurück, während er mich schockiert ansah. »Natürlich nicht! Was denkst du von mir?«

Schnell klappte ich mein Notizbuch auf und schrieb etwas auf, um klarzustellen, was ich wirklich damit gemeint hatte.

So war das nicht gemeint. Ich denke nicht, dass du -

Weiter kam ich nicht, denn er unterbrach mich auch schon, während er sich die Worte bereits beim Schreiben durchlas. »Ein widerlicher, ehrenloser Arsch bist?«

Jetzt endlich verstand ich, was meine Aussage eigentlich bedeutet hatte und in welches Licht ich ihn damit gestellt hatte. »Vid –«

Er schüttelte den Kopf. »Ich werde dich niemals berühren, wenn du das nicht möchtest, Evie. Niemals.«

Alles drehte sich, als wäre ich gerade fünfzigmal in dieselbe Looping-Achterbahn gestiegen, die meine Gedärme in Zonen befördert hatte, die eigentlich keinen Platz dafür hatten. Was um Himmels willen hatte ich hier nur angezettelt?

Die Verwirrung musste mir ins Gesicht geschrieben stehen. Ein Beinahe-Kuss; ein möglicher Konflikt, der gleich entfachen würde; eine Menge Fremder, die uns vielleicht in diesem Moment beobachteten; ein schwirrender Kopf; eine so bebende Musik, die es mir unmöglich machte, vernünftig nachzudenken – mal ganz abgesehen von dem Alkohol. Ich hatte ihn unbeabsichtigt beleidigt und als toxischen Trottel hingestellt, der die Grenzen und Verneinungen eines Menschen missachten würde.

Dabei war das gar nicht meine Absicht! Ich wollte ihm einfach nur nicht die Befriedigung bereiten, ein Ja von mir zu hören – ohne wirklich zu denken, dass er mich gegen meinen Willen küssen würde. Sein Blick war so verletzt und zornig zugleich, dass sich ein großer Kloß in meinem Hals bildete und mein Hirn chancenlos nach einem Ausweg suchte. In einer anderen Situation und ganz sicher in keiner Menschenmenge wäre ich einfach aufgestanden und gegangen wie eine kindische Flachbirne, die nicht nur mental vor ihren Problemen weglief, sondern auch körperlich.

Plötzlich wurde mir speiübel und ich erhob mich schnell von meinem Platz, um zur Toilette zu hechten. Wenn mir eines mehr Angst machte, als sich allein in einer Masse an Menschen zu befinden, war es die Vorstellung, mich vor ihnen zu übergeben. Ich war mehr als froh darüber, dass sich das Klo mehr oder weniger in Sichtweite befand und sich zur Abwechslung mal keine zwei Kilometer lange Schlange vor der Frauentoilette tummelte. Das Frauen-gehen-immer-zu-zweit-aufs-Klo-Gesetz machte es da meist auch nicht besser. Dass Vid mir hinterherkam, bemerkte ich erst, als ich die Tür der Kabine schließen wollte und er sie mit einer Hand abfing. »Alles in Ordnung?«

Das war zu viel, ich drehte mich um und erbrach mich über der Toilette.

»Alter, das ist das Frauenklo«, hörte ich noch eine Frau im Hintergrund motzen.

Doch das schien Vid entweder nicht zu interessieren oder

er hatte es nicht von ihren Lippen ablesen können – geschweige denn mitbekommen, denn er schnappte sich meine Haare und hielt sie mir aus dem Gesicht. Ich war wirklich am Tiefpunkt (oder je nachdem, wie man es auslegte, auch am Höhepunkt) meiner Karriere als Peinlichkeit in Person angelangt. Da half auch keine Peinigung meines Daumens mehr.

Während ich über dieser Kloschüssel hockte, deren Bakterien sicherlich für sämtliche Geschlechtskrankheiten ausreichte, fragte ich mich, wie ich so dumm sein und mich dazu überreden lassen konnte, in diesen verdammten Club zu gehen. Als würde meine Angst eine Stimme erhalten, schrie sie mir spöttisch »Ich hab es dir doch gesagt« ins Ohr, wie so eine nervige Freundin, die dich nach einer falschen Entscheidung mit genau dieser Aussage zum innerlichen Ausraster brachte. Auch wenn du mir das fünfundachtzigmal gesagt hättest, das half mir zu diesem Zeitpunkt auch nicht weiter. Genauso wenig, wie es mir nützte zu bereuen, hier zu sein. Das beamte mich auch nicht zurück in die Vergangenheit. Das hier war mit Abstand das Horrorszenario schlechthin und der Gewinner für die Blamage des Jahres. Es war für mich unerklärlich, dass Vid noch immer bei mir stand und mir die Haare hielt, während er mit der anderen Hand sanft meine Schulter streichelte, obwohl ich ihm nun mehr als offenkundig bewiesen hatte, dass man mit mir absolut keine Freundin des großen Spaßes gewonnen hatte.

Nachdem ich mir mit Wasser aus der Leitung den Mund ausgespült hatte, gingen wir wortlos zu unserer Nische zurück, der sich vermutlich wegen unserer vollen Gläser niemand genähert hatte. Vid brachte diese, ohne mit der

Wimper zu zucken, direkt zur Bar. Auch wenn mir die Verschwendung und das rausgeschmissene Geld wehtaten, konnte ich den Beweggrund auch ohne Erklärung nachvollziehen: Wer wusste schon, ob uns jemand etwas ins Glas geschüttet hatte?

Seitdem ich zur Toilette gelaufen war, hatte ich Vid nicht ein einziges Mal angesehen, und ich hatte auch nicht vor, das in der nächsten Zeit zu ändern. Er hatte mir lediglich ein Glas Wasser bestellt und mich zweimal gefragt, ob ich nach Hause möchte. Ich hatte bloß den Kopf geschüttelt und weiterhin auf meine Finger gestarrt. Es klang zwar verlockend, den Club zu verlassen, aber ich wollte auch nicht den Abend ruinieren, nur weil ich keine Kontrolle über meinen Körper hatte.

Vielleicht fünf Minuten später gesellten sich zu meiner Erlösung und Befreiung der unangenehmen Stille Cailan, Faye und Marcus zu uns, die sich direkt die nächsten Getränke bestellten, ohne überhaupt nachzufragen, wo ihre noch vollen abgeblieben waren. Ihren glasigen Augen nach zu urteilen, waren sie ohnehin nicht mehr sonderlich zurechnungsfähig. Meine eigene Kotzattacke hatte immerhin dazu geführt, dass meine Sicht wieder deutlich klarer wurde.

»Ich bin kurz weg, ja? Ich beeile mich.« Vids Lippen dicht neben meinem Ohr bescherten mir eine Gänsehaut, die sich bis in jede Pore ausbreitete. Sein Atem berührte meine Haut wie eine warme Hülle der Geborgenheit. Seine weiche Stimme verleitete meinen Körper wieder einmal dazu, etwas zu fühlen, das ich lieber nicht hinterfragen wollte. Als er dann noch eine Strähne hinter mein Ohr schob und seine Hand kurz auf meinem Schlüsselbein verweilen ließ, zog sich etwas in meinem Unterleib zusammen. Gerade jetzt, wo er sowieso kein Interesse mehr an mir haben konnte, nachdem er mich wie ein Häufchen Elend auf dem verdreckten Boden hatte krümmen sehen. Sehr sexy Auftritt.

Vid drängte sich durch die Menge, um auf die Toilette zu gelangen, während ich bloß dasaß, ihm hinterher gaffte, mich dafür verfluchte, dass ich das Bedürfnis hatte, ihn zu küssen und mich gleichzeitig dafür hasste, dass ich nicht einfach Ja zu ihm gesagt hatte.

Nur wenige Sekunden nach Vids Abgang rutschte Marcus zu mir herüber und legte einen Arm um mich. Verdutzt starrte ich ihn an, doch er sah meinen Gesichtsausdruck gar nicht, denn seine Lippen befanden sich bereits ziemlich nah an meinem Ohr. Ein kurzer Blick zu Faye und Cailan verriet mir, dass die beiden mit sich und ihren Küssen beschäftigt waren. Keine Faye, die mich aus der unangenehmen Situation befreien konnte: Super!

»Ich frage mich, was du an einem Gehörlosen findest«, sagte er.

Ich wich vor ihm zurück, sodass er meine entsetzte Mimik sehen konnte.

Er grinste entschuldigend und hob beschwichtigend die Arme. »Nicht falsch verstehen! Ich liebe Vid wie einen Bruder. Es interessiert mich nur.«

Es war nicht sonderlich verwunderlich, dass ich darüber wütend wurde. Wütend darüber, wie er Vid darauf reduzierte. »Ich suche mir eine Person, die ich mag, nicht nach ihren vermeintlichen Handicaps aus. Vid hat einen einzigartigen

Charakter. Du als *bester* Freund solltest eigentlich genau wissen, weshalb man Vid mögen muss.«

»Willst du damit sagen, ich sei kein guter Freund?«, schlussfolgerte er misstrauisch und man merkte seinem kalten Unterton an, dass es in ihm brodelte.

Meine Stimme zitterte, doch ich hielt an meinem Standpunkt fest. Das war ich Vid schuldig. Jetzt bloß nicht einknicken, weil ich Angst hatte! »Das kann ich gar nicht beurteilen. Aber zumindest in diesem Punkt verhältst du dich nicht wie ein wahrer Freund.«

Marcus schaute mich böse an, seine Zähne zusammengebissen, seine buschigen Augenbrauen wie ein dunkler Schatten über seinen funkelnden Augen. »Wenn man so tut, als wäre man ein Gutmensch, aber eigentlich ein verdammt schlechter Mensch ist. Ihr zwei habt einander verdient!«

Unsicher schaute ich ihn an. »Ich verstehe nicht, was du meinst …«

»Ich weiß, was du getan hast«, erwiderte Marcus sofort.

Ich hielt inne.

»Meliya ist die Freundin meines Bruders Nic. Die Namen sollten dir etwas sagen.«

Ich schluckte schwer und erstarrte in meiner Bewegung. Mein Körper gefror zu Eis, obwohl ihn eine Hitzewelle zum Schwitzen brachte. Meine Zunge war nun staubtrocken, ein kalter Schauer wanderte über meine Wirbelsäule. Die Vergangenheit hatte mich schneller eingeholt, als mir lieb war. Und das in einer so ungünstigen Konstellation gepaart mit einem unpassenden Zeitpunkt. Meine Gedanken zerdrückten mich, prasselten wie dicke Hagelkörner auf mich ein. Es

waren so viele, dass ich zu sehr damit beschäftigt war, sie abzuwehren, als dass ich einen davon wirklich greifen und analysieren konnte. Meine Schutzmauer konnte ich nicht mehr aufbauen, der Angriff kam zu plötzlich, zu brutal, zu nichts ahnend.

Dass sich Vid wieder zu uns setzte, nahm ich nur am Rande wahr. Auch dass er Marcus' Arm, der noch immer auf mir lag, ohne dass ich es wahrgenommen hatte, von meiner Schulter stieß und Faye und Cailan zu uns starrten, spürte ich mehr, als dass ich es sah. Mein Hirn fokussierte sich auf seine Worte und auf die Macht, die er mir damit vermittelte. Er konnte mein Leben, das ich mir gerade ein Stück weit neu aufgebaut hatte, wie ein Kartenhaus umpusten und das innerhalb weniger Sekunden.

»Ich weiß alles über dich.« Marcus' Blick bohrte sich in meinen und ich wusste, er würde die Bombe gleich platzen lassen. Vid neben mir wirkte wie versteinert und ich traute mich nicht, zu ihm zu schauen. Ich konnte nur hoffen, dass das Licht zu schlecht oder Marcus' Mundbild zu miserabel war.

»Er weiß es nicht, oder?«, schlussfolgerte Marcus aus meiner panischen Mimik und klatschte sich in die Hände, bevor er auf Vid zeigte. »Und ich wette, sein kleines Geheimnis kennst du auch nicht.« Wie automatisch schoss mein Kopf in Vids Richtung, der ungefähr genauso erschrocken aussah wie ich. Was für ein Geheimnis? Was ging hier vor sich? Was verheimlichte er mir? Und durfte es mich überhaupt stören, wenn ich doch selbst ein Geheimnis vor ihm hatte? War seins ähnlich schlimm wie meins? Würde es mein Bild von Vid verändern, so wie mein Geheimnis sein Bild von mir verändern würde?

»Marcus –«, begann Vid.

Doch Marcus hob die Hand, um ihn zu unterbrechen. »Keine Panik, so einfach mache ich es euch nicht. Ihr sollt es euch selbst sagen.« Marcus begleitete seine Worte mit Gebärden – zumindest sahen sie nicht aus wie meine peinliche Zeichensprache.

Vid neben mir blieb still und auch ich starrte ihn bloß an.

Marcus lachte. »Wie? Kein ›Jeder Mensch macht Fehler‹? Kein ›Hast du noch nie etwas falsch gemacht?‹?«

Ich schüttelte den Kopf, während mich eine eisige Kälte durchzuckte. Auf einer Skala von eins bis Horror war diese Nacht eine »Bitte knockt mich aus und weckt mich erst dann wieder, wenn alles vergessen wurde – also nie«.

»Cailan und ich würden jetzt gehen wollen, es ist schon spät«, mischte sich schließlich Faye ein und warf Marcus einen eiskalten Blick zu. Anschließend schaute sie mich an. »Möchtest du mitkommen? Wir wollen uns ein Taxi rufen.«

Dankbar nickte ich ihr zu und schaute dann schließlich zu Vid, der mich musterte. Ich warf ihm einen fragenden Blick zu und, ohne dass ich etwas sagen musste, schien er zu verstehen und nickte.

»Ihr wollt schon gehen? Es wird doch gerade erst unterhaltsam«, entgegnete Marcus und schaute Faye spöttisch an, die ziemlich wütend zu werden schien.

Ihre Augenbrauen zogen sich zusammen und sie straffte die Schultern, bereit für den Gegenangriff. Cailan bemerkte diese Tatsache auch und legte ihr einen Arm um die Schultern, während er Marcus taxierte. »Tut mir leid, es dir mitzuteilen, aber deine Definition von Unterhaltung ist unsere Definition von Kindergarten.«

»Deine Freundin sieht gerade aus wie ein süßer Kampfzwerg, das scheint dann ja gut mit dem Kindergarten konform zu gehen«, konterte Marcus und löste bei Cailan die vermutlich erhoffte Reaktion aus.

Er erhob sich und beugte sich leicht über den Tisch. »Ich gebe dir einen gut gemeinten Rat: Provozier mich nicht.«

Auch Marcus stand auf und lächelte ihm provokant entgegen. »Willst du mir gerade drohen?«

»Lasst uns einfach gehen, er ist es nicht wert, sich aufzuregen«, versuchte ich zu beschwichtigen und nahm die Gesichter der Menschen um uns herum wahr, die auf uns gerichtet waren. Spätestens jetzt fragte ich mich, wie ich noch nicht vor Scham im Erdboden versunken sein konnte.

»Sagt die Richtige, du nervige Hexe«, lallte Marcus und fixierte mich mit seinen geweiteten Pupillen, die sogar für mich als ungeschulte Drogenwissenschaftlerin, die noch nie etwas konsumiert hatte (außer Alkohol, den ich auf meiner Liste hinzufügen musste), nach mehr als nur Cocktails und Shots aussahen. Bitte was?!

Nun löste sich auch Vid aus seiner Starre und erhob sich als Dritter im Bunde. Doch Faye war schneller und packte Marcus grob am Kragen. »Sprich nie wieder so über sie!« Sein überrumpelter Blick, der darauf folgte, unterstrich noch einmal, dass er Faye mit seiner sexistischen Gedankenwelt zuvor unterschätzt hatte.

Cailan, der sichtlich stolz auf seine Freundin, aber genauso besorgt um sie war, nahm sacht ihre Hand von seinem Kragen und zog sie mit sich aus dem Club, um Marcus keinen weiteren Raum für seine primitiven Sprüche zu lassen. Auch Vid reichte mir die Hand und ich ergriff sie dankbar, um Marcus wie angewurzelt stehen zu lassen.

Draußen angekommen erblickten wir Faye und Cailan, die sich augenscheinlich über Marcus aufregten. Faye fuchtelte wie wild geworden mit ihren Armen herum, während Cailan ihr zustimmend nickend beipflichtete.

Was für ein cooler, spaßiger Abend. Wenn mich das nächste Mal jemand überreden wollte, feiern zu gehen, würde ich ihm eine PowerPoint mit genau diesen Szenarien erstellen, um ihn darüber aufzuklären, weshalb ich niemals Ja sagen würde.

Gerade als ich auf die beiden zusteuern wollte, hielt mich Vid sacht zurück und schaute mir tief in die Augen. »Also, was ist dein Geheimnis? Was sollst du so Schlimmes getan haben?«

Ich schluckte und folterte zugleich meinen armen Daumen. Nie im Leben würde ich ihm das erzählen. »Und deins?«

Er schwieg. Und zum ersten Mal war die Stille zwischen uns so laut, dass ich meine Gedanken gar nicht hören konnte. Sie wurde von dem Gefühl begleitet, all das Gute, das ich die letzten Wochen in mein Leben gelassen hatte, zu verlieren.

KAPITEL 19

Durch dich sehe ich das, was ich so sehr vermisse.

»Du zahlst heute mit Karte.« Vid sah mich an, als wäre das beschlossene Sache, während mein Herz aussetzte und mein Hirn den Notfallalarm angestellt hatte, um alle kleinen Panik-Evies im Hauptraum zu versammeln.

»Was? Nein!«, sagte ich aufgebracht und war empört darüber, dass er das überhaupt zur Diskussion stellte; es überhaupt in Erwägung zog.

»Doch. Wenn ich diesmal schon nicht bezahlen darf, dann erwarte ich das.« Nachdem wir bestimmt zehn Minuten darüber debattiert hatten, wer den Einkauf für unser Picknick bezahlen würde, und ich endlich gewonnen hatte, weil er die Rechnung der Getränke am Wochenende beglichen hatte, hatten wir uns nun endlich auf den Weg zur Kasse gemacht.

Seit der unangenehmen Situation im Club hatten wir kein Wort mehr darüber verloren. Ich wusste lediglich, dass zwischen Vid und Marcus Funkstille war. Wir taten beinahe so, als hätte es diesen Abend nicht gegeben. Womöglich, weil wir beide Sorge hatten, dass wir auf das Thema Geheimnisse zu sprechen kommen würden. Seine nachdenklichen Blicke konnte ich trotzdem deutlich auf meiner Haut spüren und auch ich musterte ihn öfter als sonst in der Hoffnung, irgendeine Regung in seiner Mimik würde mir sein Geheimnis entgegenspucken. Wir führten uns wie idiotische Vollidioten auf.

»Hier sind so viele Leute, Vid. Wie peinlich wäre das bitte, wenn ich die Karte nicht ins Lesegerät bekomme?« Ich machte ein Handzeichen, als würde ich eine imaginäre Karte durch einen Gegenstand ziehen, um meine Worte für ihn zu begleiten.

Als hätte er genau gewusst, was ich sagen würde, schossen seine Worte nur so aus ihm heraus: »Würdest du mit Karte zahlen, würdest du mittlerweile wissen, dass du die meisten Karten nur noch an das Lesegerät halten musst.«

Ich hatte ihm nie meine Beweggründe für die Angst dieser eigentlich selbstverständlichen Handlung erklärt und trotzdem war ich der Überzeugung, er wusste ganz genau, wo der zentrale Punkt meiner Befürchtung herrührte. Das entfachte meine Sympathie, die ich für ihn hegte, nur noch mehr. Er sah mich nicht an, als wäre ich bescheuert oder ein merkwürdiger Freak. Seine Augen waren klar, nichts ließ darauf schließen, dass er mich insgeheim verspottete. Im Gegenteil: Trotz des Willens, dass ich heute über meinen Schatten sprang, drückte seine Mimik nur eines aus: Verständnis. Etwas, das mich zu Tränen rührte, weil ich daran geglaubt hatte, ich würde es nicht verdienen.

»Trotzdem. Das dauert viel zu lange. Die Leute hinter mir werden ungeduldig«, redete ich mich weiter raus, während ich meine Hände knetete, als würde mein Leben davon abhängen. Kurz zeigte ich auf meine Uhr und dann auf die Menschenmengen, die an der Kasse anstanden, ehe ich sie wieder nahezu schmerzhaft bearbeitete. Irgendwann würde ich mich bei meinem Körper dafür entschuldigen müssen, ihn so schlecht behandelt zu haben.

Ich schrieb ihm noch flott Ungeduldig in mein Buch und er schüttelte lächelnd den Kopf. »Ach Quatsch. Und selbst wenn: Das ist eine Kasse und du bist genauso Kunde wie sie auch. Wenn sie aushalten, dass diese klassischen Omis vor ihnen bezahlen, die erst mal ihre gesamte Geldbörse mit zweihundert Eincentmünzen auskippen, dann kannst du ruhig mit deiner Karte bezahlen, ohne dass sich jemand beschwert.«

Nur leider hinkte sein Vergleich ziemlich. Erstens war ich keine Omi, der man in dieser Sache Einfühlungsgabe und Barmherzigkeit entgegenbringen sollte. Und zweitens gab es eben nicht nur Menschen, die den nötigen Respekt zollen konnten, um sich hinter einer Omi, die etwas länger brauchte, zusammenreißen zu können. Traurig, aber wahr.

Du setzt mich unter Druck, schrieb ich in das Buch und reichte es ihm. Es war unangenehm, ihm zu sagen, dass mich diese vermeintlich selbstverständliche Aktion überforderte, aber ich wollte auch ehrlich zu ihm sein.

Fast schon entsetzt sah er mir in die Augen. »Entschuldige! Das wollte ich nicht.«

Jesus Maria Gottes im Himmel, jetzt entschuldigte er sich auch noch dafür, dass er mich aus meiner Komfortzone herausholen wollte.

»Ich glaube einfach, dass du danach ein Erfolgserlebnis haben wirst.«

Ich schüttelte den Kopf und starrte auf unsere Lebensmittel, die mit dem Band immer schneller auf den Kassierer zu befördert wurden. Mein Herz fing an zu beben, meine Atmung ging viel zu schnell. Bei jedem Zentimeter, der mich weniger von der Kasse trennte, zitterten meine Hände offensichtlicher. Ob ich mich jemals daran gewöhnen würde, mit anderen Menschen in Kontakt zu treten? Als würde sich eine kleine Pessimismus-Evie in meinem Kopf wie ein Wrestler mit einem Bodycheck auf den »Auf keinen Fall«-Buzzer schmeißen, enttarnte ich die Frage als rhetorisch und albern.

Was mich noch beklommener machte, als vor einer Kasse zu stehen, war definitiv vor einer Kasse zu stehen und von einem Menschen bedient zu werden, dem »Ich habe mir den falschen Beruf ausgesucht« förmlich auf der Stirn stand. Dank meines herausragenden Entscheidungspotenzials hatte ich mich natürlich *nicht* an die Kasse mit dem überschwänglichen, gut gelaunten Kassierer gestellt, sondern an genau die, die schon von Weitem die Atmosphäre des Grauens ausstrahlte. Schade nur, dass es mir zu spät aufgefallen war, weil mich meine aufsteigende Unsicherheit ablenkte, und der Kassierer nun bereits lustlos die Lebensmittel über den Scanner zog.

Als mir schließlich die Summe des Einkaufs von dem unfreundlichen Kassierer mitgeteilt wurde, war ich fast schon froh, dass er mich nicht dabei ansah, sondern desinteressiert auf seine Fingernägel starrte. Um nicht zu riskieren, den Preis falsch verstanden zu haben, schaute ich zusätzlich auf die Anzeige. Ich blickte in mein Portemonnaie und war gerade dabei, einen Schein zu zücken. Vermutlich hätte ich es passend gehabt, würde ich nicht nur mit Scheinen, sondern auch mit Münzen bezahlen, aber waren wir mal ehrlich: Es war abwegiger, mit Münzen als mit der Karte zu bezahlen. Wie gruselig war bitte die Vorstellung, erst mal sein Kleingeld zusammenzusuchen, während alle hinter dir ungeduldig warteten, damit man es am Ende dann doch nicht passend hatte oder sich verrechnete.

Als würde mich meine EC-Karte anlächeln, nahm ich sie dann fast instinktiv doch in die Hand. Es hätte nur noch gefehlt, dass sie leuchtete, während ein Chor Engelsgesänge »Halleluja« schrie. Nun gab es kein Zurück mehr und ich musste sie benutzen, wenn ich nicht verwirrt und desorientiert wirken wollte. Ich spürte den Blick von Vid auf mir ruhen und fing automatisch an zu schwitzen. Einen Spiegel brauchte ich auch nicht, um zu wissen, dass ich so rot war, als hätte ich zweiunddrölfzigtausend Liegestützen gemacht (ich schaffte nicht mal einen). Ich fühlte mich, als wäre ich soeben auf einem Schlachtfeld eines epischen Kampfes, obwohl ich einfach nur mit einer dämlichen Karte bezahlen wollte.

»Ich ... Mit Karte bitte«, brachte ich heraus und versuchte krampfhaft, gelassen zu wirken. Das funktionierte ungefähr genauso gut wie bei Eltern, die versuchten, zwanghaft auf cool zu tun, indem sie vermeintliche Jugendwörter benutzten.

Der Kassierer zeigte genervt auf das Lesegerät und ich räusperte mich einmal. Mit zitternden Händen hielt ich die Karte hoch. »Einfach drauflegen?« Lieber noch mal nachfragen, weil die Furcht davor, ich würde die Karte falsch benutzen, dann doch stärker war. Die Krönung wäre gewesen, wenn ich sie unwissend, wie ich war, an ein Bezahlterminal gehalten hätte, das eine kontaktlose Bezahlung gar nicht anbot. Zugetraut hätte ich es mir.

Ungläubig sah er mich nun an und fragte sich vermutlich, wie alt ich sein musste und ob ich tatsächlich noch nie mit der Karte gezahlt hatte. Mochte sein, dass ihm die Abneigung seinem Job gegenüber ins Gesicht geschrieben war, mir sah man im Gegenzug sicherlich ganz deutlich die Inkompetenz an.

Vid kam ihm zuvor, drehte meine Hand sacht richtig herum und zeigte dann auf die Stelle des Lesegeräts, auf die ich die Karte legen sollte. Sein Einschreiten war das kleinere Übel verglichen mit dem Malheur, das mir drohte, würde ich es nicht richtig händeln.

Schließlich tat ich mit zitternden Fingern das, wozu mich Vid stumm aufgefordert hatte, und gab schließlich den Code ein, der zu meiner seelischen Entkrampfung beim ersten Versuch richtig war.

»Kassenbon?«, fragte der Kassierer desinteressiert, nichts ahnend, was die zuvor geschehene Situation in mir ausgelöst hatte, und ich schüttelte den Kopf, ohne ihn dabei anzusehen.

Als wir schließlich aus dem Geschäft gingen, sah ich Vid mit großen Augen an. »Ich habe mit Karte bezahlt!« Ich konnte es noch immer nicht fassen. Er hatte mich tatsächlich zu dem ungefähr Abwegigsten überredet, das ich seit Langem getan hatte.

Vid lächelte sichtlich stolz, als würde er über das Phänomen nur allzu gut Bescheid wissen. »Du hast mit Karte bezahlt!«

»Was der Typ wohl jetzt von mir denkt?«, sagte ich dann doch befangen und zeigte erst auf meinen Kopf, dann auf das Geschäft.

Vid zog eine Augenbraue hoch. »Außer dass er seinen Job hasst, wird da wohl nicht viel in seinem Gehirn stattgefunden haben.«

Sacht gab ich ihm einen Hieb in die Seite, freute mich aber ein kleines bisschen darüber, dass wir dieselben Signale bei ihm wahrgenommen hatten. »Du bist fies!«

»Du bist über deinen Schatten gesprungen«, flüsterte er und sah mich glücklich an. Das Strahlen in seinen Augen war echt, er wusste, wie viel mir eine solch banale Sache bedeutete und wie viel Überwindung es mich gekostet hatte.

Noch immer fragte ich mich, ob es mich befreien oder verängstigen sollte, dass er so viel über mein Inneres wusste. »Danke«, erwiderte ich bloß und grinste.

Vid legte einen Arm um meine Schulter und führte mich zu seinem Auto. »Du musst dich bei dir bedanken. Du hast dir selbst eine Chance gegeben, ein Stück weit aus deiner Angst zu fliehen.«

Das stimmte. In diesem Moment, in dieser Sekunde, als ich die Karte dem Schein vorzog, hatte ich entschieden, frei sein zu wollen. Und das Gefühl, die Macht über meine Angst zu haben, war so berauschend, dass ich davon mehr wollte.

»Hat die Pandemie dich dazu gebracht, diese soziale Phobie zu entwickeln? Man hat ja gehört, dass viele Menschen dadurch vereinsamt sind«, fragte Vid, als wir uns schließlich auf der Decke im Park niedergelassen hatten, während ich gerade dabei war, die letzten Lebensmittel vor uns auszubreiten.

Irritiert sah ich ihn an und zuckte mit den Schultern. »Für mich hat das keinen großen Unterschied gemacht, ich war auch schon vorher einsam.« Seine Augen zeigten mir, dass er den Kern meiner Aussage verstanden hatte, und so verzichtete ich darauf, das Gesagte noch einmal aufzuschreiben. »Aber mir haben die Kinos gefehlt, die Cafés. Es hat mir gefehlt, die lachenden Menschen zu beobachten.« Schnell schrieb ich den letzten Teil meiner Antwort in das Notizbuch, instinktiv wissend, dass er mir nicht vollständig folgen konnte.

Er nickte, als er es las. »Mal gut, dass wir das Internet haben.«

Traurig lächelte ich. »Das ist nicht dasselbe.« Zu viele Leute glaubten, sie könnten richtige Treffen mit Videochats vergleichen, während sie nichts ahnend in die Spirale der Einsamkeit abdrifteten. Es war ein Unterschied, sich körperlich nah zu sein und in eine Handykamera zu schielen. Dinge gemeinsam zu erleben und nicht immer und immer dasselbe Spiel zu zocken und sich dabei anzukeifen. Manche glaubten, sie hätten alles erreicht, wenn sie dreißig Internetbekanntschaften aufwiesen, während sie im echten Leben nicht einen einzigen Freund aufzählen konnten. Wir investierten Tausende von Stunden in die virtuelle Welt, während sich unsere Kindheit und Jugend mit den damit verbundenen Freundschaften fast unmerklich traurig verabschiedete. Es blieb keine Zeit mehr für das wahre Leben, wenn das World Wide Web dich vereinnahmte. Das war unter anderem das Tückische am Internet: Es suggerierte dir Tausende Möglichkeiten, in

Kontakt zu bleiben, hinderte dich aber gleichzeitig daran, in Kontakt zu bleiben.

Abermals nickte er verstehend und schaute zu Boden, während er langsam meine Hand in seine nahm, als wäre es das Selbstverständlichste der Welt. Dann schaute er wieder auf. »Ich werde nicht zulassen, dass du dich wieder einsam fühlst.«

Die Tränen, die sich in meinen Augen sammelten, waren so schnell da, dass ich fast schon erschrocken nach unten blickte, um sie zu verbergen. Das war eins der verwirrenden Dinge, die unser Unterbewusstsein ausheckte: Es zeigte uns erst unseren wunden Punkt und wie sehr wir darunter litten, wenn wir damit konfrontiert wurden.

Vid legte daraufhin seinen Zeigefinger unter mein Kinn und hob mein Gesicht an, damit ich ihm in die Augen sehen musste. »Solange du mich nicht aus deinem Leben verbannst, lasse ich dich nicht zurück. Ich ziehe dich einfach mit.«

Dann senkte er den Blick und schaute auf meine Lippen. Nicht auf die Art, wenn er meine Worte von ihnen ablesen wollte. Es erinnerte mich an die intime Situation in dem Club. Sein Blick wurde weicher, sehnsüchtiger, strahlender. Und mein Blick? Er wandte sich ab.

»Weintraube?«, fragte ich, während ich mir meine Strähne, die ich mir erst kürzlich hinter das Ohr geschoben hatte, wieder hervorzog und die Weintrauben in die Höhe hielt. Er schmunzelte und konnte meine Unsicherheit sicher riechen.

Dankend nahm er ein paar Früchte entgegen und richtete sein zufriedenes Gesicht gen Himmel. »Was gibt es Schöneres als ein Picknick in einem Park bei gutem Wetter ...«, dann linste er schmunzelnd zu mir, »... mit einer wunderschönen Frau?« Neckisch zwinkerte er mir zu. Er wusste ganz genau, wie er mich aus der Reserve locken konnte.

Beschämt schaute ich mich um und sah ihn ironisch an, nachdem ich ihm etwas in meinem Notizbuch hinterlassen hatte.

Ich glaube, die Frau mit dem schwarzen Rock dort ist etwas zu weit entfernt, damit du sagen kannst, dass du mit ihr ein Date hast.

Er schmunzelte. »Ach, ein Date also?«

Mayday, mayday. Wir haben hier mal wieder einen Notfall! In Fettnäpfchen Nummer 777.777 erfolgreich hereingetreten. Hat hier jemand einen Schädel in der Farbe Rot bestellt?

Er interpretierte meine Reaktion richtig und rettete mich aus meiner peinlichen Lage, indem er das Gespräch in eine andere Richtung führte, worüber ich mehr als nur dankbar war. »Jetzt würde nur noch Musik fehlen.«

Niedergeschlagen blickte ich ihm entgegen und in seine sehnsüchtigen Augen, die heute heller schienen als sonst. Ich hatte schon mal darüber nachgedacht, wie es wohl für Vid sein mochte, nicht mehr in den Genuss von Musik kommen zu können. Natürlich war die Antwort »beschissen«, aber ihn nun seinen unerfüllten Wunsch, der für die meisten von uns zu unserem Leben zählte, aus seinem Mund zu hören, berührte mich deutlich mehr. »Welche Lieder hast du geliebt?« Schnell zeigte ich auf mein Ohr, anschließend auf ihn und mit dem Daumen nach oben, um mein Gesagtes mittels Zeichensprache zu unterstützen.

»Ich habe viel Linkin Park und Eminem gehört, aber mein Musikgeschmack war ziemlich vielseitig. Instrumentale Musik war auch immer sehr weit oben auf meiner Favoritenliste.«

»Echt? Instrumentale Musik?« Ich war perplex.

Er schien nicht sonderlich überrascht von meiner Reaktion. »Das ist die einzige Form von Musik, die dich innerlich deinen eigenen Songtext schreiben lässt, der perfekt zu deinen momentanen Gefühlen passt.« Er grinste, während ich darüber nachdachte, wie recht er doch eigentlich hatte und wie tiefsinnig das war. »Möchtest du etwas hören?«, fragte er lächelnd.

Ich nickte euphorisch, während ich mir meine Kopfhörer in die Ohren stopfte und darauf wartete, dass sie sich mit seinem Handy verbanden. Als schließlich der vertraute Ton erklang, der mir signalisierte, dass ich nun in gewisser Weise Teil von Vids Handy war, war ich noch gespannter auf die Offenbarung seines Musikgeschmacks. Manche Menschen schworen darauf, dir sagen zu können, wer du warst, indem sie dein Sternzeichen kannten. Andere glaubten, eine Person enttarnen zu können, wenn sie ihre Playlist durchstöberten. Ich glaubte an beides eher weniger. Einen Menschen machte doch viel mehr aus als ein Sternzeichen oder ein Musikgeschmack. Aber zumindest in einem Punkt waren wir uns einig: Die Playlist offenbarte *einen Teil* seines Ichs.

Schnell suchte er das Lied heraus und schaute mir schließlich fast schon in Gedanken schwelgend in die Augen. »Ich weiß nicht mal mehr, wie es klingt. Ich kann mich nicht erinnern. Und je mehr ich es versuche, desto verschleierter ist es. ›Rimani‹ heißt das Lied und ist von Mattia Cupelli. Neben ›Love Lost‹ mein absolutes Lieblingslied von ihm.«

Er tippte auf Play, ohne dass ich etwas erwidern konnte. Die Musik durchströmte meinen Körper wie ein Fluss aus Friedlichkeit und Freiheit. Als würde sie meine Seele wie eine sanfte Welle umhüllen und all die Negativität für diesen Augenblick fortspülen. Die Welt war plötzlich eins, das Leben zog mich mit sich, zeigte mir die schönen Orte und führte mich wieder sicher zu meinem Fluss zurück. Während dieses Liedes war ich nicht die kleine Evie, die vor allem und jedem zurücktrat. Ich war jemand anderes. Jemand, der selbstbewusst im Leben stand und von der Friedlichkeit der Welt übermannt wurde. In dieser kurzen Zeit war die Welt eine andere. Sie war magisch, friedlich, unberührt. Nicht das, wozu wir sie gemacht hatten.

Nie hätte ich mir ausmalen können, welche Reaktion Musik bei mir hervorrufen konnte, bis Vid mir dieses Lied gezeigt hatte. Worte wurden überbewertet, wenn man Gefühle ohne besser beschreiben konnte. Gefühle, die man mit Worten kaum bis gar nicht verbalisieren konnte.

Langsam öffnete ich die Augen und merkte erst dann, dass ich sie geschlossen hatte. Vid sah mir mit glasigem Blick entgegen und strich mir meine Strähne hinter mein Ohr.

Er pausierte die Musik, sein Gesicht von Faszination getränkt. »Es fühlt sich so an, als könnte ich die Musik durch dich hören; durch deine Emotionen«, flüsterte er. »Du bist ein so besonderer Mensch, dass es mir Angst macht.«

Völlig geplättet von seinen Worten saß ich da und konnte nicht glauben, dass er mir gerade ein solch schönes Kompliment gemacht hatte. Er tippte etwas in sein Handy und legte es dann neben uns. Kurz schaute ich, welches Lied er ausgewählt hatte, und erkannte, dass es »Love Lost« war. Auch als das Lied in meinen Ohren erklang, fühlte ich mich wie in einer anderen Welt und lächelte aus dem Herzen heraus.

Vid unterstrich seine Aussage damit, dass er mir sein schiefes Grinsen schenkte. Dann wurde er fast schon ernst, die Atmosphäre veränderte sich. Seine Hand legte sich sacht in meinen Nacken, seine Augen richteten sich abermals mit diesem sehnsüchtigen Ausdruck auf meine Lippen. Langsam kam er meinem Gesicht näher. So quälend langsam, dass ich ungeduldig wurde. Kurz vor meinem Mund hielt er inne. Ich spürte seinen warmen Atem. Die Musik machte meine Ungeduld nur noch unerträglicher und doch so wunderschön, dass ich sie ausdehnen wollte. Er gab mir die Möglichkeit, mich von ihm zu entfernen, wenn ich es nicht wollte. Doch ich blieb, wo ich war. Fast schien es so, als würde er still abermals auf meine Erlaubnis warten, und diese Tatsache war so absurd, war ich ihm doch längst offensichtlich ausgeliefert. Seinem Humor, seiner Empathie, seiner Ehrlichkeit, und ja, auch seiner Attraktivität.

Und als ich es kaum noch aushielt, ihm so nah zu sein und zu wissen, dass uns nur wenige Zentimeter trennten, überwand er die Distanz und küsste mich.

Wenn mich zuvor die Musik in andere Welten geschickt hatte, beförderte diese Berührung mich ins endlose Universum. Seine weichen Lippen bewegten sich im Gleichklang mit meinen, als wären sie füreinander geschaffen. Mein Herz pochte so laut in meiner Brust, dass es fast heraussprang;

mein Puls schlug gegen meine zitternden Handgelenke. Es fühlte sich an, als würde ich schweben, als könnte ich für diesen einen Augenblick all meine Probleme von oben betrachten und mich von ihnen befreien. In diesem Jetzt gab es nur Vid und mich und all meine Empfindungen, die dieser Kuss in mir entfachte, verstärkte und belebte.

Langsam löste er seine Lippen und legte seine Stirn gegen meine, während ich auch sein Herz überdeutlich puckern hörte. Behutsam befreite er mich von den Kopfhörern und ließ sie auf die Decke sinken.

»Seit Monaten dachte ich, es gäbe nur eine einzige Sache, die ich wirklich will: wieder hören zu können«, flüsterte Vid und blickte mir in die Augen. Er strich mir eine Strähne aus dem Gesicht, die vor meine Brille gerutscht war. »Doch plötzlich bist da du. Du mit deiner ehrlichen, beneidenswerten Art, die du vor lauter Selbstzweifel gar nicht siehst.« Er seufzte und legte seine Stirn abermals gegen meine. »Es gibt nichts, was ich mehr will als dich, Evie.«

Ich hielt inne, genoss die Stille, die folgte. Sie war nicht erdrückend oder unangenehm, sie war friedlich und einladend. Sie umschlang uns wie zarte Flügel, die den Moment der Zweisamkeit zusammen- und festhalten wollten.

Das, was hier passierte, war gegen meine persönlich aufgestellten Regeln und doch ermahnte ich meinen tadelnden Kopf, sich nicht einzumischen. Heute Abend könnte ich all das totanalysieren und mir eine gedankliche Liste aufstellen, weshalb es eine ganz schlechte Idee gewesen war, ihn zu küssen. Aber für den Moment wollte ich es genießen. Für diesen Augenblick wollte ich so tun, als könnte ich eine normale Siebzehnjährige sein.

»Wie klingt deine Stimme?«, fragte er nach einiger Zeit und löste sich von mir.

»Wie die eines alten männlichen Kettenrauchers«, antwortete ich, während ich es ihm noch einmal aufschrieb und zerstörte damit vermutlich die ganze Stimmung.

»Mal gut, dass ich sie nicht höre. Sonst wäre die Anziehungskraft eventuell etwas gemildert«, erwiderte er lachend und einmal mehr war ich über diesen Klang fasziniert und gleichzeitig so berührt, dass sich die Schmetterlinge in meiner Bauchgegend bemerkbar machten.

»So oberflächlich bist du?«, fragte ich schließlich gespielt tadelnd.

»Selbst wenn du mir offenbarst, dass du nachts zu einem Werwolf wirst, würde ich mich nicht von dir fernhalten«, erwiderte er und legte sich auf den Rücken in die Sonne.

»Keine Sorge, ich werde eher zum Vampir«, erwiderte ich und legte meine beiden Zeigefinger senkrecht an meinen Mund, als würde ich Vampirzähne imitieren wollen. Er sah mich irritiert an, während ich meine Worte noch einmal aufschrieb und schmunzelnd hinzufügte:

Ich bin Team Edward.

KAPITEL 20

Geh niemals als Frau allein mit einem Mann zu einer Party. Du kannst nicht ohne Gerüchte zu zweit aufs Klo gehen.

»Ich glaube, du solltest doch allein gehen«, sagte ich und schaute ihn dabei wehleidig an. Nachdem uns Faye zu einer Hausparty bei Cailan eingeladen hatte und mich die gesamte restliche Woche mit Erpressungen wie »Ich sitze sonst nicht mehr neben dir« oder »Ich sage dir in Englisch sonst nichts mehr vor, wenn du nicht kommst!« bombardiert hatte, stand ich also tatsächlich vor Vid, der mich zur Party abholen wollte. Meinen erst neulich an mich gerichteten Schwur, ich würde nie wieder feiern gehen, hatte ich dann wohl gebrochen.

»Ja, ich finde, es ist auch eine tolle Idee, wenn wir jetzt aufbrechen«, entgegnete Vid, obwohl er meine eigentliche Aussage hundertprozentig verstanden oder geahnt hatte. Sacht nahm er meine Hand und mein Herz pochte nur noch mehr.

Ich zog kurz an seinem Arm, damit er mich ansah. »Ich kann das nicht«, flüsterte ich und schüttelte den Kopf.

Kurz seufzte Vid und stellte sich vor mich. Sanft nahm er mein Gesicht in seine Hände. »Ich bin bei dir, Evie. Ich lasse dich nicht eine Sekunde allein, okay?« Dann schmunzelte er ein wenig. »Und wenn du über deine eigenen Füße stolperst und hinfliegst, stelle ich mir einfach selbst ein Bein und lege mich zu dir.«

Ich musste bei dem Kopfkino, das nun einsetzte, lachen und zwang meine Beine vorwärtszugehen, um schließlich meine Angst ignorierend Richtung Bahnhaltestelle zu laufen.

Als wir schließlich vor Cailans Haus standen, war all mein Mut wie weggefegt. Vid zog mich sanft mit sich und begrüßte einige Menschen beim Vorbeigehen mit einem Nicken, während ich auf den Boden starrte und hoffte, dass mich dadurch niemand für unhöflich hielt. Die Tür stand für die Raucher offen und so traten wir einfach ein.

Vid führte mich direkt zu einem Sofa (vermutlich um uns schnellstmöglich aus dem Zentrum der Aufmerksamkeit zu ziehen, die man als Neuankömmling immer mit sich brachte), während sich vor dem Fernseher direkt gegenüber zwei Männer und eine Frau zu einem Tanzspiel bewegten. Eine Hausparty war definitiv noch schlimmer als das Feiern in einem Club, zumal hier weitaus mehr Menschen herumlungerten, die uns eventuell aus der Schule kannten und dementsprechend auch dort Gerüchte verbreiten konnten. Die Stimmung war intimer, familiärer, persönlicher. Beschreibungen, die ich mit Furcht einflößend, besorgniserregend und beklemmend gleichsetzen konnte.

Nur wenige Sekunden nachdem wir saßen, umschlang ich Vids starken Oberarm und schaute ab und zu auf, um mein pochendes Herz daran zu erinnern, dass er da war. Die Musik schrillte in meinen Ohren, der Bass drang mir bis in die Knochen, die lauten Gespräche ließen mich ständig aufhorchen, ob jemand über mich sprach.

Schließlich blickte ich in Vids Gesicht und beobachtete, wie er den lachenden Gästen mit einem zufriedenen Gesichtsausdruck entgegenblickte. Als ich mein Notizbuch aus meinem Rucksack herauszog, schmunzelte er. »Ich habe mich schon gefragt, ob du dich für alle Unmöglichkeiten ausgerüstet hast und deshalb einen Rucksack mitgenommen hast.«

Ich ließ seine Aussage mit einem Grinsen unkommentiert. Verschweigend, dass er gar nicht mal so unrecht hatte.

Sind Partys für dich nicht eigentlich öde - so ohne Ton?

»Nein. Ich höre ja den Bass, daran orientiere ich mich. Den Rhythmus und den Takt kann ich dadurch erahnen. Ich kann auch Lieder mögen und eben nicht mögen. Aber blöd ist auf jeden Fall die Kommunikation. Wenn ich mit einer Frau sprechen wollte, würde es schwierig werden, weil dieses Flackern von hell zu dunkel es echt unmöglich macht, Lippen zu lesen, wenn man nicht gerade unangenehm dicht voreinander hockt«, antwortete er sofort ausführlich und sachlich.

Mein Herz stolperte über den letzten Teil seiner Worte und ich hatte Mühe, ruhig und zivilisiert zu schreiben.

Würdest du denn mit einer Frau reden wollen? Also auf dieser Partyart?

»Partyart? Du meinst, ob ich flirten will?«, hakte er mit hochgezogener Augenbraue nach.

Ich nickte und er schenkte mir sein schiefes Lächeln, das auch nicht verschwand, als er mit dieser unfassbar weichen Stimme antwortete. »Ja. Aber nur mit einer einzigen Frau.«

Ich starrte in diese klaren, großen Augen. Wie hatte er es bloß geschafft, solche Gefühle in mir zu wecken, obwohl ich ihn doch anfangs so nervtötend fand?

Verlegen räusperte ich mich und versuchte, das Thema wieder in eine andere Richtung zu lenken.

Wie ist das mit Gebärdensprache: Gibt es nur eine einzige auf der Welt? Also könntest du mit allen Menschen - vorausgesetzt, sie können auch gebärden - kommunizieren?

Diese Überlegung stellte ich mir sehr sinnvoll und praktisch vor, fast schon als Privileg, effektiver und einfacher kommunizieren zu können als alle anderen.

Er schüttelte, noch während er las, den Kopf. »Nein. Es gibt keine Welt-Gebärdensprache. Es gibt wohl über hundert Gebärdensprachen, ganz genau weiß ich es nicht, aber es sind eine Menge. Auch innerhalb Deutschlands unterscheiden sich die Gebärdensprachen. Der Dialekt in Bayern ist ja auch anders als in Norddeutschland. Das ist bei der Gebärdensprache genauso.«

Könnte ich, wenn ich die Handbewegungen lerne, auch so gebärden, dass du mich verstehst?

Offenbar wollte Vid mir ganz genau antworten, denn er saß dort auf diesem grotesk großen Sofa mit gerunzelter Stirn und schürzte nachdenklich die Lippen. Meinen Kopf zu erheben, während ich auf seine Antwort wartete, war wohl keine so gute Idee, denn mich fokussierten prompt ein paar Blicke, die sich zwar schnell abwandten, mich aber trotzdem zutiefst verunsicherten. Wie lange hatten sie mich zuvor beobachtet? Was wussten sie über mich? Oder wussten sie gar nichts und wollten aus meinem Hirn per Gedankenmanipulation Informationen heraussaugen? Ich hatte echt zu viele fantasiereiche Bücher gelesen.

Als Vid letztlich die Stimme erhob, war ich froh, mich abermals auf etwas anderes als die vermeintlichen Meinungen anderer zu fokussieren. Kurz musste ich mich daran erinnern, was ich ihn überhaupt gefragt hatte.

»Klar, könntest du! Aber wenn du noch unsicher mit den Bewegungen bist und dich darauf fokussieren musst, wird es schwierig für mich. Weißt du, beim Gebärden geht es nicht nur um die Gestik, sondern auch um Mimik, Mundbild – damit ist nicht nur das Lippenlesen, sondern die Emotion, wie man eben ein Wort ausspricht, gemeint – Blickrichtung und Körperhaltung. Die Grammatik unterscheidet sich auch von der deutschen Lautsprache, es ist eine eigene Sprache. Es gibt zum Beispiel keine Artikel, keinen Akkusativ, Dativ oder Genitiv. Demnach gebärdest du nicht immer alles Wort für Wort – so wie du es sprechen würdest. Verstehst du? Der

Satzbau ist anders.« Dann runzelte er nachdenklich die Stirn. Ich sah ihm an, dass er darauf bedacht war, mir ganz genau zu antworten. »Würdest du jetzt zum Beispiel ›Du backst Kuchen‹ sagen, würde das in der Gebärdensprache mit ›Du Kuchen backen‹ übersetzt werden. Das Verb kommt also immer am Ende. Da muss man aber auch noch mal zwischen LBG, also lautsprachbegleitendes Gebärden, und DGS, der deutschen Gebärdensprache, unterscheiden. Bei LBG wird das Gesprochene eins zu eins übersetzt. Die Grammatik wird also im Gegensatz zum DGS wie in der deutschen Lautsprache gebildet.«

Ich war sprachlos, wie komplex diese Thematik war, und entsetzt darüber, wie wenig ich davon wusste, obwohl ich schon so lange Zeit mit ihm verbracht hatte. Irgendwie absurd.

Klingt kompliziert.

Er zuckte mit den Schultern. »Nicht komplizierter, als eine andere Lautsprache zu lernen. Du möchtest heute aber viel über meine stille Welt wissen. Liegt es daran, dass du dich von den ganzen Menschen hier ablenken möchtest?«

Erwischt. Zerknirscht blickte ich drein und schrieb meine ehrliche Antwort in mein Notizbuch.

Vielleicht ein bisschen, aber es interessiert mich alles wirklich. Na ja, du interessierst mich.

Sein Lächeln, das er mir daraufhin schenkte, erstrahlte den ganzen Raum. Dann verwandelte es sich zu einem schiefen

Grinsen. »Mit der Befürchtung, den Moment zu zerstören …«, setzte er an und sah mich entschuldigend an. »Ich geh kurz auf die Toilette, ja?«

»Was?« Ich schüttelte vehement den Kopf. »Du hast gesagt, du lässt mich nicht allein!« Ich versuchte, die Worte in diesem dämmernden Licht noch klarer auszusprechen. Fragend blickte er mich an, also wiederholte ich meine Aussage.

Dann strich er mir liebevoll über die Wange. »Ich würde dich ja gern mit auf die Toilette nehmen, Liebling. Aber ich fürchte, sollte sich Cailan irgendwann mal blicken lassen, wäre er ziemlich sauer, weil er denken würde, wir hätten in seinem Bad etwas anderes getrieben als gepinkelt.«

Ich wurde rot. Kurz lachte er, dann wurde er wieder ernst. »Ich bin gleich wieder zurück.«

Meine Furcht herunterschluckend versuchte ich, möglichst lässig dazusitzen, während sich meine einzige Stütze langsam von mir entfernte. Unangenehmer, hier zu zweit aufzukreuzen, war definitiv, hier allein herumzusitzen und ins Leere zu starren. Als ich mich schließlich dazu überwand aufzusehen, weil auf die Füße zu gucken von außen betrachtet ziemlich merkwürdig aussah, bereute ich es sofort.

Zwei junge Frauen drängten sich in mein Sichtfeld und ich gefror zu Eis. Sie schauten zu mir herüber und grinsten herablassend. Immer wieder flüsterten sie sich gegenseitig etwas zu und sahen dann abermals zu mir. Meine Hände wurden schwitzig und begannen zu zittern. *Nein, Evie, du lässt dich davon jetzt nicht verunsichern.* Immer wieder brüllte ich mir den Satz in Gedanken entgegen, aber es half nichts.

Ich konnte nicht wegsehen, konnte aber auch nicht hinsehen und schaute mich deprimiert nach Vid um. In der Hoffnung ich würde wenigstens Faye ausmachen, ließ ich meinen Blick weiter durch den Raum schweifen, hielt jedoch wie automatisch bei den Tratschtanten inne.

Es schien sie zu amüsieren, dass mich ihre Blicke durcheinanderbrachten. Sie glitten immer wieder von meinen Füßen bis zu meinen Augen, während die beiden ab und zu tuschelten und anschließend laut gackerten.

Eigentlich sollte ich über ihnen stehen, ich hatte es schließlich nicht nötig, mich über andere – offenkundig – lustig zu machen. Es bereitete mir keine Freude, anderen Menschen ein schlechtes Gefühl zu vermitteln und ihnen dadurch langzeitliches Leid, ausgelöst durch Ängste und Verunsicherungen, die mit einem minderen Selbstwertgefühl einhergingen, zuzufügen. Durch ihre unsensiblen Machtattacken, die sie zu zweit einer einzelnen Person entgegenbrachten, beleidigten sie sich nur selbst und das, ohne es zu merken. Denn sie bewiesen damit augenfällig, dass sie schwach und charakterlos waren, obwohl sie eigentlich suggerieren wollten, dass sie die Stärkeren waren.

Die Folge dieser Erkenntnis wäre eigentlich gewesen, dass ich sie ignorierte oder ihnen mit meiner Mimik zu verstehen gab, dass sie sich peinlich verhielten. *Eigentlich.* Uneigentlich ließ ich mich von ihrem Auftritt zutiefst herunterziehen. Mir wurde speiübel und das diesmal, obwohl ich nicht einmal einen Schluck Alkohol heruntergekippt hatte. Eines der schlimmsten Dinge, die jetzt passieren konnte, war auf jeden Fall, mich hier und jetzt zu übergeben. Diese aufkeimende Angst trug nicht unbedingt dazu bei, meine Übelkeit zu mildern.

Ich musste aus der Situation raus. Meine zitternden Flossen glichen vermutlich einem Fisch, der verzweifelt am Land versuchte, zurück ins Wasser zu gelangen. *Achtung, Verwechslungsgefahr!* Schnell lief ich an den anderen Gruppen vorbei, die sich lautstark unterhielten, und in die Küche. Ausatmend lehnte ich mich an die Anrichte und vergrub mein Gesicht in den Händen. Ich hätte nicht herkommen sollen.

»Alles okay?«, hörte ich plötzlich eine tiefe Stimme sagen. Verwirrt und erschrocken zugleich blickte ich auf. Ein großer junger Mann mit dunklen Augen starrte direkt in meine. Ich hatte ihn noch nie zuvor gesehen. Er musste etwa in meinem Alter sein, seine markanten Züge ließen ihn älter wirken, doch das spitzbübische Lächeln glich diese Tatsache wieder aus.

Ich räusperte mich und ließ schnell meine Hände sinken. »Ähm, ja. Alles in Ordnung.«

»Zu viel getrunken?«, fragte er weiter und kam einen weiteren Schritt auf mich zu, während er sich durch die braunen Haare strich.

Ich schüttelte den Kopf, während ich mit zittriger Stimme sagte: »Nein, ich bin nur etwas müde.« Gott, was war das denn für eine dämliche Lüge? Welcher müde Mensch stand auf einer Party in der Küche und legte sein Gesicht in die Hände, um eine Runde zu pennen?

Er grinste nur noch breiter. »So ein hübsches Gesicht sollte man vor niemandem verbergen. Soll ich dich heimfahren, wenn du so müde bist?«

Meine Augen wurden riesengroß. Sollte das etwa ein Flirtversuch werden? Sind hier denn alle verrückt geworden? »Äh, nein danke. Ich komme zurecht.«

»Ich bin übrigens Rick«, sagte er schließlich, ohne auf meine Aussage einzugehen, und streckte mir die Hand entgegen, die ich zögernd ergriff.

»Evie.«

»Ach, du bist die Freundin von Faye, oder?«

Was hatte sie diesem Kerl bitte von mir erzählt? Hoffentlich nichts Endpeinliches. »Die bin ich wohl.« Würde sie mich als Freundin bezeichnen? Wir hatten nie darüber gesprochen, ob wir bloß Mitschülerinnen oder Freundinnen waren. Sprach man überhaupt darüber? Wenn man nicht darüber sprach, woher wusste man es dann? Normale Menschen spürten das sicherlich. Schade nur, dass ich das Gespür eines Toastbrotes hatte.

»Schön, dass wir uns kennenlernen. Ich bin Cailans Mitbewohner. Zumindest so lange, bis Faye und er zusammenziehen. Dann ersetzt er mich nämlich«, sagte er und lachte. Der Klang wirkte kein Fünkchen authentisch und bereitete mir in dessen Kühle eine Gänsehaut.

Ich wollte gerade etwas erwidern, da fiel mein Blick auf Vid, der hinter Rick stand und wütend auf seinen Hinterkopf stierte. Rick bemerkte meinen neuen Fokus der Aufmerksamkeit und drehte seinen Kopf in die Richtung, in die ich starrte.

»Javid, mein Bester!«, rief er aus und klang dabei wie Dorie aus »Findet Nemo«, die walisch sprach. Tat er das mit Absicht? »Wo ist dein Tablet?« Er malte ein Quadrat in die Luft, dann blickte er auf die kleine Tasche um seine Schultern.

Vid reckte den Kopf nach vorn und kam einen Schritt auf uns zu. »Das brauche ich nicht.« Dann griff er an Rick vorbei und nahm sacht, aber bestimmt meine Hand in seine, während er mir in die Augen schaute. »Komm, Evie. Wir gehen zurück ins Wohnzimmer.«

Rick packte nun unerschrocken Vids Arm, sodass dieser ihn beinahe mordlustig ins Gesicht stierte. Vid war einen halben Kopf größer als Rick, das schien diesem aber nicht sonderlich zu beeindrucken. »Lass sie das doch selbst entscheiden. Wir unterhalten uns gerade.« Wieder diese übertrieben bekloppte Betonung.

»Nimm deine Pfoten von mir.« Vids Stimme war rasiermesserscharf.

Rick löste seinen Griff und erhob beide Hände, während er provozierend grinste. Sanft schaute mich Vid an und so ließ ich mich von ihm aus der Küche führen. Nervös blickte ich in sein Gesicht, das noch immer angefressen aussah. Die beiden würde ich nun nicht gerade als dicke Freunde einstufen.

Als wir in eine ruhigere Ecke mit etwas weniger Lautstärke kamen, drehte er sich schließlich zu mir und sah mich vorwurfsvoll an. »War das jetzt so schlimm, mich kurz zur Toilette gehen zu lassen, dass du mich bestrafen musst?«

Irritiert schaute ich ihn an. »Was?«

Er fuhr sich durch die Haare. »Oh, Evil, warum löst du diese Gefühle in mir aus?«

Als ich noch immer nicht reagierte, stupste er auf meine Nasenspitze. »Du machst mich eifersüchtig.«

Dieses eine Wort wurde von einem Gefühl begleitet, das ich gar nicht kannte. Es kribbelte und hinterließ eine Gänsehaut. Eifersucht war eklig, deshalb mochte ich es nicht, es in ihm entfacht zu haben, nur weil ich mit Rick gesprochen hatte.

»Und dann auch noch Rick.« Er schüttelte verärgert den Kopf.

Er ist Cailans Mitbewohner. Woher kennst du ihn?

Beinahe erschrocken blickte er mich an. Dann bemühte er sich, eine teilnahmslose Maske aufzusetzen. »Ich kenne ihn nur vom Sehen und habe einige Aktionen auf Partys von ihm miterlebt. Er ist in unserer Parallelklasse.«

Ich nickte bloß und ließ das so stehen. Es war offensichtlich, dass die beiden eine eher negative Vergangenheit miteinander hatten. Aber ich hatte auch nicht das Recht, ihn weiterhin auszufragen, wollte ich doch selbst nicht, dass er mich bezüglich meiner Vergangenheit in die Mangel nahm.

Nachdem Vid und ich uns eine Cola aus dem kleinen Kühlschrank im Wohnzimmer geschnappt hatten, nahmen wir wieder auf dem Sofa Platz und beobachteten die Menschen um uns herum.

Sie tanzten ausgiebig und feuerten sich gegenseitig an. Nie im Leben hätte ich da mitgemacht. Niemals. Ich saß nur neben Vid, mein Notizbuch vor die Brust gepresst, und schaute mir das Spektakel mit einem Lächeln auf den Lippen an. Ab und zu verspürte ich tiefen Neid, weil ich mich nicht so frei fühlen konnte. Warum konnten mir Meinungen anderer nicht einfach egal sein?

Manchmal gesellten sich Personen zu uns auf das Sofa und sprachen mit mir ein, zwei Sätze, die ich knapp und höflich erwiderte – natürlich nicht ohne zu stottern und rot anzulaufen. Das war aber auch wirklich das höchste der Gefühle.

Nach einer halben Ewigkeit erblickten uns schließlich Faye und Cailan, die lachend aus einem anderen Zimmer stolzierten. Wollte ich wissen, was sie getrieben hatten, oder war die bessere Frage, ob ich wissen wollte, DASS sie es getrieben hatten?

Faye lief auf uns zu und drückte mich einmal kräftig, während sie Vid ein Lächeln zuwarf und winkte. »Ich freue mich so sehr, dass meine Erpressungen gefruchtet haben!«

»Da hast du aber etwas falsch verstanden«, erwiderte ich lachend. »Gefruchtet haben Vids Überzeugungskünste.«

Sie zog eine Augenbraue nach oben und grinste, während ich ihr am liebsten ein Kissen um den Schädel gehauen hätte. Auch Cailan begrüßte uns und betonte, wie schön es sei, dass wir gekommen waren. Gemeinsam platzierten wir uns wieder auf dem Sofa und beobachteten die Leute um uns herum. Als schließlich dieses uralte und trotzdem superschöne Lied »All Night Long« von Lionel Richie erklang und die Leute allesamt anfingen zu jubeln und zu tanzen, musste auch ich grinsen.

»Welches Lied?«, fragte Vid mich plötzlich.

Mein Lächeln verschwand sofort wieder. Warum waren vielen Menschen – auch mir – der eigene Musikgeschmack peinlich? Es war kein Einzelfall, es gab laut Internet echt viele Menschen, die sich sträubten, bei Autofahrten ihre Playlist zu starten. Als wäre es etwas Schlimmes, wenn man den Geschmack des anderen nicht traf. Wir waren eine komische Spezies mit merkwürdigen Problemen. Ich räusperte mich einmal und schrieb ihm dann das Lied in das Notizbuch.

»Das erklärt einiges«, kommentierte er.

Dann nahm plötzlich Faye meine Hand und zog mich in die Höhe und mit auf die provisorische Tanzfläche. Am liebsten hätte ich mich wie ein bockiges Kind in die Ecke gestellt und mich strikt geweigert zu tanzen, doch Faye ließ mir gar keine Wahl. Sie wirbelte mich herum und drehte sich selbst anschließend auch, bevor sie mich dann an sich heranzog und sich mit mir gemeinsam rhythmisch zu der Musik bewegte.

Wie zum Henker schaffte sie es, dass ich mich trotz dieser beängstigenden Situation so verhältnismäßig sicher bei ihr fühlte? Sie ließ mich fast *normal* fühlen. Natürlich bewegte ich mich trotzdem, als hätte ich einen Stock im Allerwertesten, und schaute mich die gesamte Zeit um, ob uns jemand beobachtete oder gar auslachte. Aber allein die Tatsache, dass ich *überhaupt* in der Öffentlichkeit tanzte, war ein riesengroßer Fortschritt. So als wäre das Tanzen hier zwischen den anderen Partygästen eine Banalität. Na ja, das war vielleicht übertrieben. Aber immerhin fühlte ich mich nicht wie in einem Fußballstadion, während ich bei einem Elfmeter den entscheidenden letzten Schuss versenken musste, um meiner Mannschaft zum Weltmeistertitel zu verhelfen. Das war ein Schritt weiter!

Der Schulwechsel war so viel mehr für mich als ein Neuanfang. Es war die Chance, wieder zu *leben*, anstatt nur zu überleben.

Als wir schließlich wieder saßen, schaute Vid mich nachdenklich an.

»Was ist?«, fragte ich verunsichert und war mir zu diesem Zeitpunkt nicht mehr sicher, ob der Tanz nicht doch Fremdscham erregend war.

»Ich wünschte einfach nur, ich könnte auch so mit dir tanzen«, antwortete er fast schon traurig, sodass es mich sprachlos machte.

Noch bevor ich etwas erwidern konnte, nahm Faye mich abermals an die Hand und entführte mich kurzerhand aus dem Wohnzimmer, während ich mich achselzuckend zu Vid umdrehte, der uns verwirrt nachschaute. Im Flur hielt sie mir schließlich ihr Handy vor die Nase. Es war ein Video, das irgendjemand von der Party gepostet hatte. Darauf zu sehen waren die Leute, die getanzt hatten, im Hintergrund erblickte ich zu meiner Überforderung Vid und mich. Neben mir saß ein Typ mit blondem Lockenkopf, der sich leicht zu mir herübergebeugt hatte. Faye zeigte auf Vid und meine Augen wurden größer. Er starrte den Typen über meinen Kopf hinweg wütend an und blickte dann auf den Arm, den der Lockenkopf auf die Lehne des Sofas gelegt hatte, als würde er ihn abhacken wollen.

»Du kannst mir nicht erzählen, dass da zwischen euch nichts läuft«, sagte Faye und schaute mich mit gerunzelter Stirn an.

»Und du kannst mir nicht erzählen, dass ich mich getäuscht habe und Cailan und du euch nur allein die Videos angeschaut habt, die andere von EURER Party gepostet haben?«

Faye lachte und kommentierte meine Frage nicht. »Nun sag schon: Was läuft da?«

»Ich mag ihn«, antwortete ich und wurde rot. Was sollte ich dazu sagen? So richtig hatte ich da selbst noch nicht drüber nachgedacht.

»Du *magst* ihn?« Sie schaute mich ungläubig an. »Komm schon, den Postboten mag ich auch, wenn er zur Abwechslung mal klingelt und ich das Paket nicht von der nächsten Packstation nach Hause buckeln muss.«

Ich zuckte mit den Achseln. »Keine Ahnung. Er ist doch nicht so übel wie anfangs gedacht.«

Sie schüttelte enttäuscht den Kopf und zog mich dann ohne weitere Worte zurück ins Wohnzimmer, machte die Musik leiser, während sie rief: »Wer hat Lust auf *Kartenküssen*?«

Großartig.

Mir ließ sie gar keine Wahl, sie zog mich zu sich auf den Boden, neben ihr nahm Cailan Platz, der zuvor eine Karte eines Trinkspiels von dem großen Esstisch genommen hatte. Vid sah mich fragend an und so zückte ich mein Notizbuch und schrieb über die ganze Seite »Kartenküssen«, sodass er es von der geringen Distanz in dem dunklen Licht lesen konnte. Er stand entschlossen auf und setzte sich neben mich, sodass mein Herz noch schneller schlug. Würde ich aufstehen und weggehen, wäre ich eine wirkliche Spaßbremse. Andererseits war meine Grenze bereits beim Tanzen überschritten worden. Dies hier war eine Zumutung, die ich wohl nur mit einem knappen Herzinfarkt überleben würde. Wie zum Henker schaffte ich es, hier sitzen zu bleiben und nicht schon aus dem Haus zu flüchten? Ich wog ab: Was war schlimmer? Jetzt irgendetwas vorzutäuschen, um nicht mitmachen zu müssen, oder mitmachen und mich höchstwahrscheinlich blamieren? Im Grunde brauchte ich keine Rechtfertigung, wenn ich nicht mitspielen wollte. Aber einfach wortlos aufzustehen, war auch keine Option. Mein Gedankenkarussell drehte sich zu lange. Das Ende war noch nicht erreicht und das Spiel begann bereits. Dann hatte wohl die Zeit für mich entschieden.

Eine junge Frau mit rotem Haar startete die Runde, saugte die Karte fest und gab sie an den großen Typen neben ihr weiter. Ich würde mich gleich so was von blamieren, das stand fest.

Es dauerte nicht lange, da war Faye neben mir an der Reihe und meisterte die Annahme mit Bravour. Mein Herz pochte bis zum Anschlag. Ich bereitete mich seelisch darauf vor, die Karte anzunehmen, und glaubte felsenfest daran, dass alle aufstöhnen würden, weil ich diejenige sein würde, die die Runde verkackte. Zu meiner Überraschung nahm ich die Karte von Faye deutlich besser an als gedacht und drehte mich langsam und mit rasendem Puls Vid zu, der meinem Gesicht zugleich näher kam. Ihm so nah zu sein und gleichzeitig die Karte wie ein Fisch anzusaugen, fühlte sich absolut absurd an.

Er sah mich mit seinen ehrlichen Augen an. In deren Ausdruck lag eine Entscheidung, die er getroffen zu haben schien. Die Atmosphäre zwischen uns hatte nichts mehr mit der lustigen Stimmung des Spiels gemein. Dann endlich nahm er die Karte an, verweilte jedoch damit vor meinem Gesicht. Kurz schien die Welt stehen zu bleiben. Im nächsten Moment ging alles ganz schnell. Er ließ die Karte zu Boden fallen, legte seine Hand in meinen Nacken und zog mich zu sich heran. Als sich unsere Lippen trafen, verspürte ich ein Feuerwerk der Gefühle in mir. Scham, weil uns alle zuschauten. Ärger, dass er das zwischen uns vor allen offenbarte, und das, obwohl er genau wusste, dass ich absolut *nicht* gern im Zentrum der Aufmerksamkeit stand. Überraschung, weil er offenbar keinerlei Abneigung hegte, den Leuten zu zeigen, dass er mich mochte.

Aber ein Gefühl überschattete alle anderen: tiefe Freude.

KAPITEL 21

Es gibt nicht immer nur schwarz und weiß. Grau ist auch eine schöne Farbe.

»Himmel, war das unangenehm«, flüsterte ich Faye zu, als sich die Gruppe auflöste, nachdem wir noch eine Runde vernünftig und ohne Unterbrechung gespielt hatten. Alle um uns herum hatten uns zwar irritiert begutachtet, zu meiner Überraschung aber keinerlei Kommentare abgegeben. Nicht einmal ein »Uh« oder »Sucht euch ein Zimmer« wurde uns zugerufen. Glück im Unglück würde ich sagen.

Vid hatte sich mit Cailan zurückgezogen, um uns Getränke zu besorgen. Wobei ich eher den Eindruck hatte, Faye hätte ihren Freund dazu genötigt, um Zeit zu schinden, mich auszuquetschen.

»Das war nicht euer erster Kuss, oder?«, fragte sie mich, anstatt auf mein Gejammer einzugehen, und bestätigte meine Vermutung.

»Nein«, gab ich zu. »Er hat mich schon mal geküsst.«

»Du blöde Kuh!«, rief sie aus und stupste mich spielerisch an. »Und das erzählst du mir nicht?«

»Ich weiß ja selbst nicht, was das zwischen uns ist«, versuchte ich, mich zu verteidigen. »Ich wollte das erst mal herausfinden, bevor ich dir davon berichte.«

Faye nickte verstehend. »Du musst dich auch nicht rechtfertigen, alles gut! Manchmal ist es gar nicht wichtig zu benennen, was es ist. Solange es sich gut und richtig anfühlt, kann man es auch einfach titellos genießen.« Sie lächelte. »Ich bin jedenfalls froh, dass du doch gekommen bist.«

»Ich auch«, erwiderte ich vorsichtig, um bei der Wahrheit zu bleiben. »Irgendwie.«

»Melanie und Lucy kommen eventuell gleich noch, ich muss sie dir unbedingt vorstellen!«

Noch mehr Menschen? Himmel, bitte nicht.

Wie aus dem Nichts stand plötzlich Rick neben uns wie eine Warze, die immer wiederkam und nicht raffte, dass man sie nicht sehen wollte. Es war fies, so über ihn zu denken, zumal ich ihn ja gar nicht kannte. Aber die Art und Weise, wie er Vid hatte provozieren wollen, hatte mir gereicht. »Hallo, Faye. Wie geht es dir?«, begrüßte er sie überschwänglich und die Authentizität war dabei einmal mehr flöten gegangen.

Faye richtete ihre Augen auf ihn, wirkte jedoch nicht gerade erpicht, ihn zu sehen. »Danke gut und dir? Amüsierst du dich?«

Rick nickte und schielte zu mir. »Wie kann man sich nicht amüsieren, wenn man so hübsche Frauen um sich herum hat?«

Pass bloß auf, dass du nicht auf deiner eigenen Schleimspur ausrutschst, Freundchen.

Faye blickte mir irritiert in die Augen und ich schüttelte nur fast unmerklich den Kopf. Sie sollte bloß nicht auf den falschen Gedanken kommen, ich hätte mit ihm angebandelt. Rick schien Fayes Verwunderung gar nicht zu bemerken (entweder weil es ihn nicht sonderlich interessierte oder weil seine Einfühlungsgabe auf sein egozentrisches Wesen reduziert war) und wandte sich mir zu. »Sag mal, läuft da was zwischen dir und Javid?«

Das war direkt. »Nein?«, antwortete ich kopfschüttelnd. Die Antwort kam so undurchdacht aus mir heraus, dass ich mich über mich selbst wunderte.

»Gut. Ich frage nur, weil er so besitzergreifend reagiert hat. So verhält er sich eigentlich nie.« Rick lächelte süffisant. »Sonst waren ihm die ganzen Frauen immer scheißegal und glaub mir: Auch wenn er behindert ist, schleppt er ziemlich viele davon ab. Also fühl dich am besten nicht zu wohl in seiner Nähe.« Hatte er ihn gerade ernsthaft in einem solch abwertenden Ton behindert genannt? Damit hatte er sich meilenweit ins Aus geschossen.

Meine Miene verfinsterte sich, doch noch bevor ich ihn zurechtweisen konnte, ergriff Faye das Wort. »Ich kann mich nicht daran erinnern, dass du je mit Javid mehr als zwei Worte gewechselt hättest. Woher kommt das Wissen?«

Rick grinste selbstgefällig. »Ach, Faye, du weißt doch, wie das läuft: Man hört mal hier, mal da. So aufgebracht, wie die Perlen immer sind, muss da ja etwas dran sein.«

»Offenbar habt ihr dann ja etwas gemeinsam, wenn ihr beide solche Arschlöcher seid, wie du behauptest«, platzte es auf einmal aus mir heraus. Ja, zugegeben, auf Gerüchte reagierte ich empfindlich. Vor allem aber, wenn es um Menschen ging, die mir wichtig waren.

»Du hast da was falsch verstanden«, entgegnete Rick und wirkte kein bisschen verärgert. »Javid sind die Frauen egal, mir nicht.«

»Darauf habe ich das gar nicht bezogen«, erwiderte ich. *O Gott, Evie, tu das nicht.* »Aber man muss schon ein ziemliches Arschloch sein, wenn man jemanden derart schlechtredet und Gerüchte verbreitet, den man gar nicht kennt.« Meine soziale Phobie mochte in anderen Situationen ausgeprägt sein, aber sobald jemand meinen Freunden unrecht tat, schien mein Hirn diese Tatsache zu verschleiern. Na ja, bis ich es dann losgeworden war und wie jetzt knallrot anlief und zitterte, während mir speiübel wurde.

»Glaub mir, wenn ich dir sage, dass ich nicht ein halb so schlimmes Arschloch bin wie dein taubstummer Freund.«

Mit hochgezogenen Augenbrauen starrte ich ihn an, schockiert von seiner Dreistigkeit. »Er ist nicht stumm. Er kann sehr wohl reden. Mittels Lautsprache *und* Gebärdensprache. Wenn du nicht mal das weißt, solltest du vielleicht noch mal überdenken, ob du ihn so gut kennst, dass du das alles behaupten könntest.«

Rick hingegen schien noch immer völlig entspannt zu sein, während mir Faye verstohlene und geplättete Blicke zuwarf. »Evie, du bist eine interessante Persönlichkeit.«

Hallo? Ich hatte ihn gerade beleidigt! Er schaute zur Seite und sein Blick veränderte sich zu einer spöttischen Miene, die grotesk aussah. Dann strich er mir plötzlich eine Strähne aus dem Gesicht, sodass ich erstarrte und Faye neben mir nach Luft schnappte. Langsam ließ er seine Hand meine Schulter entlang bis zur Hüfte gleiten.

Er spielte mit mir, wollte mich aus der Reserve locken, weil er ganz genau gemerkt hatte, dass mich dieses Battle ängstigte. In diesem Punkt war seine Einfühlungsgabe wohl ausgeprägter, als ich dachte. Wobei … offensichtlicher als meine bekümmerte, mickrige Erscheinung konnte es ja gar nicht sein.

»Rick, ich glaube, Evie –« Weiter kam Faye gar nicht, denn da stand auch schon Vid vor uns und schlug aufgebracht Ricks Hand von meinem Körper. Dicht hinter ihm tauchte Cailan auf, der Rick sofort eine Hand auf die Schulter legte und seine Freundin fragend ansah.

»Kapierst du eigentlich auch mal, wann es Zeit ist, sich zurückzuhalten?«, sagte Vid wutentbrannt an Rick gewandt.

Dieser schmunzelte überheblich. »Kapierst du eigentlich auch mal, dass du sprichst, als hättest du einen Schwanz im Maul?«

Mir klappte der Mund auf und als ich sah, dass Vid seinem Mundbild nicht folgen konnte, war ich erleichtert darüber.

Cailan nahm Fayes Hand und zog Rick ein Stück von mir weg. »Was ist dein Problem? Du benimmst dich wie ein Arsch.«

»Was ist das Problem von unserem Behinderten?«, stellte Rick die Gegenfrage und nahm in Kauf, dass ihn alle um uns herum anfunkelten.

Ich konnte das nicht mehr. Sich mit einem solch niveaulosen und vor allem respektlosen Menschen auszutauschen, war schlichtweg sinnlos und führte zu nichts. Wer so wenig Taktgefühl besaß, hatte sicherlich eine ähnliche emotionale Intelligenz wie die eines mordhungrigen Diktators. Ich schaute zu Vid und streckte meine Hand in seine Richtung. »Lass uns gehen.«

Seine Züge glätteten sich, als er in meine Augen sah, seine angespannte Haltung gab er fast gänzlich auf.

Noch bevor Vid meine Hand ergreifen konnte, packte Rick grob mein Handgelenk. »Bleib doch noch.« War der auf Drogen?

»Lass sie los«, sagte Vid tonlos. In ihm brodelte die Wut, seine Anspannung war schlagartig zurück.

»In welcher Welt hast du mir was zu sagen?«, erwiderte Rick und schubste Vid von sich, noch immer meinen Arm fest umschlungen. Ich war so schockiert über sein Verhalten, dass ich mich nicht zu bewegen wagte, geschweige denn die Stimme gegen ihn erheben konnte.

Vids Blick lag auf meinem Handgelenk und wanderte dann abermals in Ricks Gesicht. »Ich warne dich, lass sie los!« Sein Gesichtsausdruck machte sogar mir Angst, obwohl sein Zorn Rick galt.

Auch Faye schien nun außer sich. »Rick, was soll denn das?«

Cailan zog Faye nun ein Stück weit von uns weg und man sah ihm an, dass er merkte, dass die Situation gleich eskalieren würde.

»Hat dich meine Warnung damals davon abgehalten?«, zischte Rick und ich hatte felsenfest geglaubt, dass Vid sein Mundbild niemals lesen könnte und doch schien er zu verstehen, was Rick ausdrücken wollte.

»Halt sie daraus und lass sie los. Ich sag es dir zum letzten Mal«, preschte Vid mit zusammengebissenen Zähnen hervor.

Am liebsten hätte auch ich ihn angeschrien, ihn geohrfeigt, damit er mich endlich losließ. Aber feige wie ich war, schaffte ich es nur, andere zu beschützen. Mich selbst stellte

ich hintan und ließ all das Negative über mich ergehen, als hätte ich es verdient.

Rick grinste nur breit und zog mich grob an sich.

Dann ging alles ganz schnell. Vid packte Rick am Kragen, während Cailan Faye noch weiter zurückzog und zwischen Rick und Vid ging, um sie zu trennen. Als mich Rick schließlich freigab, lehnte ich mich keuchend an die Wand und blickte in viele Gesichter, die uns erschrocken beobachteten. *Schlimmer geht's nimmer.* Sollte mich noch mal jemand fragen, warum ich partout nicht gern unter Menschen ging …

Cailan nahm Rick beiseite und schien sehr klar in seinen Worten zu sein, die er ihm flüsternd widmete, denn er machte tatsächlich kehrt und verließ das Wohnzimmer. Heiliger Bimbam gab es bekloppte Leute auf diesem Planeten.

»Ich glaube, wir sollten gehen«, sagte ich mit brüchiger Stimme nach Sekunden der Stille und sah Faye nach Hilfe ringend in die Augen. Sie nickte, selbst sichtlich schockiert über die Misere zuvor, und blickte ihren Freund an, der sie wortlos zu verstehen schien.

»Ich fahre euch nach Hause«, sagte Cailan entschlossen und gab Faye einen Kuss auf die Stirn. »Ich bin so schnell ich kann wieder da. Wenn was ist, ruf mich an.«

Sie nickte und küsste ihn noch einmal auf den Mund. Dann schloss sie mich kurz in die Arme und flüsterte mir ins Ohr: »Alles ist gut, Evie. Morgen wird keiner mehr davon sprechen.«

Wissend, dass das nicht stimmte, ignorierte ich ihr Zusprechen und bedankte mich für die Einladung. Vid, der neben mir stand und noch immer vor Wut zu kochen schien, nahm meine Hand und führte mich mit Cailan im Gepäck aus dem Haus.

Im Auto angekommen setzten wir uns beide nach hinten, während Cailan, nachdem er uns nach meiner Adresse gefragt hatte, Musik anmachte und uns stumm durch die Straßen fuhr.

»Tut mir leid, Cailan«, sagte ich schließlich beschämt. »Ich war zu emotional geladen.«

»Alles gut, dich trifft keine Schuld. Rick ist manchmal echt ein Arsch. Mach dir bitte keinen Kopf«, erwiderte er einfühlend und dann wurde es wieder still im Auto.

Kurz blickte ich aus dem Fenster und versuchte mit aller Macht, die Bilder von eben zu verscheuchen, um meine aufsteigenden panischen Gedanken erst gar nicht zuzulassen. Doch je länger sich die Stille im Auto ausbreitete, desto mehr Platz bot sich in meinem Kopf. Was dachten die Gäste wohl gerade von mir? Dass ich mit Rick *und* Vid etwas am Laufen hatte? Dass ich daran schuld war, dass sich die beiden gestritten hatten? Es war ein Fehler, zu dieser Party gegangen zu sein.

Ich beschloss, mein Notizbuch zu zücken, um mich abzulenken. Außerdem ließ mich meine Neugier vermutlich ohnehin nicht einen vernünftigen Gedanken fassen.

Warum hasst dich Rick, wenn ihr doch so wenig miteinander zu tun habt?

Vid blickte auf mein Notizbuch und hielt es ans Fenster, um die Laternen als Lichtquelle zu nutzen. Er atmete einmal tief durch, dann schaute er nach vorn und sagte beinahe monoton: »Ich habe mit dem Mädchen geschlafen, in das er verliebt war.«

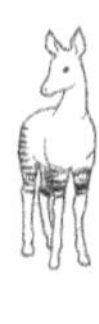

Heiliger …

Kurz musste ich schlucken und mich daran erinnern zu atmen. Als er mich dann doch prüfend ansah, versuchte ich, meinen Schock und das aufkeimende Gefühl der tiefen Eifersucht zu unterdrücken und zu überspielen, indem ich die nächste Frage in mein Buch schrieb.

Und du wusstest, dass ihn das verletzen würde?

Ein einziges Nicken war alles, was ich bekam.

Warum hast du das getan?

»Keine Ahnung, ich war so drauf. Ich wollte Menschen verletzen, besonders diejenigen, die ich nicht mag. Rick hat auf jeder Party so getan, als würde ihm die Welt gehören und hat andere wie Dreck behandelt.«

Und dann hast du entschieden, es ihm gleichzutun und ihn und vor allem das Mädchen wie Dreck zu behandeln?

»Nein. Ja. Ich wollte einfach nur, dass er merkt, dass ihm eben nicht die Welt gehört. Ich war anders, Evie.« Er sollte mich bitte mit Behauptungen verschonen, er habe sich geändert. Daran glaubte ich nicht. Aussagen wie diese widerten mich regelrecht an, weil ich zig Beispiele kannte, bei denen sie eine pure Lüge der Manipulation waren.

Bitte halte dich nächstes Mal raus, wenn ich mit jemandem Ärger habe, okay?

Niemand sollte den Eindruck haben, dass ich schwach sei und Hilfe bräuchte, weil ich mich nicht wehren konnte, auch wenn es teilweise der Fall war. Aber ich *wollte* das nicht sein, sondern unabhängig, frei, selbstbestimmt.

Nachdem er meine Schrift entziffert hatte, blickte er mir ernst ins Gesicht. »Ich werde dich immer beschützen, Evie«, entgegnete er ernst und seufzte dann. »Außerdem ist der Konflikt wegen mir entstanden.«

Ich wandte den Blick ab und schaute in die Schatten der Bäume. Um ehrlich zu sein, war ich froh, als Cailans Auto vor meiner Einfahrt hielt und ich mich bedankend bei ihm verabschiedete, während ich Vid noch einmal zuwinkte. Man sah ihm an, dass er Sorge hatte, was ich jetzt von ihm halten mochte, und so schenkte ich ihm noch ein schmales Lächeln. Vergangenheit war Vergangenheit und gerade *ich* hatte kein Recht, darin wie wild geworden herumzustochern und ihn zu verurteilen.

Als ich über die Türschwelle trat, kam auch schon meine Mutter in den Flur und fragte munter, wie die Party war. Andere Mütter hätten vermutlich am liebsten einen Alkoholtest angeordnet oder explizit ausquetschen wollen, ob auf der Party Drogen konsumiert wurden. Meine Mutter wollte bloß euphorisch wissen, ob ich Spaß gehabt hatte, nachdem ich vor Vid monatelang überhaupt nicht unter Leute gegangen war.

Nachdem ich ihr kurz und knapp berichtet hatte, dass wir viel gelacht hatten, verabschiedete ich mich von ihr und stiefelte träge in mein Zimmer. Meine soziale Batterie war mittlerweile so leer, dass ich sie schleunigst aufladen sollte. Diese ganzen Gespräche und Peinlichkeiten hatten mich so müde gemacht, dass ich auf der Stelle einschlafen konnte. Doch an Schlaf war wohl noch nicht zu denken, denn Faye und Vid hatten mir jeweils eine Nachricht geschrieben. Entschieden widmete ich mich zunächst Fayes Nachricht. Sie machte sich Sorgen und fragte mich, ob alles okay sei. Ich antwortete ihr bloß, dass es mir gut ginge, entschuldigte mich für das Durcheinander und wünschte ihr eine gute Nacht, ehe ich mich Vids deutlich längerer Nachricht zuwandte.

> Es tut mir leid, dass es so eskaliert ist. Ich wollte eigentlich nur, dass du merkst, dass es gar nicht so schlimm ist auszugehen. Stattdessen habe ich dir Gründe gegeben, die dafürsprechen, nie wieder auch nur Menschenmengen aufzusuchen.

Warum musste er so idiotisch und gleichzeitig so empathisch sein? Er machte es mir schwer, ihn nicht zu mögen.

Während ich mich abschminkte und mich umzog, überlegte ich, was ich ihm antworten könnte. Ob ich das Gespräch von der Autofahrt fortsetzen sollte? Vielleicht war das unfair ihm gegenüber, weil er bereits zu viel von sich offenbart hatte. Eigentlich war ja nahezu alles im Leben ein Geben und Nehmen. Informationen zu geben … dazu war ich beim besten Willen nicht bereit. Letztlich entschied ich mich also dafür, ihm einfach nur zu signalisieren, dass das Thema für mich abgehakt war.

Alles gut, Vid. Wir haben uns alle nicht richtig verhalten.

Noch während ich mich in mein Bett kuschelte, folgte eine weitere Nachricht:

Ich kann es einfach nicht leiden, wenn man so mit dir umgeht.

Ich war nicht in Gefahr, stellte ich klar.

Er hat dir wehgetan.

Fast hätte ich mit den Augen gerollt, würde mein Pubertätshormonmonster nicht in die Lüfte springen, weil er so beschützend war. Hatte ich nicht vor nicht allzu langer Zeit behauptet, ich wolle für mich selbst einstehen? Widersprüchlich zu sein war wohl zu einem meiner Hauptcharaktermerkmale geworden.

Und siehe da: Ich lebe noch, schrieb ich plump.

Seine Antwort zeugte von den Nachwirkungen des Zorns, den er bei der Party empfunden hatte, und veranlasste mein Hirn dazu, den Text einmal mehr zu lesen:

Das hätte er von sich fast nicht mehr behaupten können. Ich weiß, ich komme rüber wie so ein asozialer Schläger. Ich weiß auch nicht, was mit

mir los ist. Es ist, als würde sich ein Schalter umlegen, wenn dir jemand zu nahe kommt. Niemand hat das Recht, dich schlecht zu behandeln!

Spätestens jetzt konnte ich nicht mehr behaupten, dass er mich eigentlich gar nicht mochte. Er hatte es heute mit Worten und Taten widerlegt.

Lass es uns vergessen, war alles, was ich schrieb.

Das kann ich nicht. Dieser Abend hat etwas in mir ausgelöst, Evie. Verstehst du das?

Ausgelöst? Was meinte er damit?

Ich hoffe nicht deine Mordlust.

Meine humoristische Antwort passte wohl nicht gerade in den Kontext für ihn, denn er beendete das Thema mit einem bloßen:

Gute Nacht, Evil. Träum süß.

War er etwa sauer? Hatte er das Gefühl, ich würde ihn nicht ernst nehmen? Ich wollte nicht, dass er so schlafen ging. Es wäre mir lieber, würden wir das Unausgesprochene, das zwischen uns lag, beiseiteschaffen, indem wir es ansprachen. Und genau das tat ich auch:

Es gibt eine Menge Menschen, die wütend auf dich zu sein scheinen. Marcus, Rick …

Das nennst du eine Menge? Zwei Personen?,

antwortete er und setzte noch einen lachenden Emoji dahinter. Zumindest war er nicht mehr eingeschnappt.

Ich ging gar nicht darauf ein und beschloss, einfach direkter zu formulieren, was ich insgeheim wissen wollte:

Was ist mit Marcus los? Warum hat er dich so bloßstellen wollen an diesem Abend?
Ihr seid doch beste Freunde.

Mit der nächsten Nachricht ließ er sich etwas Zeit und als ich sie las, erkannte ich auch warum. Es lag viel mehr im Verborgenen, als ich vermutet hatte.

Das waren wir. Kurz bevor wir uns im Club getroffen haben, hat er etwas erfahren, was er nicht hätte erfahren dürfen. Rick hat ihm etwas aus meiner Vergangenheit gemailt. Marcus hat es mir am Sonntag wortlos weitergeleitet. Die beiden kennen sich von einem Online-Game und sind sich auch schon öfter auf Partys begegnet. Ungünstiger Zufall.

Irritiert schrieb ich zurück:

Das gehört zusammen? Was hat er denn gemailt?

Wie gebannt starrte ich auf das Display meines Handys und wartete darauf, endlich die ganze Wahrheit über Vid zu erfahren. Doch ich wurde enttäuscht.

Das ist eine lange Geschichte. Ich sollte jetzt schlafen. Träum süß, Evie.

Der erste Satz entsprach ungefähr dem Satz »Ich möchte nicht darüber reden«, aber diesen Fakt ignorierte ich einfach zur Abwechslung und wünschte ihm eine gute Nacht. Man sollte niemanden dazu drängen, etwas zu erzählen. Jeder Mensch hatte seine eigenen guten Gründe, etwas im Verborgenen zu halten und Erinnerungen nicht aufkeimen zu lassen. Manchmal um die Seele, manchmal um den Arsch zu retten. Ich glaubte zu erahnen, dass in Vids Fall beide Dinge eine Rolle spielten. Aber selbst diese Annahme stand mir nicht zu und so beschloss ich, das Thema so weit, wie es mir möglich war, ruhen zu lassen.

Stattdessen beschloss ich, mir anderweitig und deutlich sinnvoller den Kopf zu zerbrechen. Die halbe Nacht lernte ich verschiedenste Bewegungen der Gebärdensprache. Es ging erstaunlich gut und mit jeder Wiederholung festigte sich auch die passende Bewegung.

Ich wollte alles dafür tun, dass Vid und ich uns bestmöglich unterhalten konnten. Die Stille sollte keine Macht mehr über uns haben, denn das hatte sie lange genug.

KAPITEL 22

Jeder Mensch hat sein Päckchen zu tragen. Die Frage ist nur, ob du es als dauerhafte Sitzgelegenheit nutzt oder als Gewicht, das dich stärker macht.

Am nächsten Tag rief mich Faye früh an und fragte, ob ich Zeit für sie hätte. Natürlich sagte ich zu und wir verabredeten, dass sie zu mir kam. Vorher beseitigte ich noch das gröbste Chaos und kassierte dafür ein Schmunzeln meiner Mutter, während ich ihr innerlich liebevoll den Mittelfinger zeigte. Ich liebte sie sehr und wir hatten sicherlich auch viele Gemeinsamkeiten, aber Ordnung würde wohl nie dazuzählen.

Als Faye schließlich bei mir war und sie – nachdem sie mein Zimmer für gemütlich befunden hatte – sich auf meinem Bett niedergelassen hatte, sah sie mich neugierig und mitfühlend zugleich an. »Was war da gestern los?«

Kurz dachte ich darüber nach, was ich ihr antworten sollte, und schürzte die Lippen. Faye war zu einer Person geworden, die ich definitiv als Freundin betiteln wollte. Und doch wäre es unfair Vid gegenüber, den ich ebenfalls als … na ja … Freund bezeichnen wollte, seine Vergangenheit und die damit verbundenen Fehler auszuplaudern. Das fühlte sich falsch, verlogen und verräterisch an. Also sagte ich bloß: »Rick war wohl ziemlich betrunken. Keine Ahnung, warum er mich dazu auserkoren hat, seine Scheiße abzuladen.«

Sie nickte verstehend, rümpfte jedoch die Nase. Ihre Oberlider hingen leicht herunter und ihr starrer Blick wirkte verachtend. »Er kann manchmal ein ziemlicher Arsch sein. Das ist ein weiterer Grund, warum Cailan ausziehen möchte.«

»Ich verstehe sowieso nicht, warum jemand wie Cailan mit jemandem wie Rick zusammenwohnt.«

Faye zuckte mit den Schultern. »Nachdem Cailans Mutter verstorben ist, hatte er niemanden mehr und da hat es sich angeboten, sich mit Rick eine gemeinsame Wohnung zu suchen. Die beiden haben sich über mich kennengelernt, weil ich mit Rick eine Spendenaktion innerhalb der Schule geplant habe. Wir haben beide nicht geahnt, dass Rick zwei Gesichter hat.«

»Das tut mir leid mit Cailans Mama«, sprach ich ehrlich aus. Meine Augenbrauen zogen sich leicht zusammen, meine Mundwinkel erschlafften, während ich darüber nachdachte, wie ich mich fühlen würde, würde auch ich meine Mama verlieren. Es wäre unerträglich. »Seine Mutter zu verlieren, muss wirklich hart sein, zumal er ja noch so jung und gerade erst im Leben angekommen ist.«

»Das stimmt«, pflichtete sie mir nickend bei. Auch ihre Mimik hatte sich verändert. Ihre Wangen waren nun schlaff, ihre Mundwinkel zogen sich gen Boden, während sie ihren

Blick senkte. »Wir waren zu der Zeit gemeinsam in der Klinik. Es war wirklich schwer für ihn und es war schwer, es mit ansehen zu müssen.«

Das konnte ich mir mehr als nur bildlich vorstellen. Jemanden, den man liebte, an den Tod zu verlieren, erschien mir so unaushaltbar, weil es endgültig war. Es gab nichts, keine Worte, keine Taten, nichts brachte diese Person zurück in dein Leben. Das Einzige, das dir blieb, waren die Erinnerungen und die Hoffnung, dass sie nicht verblassten. Dass dir die Stimme ewig im Gedächtnis blieb, dass sich ihre Mimik nicht mit der Zeit verschleierte, dass du das Gefühl ihrer Berührungen niemals vergessen würdest. Seine Mama zu verlieren, stellte ich mir noch auf eine andere Art schmerzhaft vor. Zumindest dann, wenn man ein gutes Verhältnis zu ihr hatte. Sie war die erste Person, die du kennenlernen durftest, sie hat dich in sich getragen, dir Schutz geboten. Sie war der erste Mensch, dem du vertraut hast. Das zeichnete eine sehr innige Bindung aus, die nur schwer trennbar war.

Ein Band, das auch durch den Tod nicht entzweit werden konnte. Genau deshalb zogst du weiterhin an dem Band, während sich das andere Ende nach dem Tod längst hinter einer verschlossenen Tür befand, unerreichbar für dich. Doch du zogst und zogst mit der Angst lebend, das Band loszulassen und damit deine Mama. Bis du irgendwann gemerkt hattest, dass es ein anderes Band gab, ein durchsichtiges, das eure Seelen miteinander verwebte.

Aber bis dahin war das sicherlich ein wahnsinnig schmerzhafter Weg und ich hoffte so sehr, ich würde vor meiner Mama gehen, um diesem nicht ausgesetzt zu sein.

Als ich merkte, dass sich Tränen in meinen Augenwinkeln sammelten, senkte ich den Blick und versuchte, meine Überlegungen in eine andere Richtung zu manövrieren. Vor meinem geistigen Auge flackerten Cailans Gesicht und die honigbraunen, offenen Augen auf. Es war absurd, dass wir manchmal Bilder des inneren Ichs einer Person hatten, die wir als Wahrheit einstuften, ohne darüber nachzudenken, dass unsere Vermutungen eine glatte Lüge sein konnten.

»Ich kann mir gar nicht vorstellen, dass Cailan psychische Probleme hat«, sagte ich vorsichtig und schaute verstohlen zu Faye auf. »Er wirkt so klar, so selbstbewusst.«

Traurig lächelte sie, während ihre Augen funkelten, als sie über ihren Freund sprach. »Er glaubt manchmal noch, dass er stark sein *muss.* Ihm wurde immer eingebläut, dass Männer nicht traurig sein dürfen; dass sie *immer* stark sein müssen.«

»Was für ein grausames Rollenklischee«, erwiderte ich augenrollend und rümpfte die Nase. »Also bei mir kann er seine Maske auch gern absetzen.«

»Das habe ich ihm auch schon gesagt. So richtig macht er das aber nur bei mir.« Sie schaute fast schon zerknirscht drein. »Das ist eben ein Prozess, den er durchlaufen muss. Genauso wie ich meinen.«

»Ja, das stimmt. Nur wer den Weg antritt, wird zum Ziel gelangen. Sagt man das nicht so?«, entgegnete ich und bemühte mich, das Gesagte nicht zu verbittert klingen zu lassen.

»Du hast auch eine Geschichte, oder?«, fragte Faye plötzlich und legte mir eine Hand auf mein Bein.

Notiz an mich selbst: Sage nichts, was dich verbittert wirken lässt, weil du es sowieso nicht verbergen kannst.

»Jeder hat eine Geschichte«, antwortete ich abweichend und ließ meinen Blick durch das Zimmer schweifen, um einen Punkt zu finden, den ich fokussieren konnte. Augenkontakt war zwar nie meine Stärke und meist ein absoluter Vermeidungsprozess, aber in diesem Fall achtete ich tatsächlich sogar bewusst darauf, sie nicht anzuschauen.

Doch sie ließ sich nicht beirren oder gar abschütteln. »Du weißt, was ich meine. Du hast dunkle Gedanken.«

»Wie kommst du darauf?« Unmerklich hielt ich die Luft an und machte mich auf das Schlimmste gefasst. Was dachte sie von mir? Wo war die Lücke, die sie durchbrochen hatte?

»Du sprichst mit niemandem außer mit Vid, zwangsweise Cailan und mir. Wenn andere dich anschauen, guckst du weg und willst am liebsten woanders sein, das sieht man sofort. Mal abgesehen von den Situationen mit Rick und Marcus habe ich dich bisher nur sehr verlegen und still mit Fremden kommunizieren sehen«, begründete sie sachlich ihre These.

Ich bemerkte aus den Augenwinkeln, wie sie mich und meine Reaktion beobachtete. Ertappt und um ihre Vermutung zu widerlegen, schaute ich ihr schnell in die Augen. Doch in den ihren erkannte ich, dass es nichts mehr an ihrer Spekulation ändern würde. Ich sagte nichts, starrte nur auf ihre Hand. Was sollte ich auch groß sagen? Ihr freudestrahlend einen Pokal überreichen, weil sie mich entlarvt hatte?

»Du meidest Menschen, oder?«, hakte sie schließlich nach und ihr Unterton wurde mit jedem Wort mitfühlender.

»Dich nicht«, erwiderte ich ausschweifend.

»Ich bin aber auch ein psychisches Wrack. Da kann man sich schon mal geborgen fühlen, wenn man eigene Probleme

hat.« Fast lachte sie, aber der Fakt, dass sie ihren Worten tatsächlich Glauben zu schenken schien, hinderte sie letztlich daran und verwandelte ihre Miene zu einer Maske der Ernüchterung.

Auch bei mir machte sich der Frust breit, allerdings auf einer anderen Ebene als bei Faye. Zum einen störte es mich, dass sie so über sich sprach und es auch noch ernst meinte. Zum anderen kämpfte meine Angst gegen mein schlechtes Gewissen. Sie hatte mir so viel über sich preisgegeben, sich mir geöffnet, stand quasi nackt vor mir, während ich ihr nur Bruchteile meines Lebens anvertraute. Das war nicht fair und wenn sie doch ohnehin das analysiert und begriffen hatte, was ich ständig zu verbergen versuchte, war es nur ungerecht, sie weiterhin in den Schatten stehen zu lassen.

Genauso wie sie mich hinter ihre Fassade hatte schauen lassen, sollte ich ihr dieselbe Möglichkeit geben. Außerdem konnte ich mir beim besten Willen nicht vorstellen, dass Faye mit diesen Informationen zu der nächstbesten Tratschtüte lief, um ihr meine Geheimnisse zu verkünden. Egal wie misstrauisch ich der Menschheit gegenüber eingestellt war und wie viele Sorgen ich mir über mögliche Enttäuschungen machte, meiner Menschenkenntnis vertraute ich zumindest in Fayes Fall sehr.

»Du würdest mich niemals verurteilen, oder?«, sicherte ich mich trotz dieses Bewusstseins ab.

Faye schüttelte eisern den Kopf. Ihre Miene war offen und klar. Nicht neugierig und ungeduldig, sondern abwartend und taktvoll. »Niemals.«

Viele Menschen suggerierten uns, dass es nicht in Ordnung

war und nur aus Aufmerksamkeitsdrang geschah, wenn man offen über seine psychische Belastung sprach. Durch solch toxische und abartige Behauptungen hatten die meisten Menschen Angst davor, sich zu öffnen, und glaubten, sie müssten in der Stille einsam leiden. Ich wollte mich nicht mehr verstecken und Personen, die anderen solche Dinge eintrichterten, gefügig sein.

Ich atmete noch einmal tief durch, ehe ich die Bombe kurz und knapp platzen ließ: »Du hast recht, ich meide Menschen. Ich habe eine soziale Phobie. Bevor ich auf die Schule gewechselt bin, war ich eine Zeit lang in einer Notfallklinik. Dort wurde das diagnostiziert.«

Erschrocken sah sie mich an, bevor sich ihr Ausdruck wieder glättete und ihre Augenbrauen etwas nach unten wanderten. Man sah ihr sichtlich an, dass sie sich zusammenriss. »Du hast eine diagnostizierte soziale Phobie?«

»Ich halte nichts von Selbstdiagnosen. Sie führen oft zu Fehldiagnosen und das Schlimme daran ist, dass psychische Erkrankungen nicht mehr für voll genommen werden«, antwortete ich standhaft und voller Inbrunst.

»Ja, da gebe ich dir recht«, pflichtete sie mir bei, dann konkretisierte sie ihre vorherige Frage und machte deutlich, dass sie eher das letzte Wort betonen wollte: »Ich meine: Du bist eine noch krassere Verbündete als angenommen …?«

Kurz musste ich lachen. »Ich schätze, ich gehöre zum Club der verlorenen Seelen.« Dann wurde ich wieder ernst und ich richtete meine Augen auf einen Punkt an der Wand. »Mit dem Unterschied, dass mir meine Seele nicht genommen wurde, sondern ich sie selbst abgegeben habe.«

»Was soll das heißen?«, fragte Faye mit gerunzelter Stirn nach und legte ihren Kopf schräg.

»Nicht so wichtig.« Ich winkte ab und war dankbar, dass sie bloß taktvoll nickte.

Meliya hätte mich jetzt vermutlich bis zum Äußersten ausgequetscht, wenn man annahm, ich und meine Belange würden sie zur Abwechslung interessieren.

»Bist du deswegen in Therapie?«, fragte Faye schließlich nach einigen Sekunden der Stille.

Ich schüttelte den Kopf.

»Meinst du, eine Therapie würde dir guttun?« Wieder diese vorsichtige, einfühlsame Tonlage, die ich so an ihr schätzte.

Schulterzuckend schürzte ich die Lippen. »Dazu müsste ich mich erst mal trauen, einen Termin zu machen. Meine Mutter hatte mal bei einer Therapeutin angerufen, aber die meinte, das müsse aus Eigeninitiative von mir passieren. Irgendwie bescheuert. Man geht ja nicht umsonst zur Therapie, weil man zum Beispiel soziale Phobien hat. Vielleicht werden so die Wartelisten gering gehalten.« Fast schon zynisch lachte ich auf. Wie absurd das klang!

Faye ging nicht auf meine letzten Worte ein, sondern blieb voll und ganz bei *mir*. »Ich glaube, du unterschätzt dich sehr. Mit Unterstützung würdest du das schaffen.«

Als wäre es mir egal, starrte ich teilnahmslos an die Wand und lenkte das Gespräch auf sie zurück. »Hat dir die Therapie geholfen?«

»Ich bin immer noch in Therapie«, antwortete sie nüchtern. »Mein Therapeut ist zwar nicht ganz so genial wie die Psychiaterin in der Klinik, aber ja, es hilft mir sehr.«

»O Gott, bei einem Mann würde ich mich ja total unwohl fühlen. Das soll nicht männerfeindlich oder so klingen, aber ich habe meine Schwierigkeiten, wenn ich mit fremden Männern sprechen muss. Frag nicht warum, es gibt eigentlich keinen plausiblen Grund«, offenbarte ich mich und kam mir dabei hölzern vor.

Sie lachte über meine peinlich berührte Miene. »Ich verstehe das. Aber er ist wirklich klasse. Frau Dr. Henderson kann nur einfach niemand toppen.«

Ich spiegelte ihr Lächeln und schaute sie lange an, abwägend, wie weit ich wohl mit der Fragerei gehen durfte, ehe ich mich dann doch überwand: »Wie war es in der Klinik?«

Kurz nahm sie sich die Zeit, um nachzudenken. Vielleicht war ich wirklich zu weit gegangen, doch noch bevor ich ihr versichern wollte, dass sie nicht darauf antworten müsse, ließ sie mich ein weiteres Mal in ihr Herz blicken.

»Was soll ich sagen? Schwer, schön, traurig, bereichernd, hart. Alles in einem schätze ich. Als ich aus der Klinik entlassen wurde und Cailan noch zwei Wochen länger bleiben musste, war das ziemlich schwer für uns. Mich wieder in die Schule zu begeben, war mit Ängsten verbunden. Ich bin älter als die anderen, dadurch, dass ich die Klasse wiederholt habe. Alle kannten sich bereits und haben Gruppen gebildet. Ich habe mich sehr allein gefühlt und hatte Sorge, es nicht zu schaffen. Aber ich bin mit Stärke in den neuen Lebensabschnitt gestartet und das hat mir geholfen. Außerdem habe ich tolle Menschen kennengelernt, Mel und Lucy zum Beispiel. Sie haben mir gezeigt, dass Freundschaften nicht immer mit Schmerz verbunden sein müssen.« Sie grinste. »Ich

wurde erstaunlich gut von der Klasse aufgenommen und als Cailan schließlich auch aus der Klinik entlassen wurde, habe ich erst gemerkt, was es ausmachen kann, wenn man viel unterwegs ist und sich nur begrenzt Zeit für sich nimmt. Klar, allein zu sein, muss nichts Schlechtes sein, im Gegenteil, das ist auch sehr wichtig. Aber dadurch, dass ich davor nur allein war, habe ich mich oft einsam gefühlt und die Isolierung hat alles nur noch verschlimmert. Ich hatte *zu* viel Zeit, um nachzudenken.«

Auf meine Hände starrend ließ ich all das Revue passieren, was sie mir offenbart hatte und was ich damit zu verknüpfen versuchte. Es führte mich zu einer einzigen Frage: »Glaubst du daran, dass alles gut werden wird?«

Ihre Antwort kam wie aus der Pistole geschossen. »Ich *weiß* es.«

Irritiert über ihre Zuversicht blickte ich auf. »Warum bist du dir da so sicher? Nach all dem?« Eigentlich wollte ich sagen: »Nach all dem, was du offenbar durchgemacht haben musst«, doch das traute ich mich dann doch nicht. Jemanden auf seinen wunden Punkt anzusprechen, zählte nicht unbedingt zu meinen Lieblingsbeschäftigungen.

»Genau deshalb weiß ich es. Der positive Blick in die Zukunft ist das, was wir benötigen, um lang genug durchzuhalten. Es wird immer alles gut. Bei manchen Menschen schneller als bei anderen.« Sie klang felsenfest überzeugt, ihre Schultern waren gestrafft, sie schaute mit offenem Blick in meinen.

»Meinst du, all die Menschen, die sich das Leben genommen haben, haben an ein Happy End geglaubt?«, flüsterte ich fast und schämte mich prompt für meine Frage, schließlich war ich mir nicht sicher, wie weit ihre inneren Dämonen gegangen waren.

Kurz dachte sie nach, bevor sie antwortete: »Bis zu einem gewissen Punkt schon.«

»Ja, bis sie gemerkt haben, dass nichts gut wird«, sprach ich weiter und verfluchte mich dafür, dass ich meine Bitterkeit nicht im Zaum halten konnte.

»Und wenn sie gegangen sind, bevor alles gut werden konnte?«, fragte sie schließlich und lächelte traurig. »Glaub mir, ich war schon oft davor aufzugeben, Evie.«

Erschrocken riss ich meine Augen auf, ohne meine Reaktion auf ihre Worte kontrollieren oder gar unterdrücken zu können. Ich konnte nicht fassen, dass der Mensch, der mir so sehr ans Herz gewachsen war, bereits an solch drastischen Tiefpunkten angelangt war. Es war schwer aushaltbar, dass Faye Krisen meistern musste, die sie zu den Überzeugungen brachten, das Leben sei nicht mehr lebenswert genug, um hierzubleiben. Nicht auszudenken, wie schlimm dieser Verlust für die Welt gewesen wäre.

Je mehr ich darüber nachdachte, desto mehr wurde mir klar, was sie für eine Bereicherung war und wie dunkel mein Neuanfang in der neuen Schule wohl geworden wäre. Kein Mensch auf dieser Welt hatte verdient, solch düstere Gedanken mit sich tragen zu müssen, auch nicht die Menschen, die andere dazu verleiteten. Aber ganz besonders Faye zählte zu den Personen, die nichts als Glück in ihrem Leben verdienten. Vielleicht auch ein Stück weit deshalb, weil ihr das Leben gezeigt hatte, mit den Augen anderer zu sehen. Sie wusste ganz genau, wie es war, einsam und verlassen zu sein, sich wertlos zu fühlen. Dieses Mitgefühl mit Gleichgesinnten führte dazu, so einfühlsam und hilfsbereit zu sein. Das war wohl der Vorteil, den man aus einem großen Nachteil ziehen musste. Fähigkeiten, die dir als Person, die andere erniedrigte, nicht zustanden.

»Tut mir leid, Faye. Das war taktlos von mir. Ich wollte dich weder damit verurteilen noch triggern«, stellte ich klar und hoffte inständig, dass ich meinen Missmut nicht auf sie übertragen hatte.

»Quatsch, alles gut. Ich verstehe deinen Gedankengang, ich habe manchmal noch einen ähnlichen. Aber die Hoffnung ist das, was mich dann immer und immer wieder hält.« Dann setzte sie sich gerade hin und blickte mir genau in die Augen, nachdem sie einmal tief durchgeatmet hatte. »Ich hatte auch immer ziemliche Probleme vor anderen zu reden, weißt du? Ich habe mir ständig Gedanken darüber gemacht, was sie von mir halten mögen. Die bescheuertsten Dinge, ehrlich! Manchmal hatte ich sogar Sorgen, einen Fussel im Haar zu haben. Einen Fussel! Als ob das ein Weltuntergang wäre und die Leute denken würden, ich wäre ungepflegt. Und selbst wenn sie das denken würden, ich weiß ja, dass das nicht stimmt.«

Fast musste ich schmunzeln, weil sie mir sogleich noch sympathischer wurde als ohnehin schon.

Ich war nicht die Einzige auf diesem Planeten, die alles überdachte, und auch wenn ich mich genau durch diese Eigenschaft immer und immer wieder selbst als krank betitelte, so fühlte es sich nun in Ordnung an. Nicht zuletzt deshalb, weil es Faye war, mit der ich diese Gemeinsamkeit teilte. Sie schätzte ich beim besten Willen nicht als merkwürdig ein.

»Das Verwirrende daran ist, dass ich ähnliche Einstellungen habe wie du, ich mich aber einfach nicht davon abhalten kann, trotzdem alles zu überdenken, was man überdenken kann«, gab ich zerknirscht zu und merkte, wie ich puterrot wurde.

Faye nickte. »Ich weiß genau, was du meinst. Das ist wie bei Freundinnen, die sich Beziehungstipps geben: Es gibt immer diese eine Freundin, die dir die besten Ratschläge gibt, aber selbst ein ewiges Single-Dasein führt oder in einer toxischen Beziehung gefangen ist.«

»Vorausgesetzt man hat Freunde«, ergänzte ich und lachte, um die Wahrheit in meinen Worten zu überspielen.

Faye konnte ich nichts vorspielen, sie erkannte die Ernsthaftigkeit, die darin mitschwang. »Du hast mich als Freundin.«

Oh. Mein. Gott. Sie hatte mich gerade als ihre *Freundin* betitelt. Ich fühlte mich wie ein Groupie, der glaubte, sein Lieblingssänger hätte ihm während des Konzerts zugewinkt, obwohl er sich bloß Luft zufächeln wollte.

»Dann fehlt mir aber immer noch die Freundin, die mir gute Ratschläge gibt, obwohl sie ein katastrophales Liebesleben hat«, erwiderte ich, um meine Freude nicht zu sehr preiszugeben.

»Damit kann ich nicht dienen. Cailan und ich sind sehr glücklich. *Aber* einen Tipp gebe ich dir trotzdem: Vid *mag* dich wirklich *sehr* und ich bin mir sicher, dass ihr zusammen finden werdet. Dafür solltest du dich aber ihm gegenüber öffnen. Er hat es nämlich schon.«

»Ich weiß nicht«, nuschelte ich und schaute verlegen auf meine Hände.

Das Lächeln in ihrer Stimme war klar und deutlich zu erkennen. »Aber ich weiß.«

Räuspernd schaute ich wieder auf und fuhr mir durch die Haare, während ich im Begriff war, schnell das Thema zu wechseln. »Wie ist es eigentlich dazu gekommen, dass du in die Klinik gekommen bist?«

Sie biss sich auf die Unterlippe und man sah ihr deutlich an, dass sie einen inneren Konflikt mit sich führte. Doch es schien schon nach wenigen Sekunden die Seite zu gewinnen, die mir vertraute. »Ich habe es meiner Mama zuliebe gemacht. Sie hat sich große Sorgen um mich gemacht und während ich und mein Leben mir immer egaler wurden, wurde ihre Angst immer größer. Ich war es ihr schuldig.«

Einmal mehr war ich fasziniert von Fayes Wesen. »Das klingt sehr selbstlos.«

»Im Grunde ist es das nicht. Ich war sogar egoistisch, weil ich diese Schuldgefühle … diese Angst, meine Mutter zu verletzen, nicht mehr ausgehalten habe«, gab sie zu, während sich ihre Mundwinkel leicht nach oben zogen.

»Mitgefühl ist egoistisch?«, fragte ich verblüfft.

Nun entstand ein wahrhaftes Lächeln auf ihrem Gesicht. »Je nachdem, wie man es auffasst. Hilfst du nur aus der Intention heraus, dass es einer Person besser geht? Oder tust du es auch, damit *du* ein besseres Gefühl dabei hast, weil du eine gute Tat erbracht oder weil du dieses Mitleiden beendet hast? Egoismus klingt immer so fies.«

»So habe ich das noch gar nicht betrachtet«, erwiderte ich wahrheitsgemäß.

Sie zuckte mit den Schultern. »Ist auch nur meine Ansicht

zu den Dingen und meine Art, gewisse Sachen zu überdenken.« Faye zwinkerte. »Aber jetzt zu dir: Wie kam es dazu, dass du in die Notfallklinik musstest?«

Sie hatte die Frage vorsichtig gestellt, als würde sie mir klarmachen wollen, dass ich jederzeit aussteigen und ihr sagen konnte, dass ich darüber nicht sprechen wollte. Faye gab mir die Wahl, das weitere Gespräch lag in meiner Hand, nicht in ihrer. Genau dieses Wissen veranlasste meine Angst dazu, einen Schritt zurückzutreten und durchzuatmen.

Als das geschehen war, übermannte mich die verwirrende Erkenntnis, dass ich darüber sprechen *wollte*. Ich wollte ihr erzählen, was passiert war. Sie sollte die Person sein, mit der ich über diese Dinge sprach, die ich so lange mit mir allein ausgemacht hatte. Im Gegensatz zu Meliya war sie viel interessierter an mir. Sie wollte nicht etwas aus mir herausquetschen, um etwas zum Tratschen zu haben oder um mein Leben mit ihrem zu vergleichen, um sich besser zu fühlen. Faye war darauf bedacht, dass es mir gut ging. Also nahm ich all meinen Mut zusammen und ließ meine Vergangenheit noch einmal vor meinem geistigen Auge aufleben.

»Keine Ahnung. Ich lag irgendwann in der Badewanne und habe meinen Kopf wohl zu lange unter Wasser gehalten. Dadurch bin ich ohnmächtig geworden. Ich hatte Glück, dass meine Mutter reinkam und ich nicht abgeschlossen habe.« Ich wusste bis heute nicht genau, ob ich die Tür absichtlich nicht verriegelt hatte, wenngleich ich doch sonst immer mehrmals überprüfte, ob sie abgeschlossen war. Vielleicht wollte ich auch einfach nicht über die Konsequenz der Antwort nachdenken, die sich daraus ihre eigene Falle

strickte. »Jedenfalls wurde ich direkt zu einer Notfallstation einer Psychiatrie gebracht und dann fast ein halbes Jahr krankgeschrieben, weil ich klipp und klar gesagt habe, dass ich lieber tot wäre, als wieder in diese Schule zu gehen. Das haben die sehr wörtlich genommen.«

»Du hast deiner Mutter wohl einen ziemlichen Schrecken eingejagt«, erwiderte Faye nach mehreren Sekunden der Stille und legte mir sacht eine Hand auf meine.

Ich nickte mit zusammengepressten Lippen und senkte den Blick, um ihr nicht in die Augen sehen zu müssen. »Sie dachte, ich wollte mich umbringen.«

»Und, stimmt das? Wolltest du?«, fragte sie sanft und ich spürte, wie sie sich anspannte.

Ich räusperte mich, um meiner Stimme nicht anmerken zu lassen, dass ich kurz vor einer Heulattacke stand. »Nein, ich wollte nicht sterben. Ich wollte einfach nur, dass es endlich still ist.« Das war die Wahrheit.

»Was sollte still sein, Evie?«

»Diese ständigen Gedanken um alles, diese Erwartungen an mich, diese Schuldgefühle. Ich denke … also ich schätze, all das. Ich wollte für einen Moment einfach Frieden finden, an nichts denken müssen, was mich erschöpft. Irgendwie frei sein«, antwortete ich gedankenverloren und bemerkte dabei, dass ich selbst nie richtig darüber nachgedacht hatte. Auch wenn mich die Therapeuten in der Notfallklinik immer wieder nach meinen Beweggründen ausgefragt hatten, so hatte ich ihnen nie eine ehrliche Antwort liefern können, denn ich hatte sie zu dem Zeitpunkt selbst nicht hinterfragt. Nun war ich so weit.

»Verstehe«, erwiderte Faye bloß.

Ich seufzte und fuhr mir durch die Haare. »Tust du das wirklich oder behauptest du das nur, damit ich mich besser fühle?«

»Ich denke, ich verstehe es auf ganz verquere Weise tatsächlich sehr gut. Ich wollte allerdings, dass das Leben aufhört – also nicht nur für einen Moment Frieden, sondern für die Ewigkeit«, sagte sie. Ich schluckte, doch sie ließ mir gar keine Zeit, das Gefühl der Sorge um sie gänzlich wachsen zu lassen, denn sie lenkte die Konversation direkt wieder zu mir: »Was ich noch nicht verstehe, ist, wie das passiert ist. Warum hast du diese soziale Phobie? Warum verschließt du dich so?«

»Ich bin mir nicht sicher, wann das angefangen hat. Begünstigt hat das alles sicherlich, dass ich ohnehin introvertiert bin. Allein zu sein habe ich schon immer genossen, weißt du? Ich bin ein Overthinker. Bitte achte nicht auf mein TH.« Ich hielt inne, da ich soeben meine Betitelung noch einmal bestätigt hatte. »Jedenfalls … werden diese Tatsachen die soziale Phobie bestimmt tatkräftig unterstützt haben.«

Sie nickte verstehend und ich sah ihr an, dass sie noch immer gebannt auf das große Finale hoffte. Ich seufzte ergeben. »So richtig in Gang gesetzt hat es aber wohl die Schikane in meiner alten Schule.«

Damit hatte ich Fayes Schweigen gebrochen. »Warum haben sie dich schikaniert?«

»Weil ich ein schlechter Mensch bin.« Das war alles, was ich preisgeben sollte.

Faye wirkte sichtlich verwirrt. »Warum sagst du das?«

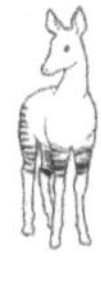

Eines war klar: Würde ich jetzt weitersprechen, würde ich sie als Freundin verlieren. Sie als so reine Seele würde niemals mit jemandem wie mir befreundet sein, würde sie die Wahrheit kennen. Doch ein Teil von mir nahm an, dass sie mich nicht verurteilen würde, und es stellte sich mir eine Frage, die ich ganz klar beantworten konnte: Wollte ich ihr weiterhin meinen verborgenen Part verschweigen, nur um gemocht zu werden, oder wollte ich gemocht werden, weil sie mich trotz dieses Parts schätzte? Tief atmete ich durch. »Ich habe einen Fehler begangen, den ich nie wiedergutmachen kann. Etwas, das die Leute nie vergessen werden.«

»Hast du einen Welpen gehauen?« Sie schüttelte den Kopf. »Tut mir leid, das war unangebracht.«

»Ich habe einem Menschen wehgetan, der mir blind vertraut hat«, gab ich schließlich zu und spürte, wie der Kloß in meinem Hals zu wachsen begann. »Es ging etwas in der Schule rum, das ich getan habe.«

»Ein Gerücht?«

»Die Wahrheit.«

Faye sah mich geduldig an, fragte nicht weiter nach, aber ich spürte und sah ihr an, dass ihre Aufmerksamkeit noch immer mir galt. Sie ließ mich abermals entscheiden, wie weit ich gehen wollte; wie viel ich ihr offenbaren wollte, ohne aufdringlich zu wirken. Gleichzeitig sah ich in ihrem Gesicht, dass sie jederzeit da wäre, um meine Geschichte mit mir zu teilen und mich aufzufangen, wann immer ich fallen sollte. Diese Tatsache berührte mich auf so tiefe Art und Weise.

Eine Träne lief über meine Wange. »Meine Schwester wird mir niemals verzeihen, was ich ihr angetan habe.«

Faye sah mich lange mit offenem, mitfühlendem Blick an, rührte sich nicht von der Stelle und gab mir diesen Moment der Stille. Dann hielt sie mir eine Hand hin. »Komm.« Irritiert schaute ich sie an, doch ihr Blick veränderte sich nicht. »Ich möchte dir etwas zeigen.«

Faye und ich fuhren mit der Bahn zu einer Haltestelle, an der ich noch nie ausgestiegen war. Noch immer hatte sie mir nicht verraten, wohin sie mit mir wollte. Doch ich ließ mich von ihr mitreißen; von ihrer Persönlichkeit, von ihrer Güte, von dieser Art und Weise, wie sie mir ihr Vertrauen reichte.

Als wir dann schließlich vor einem Friedhof stehen blieben, wurde mir dann doch flau im Magen, doch Faye schwieg noch immer über ihre Absicht. Sie nahm meine Hand und führte mich quer durch den riesigen Friedhof, während ich spürte, dass sich ihre Stimmung veränderte. Mit jedem Schritt schien sie mehr mit sich zu hadern, jede weitere Bewegung schien ihr schwerer zu fallen.

Dann schließlich hielten wir unvermittelt an und ich schaute Faye verwirrt ins Gesicht. Sie lächelte zaghaft, ehe sie sich zu einem Grabstein drehte.

»Hallo, Gina«, flüsterte sie und legte sich eine Hand auf Höhe ihres Herzens. Dann setzte sie sich davor auf den Boden und klopfte zaghaft neben sich, während sie mir aufmunternd zunickte. Ich war so perplex von dieser liebevollen Geste und dem Fakt, dass hier eine für Faye wichtige Person ruhte, dass es mir den Atem raubte. Langsam ließ ich mich nieder und starrte auf das Geburts- und Sterbedatum. Wer auch immer sie war, sie war nicht alt geworden.

»Gina ist meine Schwester«, sagte Faye ruhig und ich schluckte schwer. »Sie hat Suizid begangen.« Es klang wie auswendig gelernt und ich konnte mir nur ausmalen, mit welchen Schmerzen es verbunden war, diese Worte auszusprechen.

Ich legte ihr einen Arm um die Schultern und zog sie sacht zu mir heran. Ihr zu sagen, dass es mir leidtat, empfand ich nicht als nötig, das wusste sie. Ich hielt sie und bedankte mich stumm, dass sie es mir erzählte und mich hierhergebracht hatte.

»Ich besuche sie eigentlich nur mit Cailan, weißt du? Aber ich glaube, es war wichtig, dich hierherzubringen.«

Ich biss mir über die Ehre, die sie mir damit erwies, auf die Lippen, um nicht abermals in Tränen auszubrechen. Stattdessen fragte ich lediglich: »Warum?«

»Weil ich *dich* sehe und ich Angst habe, dass du in eine ähnliche Richtung rutschst.«

Ich fühlte mich einmal mehr, als wäre ich wirklich schwer von Begriff, und sah sie nur fragend an, während sich meine Augenbrauen zusammenzogen und ich die Lippen schürzte. »Ich verstehe nicht.«

»Depressionen. Suizidgedanken«, definierte sie knapp.

»Mach dir keine Sorgen, Faye«, bat ich und hoffte inständig, dass sie sich zukünftig nicht um mich, sondern um sich kümmerte. Sie sollte ihre Kraft nicht verschwenden, um Personen zu retten, die sich nicht selbst retten wollten. Zumindest nicht, um mich zu retten. Zumal ich keine suizidalen Gedanken hatte. Ja, ich hatte fiese Tage, und ja, ich hasste die Stille, die um mich herum existierte. Aber ich wusste auch, dass das Leben mehr als diese Stille für mich bereithielt. Irgendwann. Oder?

»Weißt du, als Gina ging, habe ich ihr ständig Briefe geschrieben, ich habe mir Vorwürfe gemacht, ich habe sie verflucht und ich habe ihr das offenbart, was ich niemandem sagen konnte. Es hat mich fast umgebracht, dass sie sich umgebracht hat.« Sie atmete tief durch. »Meine Mutter und ich hatten ein schwieriges Verhältnis, wir haben uns gebraucht und doch habe ich sie abgestoßen. Ich war enttäuscht von Gina, einer Person, der ich vertraut habe, dass sie mich verlassen hatte. Das führte dazu, dass ich niemanden mehr an mich heranlassen wollte. Ich habe fast alles in meinem Leben mit eigenen Händen zerstört – vor allem mich. Und dann traf ich Cailan und gemeinsam mit der Therapeutin der Klinik, Frau Dr. Henderson, habe ich gelernt, was es bedeutet zu verzeihen. Es gab Momente, in denen ich mich schlecht gefühlt habe, wieder halbwegs glücklich zu sein, weißt du? Ich dachte mir, ich müsse traurig sein. Dauernd. Immer. Dabei habe ich verdrängt, dass Gina wollen würde, dass ich weiterginge. Mit ihr im Herzen, glücklich.«

Anerkennend nickte ich ihr zu. Wie viele Stunden mussten sie all diese Erkenntnisse gekostet haben? »Du bist eine so starke Person.«

Ich hatte mir bereits oft Gedanken darüber gemacht, wie schnell dieses Leben ein Ende finden konnte. Es gab so viele Gefahren auf dieser Welt, die unser Dasein für immer beenden konnten: Unfälle, Anschläge, Krankheiten, das Verhalten anderer Menschen, das uns zum Suizid verleitete. Manchmal hatte ich daran gedacht, meiner Familie einen Brief zu hinterlassen, den sie finden würden, wann immer mich der Tod plötzlich einholte. Darin würde wohl stehen,

dass es okay wäre, dass dieses Leben ein Ende hätte. Ich würde darin betonen, wie dankbar ich für all die schönen Momente mit ihnen war und wie geliebt ich mich von ihnen gefühlt hatte. Ganz sicher würde ich schreiben, dass ich immer bei ihnen war, wann immer sie mich bräuchten. Es wäre mir wichtig, dass sie wussten, dass sie nicht zu lang traurig sein und sich für nichts die Schuld geben sollten. Dass sie das Wertvollste in meinem Leben waren und ich mir von ganzem Herzen wünschte, dass sie wieder glücklich würden.

Oft hatte ich darüber nachgedacht, genau solch einen Brief zu verfassen, doch ich hatte es gelassen. Zu sehr ängstigte mich die Vorstellung, meine Mutter würde ihn finden, wenn ich noch lebte und ihn als Abschiedsbrief und damit als angekündigten Suizid werten. Das Letzte, was ich wollte, war, ihr noch mehr Sorgen zu bereiten.

Jetzt da ich auf dieses Grab von einer jungen Frau starrte, die viel zu früh ihr Leben gelassen hatte, erschien mir der Gedanke jedoch wieder sehr präsent. Ich konnte nur erahnen, wie sehr Faye einen solchen Brief gebraucht hätte.

»Das bist du auch. Du musst es nur erkennen«, gab sie lächelnd zurück.

Fast wollte ich ihr entgegenbrüllen, dass sie mich niemals mit ihr vergleichen konnte. Ich ertrug es nicht, dass sie so gut von mir dachte, ohne die dunkle Seite von mir wahrhaftig zu kennen. »Ich habe meine Schwester verletzt, weißt du? Ich bin schuld daran, dass Daina unglücklich ist. Das hat nichts mit Stärke zu tun. Andere Menschen zu verletzen, zeugt von Schwäche.«

»Zuzugeben, dass man einen Fehler begangen hat, zeugt

aber von Stärke. Empathie zu empfinden, mit diesem Menschen gemeinsam zu leiden, sich seine Schuld einzugestehen. Weißt du, Evie, ich glaube, wir haben alle schon mal Fehler gemacht. Es gibt keine Person, die fehlerlos durch das Leben stiefelt. Andere begehen größere als andere und jeder entscheidet selbst, welcher unverzeihlich ist und über welchen man hinwegsehen kann. Du bist nicht in der Position, zu verurteilen oder zu entscheiden, ob dein Fehler für deine Schwester verzeihbar ist. Du gibst ihr aber gar keine Chance, dir zu verzeihen«, sprach sie ruhig und langsam aus, dann richtete sie den Blick auf das Grab ihrer Schwester. »Vielleicht begehst du damit einen weiteren Fehler.«

»Ich glaube, es wäre eher ein Fehler, sie weiterhin damit zu konfrontieren«, gab ich traurig zu bedenken.

»Ich möchte mir nicht anmaßen, darüber urteilen zu können, zumal ich ja überhaupt nicht eure Geschichte kenne. Aber vielleicht muss ich sie gar nicht kennen, um sagen zu können: Überlass ihr die Entscheidung.« Faye hielt meine Hand. »Verzeihen bedeutet nicht vergessen. Aber glaub mir, ich würde Gina alles verzeihen, würde sie noch einmal vor mir stehen.«

Niedergeschlagen senkte ich den Blick, während sie weitersprach: »Weißt du, dein Glas ist gefüllt mit all der Negativität deines Lebens und es werden immer wieder noch kleinere Tropfen dazukommen, die dein Glas zum Überlaufen bringen können. Du kannst nicht jede Negativität aus deinem Glas trinken, aber die, die du beheben und ins Positive umwandeln könntest, solltest du angehen. Das Herunterschlucken tut vermutlich weh, aber es ist der einzige Weg,

damit dieses Glas nicht überläuft. Blut ist dicker als Wasser, Evie. Mach nicht denselben Fehler wie ich, sprich mit ihr und teilt den Schmerz.«

Wäre das so einfach. Wenn ich nur wüsste, wo sie war.

KAPITEL 23

#Selbstliebe

Faye und ich saßen lange Zeit einfach nur da und lauschten dem Wind. Es war beruhigend still an diesem Ort, der so viele Emotionen beherbergte. Die Vögel, die zwitscherten, die leichte Brise, die uns durch die Haare fuhr. Alles wirkte so friedlich, so vollkommen, so sicher und schützend. Kaum vorstellbar, dass wir oft Friedhöfe als die besten Orte für Horrorfilme auserkoren. Es war mehr die Assoziation mit dem Wissen, dass hier verstorbene Menschen ruhten, als der Friedhof an sich. Die Atmosphäre beeinflussten wir durch unsere Angst vor dem Tod und dem Ungewissen, was danach mit uns passierte. Im Grunde war der Friedhof jedoch einer der ruhigsten Orte, die man sich vorstellen konnte.

Kurz schloss Faye ihre Augen und genoss den Wind, der ihr sacht durch ihr mahagonibraunes Haar fuhr, bevor sie schließlich abermals das Wort ergriff. »Am Ende meiner Reise mit Frau Dr. Henderson hat sie mir etwas erklärt: Unsere Logik ist entkoppelt mit unserer emotionalen Wahrnehmung.« Sie schaute auf das Grab und fixierte einen Punkt, während sie weitersprach. »Wir wissen in vielen Situationen, rein logisch, dass wir keine Befürchtungen haben brauchen, wir verspüren sie trotzdem, weil sie uns unterbewusst an schlechte Erfahrungen erinnern und wir dadurch emotional beeinflusst werden.«

»Das klingt schon irgendwie einleuchtend«, sagte ich und starrte auf Ginas Sterbedatum. Ich wusste oft, dass meine Ängste unbegründet waren. Ich *wusste,* dass jeder Mensch auf seine Art wunderschön war und dass ich mich nicht vergleichen durfte. Ich *wusste,* dass diejenigen, die andere Leute beleidigten, diejenigen waren, die sich ändern mussten. Und trotzdem *fühlte* ich mich wertlos, *fühlte* ich mich schwach. Wie ein Teufelchen und ein Engelchen auf der Schulter, die mich in unterschiedliche Richtungen drängen wollten.

»Weißt du, es ist sogar schwierig für mich, mit Nachbarn zu sprechen«, flüsterte ich.

Faye sah mich aufmerksam an. Nicht auffordernd, aber schon so intensiv, dass ich das Gefühl hatte, ihr das Gesagte genauer zu erklären, damit sie es richtig verstand.

»Bevor ich das Haus verlasse, vergewissere ich mich, ob jemand draußen ist. Allein ein einfaches ›Hallo‹ überfordert mich. Ich habe mir mittlerweile so viele Verhaltensweisen antrainiert, um mich in Sicherheit zu wissen oder um Situationen zu umgehen, dass es sich für mich fast *normal* anfühlt.« Ich räusperte mich. »Bei Präsentationen schreibe ich mir immer ganze Sätze auf Karteikarten und lerne sie vorher auswendig, damit ich bloß keine Fehler mache. Wenn dann doch irgendwas nicht funktioniert – die Technik zum

Beispiel – dann ist das für mich schwer auszuhalten. *Eigentlich* bin ich absolut nicht perfektionistisch und eher so – siehe mein Zimmer – chaotisch. Aber in solchen Momenten bin ich besser organisiert als die Mafia in ihrer Blütezeit.«

Faye schmunzelte über den Vergleich, wurde dann jedoch schnell wieder ernst. »Bedeutet das, du musst immer die Kontrolle behalten, um dich wohlzufühlen?« Das beschrieb es erstaunlich gut und bestätigte mir einmal mehr, dass Faye die richtige Person war, mit der man über solche Belange sprechen konnte.

»Irgendwie schon. Etwas kontrollieren zu können, bedeutet Sicherheit. Man weiß genau, was passieren wird und ist auf alles vorbereitet.«

Sie presste die Lippen aufeinander und nickte einmal, ehe sie mir in die Augen sah. »Was ist so schlimm daran, Fehler zu machen?«

Ich zuckte mit den Schultern. Auch hier verabschiedete sich meine Einstellung von meinem Gefühl mir gegenüber. Natürlich war eigentlich nichts schlimm daran, Fehler zu machen, denn so wie es auch schon Vid erkannt hatte: aus ihnen lernte man. Mal davon abgesehen, machten sie uns menschlich. »Wenn man keine Fehler macht, wird man auch nicht blöd angemacht.«

Faye kräuselte die Lippen und sah mich zweifelnd an. »Ich glaube, es wird immer Menschen geben, die dich schräg ansehen. Manche nehmen gerade den Perfektionismus als Grund dafür.«

»Mag sein, aber ich kann es einfach nicht abstellen«, gab ich zu und fühlte mich sogleich noch schwächer. Besonders vor ihr. Die Person, die offenkundig mehr überwunden hatte, als ich je imstande wäre.

»Da bist du aber nicht fair mit dir«, erwiderte Faye. »Perfekt zu sein, ist unmöglich und das ist auch gut so. Du lebst also ständig in dem Bedürfnis, perfekt sein zu wollen, ohne das Ziel je erreichen zu können. Das ist sehr frustrierend. Ich denke nicht, dass du damit dein Glück finden kannst, wenn du dich nicht akzeptierst, wie du eben bist.«

Ich biss mir auf die Unterlippe, ehe ich meine Stimme wiederfand. »Sich zu akzeptieren ist ein wirklich harter Schritt, wenn es so viele Punkte gibt, die nicht zu akzeptieren sind.«

»Ich bin ehrlich gesagt so fasziniert, weil ich mich in deinen Worten widerspiegle, Evie. Ich war genauso«, sagte sie nach wenigen Sekunden der Stille. Entgeistert schaute ich ihr entgegen. »Und weißt du, woher das alles rührt? Die Depressionen, soziale Phobien, alles führt zu einem Strang zusammen. Es ist Selbsthass, ein minderes Selbstwertgefühl. Ausgelöst von Traumata, von schlechten Erfahrungen, vielleicht auch von Persönlichkeitsmerkmalen, die das alles begünstigen. Die Unzufriedenheit mit uns selbst ist genau das, was wir bekämpfen müssen, um uns zu befreien.«

Mit Tränen in den Augen sah ich auf den Boden. »Du bist wundervoll, Faye. Du und Selbsthass – das ist absurd!«

Sie lächelte traurig, dann legte sie mir einen Arm um die Schulter, während wir abermals gemeinsam auf Ginas Grab schauten. Kurz fühlte es sich an, als wäre sie bei uns. Auch wenn ich sie nicht kannte, ich wusste, dass sie eine genauso wertvolle Persönlichkeit gewesen war wie Faye.

»Du bist auch wundervoll«, flüsterte diese gedankenverloren. »Auch wenn du Fehler machst. So wie ich. So wie alle anderen auch.«

KAPITEL 24

Telefonieren sollte als neue Olympia-Disziplin etabliert werden, so viel, wie man da schwitzt.

»Bitte.«

»Ich? O nein, Vid. Ich bestelle nicht am Telefon«, entschied ich aufgebracht und schüttelte vehement meinen Kopf, sodass einige Haarsträhnen vor meine Brille rutschten. Dass wir uns nachmittags trafen, war fast schon zu einem Ritual geworden. Deshalb war es auch an diesem Tag beinahe eine Selbstverständlichkeit, dass wir gemeinsam bei Vid auf dem Bett saßen. Nachdem wir uns Fotos aus seiner Kindheit angesehen hatten, begann dann schließlich die Diskussion, wie wir am besten unsere Mägen füllten. Dass er ausgerechnet darauf kam, dass *ich* für uns Essen bestellte, zermalmte die harmonische Ruhe zwischen uns und beförderte mich in unangenehme Gewässer der Unsicherheit.

»Möchtest du, dass ich verhungere? Du verwehrst einem beeinträchtigten Mann deine Hilfe? Ich kann schlecht telefonieren. Das Mundbild durch den Hörer zu sehen, ist schwierig«, konterte er mit einem Hauch eines Schmunzelns in der Stimme. Er wusste genau, was er da gerade tat.

»Lass uns doch einfach per App bestellen. So wie normale junge Menschen«, erwiderte ich und schrieb meine Aussage sogleich in mein rotes Notizbuch.

»Normale junge Menschen, die soziale Phobien hinnehmen können, weil sie sie dank Apps nicht mehr bekämpfen müssen?«, erwiderte er und schaute mir ernst in die Augen.

Ich packe das nicht. Ich bestelle dann statt einer Pizza mit Salami eine Salami mit Pizza. Mir passiert so was Dummes.

»Ich bin bei dir. Komm, wir schreiben dir auf, was du sagst, dann fällt es dir leichter.« Er lächelte. »Kein Druck. Kleine Schritte.«

Ich seufzte einmal schwer und nickte dann widerwillig. Stillschweigend erinnerte ich mich an das Gefühl der Freude und des Sieges, als ich das erste Mal mit Karte bezahlt hatte. Wenn ich etwas an meinem eingeschränkten Leben ändern wollte, durfte ich mich nicht gänzlich in meiner komfortablen Höhle verschanzen und darauf warten, dass meine Angst von allein verschwand. Zumal Vid mich nur zu kleinen Schritten drängen wollte. Ich sollte ja nicht direkt eine Lesung vor zweihundert Personen halten, sondern lediglich einen kurzen Text am Telefon ablesen, um uns zwei verdammte Pizzen zu bestellen. Wenn ich mich nicht jetzt dazu zwang, dann würde mich die Empfindung des Versagens die ganze nächste Woche verfolgen.

Gemeinsam suchten wir uns also einen Lieferdienst aus dem Internet und schrieben auf, was ich sagen sollte. Als ich schließlich mein Handy in die Hand nahm und die Nummer wählte, zitterte ich so stark, dass ich es mehrmals ablegen musste, um klarzukommen. Vid saß geduldig neben mir und sagte nichts. Er gab mir die Zeit, die ich brauchte.

Mit einer Hand das Notizbuch umklammernd, mit der anderen das Handy drückte ich auf den Hörer und wartete mit pochendem Herzen darauf, bis jemand den Anruf entgegennahm (in der stillen Hoffnung, dass es niemand tat).

Als sich dann doch jemand meldete, hätte ich das Handy am liebsten gegen die Wand geworfen. Mein Blut pulsierte so laut in meinem Ohr, dass ich meine eigene Stimme nur am Rande verstehen konnte. Ganz so, als wäre der Druckausgleich im Flugzeug mein Feind oder als hätte ich beim Tauchen zu viel Wasser ins Ohr bekommen. Es fühlte sich zumindest ähnlich unangenehm an.

»Äh hallo, ich würde gern eine sechsundzwanziger Pizza Salami und eine achtundzwanziger Pizza Hawaii bestellen.« O Gott, ich hoffte inständig, dass er das Zittern in meiner Stimme ignorierte. Wie konnte ein Mensch so peinlich sein wie ich? Der Typ am anderen Ende der Leitung fragte sich gerade sicherlich, ob ich eine penetrante, heimliche Verehrerin von ihm war und mich unter dem Deckmantel tarnte, ich wolle etwas bei ihm bestellen. Immerhin war es Fakt, dass ich so aufgeregt klang, als würde es mir mehr als normal wichtig sein, was er von mir hielt.

»Gern, dann bräuchte ich bitte noch den Namen und die Adresse«, erwiderte der Mann freundlich.

So gab ich ihm die Adresse, die ich ebenso von dem Notizbuch ablas. Heiliger Bimbam, ich klang, als wäre ich entführt worden und müsste gerade einen Text des Entführers von einem Stück Pappe ablesen. Zitternde, nervöse Tonlage plus offensichtlich abgelesene Worte passten jedenfalls optimal dazu. Vermutlich würde ich in meinen Träumen auch jemanden entführen, nur damit er mir Pizza bestellte, weil ich es selbst nicht konnte.

Der Mann bedankte sich und informierte mich, dass die Pizzen in etwa fünfundvierzig Minuten bei uns seien, ehe wir auflegten.

Noch bevor ich tief durchatmen konnte, lag ich auch schon in den Armen von Vid, der mich fest an sich drückte. »Ich bin stolz auf dich, Baby«, flüsterte er.

Ich bekam bei dem Kosenamen eine Gänsehaut. Es klang so vertraut, so eng, so intim, so ehrlich. Wir hatten nie thematisiert, geschweige denn definiert, was das zwischen uns war. Warum wir uns zweimal geküsst hatten, warum wir uns so oft trafen, warum er mich so nannte. Nie hatte ich mir Gedanken darüber gemacht, was ich eigentlich für ihn empfand. Waren wir Freunde? Waren wir mehr? *Wollte* ich mehr? Wollte *er* mehr? Es standen so viele unausgesprochene Fragen zwischen uns, dass es mich ängstigte, wir beide könnten vielleicht nicht dieselben Antworten darauf geben.

Ich erwiderte nichts, fühlte mich aber in Anbetracht der Tatsache, dass ich über meinen tiefschwarzen Schatten gesprungen war, abermals wie in dem Moment, als ich mit Karte bezahlt hatte. Frei. Glücklich. Stolz.

Neben uns vibrierte Vids Handy und so blickten wir beide

instinktiv auf den Bildschirm. Der Name Aline fraß sich bis in meine Netzhaut und so blickte ich schnell weg.

»Das ist Aline. Eine alte Freundin von mir. Das Mädchen, das auf dem Foto bei der Party neben mir saß, weißt du noch?«

Natürlich wusste ich das noch. Sie war der Auslöser, weshalb Vid letztlich angefangen hatte, mit mir zu sprechen. Aline war diejenige, die mich das erste Mal Vid gegenüber zur Eifersucht gezwungen hatte. Dieses Wissen und die Erinnerung daran machten es wirklich nicht besser.

Vermutlich wollte Vid mir mit dieser Aussage beweisen, dass er auf der Party niemanden aufgerissen, sondern bloß mit einer alten Freundin gechillt hatte (Nicht dass er mir Rechenschaft schuldig war … Höchstwahrscheinlich wollte er mir einfach nur erklären, wer sie war, und dieses Foto war der einzige Berührungspunkt mit ihr). Was in meinem Kopf ablief, hatte damit aber nichts gemein. Bedeutete sie ihm mehr als ich? War ich auch nur eine Freundin? Ging er mit jeder Freundin so um wie mit mir? *Küsste* er diese Aline womöglich auch? Hatte ich in seine Worte und Berührungen zu viel hineininterpretiert? Ich hasste meine Gedanken. Das war absurd! Warum war ich so unsicher, warum fühlte ich mich plötzlich, als wäre ich allein auf dieser Welt? Warum konnte ich *nichts* in meinem Leben gelassen sehen?

»Was ist los?«, flüsterte Vid einfühlsam und legte seine Hand unter mein Kinn, um meinen Kopf sanft zu sich zu drehen.

Ich seufzte und zuckte mit den Schultern. Wie sollte ich ihm das alles erklären, ohne es wirklich zu erklären? »Ich bin einsam ohne mich.«

»Ich glaube, ich kam nicht ganz mit. Du bist einsam ohne dich selbst?«, fragte er noch einmal nach und man sah ihm an, dass er der festen Überzeugung war, meine Lippen falsch gelesen zu haben.

Ich nickte tränennah. »Mein wahres Ich, mein altes Ich. Es ist weg und lässt mich einsam zurück.« Die Passagen, die er augenscheinlich nicht verstanden hatte, schrieb ich wie immer schnell in mein Notizbuch und fügte noch Ist sie schöner als ich? hinzu, bevor ich beschämt auf das Bettlaken schaute.

»Du hast das Selbstwertgefühl, das Flugzeugessen haben sollte«, kommentierte er.

Ich hatte das Gefühl, er würde mich gar nicht ernst nehmen. Es war schwer, sich nicht zu vergleichen, obwohl die Gesellschaft genau das voraussetzte. Aber was blieb am Ende noch übrig? Ein großer Hintern? Ein schönes Gesicht? Du konntest neben Millionen von Menschen stehen und es gab dich nur ein einziges Mal auf dieser Welt. Dich mit all deinen Facetten, deinen Stärken, deinen Macken. Weil du einzigartig warst. Das war die Wahrheit, die sich hinter all den Selbstzweifeln verbarg, die Antwort auf all die schlaflosen Nächte und Zusammenbrüche, die uns diese Welt bereithielt. Und trotzdem war es nicht leicht, dieses Wissen vollends anzunehmen, wenn die Zweifel bereits all die Hoffnung zerfressen hatten.

Ich hatte mich getraut, ihm zu offenbaren, wie unsicher ich war – auch in Bezug auf Aline. Und alles, was er dafür übrig hatte, war ein Spruch, der vermeintlich lustig sein sollte? Als wären meine Hemmungen ein Witz für ihn. »Du hast doch keine Ahnung!«, schrie ich und hasste mich selbst für meinen übertriebenen Ausraster. Ich erwischte mich dabei, wie ich mir sagte, dass er mich doch eh nie verstehen würde. Weder psychisch noch akustisch. Warum war ich so? Warum wollte ich ihn zwanghaft schlechtmachen? Warum war ich so verdammt wütend auf ihn, obwohl ich doch das Problem war?

Ich drehte mich weg, damit er meine verletzte Mimik nicht sah. Schnell stand ich auf und packte meine Sachen zusammen, um kurzerhand zur Zimmertür zu marschieren. Zwischenmenschliche Beziehungen waren gefährlich und anstrengend und wenn ich nicht weiterhin mit all den negativen Empfindungen überrannt werden wollte, sollte ich endlich mal anfangen zu rennen.

»Ich habe zumindest genug Ahnung, um zu wissen, wie es ist, sich fehl am Platz zu fühlen.« Seine Stimme war klar und ernst.

Ich drehte mich um.

»Wie unglaublich wertvoll es ist, glücklich zu sein, erkennst du erst, wenn du es nicht mehr bist.« Dann sah ich seine Tränen, seine gläsernen Augen, die einen solchen Schmerz ausdrückten, dass es mir eine Gänsehaut bereitete. »Ich werde niemals mehr meine Lieblingsband oder die Vögel vor meinem Fenster hören können.« Vid zeigte aus eben diesem und schüttelte dabei den Kopf. Das Gezwitscher, das für *mein* Gehör nun in den Vordergrund rückte, hinterließ einen bitteren Nachgeschmack. »Niemals werde ich *normal* sein, geschweige denn behandelt werden. Ich werde niemals deine Stimme hören!« Die Fassade, die er nun endlich von

sich wusch, war nicht länger ein Teil von ihm. Immer hatte er vorspielen wollen, dass er mit der Situation klarkam. Ich hatte ja keine Ahnung, wie *sehr* das gelogen war.

»Die Leute nehmen keine Rücksicht. Sie sind genervt, wenn ich etwas nicht beim ersten Mal verstehe. Ich werde gemieden, weil sie nicht wissen, wie sie mit mir kommunizieren sollen. Es ist unmöglich für mich, allen Gesprächen zu folgen …« Er brach ab und fuhr sich entmutigt durch seine dunklen Haare. Noch nie hatte ich ihn so gesehen und ich hoffte inständig, es würde auch das letzte Mal sein. Es tat so weh, sich seinen Worten hinzugeben, die ich so sehr nachvollziehen konnte. Zu gern hätte ich ihm geholfen, ihm etwas von meinem Gehör geschenkt. Es machte mich so hilflos, es nicht zu können, dass es mich zerfraß.

Schwer schluckend setzte ich meinen Rucksack ab und platzierte mich abermals neben ihm. Sacht legte ich eine Hand auf seine und blickte ihm tief in die Augen. »Danke, dass du so ehrlich zu mir bist.« Dann biss ich mir auf die Lippe und entschied mich, »Danke« zu gebärden, um ihm zu signalisieren, dass wir einen gemeinsamen Weg finden würden, damit er sich *normaler* fühlte. Dazu hielt ich meine flache Hand an mein Kinn und bewegte sie dann nach vorn unten.

Vid sah mich überrascht an und lächelte traurig, während er die Bewegung wiederholte. »… dass du in mein Leben getreten bist.« Dann grinste er. »Und nein, sie ist nicht schöner. Es gibt keinen Menschen, den ich schöner finde als dich.«

»Lügner«, entgegnete ich stumpf und blickte weg.

»Ich habe mich geirrt«, sagte er dann und ich sah irritiert

zu ihm. »Du hast nicht das Selbstwertgefühl, das Flugzeugessen haben sollte. Du hast überhaupt keins.«

Er schien das alles wirklich für einen Witz zu halten und so starrte ich mit Tränen in den Augen gegen die Wand. Für mich war es eben kein Scherz. Es war die Realität, mit der ich mich jeden Tag aufs Neue konfrontiert fühlte.

Nach einigen Sekunden erklang ein tiefes Seufzen, sodass ich zu ihm herüberschaute. Er legte seinen rechten gestreckten Zeigefinger unter sein Auge und strich in einer einzigen Linie die Wange herunter. Dabei sah er mich fragend an. Ich wusste, was das bedeutete: Er fragte mich, ob ich traurig sei, und so schüttelte ich vehement und eiskalt den Kopf.

Mitgenommen und niedergeschlagen kreiste er mit den Fingern der rechten Hand über den Handrücken der linken. Die Gebärde für »Entschuldigung« und so schaute ich einfach demonstrativ weg.

»Ich kann einfach nicht glauben, dass du es nicht selbst erkennst, Evie«, gab er schließlich zu. »Du scheinst dich ganz anders zu sehen, als ich es tue.«

Ich zuckte mit den Schultern und beendete das Thema, indem ich zu einem seiner alten Fotos griff, auf dem er angewidert seine Schwester auf dem Arm hielt, die augenscheinlich gerade ohne Lätzchen gegessen hatte. Dann lachte ich, um meine Unsicherheit zu überspielen. »Das Bild will ich als Tapete haben!«

»Geschwister sind nicht immer nur ein Segen«, sagte Vid, der meinen Kommentar vermutlich nicht verstanden hatte, denn er blickte bloß mit gerunzelter Stirn auf das Foto. Dann sah er mir wieder ins Gesicht.

Ich nickte. »Das stimmt.« Und ich bereute die Aussage sofort, denn Vids Blick veränderte sich. Er wirkte irritiert und neugierig zugleich.

»Du hast doch keine Geschwister, oder?«, stellte er also die Frage, die ich am liebsten durch eine Reise in die Vergangenheit verhindert hätte.

Ich beschloss, dass diese Lügerei keinen Sinn ergab. Früher oder später würde er es eh erfahren. Ich konnte es nicht ewig vor ihm geheim halten. Schließlich hatte ich Faye auch von ihr erzählt und mit Vid hatte ich wohl noch eine deutlich innigere Beziehung. Es war also nur fair, ihm auch ein Stückchen meiner Welt zu zeigen.

»Doch, ich habe eine große Schwester.« Ich gebärdete zusätzlich Schwester, indem ich meine Hände zu Fäusten ballte, meine beiden Zeigefinger nach vorn streckte und die Hände dann zweimal aneinanderschlug. Man sah ihm an, dass er über mein Können dieser Gebärde überrascht war. Doch offenbar hatte die Neugier über meine Familie gesiegt, denn er ließ es unkommentiert.

»Echt? Und sie lebt nicht mehr bei euch?«, fragte er weiter und ich schüttelte den Kopf.

»Ich muss sie kennenlernen!«

Abermals verneinte ich stumm, sodass er die Augenbrauen fragend zusammenzog.

»Ich habe keinen Kontakt zu ihr«, erwiderte ich und seine Augen wurden groß. »Ich möchte nicht darüber reden«, fügte ich noch hinzu.

Er nickte nachdenklich. Seine Mimik wirkte plötzlich verträumt, seine Augenbrauen waren zusammengezogen.

Vielleicht wäre es doch besser gewesen, das Geheimnis für mich zu behalten, denn sein Blick sagte mir, dass er dieses Thema nicht auf sich beruhen lassen würde. Dieses Wissen verleitete mich dazu, darüber nachzudenken, mich von Vid fernzuhalten. So sehr ängstigte mich die Zukunft und was sie für mich bereithalten mochte.

KAPITEL 25

Manche Geheimnisse kann man nur so lange im Herzen tragen, bis ein Mensch deren Platz einnimmt.

Mein Gefühl täuschte mich nicht. Bereits am selben Abend, als ich im Bett lag, erreichte mich eine Nachricht von Vid, die ich am liebsten sofort gelöscht und nie gelesen hätte.

> Ich weiß, du möchtest nicht darüber reden. Aber ich muss einfach wissen, warum ihr keinen Kontakt habt.

Ich schluckte schwer, ehe ich eine Antwort tippte.

> Wenn du doch weißt, dass ich nicht darüber sprechen möchte, warum thematisierst du es dann?

Seine egozentrische Ader in diesem Punkt machte mich wütend. Was war so schwer daran, Entscheidungen anderer zu akzeptieren?

Weil du mir wichtig bist und die Familie wohl der wichtigste Teil im Leben ist. Ich möchte alles über dich wissen und besonders das, was dich bewegt, antwortete er.

Ich klatschte mir mit der flachen Hand auf die Stirn, um dann durch meinen Scheitel zu fahren. Was hatte ich mir da nur eingebrockt? Um ehrlich zu sein, konnte ich ihn ja verstehen. Auch ich wäre mit Neugier bestraft, würde Vid eine so zentrale Geschichte seines Lebens andeuten, es aber nicht bis zum Ende ausführen. Wie ein gemeiner Cliffhanger eines Buches, das dich nicht in den Schlaf finden ließ.

Du wirst mich hassen, wenn ich es dir erzähle, erwiderte ich bloß, bemerkte aber selbst, dass ich einzuknicken drohte.

Ich könnte dich nicht hassen, Evie.

Seine Antwort machte mir nicht viel Hoffnung, schließlich hatte er ja absolut keinen Schimmer, was ich getan hatte. Niemand auf diesem Planeten konnte mir weismachen, man würde mich noch so ansehen wie zuvor, wenn man der Wahrheit über mich ins Gesicht blickte. Aber hatte ich denn noch eine Wahl? Er würde nicht locker lassen, er würde es immer wissen wollen, mich immer wieder damit konfrontieren. Es war ohnehin an der Zeit, mit offenen Karten zu spielen, um ihm gegenüber fair zu bleiben. Es wäre falsch, wenn ich ihn in dem Glauben ließe, ein guter Mensch zu

sein. Deshalb beendete ich das, was ich angefangen hatte, indem ich die Wahrheit offenbarte, die ich am liebsten für immer für mich behalten hätte:

> Ich habe dem Verlobten meiner Schwester ein Nacktbild von mir geschickt, nachdem er danach gefragt hat.

Nachdem ich auf den Senden-Button getippt hatte, wurde mir heiß und kalt zugleich. Am liebsten hätte ich auf der Stelle mein Handy im Klo versenkt, damit ich nie erfahren würde, was Vid darauf zu sagen hatte. Stattdessen starrte ich wie gebannt auf das Display und hieß den Schmerz, der mich erwarten würde, willkommen.

Ich hatte mit Beleidigungen gerechnet, mit einer Ansage, mit einem Blockieren, aber niemals mit einem einfachen Warum?, das mich nur wenige Sekunden später erreichte.

Mit zitternden Fingern tippte ich das gesamte Verderben auf den Bildschirm und ehe ich den Text abschickte, fragte ich mich noch, was ich da eigentlich tat. Aber für diese Frage war es offensichtlich zu spät.

> Er war der erste und einzige Mann, der sich für mich interessiert hat. Ich hatte solche Komplexe mit meinem Körper.

Seine Antwort schrillte beinahe in meinen Ohren, als würde er es mir wirklich an den Kopf schmeißen:

Das ist heftig.

Meine Schwester ist an der Trennung zerbrochen, er war vermeintlich die Liebe ihres Lebens,

haute ich noch einen drauf und war mir sicher, dass ich ihn nun endgültig verloren hatte. Mit Tränen in den Augen legte ich mein Handy auf meinen Bauch und atmete mehrere Male tief durch, um eine herannahende Heulattacke zu unterdrücken. Ich hatte nicht das Recht zu weinen. Ich war nicht das Opfer, ich war die Täterin.

Als mein Handy vibrierte, brauchte ich noch wenige Sekunden, ehe ich mir die Worte von Vid durchlas.

Fairerweise muss man sagen, dass es besser für sie ist, sich von ihm getrennt zu haben. Die Umstände sind nur krank.

Das letzte Wort der Nachricht ließ mich zusammenzucken und doch war es das richtige, um die Situation zu umschreiben. *Ich* war krank und hatte meine Probleme auf Kosten meiner eigenen Schwester lösen wollen.

Sie wusste, sie musste sich nach der Aktion trennen. Es hat ihr das Herz gebrochen. Sie hat den Kontakt zu der ganzen Familie abgebrochen und hat angefangen zu trinken. Die ganze Sache hat meine Eltern entzweit. Die beiden konnten nicht damit klarkommen, dass die Familie so zerrüttet war. Getrennt haben sie sich nicht, aber mein Vater ist nun viel unterwegs, hat sich einen Job gesucht, bei dem er viel reist. Ich glaube, er kommt einfach nicht damit klar, dass Daina fort ist. Wegen mir. Alle kommen nicht damit klar. Ich am allerwenigsten. Ich habe ihr einen Brief geschrieben und ihr klarmachen wollen, wie leid es mir tut, aber sie hat nie geantwortet.

So stumpf wie ich es herunter ratterte, könnte man meinen, es würde mich nicht berühren. Genau das war auch das Ziel. Vid würde jetzt zwar mein Geheimnis kennen, doch meine Empfindungen, die damit einhergingen, blieben zu einem Großteil verschleiert. Mitleid hatte ich ohnehin nicht verdient.

Ich erinnerte mich daran, wie ich wochenlang jeden Tag den Briefkasten bewacht und gehofft hatte, dass mich Worte von Daina erreichten. Immer wieder flehte ich still, dass sie mich nicht hasste. Nicht meinetwegen. Ihretwegen. Hass war eine Emotion, mit der wir uns selbst straften, nicht aber die Person, die ihn ausgelöst hatte. Natürlich schmerzte es mich, dass sie mir gegenüber Hass empfand. Aber die bloße Macht und Wucht dieses Gefühls und all die Gedanken, die damit verbunden waren, waren Teil ihres Körpers und ihres Lebens. Etwas, das ich verdient hatte, nicht sie.

Ist ein Brief nicht ziemlich feige?, fragte Vid schließlich.

Fast schon erschüttert zog ich die Augenbrauen zusammen. Wenn er nur wüsste, wie viel Mut es mich gekostet hatte, diesen Brief zu verschicken. Tagelang hatte ich mit mir gehadert, ehe ich den Weg zur Post angetreten war.

Feige? Nein! Ich wollte nur, dass sie mir zuhört, mich nicht unterbricht und sich anhört, was ich zu sagen habe.

Es war für mich der einzige Weg gewesen, mit ihr kommunizieren zu können.

Auch Vids nächste Nachricht beinhaltete bloß eine Frage:

Und du bist in der Position, diese Forderung zu stellen?

Ich seufzte, während ich tippte und wünschte mir sehnlichst, dass ich ihm das Geheimnis nie offengelegt hätte.

Ich wollte nur, dass sie weiß, wie sehr es mir leidtut,

erklärte ich schlicht und hoffte, dass er das Thema dabei beließ.

Und du hast wirklich den Brief deshalb geschrieben? Oder war es vielmehr deshalb, weil du Angst hast, dich ihr gegenüberzustellen und enttäuscht zu werden, weil sie noch immer nicht bereit ist, dir zu verzeihen?,

fragte er weiter.

Als ich nichts erwiderte, schickte er nach wenigen Minuten die nächste Nachricht hinterher.

Du musst dein Herz öffnen und die Hosen runterlassen.

Ich starrte auf mein Handy, als würde ich sagen »Dein Ernst?« und genau das dachte ich mir auch.

Die letzte Metapher streichen wir bitte. Aber selbst wenn ich es wollte, sie wohnt woanders und ich habe keine Ahnung, wie ich sie finden soll.

Eine Träne fand ihren Weg über meine Wange. Nachdem ich ihr den Brief geschickt und nie eine Antwort bekommen hatte, hatte sich meine Mutter zu ihrer alten Wohnung begeben. Doch zu dem Zeitpunkt hatte sie schon gar nicht mehr dort gelebt. Sie war spurlos verschwunden. Selbst ihre gesamten Accounts auf sozialen Netzwerken waren gelöscht, ihre Nummer gehörte nicht mehr ihr. Sie war wie vom Erdboden verschluckt.

Vielleicht hat sie deinen Brief nie erhalten, schrieb er. Danke, dass du so ehrlich warst.

Kurz blickte ich auf den Bildschirm und erkannte, dass ich ihm heute genau dasselbe gesagt hatte. Wir beide waren offener gewesen als zuvor und es hatte etwas verändert. Sicherlich würde er mich ab jetzt meiden. So wie alle anderen, die herausgefunden hatten, was passiert war, nachdem die ehemalige beste Freundin meiner Schwester alles herumposaunt hatte. Dieser Gedanke versetzte mir einen Stich in die Herzgegend und ich kämpfte nicht mehr gegen die Tränen an.

Ich würde niemals ein *normales* Leben führen können. Meine Vergangenheit würde mich immer und immer wieder einholen und mich daran erinnern, dass ich nicht verdient hatte, glücklich zu werden.

KAPITEL 26

Wenn die Vergangenheit dich einholt, wirf den Mittelfinger in die Luft und erinnere dich daran, dass das Gegenwarts-Ich damit Frieden geschlossen hat.

Ich war echt froh darüber, Wochenende zu haben. Nicht zuletzt, weil ich Vid erst mal nicht über den Weg laufen musste. Das hielt ihn allerdings nicht davon ab, am nächsten Tag vor meiner Haustür zu stehen und mich in ein Café einladen zu wollen. Zunächst war ich verblüfft darüber, dass er den Kontakt zu mir gesucht hatte, nachdem er die Wahrheit über mich wusste. Doch ich hatte mir schnell den Gedanken ins Hirn gejagt, dass er das nur getan hatte, um mir möglichst höflich und persönlich zu vermitteln, dass er nichts mehr mit mir zu tun haben wollte.

Ähnlich wie in diesen Arbeitszeugnissen, in denen zwar »Sie war stets bemüht« stand, aber eigentlich »Sie war eine Vollkatastrophe« gemeint war. Oder wie diese klassischen Beschwichtigungsversuche nach einer Trennung à la »Es liegt nicht an dir, es liegt an mir«, die mich wie automatisch die Augen rollen ließen. Dementsprechend aufgeregt war ich, als wir endlich im Café ankamen und voreinander Platz nahmen. So nervös wie in diesen Minuten der Stille war ich lange nicht mehr. Unsere Getränke hatten wir bereits zügig ausgetrunken und noch immer lag dieses peinliche Schweigen zwischen uns wie eine zähe Masse, die man nicht durchdringen konnte, ohne darin hängen zu bleiben.

»Du musst nichts sagen«, sagte ich schließlich, als ich die Stille nicht mehr aushielt.

Verwirrt sah Vid mich an, sodass ich den Blick senkte, um seiner Analyse meines Gesichtsausdruckes zu entkommen. »Was auch immer du denkst, es scheint etwas anderes zu sein, als ich denke.« Er streckte seine Hand aus, um meine zu umfassen. »Deine Ehrlichkeit gestern hat mich einmal mehr überzeugt, dass ich dich nicht gehen lassen kann. Ich kann nur erahnen, wie viel Überwindung dich das gekostet haben muss und wie stark es war, es zu erzählen.«

Ich riss vor Überraschung meinen Kopf nach vorn und blickte ihm direkt entgegen. Von allen Worten, die er mir an den Schädel schmeißen konnte, hatte er diese gewählt? Man musste mir ansehen, dass ich völlig verdattert und fast schon verstört von seiner Aussage war, denn er räusperte sich einmal, um ein Grinsen zu verbergen. Dann schaute er mir ernst in die Augen. »Ich glaube, du und ich …«

Er stockte und ich bekam fast einen Herzkasper.

»Wir …?«, fragte ich noch immer verwirrt.

»Gibt es ein Wir?«, stellte er genau die Frage, die ich mir insgeheim schon länger gestellt hatte.

Mit geweiteten Augen starrte ich ihn an. »Was meinst du damit?«

»Ich denke, wir gehören zusammen. Nicht freundschaftlich, sondern wirklich zusammen, verstehst du?« Zum ersten Mal in meiner Gegenwart klang Vid deutlich nervös und machte mich dadurch um ein Vielfaches skeptischer.

Besonders auch in Anbetracht dessen, dass ich glaubte, er habe mich gerade nach einer Beziehung mit ihm gefragt. Verwirrter und sprachloser als in diesem Moment war ich selten. Vor lauter Verblüffung spürte ich überhaupt nicht die unerwünschte Stille, die uns für wenige Sekunden einschloss.

Ich schaute erwartungsvoll, zeigte auf meinen Kopf und dann auf ihn, während ich fragte: »Und wieso denkst du das?«

Das war zwar keine Gebärdensprache, aber er würde mich vermutlich trotzdem verstehen. Vielleicht hätte ich es in einer anderen Situation richtig gebärden können, aber dazu war mein Gehirn zu sehr mit anderen Gedanken beschäftigt. Zum Beispiel merkte ich gerade, dass um uns auch eine Art Stille herrschte. Wir hatten nie darüber gesprochen, was sich da zwischen uns entwickelt hatte. Die Frage lag schon lange im Raum. So lange, dass sich die Antwort darauf vermutlich schon öfter verändert hatte. Ich war mir nicht sicher, ob ich sie heute beantwortet haben wollte.

»Wovor hast du Angst?«, fragte er stattdessen.

Oh, da gab es eine Menge Ängste. Seine Erwartungen, die ich nicht erfüllen könnte. Meine Eifersucht, die ihn und mich einengen würde. Die soziale Phobie, die uns daran hinderte, schöne Erlebnisse zu verwirklichen. Die Unterdrückung, die er damit empfinden könnte. Meine Vergangenheit, die zu seiner Belastung würde. Die Erkenntnis, dass ich nicht so wäre, wie er dachte, und die ihn irgendwann einholen würde. Das Scheitern der Beziehung, das mich wieder einmal an den Rand der Selbstzweifel brächte. Der damit verbundene Schmerz, der Liebeskummer bereithielte.

Wenn das nicht schon genug war, dann könnte man noch die Angst, ihn zu verlieren, hinzufügen, die beinahe größer war als alle anderen.

»Ich könnte dich zerstören«, erwiderte ich stattdessen bloß und schrieb das letzte Wort noch mal groß in mein Notizbuch.

Aber er hatte es offensichtlich von meinen Lippen ablesen können, denn er sprach bereits, bevor ich auch nur den dritten Buchstaben gekritzelt hatte. »Keiner kann mich zerstören, Evie.« Seine Tonlage war so rasiermesserscharf und eiskalt, dass ich prompt eine Gänsehaut hatte.

Warum sagte er so etwas, wenn ich doch seine verletzliche Seite kannte und schätzte? Hatte er eine imaginäre Mauer um sich errichtet, um nicht von mir gekränkt zu werden, sollte ich ihm eine Abfuhr erteilen? Das wäre absurd.

Noch bevor ich über eine Antwort nachdenken konnte, drängten sich zwei Gesichter in mein Blickfeld, deren Augen mich von der Theke aus musterten. Sie waren nur wenige Meter von uns entfernt und sprachen so laut »Ist das nicht Eviliana?« aus, dass ich mir sicher war, sie wollten, dass ich ihr Gespräch belauschte. Schnell blickte ich auf den Tisch vor mir und bemerkte, wie sich Vid in die von mir zuvor angestarrte Richtung wandte, sodass auch ich wieder aufschaute.

Ich kannte die beiden zwar nur vom Sehen, aber gut genug, um zu wissen, dass auch sie mich in meiner ehemaligen Schule fleißig beleidigt hatten.

Sie tuschelten und schauten Vid und mich abwechselnd mit Hohn an. »Ist bestimmt der neue Verlobte von Daina, den sie sich da wieder klärt.«

Es war das Einzige, das ich aus ihren Worten herausfiltern konnte, doch das reichte schon, um eine Heulattacke unterdrücken zu müssen. Am liebsten hätte ich mich winzig klein gezaubert, um aus ihrem Sichtfeld verschwinden und vor ihnen flüchten zu können. Stattdessen saß ich bloß wie versteinert da. Ich hoffte inständig, dass es nur ein böser Traum wäre und mich meine Vergangenheit nicht abermals eingeholt hätte, um den Höllentrip fortzusetzen.

»Was sagen die?«, fragte Vid und schaute angestrengt auf ihre Gesichter, bis er wieder mir in die Augen sah.

Ich zuckte angestrengt mit den Schultern und versuchte, möglichst teilnahmslos dreinzuschauen. »Nichts von Belang.«

»Und jetzt die Wahrheit?«, entlarvte er die Lüge und wirkte besorgt. Seine Stirn hatte sich in Falten gelegt, seine Augen funkelten.

»Das sind alte Mitschülerinnen. Sie spekulieren, ob ich dich meiner Schwester ausgespannt habe.« Sollte er ruhig noch einmal die Bestätigung haben, dass ich kein guter Umgang für ihn war. Schnell schrieb ich einzelne Wörter in mein rotes Notizbuch, damit er mir vollends folgen konnte. In meiner Unsicherheit hatten die Worte so hastig meine Zunge verlassen, dass mein Mundbild vermutlich katastrophal war.

Wütend starrte er in die Richtung der Mädchen, sodass sich ihre Züge prompt veränderten. Mir war klar, dass Vids Präsenz sehr einschüchternd wirken konnte. Sie hatten aber sicherlich nicht damit gerechnet, dass ich jemanden an meiner Seite wusste, der sich so sehr um mich scherte, dass er mich beschützen wollte.

»Ich glaube, die beiden haben eine Ansage verdient. Das nächste Mal werden sie sich zweimal überlegen, über wen sie schlecht reden.« Seine gesamte Ausstrahlung zeigte unmissverständlich, dass das keine leere Drohung darstellte. Sein Stuhl, den er sogleich vom Tisch wegschob, bestätigte es.

Ich legte eine Hand auf seine, sodass er mich abermals ansah. »Bitte nicht.«

»Ich werde nicht zulassen, dass dich jemand verletzt«, zischte er und in seinen ernsten Augen erkannte ich die Wut, die tief in ihm brodelte.

Ich habe mich mit meiner Aktion selbst verletzt, verteidigte ich die beiden und spürte selbst, wie sehr mir diese Tatsache missfiel. Aber es war die Wahrheit: Hätte ich damals diesen unverzeihlichen Fehler nicht begangen, hätten sie auch keinen Grund, mir eine solche Tat zu unterstellen. Auch wenn es mir insgeheim zuwider war, aber ihre bösen Worte waren das Resultat aus meinem Handeln.

»Du weißt ganz genau, dass sie trotzdem nicht das Recht dazu haben, dich fertigzumachen. Sie sind dadurch nicht besser«, widersprach Vid mir energisch und schüttelte den Kopf. Er fuhr sich durch seine dunklen Haare und sah fast schon gebrochen und kraftlos aus.

»Deren Meinung ist mir egal, Vid«, erwiderte ich resigniert, machte eine wegwerfende Handbewegung und zeigte mit den Augen auf die beiden.

»Egal?«, wiederholte Vid betrübt und zweifelnd zugleich, sodass ich seufzte.

»Mir ist nur wichtig, was meine Schwester von mir denkt«, erwiderte ich und gebärdete Schwester, bevor ich auf meinen Kopf zeigte.

Vid verdrehte die Augen und straffte die Schultern, ehe er streng sagte: »Zeig den Leuten endlich, was du bist!«

Ich dachte daran, wie ich über meine eigenen Füße stolperte und immer und immer wieder von einem Fettnäpfchen in das nächste stampfte. Ein Volltrottel?

Vid sah mich zornig an, holte sein Portemonnaie heraus und legte etwas Kleingeld auf den Tisch, ehe er dem Kellner zuwinkte und auf das Geld zeigte. Dann stand er auf und reichte mir seine Hand. »Komm.« Er machte nicht den Eindruck, als würde er mir eine Wahl lassen.

»Wohin?«, fragte ich kritisch, erhob mich aber trotzdem und nahm wie automatisch seine Hand. Mir war bewusst, dass die beiden auf unsere verschränkten Hände gafften, aber die Irrelevanz, die ich dieser Tatsache widmete, war viel zu stark, als dass ich Vid deshalb abweisen würde. Sie würden sich ohnehin ihren Teil denken und ihn in meiner alten Schule herumposaunen, während sie höchstwahrscheinlich noch das ein oder andere hinzudichteten. Genau so entstanden schließlich Gerüchte. Kurz fragte ich mich, wo gerade meine soziale Phobie abgeblieben war, bevor ich realisierte, dass ich die Sicherheit in seiner Berührung gefunden hatte. Zumindest für diesen einen Augenblick.

Vid zog mich sanft mit sich und wirkte entschlossen, genau wissend, was er vorhatte. »Deine Dämonen sollten langsam ausziehen.«

Als wir schließlich am Ziel seiner Reise angekommen waren, übermannte mich ein Gefühl von völliger Zufriedenheit. Wir standen auf einem Hügel, umgeben von einer Wiese mit Dutzenden gut riechenden Blumen. Wie automatisch sog ich den Duft, der in der Luft lag, ein. Ein Stückchen weiter erkannte ich zahlreiche Kirschbäume, die von etlichen Vögeln umzingelt waren. Obwohl dieser Ort eine solche Schönheit ausstrahlte, konnte ich weit und breit keine Seele ausmachen. Selbst die Bank, die am höchsten Punkt stand und die beste Sicht bot, war leer. Lediglich wenn ich hinunterblickte, erkannte ich auf den vielen Pfaden Menschen, die die Natur genossen. Ob ihnen bewusst war, wie viel sie hier oben verpassten?

Ich musste Vid gar nicht fragen, ob das der Hügel war, von dem er einst gesprochen hatte. Die Ruhe, die auf ihm lag, war fast greifbar und ich fühlte mich geehrt, dass er mich hierhergebracht hatte. Es musste für ihn ein ganz besonderer Ort sein. Zumindest war das die Vorstellung, die sich mein Kopf zusammengeschustert hatte.

»Ich möchte, dass du schreist«, sagte Vid schließlich und ich blickte ihn entgeistert an.

»Hoffentlich ist dir klar, dass das gerade ziemlich komisch klang«, entgegnete ich und erinnerte mich daran, dass er mir einmal geschrieben hatte, dass er schrie, wenn es ihm schlecht ging. Nun verstand ich seinen Spruch im Café umso mehr. Er hatte die Hoffnung, dass seine Strategie auch bei mir fruchtete.

Keine Ahnung, ob er mich nicht verstanden hatte oder er es einfach ignorierte, jedenfalls ging er nicht darauf ein.

»Versuch es einfach. Es muss dir nicht unangenehm sein, ich höre dich doch ohnehin nicht.«

Um ehrlich zu sein, war das ein Argument! Wenn auch kein unfassbar gutes, konnte ich mir bildlich vorstellen, wie merkwürdig es aussehen mochte, wenn man einen Film auf stumm schaltete, während jemand schrie. Andererseits war Vid es gewohnt, alles in stumm zu betrachten, und würde mich ganz sicher nicht schräg ansehen. Vor allem wenn man bedachte, dass er all meine anderen negativen Eigenschaften offenbar mit einem Lächeln zur Kenntnis genommen hatte. Ich *wollte* mich darauf einlassen. Wenn es ihm half, dann mir vielleicht auch.

Kurz blickte ich mich noch einmal zu allen Seiten um, um sicherzustellen, dass auch ganz bestimmt niemand in unserer Nähe war. Bei meinem Glück hörte mich ein Passant schreien und alarmierte die Polizei. Dieses Missverständnis zu erklären, wäre wirklich eine Vorstellung, die mich vor Scham zum Heulen bringen würde. Als ich auch diese Ausrede abhaken konnte, da sich noch immer niemand genähert hatte, stellte ich mich meiner Aufgabe wacker. Ich atmete einmal tief durch und dann fing ich an zu schreien.

So laut, wie ich nur konnte, schrie ich über den ganzen Hügel, bis ich das Brennen in meiner Kehle spürte. Zunächst war es bloß ein Schrei, den ich ausspuckte, um Vid einen Gefallen zu tun. Doch nach nur wenigen Sekunden veränderte sich etwas in meiner Intention.

Ich schrie plötzlich für mich.

Tausende Bilder lockerten sich in meinem Gehirn und wirbelten in meinem Kopf herum. Bilder von Daina, Bilder von ihren vom Weinen geschwollenen Augen. Bilder von meiner Mutter, die ihren Kopf in ihren Händen vergraben hatte, nachdem meine Schwester den Kontakt abgebrochen hatte. Bilder meines Vaters, der mir stumm einen Abschiedskuss gab und das Haus verließ. Bilder aus meiner alten Schule, wo ich zutiefst beleidigt und gedemütigt wurde, bis ich mein Brot weinend auf dem Schulklodeckel sitzend aß. Bilder von mir in der Badewanne, wie ich unter Wasser glitt und sehnlichst hoffte, meine Gedanken aufhalten zu können. All diese Bilder sammelte ich im Kopf zu einem Haufen und beförderte sie mit dem nächsten Atemzug durch meinen energiegeladenen Schrei nach draußen. Fast konnte ich sie sehen, wie sie in den feuchten Wind flogen, sich umeinander drehten, sich von den Schmerzen, die diese Bilder entfachten, trennten und anschließend wieder zu mir zurückgelangten. Als andere Erinnerung. Als weniger schmerzhafte. Als neu gewonnene Kraft, die ich daraus ziehen konnte.

Mein Schrei ebbte ab, mein Blick wurde klarer und ich fühlte mich anders als zuvor.

Als ich schließlich zu Vid blickte, wirkte er zufrieden und ich glaubte, es lag daran, dass er etwas in meinem Gesicht ablesen konnte: Stille.

KAPITEL 27

Wer liebt, kommt zurück? Wer liebt, der bleibt!

Wir setzten uns schließlich auf die Bank und schauten auf die ruhige Welt vor uns. Sie wirkte friedlich, unberührt und stark. Gar nicht so, wie sie eigentlich war. Es stimmte mich traurig und glücklich zugleich so wie das Schreien zuvor. Widersprüchlichkeiten waren an diesem Tag zu einer Selbstverständlichkeit geworden.

Ich zückte schließlich mein Handy und tippte eine Nachricht an Vid ein, um die Ruhe, die uns umgab, nicht zu stören.

> Findest du nicht, dass es langsam an der Zeit ist,
> mir etwas von deinen Geheimnissen zu verraten?

Kurz blickte Vid zu mir herüber, ehe er antwortete:

> Okay, okay. Es stimmt: Ich dachte bis zur
> zehnten Klasse immer, dass es Strebergarten
> heißt und nicht Schrebergarten. Und unsere

Abstellkammer nennt meine ganze Familie
immer Kabuff, ohne sich deshalb zu schämen.

Ich ignorierte die Tatsache, dass ich bisher auch angenommen hatte, dass es Strebergarten hieß, und blieb bei der Ernsthaftigkeit, die in meiner Bitte lag.

Vid ... sei mal ernst. Verrate mir zum Beispiel,
warum du keine Hilfsmittel wie Hörgeräte
oder das Cochlea-Implantat benutzt.

Ihm war sicherlich nicht bewusst, dass ich Letzteres kannte. Seit ich Vid nähergekommen war, beschäftigte ich mich mehr mit seiner Gehörlosigkeit als mit irgendeinem klausurrelevanten Krams in der Schule. Das konnte ich ohne Spur von Schande offenlegen, war es doch momentan ein weitaus spannenderes und wichtigeres Thema.

Ich spürte, wie er neben mir nervöser wurde und sich beinahe unmerklich aufrichtete, während er zu grübeln begann. Es entstand eine kleine Furche zwischen seinen Augenbrauen, seine Lippen waren geschürzt, seine Hände knetete er.

Glaubst du daran, dass all das Positive und
Negative, das du gibst, zu dir zurückkommt?

Meine Antwort fiel schlicht aus: Nein.

Tja, ich schon.

Verwundert blickte ich kurz zu ihm, ehe ich ihm eine weitere Nachricht schrieb.

Was hat das mit deinen Hilfsmitteln zu tun?

Das leise Seufzen neben mir blieb mir nicht verborgen.

Ich glaube nicht an Zufall, weißt du? Ich glaube daran, dass es einen guten Grund dafür gab, dass ich meine Fähigkeit zu hören verloren habe.

Meinte er das ernst?

Du denkst, du hättest das verdient? Willst du deshalb keine Hilfsmittel?

Erraten, war alles, was er erwiderte.

Damit gab ich mich allerdings nicht zufrieden, also hakte ich weiter nach:

Was kann so schlimm sein, dass du das verdient hättest?

Abermals bekam ich eine kurze, aber diesmal unehrliche Antwort.

Keine Ahnung.

Das stimmt nicht. Die wahre Antwort wäre:
Ich möchte es dir nicht erzählen,

widersprach ich seiner Aussage zugleich und fuhr mir durch die Haare. Ich atmete tief durch und schickte sofort eine Nachricht hinterher.

Und das ist in Ordnung. Wenn du doch
irgendwann darüber sprechen möchtest,
dann bin ich da.

Ich weiß, erwiderte er schlicht.

Weißt du, ich habe auch bis eben geglaubt, ich hätte verdient, von anderen fertiggemacht zu werden. Schließlich habe ich meine Schwester fertiggemacht. Aber das stimmt nicht. Ich habe den Hass meiner Schwester verdient, aber meinen Mitschülern habe ich nie etwas getan, ich habe ihnen nie geschadet. Dann habe ich darüber nachgedacht, dass man auch Menschen hassen kann, die anderen Leid zufügen … wie Vergewaltiger zum Beispiel. Aber im Endeffekt ist es doch so: Wenn man einen anderen Menschen fertigmacht, weil er jemanden fertiggemacht hat, ist man doch nicht besser. Das hast du heute selbst gesagt.

Vid ließ sich Zeit, meine Worte zu erfassen, ehe er sein Handy wegsteckte und sich mir zuwandte. »Du bist wirklich einzigartig.«

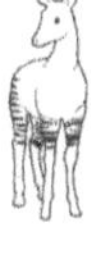

»Gott sei Dank«, erwiderte ich, grinste aber, ehe ich ernst wurde. »Weißt du, Vid, ich hatte die letzten Monate so viel Angst vor Menschen. Es war so laut in meinem Kopf. Ständig diese Stimmen, die mir sagten, was sie von mir denken mochten.« Ich schüttelte den Kopf. »Und dann kamst du. Mit deiner Stille hast du viele meiner Stimmen weggeschrien.« Schnell schrieb ich ihm meine Worte noch einmal auf, die er nur kurz überflog. Offenbar hatte er längst verstanden, was ich ihm zu sagen versucht hatte.

»Du musst dich nicht verstecken, Evie.«

Ich lächelte und gebärdete »Danke«, auch wenn ich seinen Worten nur wenig Zustimmung entgegenbrachte.

Vid ging darauf ein und erwiderte: »Für die Wahrheit muss man sich nicht bedanken, man sollte sie einfach hinnehmen«, während er nebenbei das Gesagte gebärdete. Fasziniert starrte ich ihn wie ein Kind an, das vor dem Weihnachtsbaum verharrte. »Ich möchte die Gebärdensprache auch lernen«, sagte ich euphorisch, während ich ihm den Satz noch einmal in das Notizbuch schrieb.

»Du kannst doch schon so einiges.«

Aber nicht genug, um mich mit dir gut zu verständigen.

Er schenkte mir ein schiefes Lächeln. »Aber die wichtigsten Gebärden kennst du bereits.«

Amüsiert sah ich ihn an und gebärdete die Frage, während ich sprach. »Also ›Wie wird das Wetter heute?‹ halte ich nicht für überlebenswichtig.« Anschließend schrieb ich noch nicht überlebenswichtig in das Buch und grinste letztendlich.

Lange schaute er mich an und zwar so intensiv, dass mir mein Humor abhandenkam. Die Ernsthaftigkeit in seinem Blick brachte mich auf den Boden der Tatsachen zurück, seine Nervosität ängstigte mich. Warum schaute er mich mit diesen verdammten grasgrünen Augen so an, als würde er mitten in meine Seele schauen können?

Dann deutete er mit dem Zeigefinger auf sich, legte sich anschließend beide Fäuste über Kreuz auf das Herz und zeigte dann auf mich.

Fassungslos starrte ich ihn an, denn diese Gebärde war mir tatsächlich bekannt. Mit pochendem Herzen fragte ich mich, ob ich mich irrte und es falsch im Kopf hatte. Doch ich wurde schnell von ihm mit der Wahrheit konfrontiert, die ich nicht fassen konnte.

»Ich liebe dich.« Seine Stimme klang ernst, sanft und durchdringend. Alles an seiner Präsenz zeigte mir seinen Willen, dass ich ihm glauben schenken sollte. Langsam stand er auf und kniete sich vor mich, während ich noch immer in meiner Schockstarre verharrte. »Ich habe gesagt, dass mich keiner zerstören kann. Das habe ich gesagt, weil ich mich schützen wollte, weil ich stark wirken wollte, verstehst du? Und ja, ich habe gelernt, wie stark mich das Leben gemacht hat und mich kann man tatsächlich nicht zerstören. Du bist die Ausnahme. Du kannst mich zerstören, indem du mir aus dem Weg gehst. Indem du einfach weg bist. Indem du mich meidest. Indem ich dich verliere.«

Sprachlos saß ich da, überwältigt von den Worten, von denen ich geglaubt hatte, sie niemals zu hören. Nicht von irgendjemandem und ganz sicher nicht von ihm. Von dem

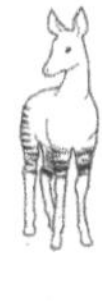

idiotischen Vollidioten, der er manchmal war. Von dem Typen, der mich an meinem ersten Schultag bloß angestarrt hatte, anstatt mir weiterzuhelfen. Von dem Mann, den ich unbedingt meiden wollte, weil er mir unsympathisch war. Von dem Menschen, der plötzlich seine Ängste offenbart hatte. Von der Person, die mich mit ihren Ansichten überzeugen und zum Lachen bringen konnte. Von dem Kerl, der mich lehrte, meine eigenen Ängste ein Stück weit besiegen zu können. Von dem Vid, der mein Herz plötzlich höherschlagen ließ. Aber hier saß ich. Auf dieser verlassenen Bank. Mit ihm. Sein Blick eindringlich, ehrlich. Es könnte alles so schön sein, wäre da nicht ein großes Problem: ich.

»Ich verdiene nicht, geliebt zu werden, Vid«, sagte ich kopfschüttelnd.

Noch bevor ich mein Notizbuch zücken konnte, antwortete er mir: »Du verdienst mehr als das, Evie.«

Dann küsste er mich. Seine Lippen lagen weich auf meinen, sodass ich gar nicht anders konnte, als ihn zu erwidern. Der Kuss fühlte sich anders an als die Küsse davor. Ehrlicher, intensiver, es schwang ein Versprechen mit. Dieses Gefühl erfüllte mich, es belebte mich und gab mir Sicherheit.

Als wir uns schließlich sacht voneinander lösten, setzte er sich abermals neben mich und warf seinen Kopf in den Nacken, um in den Himmel zu schauen. »Wow.«

Es beflügelte mich, dass er offenbar ähnliche Emotionen erlebte wie ich, wenn wir zusammen waren, sodass ich sogleich grinsen musste.

Nach einer kurzen Zeit des Schweigens räusperte sich Vid einmal und drehte sich zu mir. Seinen Ellenbogen hatte er auf die Lehne der Bank gestützt, mit der Hand spielte er mit meinen Haaren, sodass ich errötete.

»Es gibt auch noch eine andere Art, ›Ich liebe dich‹ zu gebärden.« Er streckte seine freie Hand aus und knickte den Mittel- und Ringfinger ein. Die anderen drei Finger blieben ausgestreckt. Es sah aus wie die typische Heavy-Metal-Bewegung, mit dem einzigen Unterschied, dass der Daumen nicht als dritter Finger eingeknickt war. »Das ist eine Gebärde der American-Sign-Language und steht unter anderem für i love you. Mittlerweile benutzt man die Gebärde international.«

Ich lächelte, traute mich jedoch nicht, das zu gebärden, was ich fühlte. Es war unfair ihm gegenüber, aber was passierte, wenn das hier alles so endete, wie alles in meinem Leben endete? In einer Katastrophe.

KAPITEL 28

Sieben Zentimeter von dem Ziel entfernt zu sein und zu erkennen, dass man es nie erreichen kann, ist schlimmer, als den Weg nie angetreten zu sein.

Am Montag kam Vid mit Frau Winter im Schlepptau zu spät in den Klassenraum gewatschelt. Kurz hatte ich Sorge, er wäre meinetwegen nicht in die Schule gekommen und hätte es sich mit uns anders überlegt. Meine Befürchtung, er hätte sich Zeit nehmen wollen, um noch einmal darüber nachzudenken, schlich sich schneller in meinen Kopf als dieser nervige Ohrwurm irgendwelcher Kinderserien. Umso froher war ich, als ich ihn sah und peinlichst genau auf sein weißes Shirt, das in eine Jeansjacke gehüllt war, starrte. Seine schwarzen Chucks machten den Anblick auch nicht weniger anziehend. Auch sein Lederarmband, das sein Handgelenk umschmeichelte und mich dazu verleitete, auf seine sehnigen Hände zu gaffen, kurbelten meine Hormone nur noch mehr an. Ich hatte mir in der Vergangenheit bereits vorgestellt, wie es wäre, damit berührt zu werden. Seitdem ich in den

Genuss gekommen war, wurde meine Sucht danach nur noch mehr entfacht. Ich räusperte mich und rückte meine Brille zurecht, während ich mich daran erinnerte, dass ich hier in einem Klassenraum saß und solche Gelüste ungefähr so unpassend waren, wie mit seinen Eltern einen Film anzuschauen, der bereits im Trailer Sexszenen zeigte.

Schnell setzte er sich hin und schaute zu mir. Ich streckte meine Hände, legte sie waagerecht übereinander und machte mit der oberen Hand eine Bewegung nach vorn. Dabei bewegte ich meinen Mund zu einem »zu spät«. Daraufhin grinste er verhalten, hob leicht seine Hand, spreizte den kleinen Finger, Zeigefinger und Daumen, während er den Mittel- und Ringfinger einknickte. Ich wurde rot und biss mir auf die Lippe, als ich erkannte, dass es die Gebärde war, die er mich auf dem Hügel gelehrt hatte.

Faye, die uns verstohlene Blicke zuwarf, blendete ich für einen Augenblick aus, wusste aber schon jetzt, dass sie mich später nach einem Update ausfragen würde. Dann legte Vid den Kopf schief, nickte mir zu und hob fragend seine Augenbrauen. Als hätte er es mir zugeschrien, verstand ich die Frage, ohne dass er sie gebärden musste, und nickte.

»Was sagt er?«, flüsterte Faye mir zu und wirkte so neugierig, dass es mich nicht gewundert hätte, wenn sie gleich auf meinem Schoß sitzen würde, um die Situation zwischen Vid und mir ergründen und analysieren zu können. Fast musste ich darüber kichern, freute ich mich doch so sehr, dass sie so interessiert an uns zu sein schien. Niemand hatte mir jemals so viel Relevanz entgegengebracht wie Faye und Vid.

»Er hat gefragt, ob es mir gut geht«, antwortete ich schmunzelnd.

»Seit wann kannst du Gebärdensprache? Ich bin begeistert, Evie!«, flüsterte sie mir zu und ihre euphorische Stimmfarbe unterstrich ihre Worte noch einmal.

»Genau genommen war seine letzte Frage keine Gebärde«, gab ich leise zurück.

Sie sah mich verwirrt an. »Und du hast sie ohne Gebärden, ohne Sprache erkannt?«

Ich dachte darüber nach und realisierte erst jetzt, dass ich ihm instinktiv geantwortet hatte, ohne wirklich darüber nachgedacht zu haben, was er wohl meinen könnte. Und das, obwohl ich mir doch sonst immer über wirklich alles den Kopf zerbrach. Ich schielte verstohlen zu Vid herüber, der gerade dabei war, auf sein Tablet zu schauen. Seine schönen Augen wurden durch dunkle Wimpern umrahmt, seine Haare fielen ihm leicht in die Stirn. Als hätte man mir die Antwort auf einem perfekt gedeckten Tisch reserviert, nahm ich sie entgegen und gab sie Faye schlicht weiter. »Wir verstehen uns ohne Worte.«

Als ich an diesem Tag nach Hause kam, war ich voller Glückshormone. Noch nie in meinem Leben hatte ich so gefühlt, wie ich für Vid empfand. Obwohl das Mädchen, das mehrere Tage verschwunden war, wohlbehalten bei der heimlichen Freundin gefunden wurde, war es zu einer Bedingung geworden, mich nach Hause zu fahren. Auch mein Geld für Sprit, das ich ihm regelmäßig auf den Beifahrersitz hinterlegte, während ich schnell ins Haus stürmte, war zu einem spielerischen Diskussionskonstrukt geworden. Ich konnte mir ein Leben ohne ihn nicht mehr vorstellen. Dieser Fakt sollte mich eher ängstigen, als glücklich machen. Doch ich kam nicht umhin, die Schmetterlinge in meinem Bauch zu ignorieren. Zum ersten Mal seit Langem fühlte ich mich angekommen. Als hätte ich eine Mauer eingetreten, die mir viel zu lange verborgen geblieben war. Es war, als würde ich ein komplett neuer Mensch mit neuen Emotionen sein.

Doch genau dieser Mensch verschwand wieder, als ich die Worte meiner Mutter hörte, die aus dem Wohnzimmer in den Flur drangen. Sie ließen meine Adern zu Eis gefrieren.

»Es freut mich so sehr, das zu hören, mein Schatz. Dann geht es ja wieder bergauf ... Wir können uns doch mal auf ein Essen treffen ... Nein, natürlich nicht hier. In einem Restaurant ... Das verstehe ich, aber Papa und ich sind auch deine Familie ...«

Das konnte nicht wahr sein! Ich stürmte ins Wohnzimmer, sodass meine Mutter fast zu Tode erschreckte. »Du, ich rufe dich später zurück, ja? Eviliana ist gerade gekommen«, sprach sie hastig in den Hörer und es dauerte nur eine Sekunde, da hatte die Person am anderen Ende der Leitung aufgelegt. Ich sah in den hellen Augen meiner Mutter, dass Leugnen zwecklos war. Die Tatsache, dass ich offenbar soeben ein Geheimnis gelüftet hatte, machte meinen Unmut nicht besser. Wie festgefroren stand ich da und starrte meine Mutter an, die noch immer verkrampft den Hörer in der Hand hielt, während es am anderen Ende tutete. Es fühlte sich wie ein Verrat an und gleichzeitig konnte ich mich nur schlecht damit fühlen, weil ich ihn doch selbst verursacht hatte. »War das Daina?«, flüsterte ich nach wenigen Sekunden des Schocks.

Die Verzweiflung meiner Mutter konnte ich förmlich in der Luft riechen. Schnell ließ sie den Hörer auf den Tisch fallen. »Evie«, sagte sie bloß und hielt sich die Hand an die Brust. »Du hast mich erschreckt.«

»War das Daina?«, fragte ich abermals.

Stille. Dann seufzte sie. »Ja.«

»Seit wann hast du Kontakt zu ihr?«

Meine Mutter biss sich auf die Lippe. Ich sah ihr an, dass sie nicht bereit war, die Antwort preiszugeben. »Seit etwa vier Monaten.«

Vier. Monate.

Vier Monate lebte sie mit mir unter einem Dach und trug dieses Geheimnis mit sich, ohne sich auch nur ansatzweise etwas anmerken zu lassen. Und dann kam ich: Ich kramte in meinem Rucksack herum, um vor meinen Lehrkräften nach meinen Hausaufgaben zu suchen, obwohl ich sie nie gemacht hatte. Schon an dieser schauspielerischen Notwendigkeit scheiterte ich, während meine Mutter vier Monate für sich behalten konnte, Kontakt mit meiner Schwester gehabt zu haben.

»Wie geht es ihr?«, wollte ich wissen und am liebsten hätte ich alle Informationen in nur wenigen Sekunden aus ihrem Hirn gesaugt.

»Sie hatte finanzielle Probleme. Ihr Arbeitgeber hatte sie gekündigt, weil sie betrunken zur Arbeit erschienen ist. Danach musste sie ihre Wohnung aufgeben und deshalb hat sie mich kontaktiert«, antwortete sie widerwillig und man sah ihr an, dass sie die Informationen so gering wie nur möglich halten wollte.

»Was? Ist sie obdachlos?« Ein Horrorszenario wurde wahr.

Meine Mutter schüttelte schnell den Kopf. »Nein. Papa und ich haben sie unterstützt. Sie hat nun wieder Job und Wohnung.«

»Aber sie war obdachlos?«, hakte ich mit pochendem Herzen nach.

»Gewissermaßen. Sie hat bei Freunden übernachtet.«

»Gibst du mir ihre Adresse?«, wollte ich wissen und malte mir bereits das Zusammentreffen aus, sodass mir heiß und kalt zugleich wurde.

»Evie, das ist keine gute Idee«, sagte sie vorsichtig.

Ich erstarrte. »Du kannst mir doch nicht verwehren, meine Schwester zu sehen«, entgegnete ich aufgebracht.

Meine Mutter sah mich entschuldigend an, dann blickte sie betroffen zu Boden. »Ich will nicht, dass es ihr wieder schlechter geht.«

Der hatte gesessen. Die Erkenntnis, dass meine bloße Anwesenheit andere Menschen dazu verleitete, sich schlechter zu fühlen, war wohl die größte Beleidigung und gleichzeitig die schmerzhafteste Wahrheit, die ich bisher erfahren durfte. Meine Mama wollte mich damit nicht verletzen, sie wollte ihre andere Tochter schützen. Es musste nicht einfach für sie sein, dass ihre Tochter vor ihrer anderen Tochter beschützt werden musste.

Ich nickte bloß verstehend, wenn auch noch immer wütend darüber, und ging ohne ein weiteres Wort in mein Zimmer. Wäre ich geblieben, hätte ich Worte geäußert, die mir nicht zustanden. Sätze, die ich in der Wut gesagt hätte, die eigentlich gegen mich gerichtet werden sollten. Ich konnte ihre Entscheidung wirklich nachvollziehen.

Das änderte jedoch absolut nichts daran, dass mir zum Heulen zumute war. Gerade aus dem Grund, dass meine Schwester nun so erreichbar und dennoch so weit entfernt war. Jetzt, nachdem ich all die Wochen mit Vid und Faye Mut geschöpft hatte, sie zu kontaktieren. Das war unerträglich. Ich war nie wirklich beeindruckt von Filmen gewesen, die Familienkonflikte thematisierten. Es berührte mich nie wirklich, diese Art von Dramen anzusehen. Doch wenn ein Thema so nah war, bedeutete es plötzlich etwas ganz anderes. Es war, als würde Daina an einem Abgrund und kurz vor dem Sprung stehen. Ich lief zu ihr, war ihr ganz nah, aber ich konnte sie nicht greifen. Ich war ihr so nah, dass ich sie fast berühren konnte, aber erreichte sie nicht gänzlich. Ich rief ihren Namen, aber sie reagierte nicht, Worte nützten nichts mehr. Und dann musste ich dabei zusehen, wie sie sprang. Ich konnte rein gar nichts dagegen tun.

Ungefähr so mussten sich Angehörige von Menschen fühlen, die sich das Leben nahmen: schuldig, hoffnungslos, verzweifelt.

Mit einem Unterschied: Ich war wirklich schuldig.

Ohne ein weiteres Wort warf ich mich mit Tränen in den Augen auf mein Bett. Wie selbstverständlich zückte ich mein Handy und machte den Schmerz nicht mit mir selbst aus. Diesmal nicht.

> Meine Mutter hat Kontakt zu Daina. Ich habe sie gerade dabei erwischt, wie sie mit ihr telefoniert hat.

Vids Antwort folgte nach wenigen Sekunden, als hätte er nur auf eine Nachricht von mir gewartet.

Krass. Weiß sie, wo sie ist?

Ja. Aber sie möchte es mir nicht verraten,

schrieb ich und kämpfte ein weiteres Mal gegen meine Tränen an.

Das ist hart. Lass den Kopf nicht hängen, ja?
Vielleicht wird Daina früher oder später selbst
entscheiden, dich zu kontaktieren,

antwortete er wenig später und ließ mich damit wenigstens etwas aufatmen.

Vielleicht, wenn wir beide zufälligerweise ins selbe
Seniorenheim geschickt werden und sie sich nicht
mehr daran erinnern kann, was ich getan habe,

erwiderte ich missmutig und wenig hoffnungsvoll.

Oder wenn du zufälligerweise Dainas Adresse
zwischen den Unterlagen deiner Mum findest.

Ich verdrehte die Augen, während ich tippte.

Natürlich. Die eigene Schwester vergraulen und
dann auch noch meiner Mutter hinterherspionieren.
Bald muss ich einen gesamten Roman schreiben,
um auszudrücken, wie leid mir das alles tut.

Auch wenn Vids Lösungsvorschlag verlockend klang: Ich würde keinen Fehler versuchen geradezubiegen, indem ich

einen nächsten beging. Gegen die Entscheidung meiner Mama zu handeln und auch noch in ihren Unterlagen zu schnüffeln, wäre definitiv ein großer Fehler und was noch schlimmer war: ein riesengroßer Vertrauensbruch.

Du hast recht. Also ... was werden wir jetzt tun?,

fragte er mich in seiner nächsten Nachricht. Dass er sich in mein Problem miteinbezog, löste ein wohliges Gefühl in mir aus. Ich fühlte mich weniger einsam.

Warten, bis ich alt genug bin, um in ein
Seniorenheim zu ziehen.

Vid schickte mir mehrere lachende Emojis, ehe ein weiterer Text folgte.

Evie, glaub mir, der Moment wird kommen.
Und wenn es so weit ist, werde ich das mit dir
gemeinsam durchstehen, versprochen.

Seine Worte durchströmten mich wie ein warmer Fluss, der meinen gesamten Körper von der eisigen Kälte befreite und meine Hoffnung zum Blühen brachte. Und das so sehr, dass der Wunsch aufkeimte, ihm etwas zurückgeben zu wollen: ein Stück von meiner Hoffnung, ein Stück von meinen Gefühlen, ein Stück Verständnis und Empathie, das er all die Zeit für mich aufgebracht hatte.

So schrieb ich kurzerhand Faye:

Hey, ich hoffe, es geht dir gut. Du hattest doch mal erzählt, dass der Club, in dem wir letztes Mal waren, Cailans Onkel gehört, oder?

Ja, genau. Warum?, fragte sie nach wenigen Sekunden des Wartens.

Ich hätte da eine Bitte …

KAPITEL 29

Die Stille ist oft lauter als der Wecker meiner Uroma, der mit der Lautstärke die gesamte Nachbarschaft wecken kann.

Am Donnerstagabend bestellte ich Vid zum Club. In seinen Nachrichten wirkte er mehr als verwirrt und betonte mehrmals, dass es noch nicht Freitag und der Club deshalb geschlossen sei. Ich hingegen versicherte ihm genauso oft, dass ich noch zurechnungsfähig sei und er sich einfach auf meine Bitte einlassen solle.

Danach begann die Diskussion, dass er mich von zu Hause abholen wollte, ich jedoch vehement verneinte. Er konnte ja nicht ahnen, dass ich vorab Vorbereitungen treffen musste, die er nicht mitbekommen sollte. Vid schien das als Provokation zu werten. Er wurde richtig sauer, weil er nicht einsehen wollte, dass ich auf mich aufpassen konnte. Wenn er genauso beschützend seiner Schwester gegenüber war, dann wünschte ich ihr jetzt schon mal viel Erfolg in der Pubertät.

Als er schließlich doch einsah, dass es keinen Sinn hatte, mit mir darüber zu diskutieren, stand er schließlich zur vereinbarten Uhrzeit vor dem Club und sah mir gespielt schmollend entgegen. Ich grinste über seinen Gesichtsausdruck und begrüßte ihn stumm, während er auf mich zukam und mir einen Kuss auf die Stirn hauchte. Ich biss mir auf die Lippe, um meine Freude darüber zu verbergen, und nahm seine Hand in meine, um ihn ins Gebäude zu führen.

»Hast du den Club gekauft oder bist du hier eingebrochen? Beides würde ich dir zutrauen«, sagte Vid mit einem Schmunzeln in der Stimme, als wir durch die Eingangsflure marschierten.

Ich schüttelte nur lächelnd den Kopf und führte ihn in den großen Saal, der uns so klein erscheinen ließ. Auf der Leinwand prangte ein Standbild, das ein wenig Licht ins Dunkel brachte.

»Was tun wir hier?«, fragte er.

Doch ich antwortete gar nicht, sondern stöpselte mein Handy an die Anlage und vertraute darauf, dass die Boxen auf den maximalen Bass eingestellt worden waren – so wie ich darum gebeten hatte. Vielleicht hätte ich es vorab doch testen sollen. Doch die Bahnen hatten sich dagegen entschieden, indem sie mal wieder massive Verspätungen und damit meine kurze Vorbereitungszeit verursacht hatten.

Dann ging ich zu meinem Laptop und starrte auf das Video, das ich ausgewählt hatte, während ich auf Play drückte, sodass das Lied »Silence« von Khalid erklang. Der Songtext dazu wurde auf die große Leinwand projiziert.

Wie gebannt starrte Vid auf die Worte, die klar und deut-

lich angezeigt wurden, und ich merkte, wie er den Bass in sich aufsog, vollkommen konzentriert darauf – ohne Hunderte von Menschen, die seine Empfindungen stören konnten.

Ich summte den Text mit, während ich auf Vid zuging. Er blickte noch immer wie erstarrt auf die Leinwand. Langsam legte ich ihm eine Hand auf seine Wange und drehte seinen Kopf zu mir.

Tränen sammelten sich in seinen Augen. Ich erkannte, dass ich etwas in ihm ausgelöst hatte, das viel zu lange im Verborgenen geschlummert hatte, sodass ich ihn in die Arme schloss und ihn einfach nur hielt. Trost zu spenden, bedeutete eben nicht, jemanden mit tausenden Worten zu bombardieren, obwohl dieser selbst tausende im Kopf hatte. Trost bedeutete, dass die Person wusste, dass sie mit ihren Gedanken nicht allein war, und das konnte man ohne jegliche Worte ausdrücken. Zumindest war es in diesem Fall so.

Es gab auch Trost, den man nur dann spenden konnte, wenn man seinen Mund aufmachte, weil die körperliche Nähe gar nicht möglich war; weil die Person gar nicht wusste, dass du wusstest, dass sie litt; weil der Mensch gar nicht verstand, wie sehr du seinen Schmerz verstandst. Sofort tauchten drei Gesichter in meinem Kopf auf, auf die diese Theorie definitiv zutraf, die ich schnell wieder abschüttelte. Es ging hier nicht um mich.

Dann begann ich, mich langsam hin und her zu bewegen. Zunächst blieb Vid ganz steif, doch als ich ihn langsam mit meiner Bewegung mitzog, folgte er meinen Schritten, bis ich ihn schließlich führte und wir tanzten. Auch das nächste Lied, das folgte, dröhnte uns den Bass durch den ganzen

Körper und so tanzten wir einfach weiter. Mit jeder Drehung, jedem Schritt wurde Vid mutiger und öffnete sich immer mehr. Seine Lippen trafen schließlich auf die meinen und Leidenschaft mischte sich mit seiner Fröhlichkeit. Dieser Kuss war intimer, inniger und weniger liebevoll als alle anderen zuvor. Seine Hand hielt meinen Nacken umschlungen, sein Becken drückte sich an mich, während er mich leidenschaftlich küsste.

Schnell wurde mir heiß und ich konnte gar nicht begreifen, welch unermüdlichen Gefühle er in mir entfachte. So sehr sich meine soziale Phobie wohl in diesem Moment für mein leises, lustvolles Aufstöhnen geschämt hatte, so wenig dachte ich darüber nach. Meine Empfindungen regierten meine Gedanken und versprachen mir Freiheit.

Urplötzlich hob Vid mich hoch und setzte mich auf einen Hocker an der seitlichen Bar ab. Ich keuchte auf und spürte, wie sich seine starke Brust an meine drängte, während er nicht ein einziges Mal die Lippen von meinen löste. Sein schneller Atem vermischte sich mit meinem, unsere Herzen wurden eins. Während er mich so leidenschaftlich umfasste, begann ich innerlich zu schweben. Nie hätte ich mir ausmalen können, dass meine soziale Phobie zulassen würde, dass solch undefinierbare Empfindungen in mir ausgelöst werden konnten.

Als wir schließlich vollkommen aus der Puste voreinander stehen blieben, waren Vids Wangen rosig, sein Blick war wach und seine Haltung selbstbewusst.

»Danke«, sagte Vid und ich erkannte seine Worte nur durch das Lippenlesen, denn die Musik war viel zu laut. Dann schloss er mich in die Arme und küsste sanft meine Stirn.

Als wir schließlich die Kabel von meinem Laptop lösten und alles wieder so hinterließen, wie ich es vorgefunden hatte, war es Balsam für meine Ohren. Es wunderte mich, dass mein Trommelfell nicht geplatzt war oder ich von dem heftigen Bass kein Schleudertrauma erlitten hatte. Letztlich wunderte es mich jedoch am meisten, warum ich für meine maßlosen Übertreibungen noch keinen Pokal nach Hause gebracht hatte.

»Wie geht es dir mittlerweile damit, dass dir deine Mum die Adresse von deiner Schwester nicht geben möchte?«, fragte er schließlich völlig aus dem Nichts.

Ich blickte perplex auf. Dann zuckte ich mit den Schultern. »Ich muss es wohl akzeptieren.«

Lange schaute er mich nachdenklich an, ehe er auf mich zukam. »Weißt du, ich habe immer gedacht, es sei still um mich. Ich würde die Stille nicht aushalten, sie würde mich zerstören. Ohne zu wissen, dass deine Stille viel schlimmer ist.«

»Ich verstehe nicht«, erwiderte ich und sah ihn fragend an.

»Deine Stille ist so ohrenbetäubend laut, dass du die Worte nicht verstehen kannst, die dir dein Herz und dein Verstand zu sagen versuchen.«

Lange schaute ich ihn an und versuchte zu ergründen, weshalb er mich damit konfrontierte; versuchte zu verstehen, was er damit genau meinte; versuchte zu analysieren, ob er damit wirklich recht hatte.

»Die Stille um deine Schwester, um deine Familie, um euch ist ohrenbetäubend laut. Ich kann dein Schweigen hören«, flüsterte Vid einfühlsam, als meine Erwiderung auf sich warten ließ.

Flüssigkeit sammelte sich in meinen Augen und ich atmete tief durch, um den Kloß, der sich in meiner Kehle gebildet hatte, zu verscheuchen. Er hatte genau ins Schwarze getroffen.

»Du musst mit ihnen reden«, flüsterte er und nahm sacht meine Hand.

Mit verheultem Gesicht schaute ich ihn an, wohlwissend, dass mein Mundbild nicht klar sein würde, würde ich nun mit zitterndem Kinn sprechen. Doch ich musste nichts sagen, er verstand mich.

Wer glaubte, dass es schlimmer wäre, angeschrien statt angeschwiegen zu werden, hatte nie die Leere, die Verzweiflung, die Angst gespürt, die die Stille hinterließ.

KAPITEL 30

Den Weg nie anzutreten, bedeutet, nie die Chance zu haben, glücklich zu werden.

Freitage waren beinahe die besten Tage in der Woche, weil sie das Wochenende ankündigten. Nachdem ich heute keine Präsentationen halten musste, ich kein Englisch hatte und auch keine sonstigen Situationen erleben durfte, die meine soziale Phobie auf das höchste Level bringen würden, war ich euphorisch, als ich das Haus betrat. Meine Mutter, die augenscheinlich auch gerade erst nach Hause gekommen war, begutachtete mich deshalb besonders intensiv. Nicht zuletzt, weil ihr nicht entgangen war, dass Vid mich wie jeden Tag gebracht hatte. Ich hingegen ignorierte ihre Blicke, winkte ihr zu und verschwand in meinem Zimmer. Unangenehme Gespräche über Vid? Nein danke. Das Gespräch über Bienchen und Blümchen hatten wir in dieser Form noch nicht geführt und es wäre mir recht, würde das so bleiben. Meine Mama und ich pflegten ein wirklich offenes Miteinander, aber um mit ihr darüber ausführlich zu schnacken, müsste ich entweder besoffen oder mein Namensschild »Prüde« ablegen.

Als hätte ich es beschworen, erklang plötzlich die Stimme meiner Mutter von unten, wenige Minuten nachdem ich die Tür hinter mir geschlossen hatte. Sie rief meinen Namen.

»Ja?«

Keine Antwort.

»Was ist denn, Mama?«

Wieder keine Antwort. Manchmal glaubte ich, sie war auch taub oder sie wollte mich in den Wahnsinn treiben. Als wäre sie erst mal einen Marathon drei Kilometer Richtung Buxtehude gelaufen.

Ich lebte nach dem Motto: *Wenn sie nicht antwortet, kann es nicht so wichtig gewesen sein.*

Meine Mutter lebte nach dem Motto: *Wenn ich nicht antworte, dann komm gefälligst runter.*

»Evie?«, ertönte die Stimme abermals.

Ich wollte ihr gratulieren, dass sie mit dem Sprint zurück eigentlich einen Rekord erzielt haben musste. Seufzend beließ ich es dabei und kam ihrem stillen *Wunsch* nach. Ich fragte mich, ob Mütter ihr eigenes Handbuch hatten oder warum sie teilweise so ähnliche Verhaltensweisen zeigten. Das galt auch für Lehrkräfte. Jeder kannte doch eine Lehrkraft, die ständig mit ihrem Schlüssel herumspielte; alle mit ihrem Leberwurstatem belästigte; sich ständig über den Tafeldienst beschwerte oder den schlimmsten Satz im Englischunterricht benutzte: »In English, please!«. Es könnte Hans Richard in der letzten Reihe umkippen und um Hilfe schreien und die Lehrkraft würde trotzdem noch genervt diesen

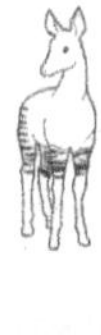

Satz brüllen. Wo es auch immer diese Handbücher zu erwerben gab, wir sollten sie finden und verbrennen.

Als ich unten ankam, saß meine Mutter an dem Küchentisch und schaute sich ein Video an. Ob es wohl das Handbuch in digitaler Form war? Wir würden es nie erfahren, denn sie legte ihr Handy sofort beiseite, als sie mich erblickte.

»Was ist denn? Warum hast du nicht geantwortet?«, fragte ich bemüht darum, nicht genervt zu klingen.

»Ich wollte nicht so rumschreien.«

Ich prustete los und setzte mich vor sie an den Tisch. Meine gereizte Stimmung von gerade eben war mit dieser Antwort wie weggefegt. »Mama, du hast so laut meinen Namen geschrien, die Nachbarn haben sich kurzzeitig gefragt, ob sie Evie sind und wollten ›Ja‹ rufen.«

Sie schmunzelte, wenn auch leicht beleidigt, und sah mich neugierig an. »Ich habe mich gefragt, wann du mir Näheres über Javid und dir erzählst.«

Ich wurde rot. »Was soll ich dir da erzählen?« Eigentlich sprach ich mit meiner Mutter über so gut wie alles in meinem Leben. Zumindest über die schönen Dinge. Aber so lange ich selbst nicht wusste, was das zwischen Vid und mir war, konnte ich ihr noch nichts berichten.

»Na ja, er bringt dich immer nach Hause –«

»Du hast recht, ich sollte mir dich als Vorbild nehmen«, sagte ich, um der peinlichen Situation zu entfliehen. »Du erzählst ja immer, wie dein Abenteuerweg zur Schule ausgesehen hat. Du weißt schon, gefühlt über Berge und Täler, durch den Monsun, gegen Alligatoren kämpfend. Vielleicht sollte ich ab jetzt auch immer zu Fuß gehen.«

»Ich habe dich noch nie so glücklich gesehen«, sagte sie, ohne auf meine Worte einzugehen.

Ich schaute sie schräg an. Mit diesem Satz hatte ich nun nicht gerechnet. »Ach komm, als ob ich nie lächle.«

Sie schüttelte den Kopf. »Es geht nicht um deinen Mund, sondern um deine Augen.«

Ich stockte über ihre Ehrlichkeit und senkte den Blick, als würde ich meine Augen vor ihr und ihrer Erkenntnis verbergen wollen. Doch ein innerer Drang brachte mich dazu, abermals aufzuschauen und das auszusprechen, was die Evie vor ein paar Monaten noch für sich behalten hätte.

»Eine Sache fehlt noch, damit ich wirklich glücklich bin«, erwiderte ich und sah ihr tief in die Augen.

Natürlich verstand sie sofort, was ich meinte, und natürlich wusste ich, dass sie mit einem Seufzen reagieren würde. »Evie, ich weiß, dass du deine Schwester sehen möchtest, und ich verstehe das. Aber es hat so lange gedauert, bis sie sich endlich bei uns gemeldet hat. Ich habe Sorge, dass sie sich wieder abkapselt.«

Ich nickte. »Das kann ich gut verstehen, aber ich *muss* versuchen, es wieder einigermaßen geradezubiegen.«

»Es tut mir leid, Evie«, sagte sie bestimmt und schüttelte sacht den Kopf. Es klang wie eine endgültige Entscheidung, die sie schon lange getroffen hatte.

»Mama, die Stille, die unsere Familie umgibt, wird uns immer weiter in dieses Loch ziehen«, versuchte ich es weiter.

»Welche Stille?«, fragte sie irritiert.

Ich atmete einmal durch und erinnerte mich an Vids Worte, die er mir gestern gewidmet hatte. Über meinen

Schatten zu springen, meinen Stolz beiseitezuschieben und das auszusprechen, was zwischen uns lag, war die einzig richtige Entscheidung, die ich nun treffen musste. Egal wie viel Überwindung sie mich kosten mochte. Jetzt oder nie. Meine Angst schrie sogleich Letzteres, doch es war zu spät, um zurückzurudern. Ich war an diesem ganzen Dilemma schuld, also würde ich jetzt nicht den Schwanz einziehen, weil ich zu feige wäre. Niedergeschlagen biss ich mir auf die Unterlippe und befreite dann all meiner Kraft, die ich für diesen Moment gesammelt hatte. »Zum Beispiel, dass ihr nie aussprecht, dass ich unsere gesamte Familie zerstört habe; dass Papa wegen *mir* ständig weg ist; dass du daran zerbrichst, dass dein Mann und deine Tochter weg sind ... Und das alles wegen genau der Person, die du jeden Tag ertragen musst.« Die Erleichterung und der Schmerz flossen gleichzeitig durch meine Adern, sodass ich gar keine Chance hatte, richtig aufatmen zu können.

Schockiert kam sie auf mich zu. »Was redest du da, Evie? Du bedeutest mir so unendlich viel, das weißt du!«

Tränen rannen über meine Wangen. »Ich habe eure Ehe zerstört.«

Auch in ihren Augen erkannte ich den glasigen Schleier und so nahm sie mich fest in den Arm. »Nein. Du bist nicht schuld. Papa und ich haben uns versprochen, in schweren Zeiten füreinander da zu sein und alles gemeinsam zu überwinden. Dieses Versprechen haben wir gebrochen.«

»Liebt ihr euch noch?«, flüsterte ich gegen ihre Schulter und merkte, wie mein pochendes Herz gegen ihre Brust hämmerte. Innerlich glaubte ich, auf alle Antworten gefasst zu sein. Doch in Wirklichkeit spürte ich, wie mich eine Verneinung in die endlose Spirale der eigenen Schuldzuweisung drängen würde.

»Ja. Wir haben nur noch nicht geschafft, die Worte auszusprechen, die zu einer Lösung führen könnten«, antwortete meine Mama und drückte mich noch fester an sich. »Wir lieben dich, Evie, und wir werden dich immer lieben! Genauso wie wir Daina immer lieben werden. Das Problem ist, glaube ich, dass dein Vater immer den Wunsch einer heilen Familie hatte, nachdem seine Familie so zerrüttet war, verstehst du? Er kommt nicht damit klar, dass ein Teil der Familie gegangen ist.«

»Dass ein geliebter Mensch gegangen ist, weil ein anderer geliebter Mensch einen Fehler gemacht hat?«, fügte ich fragend hinzu. »Der Zwiespalt, weil er mich nicht hassen kann, obwohl er es sollte?«

Ich spürte, wie sie schluckte. »Seine heile Welt ist zerbrochen und um das zu ertragen, flüchtet er.«

»Damit erträgt er es nicht«, widersprach ich. »Er verdrängt es.«

Sie ließ mich los und nahm mein Gesicht in ihre Hände. »Ich möchte, dass du weißt, dass du verdient hast, glücklich zu sein, hörst du?«

»Das kann ich nur, wenn ich weiß, dass es meine Familie auch ist«, entgegnete ich ehrlich. »Ich bin bereit, meinen Fehler wiedergutzumachen. Ich brauche nur die Chance, es zu beweisen.«

Ich verstand, was es bedeutete, wenn man sagte, dass die Augen der Spiegel der Seele seien. In diesem Moment konnte

ich all das sehen, was meine Mama so lange zu verbergen versuchte, und ich sah noch etwas: Verzweiflung. Letzteres brachte mich dazu, mich von ihr zu lösen. Es war nicht in Ordnung, so etwas in ihr auszulösen, hatte ich ihr doch schon zahlreiche negative Emotionen beschert. Auch wenn es mir schwerfiel, mit ihrer Entscheidung leben zu müssen, so hatte ich nicht das Recht, darüber zu urteilen. Ich war nicht in der Position, Anforderungen zu stellen. Schwer seufzend flüsterte ich sacht: »Es ist okay, Mama. Ich verstehe das!« Dann drückte ich noch einmal fest ihre Hand und verschwand in meinem Zimmer.

Keinen blassen Schimmer, ob ich nun einen Höhenflug durchlebte und diesen spätestens am nächsten Tag bereuen würde. Aber vor meiner Mutter das zu äußern, was mich schon so lange belastete, war so befreiend, dass ich mich fragte, ob es an der Zeit war, mit noch mehr aufzuräumen. So lange Zeit hatte ich mich immer wieder versteckt und all das, was sich in meinem Inneren abspielte, mit mir selbst ausgemacht.

Plötzlich fühlte ich mich stärker denn je.

Es war Faye, die mich mit ihrem Schicksal daran erinnert hatte, wie kurz das Leben sein konnte. Sie hatte mir gezeigt, dass es guttun konnte, sich zu öffnen. Faye war diejenige gewesen, die mich ermutigt hatte, mit Daina zu sprechen.

Es war Vid, der mir erst die Augen dafür geöffnet hatte, wie still es um meine Familie geworden war. Er hatte mir klargemacht, dass ich Glück und Liebe verdiente. Durch ihn fühlte ich mich freier und überwand mich jeden Tag aufs Neue. Vor allem aber wusste ich, dass ich mit ihm nie einsam wäre. Ich musste nichts allein durchstehen.

Und ich war es, die immer mutiger über ihre Schatten

sprang. Nun konnte ich meine übernachdenkliche Art endlich als Vorteil nutzen und reflektieren, welche Steine mir mein Gehirn all die Monate in den Weg gelegt hatte.

Ich hatte Angst, Entscheidungen für meine Familie und mich zu fällen, sodass ich darauf bedacht war, einfach keine zu treffen. Dabei hatte ich gar nicht begriffen, dass ich durch meine Stille, die ich meiner ganzen Familie zumutete, bereits eine Entscheidung getroffen hatte.

Felsenfest war ich der Überzeugung gewesen, ich würde damit das einzig Richtige tun und vielleicht war es das auch für eine gewisse Zeit. Wahrscheinlich brauchten wir alle den Moment, um über alles nachzudenken und um uns darüber klar zu werden, was wir wollten und brauchten.

Doch dieser Punkt war schon längst überschritten, denn seit langer Zeit lebten wir bloß in unserem einsamen Loch, das uns suggerierte, dass es sicher sei, um nicht noch mehr verletzt zu werden. In Wahrheit hinderte es uns nur daran, aus ihm herauszutreten, um wieder glücklich zu werden. Wenn wir nie darüber sprachen, was uns bewegte, um etwas geradezubiegen, bestand immer das Risiko, dass es dafür irgendwann zu spät war. Das Leben konnte so schnell enden, so schnell Schicksale für uns bereithalten. Manch einer sagte, man solle den Tag leben, als sei es der letzte.

Gehe niemals in einem Streit auseinander.

Gehe niemals mit einem schlechten Gewissen schlafen.

Schleppe niemals wichtige Worte monatelang mit dir herum, ohne sie mit der richtigen Person zu teilen.

Der größte Fehler war nicht, einen Fehler zu begehen, sondern ihn zu ignorieren.

Nachdem ich damit angefangen hatte, die Stille zwischen meiner Mutter und mir zu durchbrechen, musste ich auch die zweite Person aus dem Trio durch die Mauer blicken lassen. Was ich begonnen hatte, musste ich beenden. Vielleicht konnte ich es nicht bei allen Personen, aber wenigstens bei denen, die ich erreichen konnte.

Schnell zückte ich also Stift und Papier und schrieb das auf, was mir gerade durch den Kopf ging; was ich viel zu lange für mich behalten hatte:

Lieber Papa,
manchmal ist es einfacher, in Worte zu fassen, was man fühlt, wenn man es nicht aussprechen muss. Deshalb schreibe ich dir diesen Brief, in der Hoffnung, dass ich ihn abschicken werde.
Du versuchst immer, dass es uns an nichts fehlt. Du bist so ein liebenswerter Mann, der seine Familie über alles liebt. Du bringst uns immer zum Lachen, egal wie es uns geht. Du brauchst keine Kochbücher, dein sogenanntes gebratenes Brot ist immer der Hit - vor allem als Zündholz für Lachanfälle. Dein Lächeln ist ansteckend. Deine Liebe ist ehrlich.
Du liebst uns.
Aber du schweigst uns an. Du verschweigst, dass du unglücklich bist. Du verschweigst, dass du dich in die Arbeit flüchtest. Du verschweigst, dass du die Familie längst für gescheitert erklärt hast. Du verschweigst, dass ich dich verloren habe.
Du schweigst wegen mir. Damit ich keine Schuldge-

fühle habe. Aber, Papa, Stille erzählt manchmal eine viel ausführlichere Geschichte, als es Worte könnten. Ich verstehe das alles. Ich verstehe es wirklich! Aber ich verstehe eben auch, dass ich die Familie zerstört habe.
Bitte lass Mama nicht für meinen Fehler leiden, sie braucht dich!
Weißt du, als die Leute angefangen haben, mich Schlampe zu nennen, habe ich nur geschmunzelt - um meine Unsicherheit zu überspielen. Um zu verstecken, wie verletzt ich darüber war. Niemand sollte merken, dass mein Selbstwertgefühl mit jeder Beleidigung mehr ins Schwanken geriet. Aber was sollte ich schon dazu sagen? Es war schließlich die Wahrheit - in meinem Kopf. Vermutlich hast du früher auch mal ein Mädchen als Schlampe betitelt - nur so aus Spaß.
Sicher hast du es nie so gemeint und nach wenigen Tagen bereits vergessen, dass du sie so genannt hast. Aber weißt du, viele Menschen sehen hinter deinem als Witz gemeinten Spruch die Wahrheit. Ich weiß noch, als der Typ, auf den Leena stand, (erinnerst du dich an sie? Wir waren mal Freunde, bis sie weggezogen ist ...) anfing, sie aus Spaß »Dickerchen« zu nennen. Seine Freunde haben gelacht, also hat er nicht damit aufgehört - auch wenn man in ihren Augen sah, wie sehr es sie verletzte. Das hat er so lange gemacht, bis sie von jetzt auf gleich sehr viel abgenommen hat.

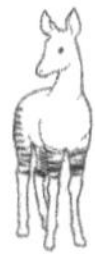

Er hat nach wenigen Monaten vergessen, dass er sie so genannt hat. Es war schließlich nur ein Witz. Sie hingegen hat jahrelang mit ihrer Bulimie zu kämpfen gehabt. Für sie war es kein Witz, für sie klang es wie die Wahrheit. Denn wäre der Witz auch witzig gewesen, wenn sie superschlank gewesen wäre? Weißt du, was ich meine? In jedem Witz steckt doch bekanntlich ein Stückchen Wahrheit. Zumindest ein Stückchen ihrer Wahrheit.

Wenn wir Leuten Dinge an den Kopf werfen, wissen wir meist gar nicht, was bereits darin abgeht. Leena hat sich schon vor seiner Beleidigung nicht wohlgefühlt, war aber wegen ihrer Schilddrüsen-unterfunktion sehr eingeschränkt. Durch die Trennung ihrer Eltern hat sie in Essen ihre Sicherheit und Geborgenheit gefunden. Das wusste niemand außer ich. Menschen verstehen nicht, was sie mit ihren Worten anrichten können.

Und das Schlimmste war, dass ich das Gefühl hatte, diese Beleidigungen verdient zu haben. Ich dachte, ich hätte verdient, so behandelt zu werden. Ich hatte schließlich meine Schwester so sehr verletzt, dass es dafür keine Entschuldigung gab.

Aber ich habe mich geirrt. Sie hatten nie das Recht, mich runterzumachen. Es hat sie nicht zu einem besseren Menschen als mich gemacht. Meine Tat war grausam, ihre aber genauso. Der einzige Mensch, der wirklich einen Grund dazu gehabt hätte, mich fertigzumachen, wäre Daina gewesen.

Ich hatte doch bereits meine Strafe bekommen, die schlimmer ist als jede verdammte Beleidigung. Ich habe meine Schwester verloren. Und nicht nur das: Ich habe dadurch meine gesamte Familie zerstört. Ich habe dafür gesorgt, dass du dich hier nicht mehr wohlfühlst, dass es sich nicht mehr wie zu Hause anfühlt. Ich habe drei Leben genommen und dafür gesorgt, dass die drei Menschen, die ich am meisten liebe, leiden. Und für was? Für Anerkennung von einem Menschen, der mir nichts bedeutet. Du hast keine Ahnung, wie sehr ich mich dafür hasse. Aber, Papa, bitte hör auf, für mich zu leiden.

Der Grund, weshalb ich dir das alles erzähle, ist nicht, Mitleid von dir zu erbetteln. Ich möchte, dass du weißt, dass diese Welt grausam ist. Wir machen oft Fehler, die uns im ersten Moment nicht bewusst sind, aber wahnsinnig große Auswirkungen in der Zukunft haben. Die Auswirkungen, die ich durch meine Aktion verursacht habe, sind so weitläufig, dass ich lange Zeit gedacht habe, ich könnte sie nicht aussprechen, ohne daran zu zerbrechen. Das war unfair von mir. Ich weiß, ich habe unendlich viel Mist gebaut und trotzdem sitze ich hier als deine Tochter, die dich um Verzeihung bitten möchte.

Du hast immer versucht, dass es uns an nichts fehlt. Aber hast die eine Sache vergessen, die wir wirklich brauchen: Dich, Papa.

Evie

Schnell steckte ich den Zettel in den Briefumschlag und schrieb die Adresse seines Zweitwohnsitzes auf. Ich lief die Treppe hinunter und verkündete meiner Mutter, dass ich schnell einen Brief zur Post zwei Straßen weiter bringen würde. Sie schaute mich bloß verwirrt an, nickte jedoch und sah weiter auf den Fernseher. Genauso fand ich sie vor, als ich die Haustür nach meinem kurzen Gang wieder öffnete.

»Das schien ein wichtiger Brief gewesen zu sein«, sagte sie bloß und schaute mich neugierig an. Sie versuchte zwar, ihr Interesse zu verbergen, doch einmal mehr erkannte ich, dass ich ziemlich viel von ihr geerbt hatte. Denn ihr Versuch, teilnahmslos zu wirken, scheiterte kläglich.

Ich beschloss, ehrlich zu sein und zukünftig mit offenen Karten zu spielen. »Es war ein Brief an Papa.«

Mit weit aufgerissenen Augen starrte mich meine Mama an und hatte Mühe, ihre Emotionen zu kontrollieren. Damit hätte sie wohl als Letztes gerechnet.

»Es ist Zeit aufzuräumen.«

In einer anderen weniger ernsten Situation hätte sie wohl gejubelt und den Satz auf mein Zimmer projiziert, doch nun saß sie bloß da und nickte kaum merklich. Mit diesen Worten stiefelte ich abermals die Treppe hinauf und schmiss mich auf mein Bett.

Mein Herz pochte noch immer und mein Kopf drehte sich nur um die Frage, ob es das Richtige gewesen war. In diesem Moment war ich fast froh über meine soziale Phobie, weil sie mich daran hinderte, zurück zu dieser Poststation zu gehen und den Brief zurückzuverlangen. Ob das auch jemand machen würde, der keine soziale Phobie hatte? Ich konnte es mir unmöglich vorstellen.

Vielleicht fünfzehn Minuten lag ich wie versteinert da, bis

sich die Tür öffnete und meine Mutter in mein Zimmer trat. Erst dachte ich, sie wollte mich ausfragen, was ich Papa wohl geschrieben haben mochte, doch sie sagte nichts. Stumm legte sie einen Zettel auf meinen Schreibtisch, sodass ich mich auf meine Ellenbogen aufrichtete. Kurz blickte sie auf den Zettel, ehe sie seufzte und davon wegtrat. Verdutzt stand ich von meinem Bett auf und schaute auf die Nachricht.

Es war eine Adresse.

Mit großen Augen sah ich in ihre.

»Lass es mich nicht bereuen, Evie«, sagte sie ernst und den Tränen nah, sodass es mir das Herz brach. Seine eigene Mama weinen zu sehen, musste ungefähr das Schlimmste sein, das man ertragen konnte.

»Ich werde mich entschuldigen«, flüsterte ich entschlossen.

Sie nickte niedergeschlagen. »Erwarte nicht zu viel, versprochen?«

Ich wusste, dass sie zwei Ängste plagten: Daina wieder zu verlieren und zuzusehen, wie ich an meiner Enttäuschung zerbrach. Deshalb war es selbstverständlich, dass ich ihr eine ihrer Ängste zumindest vorsichtig nahm. Also sagte ich mit all meiner Ehrlichkeit, die ich aufbringen konnte: »Versprochen.«

Sie steuerte auf meine Tür zu. Es wirkte endgültig und plötzlich preschten meine Gedanken nur so aus mir heraus, ohne dass ich sie aufhalten konnte: »Was soll ich nur tun, wenn du auf einmal nicht mehr da bist?«

Fast schon irritiert schaute sich meine Mama zu mir um. Kurz blickte sie mich nachdenklich an, ehe sie sich durch die Haare fuhr. »Du wirst weiterleben, deine eigene Familie gründen, mich irgendwann nicht mehr arg vermissen.«

Ich schüttelte kaum merklich den Kopf, ging auf sie zu und umarmte sie einmal fest. »Ich werde dich immer vermissen, Mama. Du warst schon immer die Stärkste von uns allen. Du bleibst, wenn alle gehen.«

Überwältigt von meiner Liebesbekundung drückte sie mich noch fester. Wenige Augenblicke später entfernte sie sich dann schließlich stumm und mit einem leichten Lächeln, das ihre Lippen umspielte, von mir. Auch wenn sie nichts mehr dazu sagte, wusste ich, dass es ihr viel bedeutet hatte. Einmal mehr wurde mir bewusst, dass wir solche Dinge viel zu selten sagten. Wir dachten nicht darüber nach, dass es irgendwann dafür zu spät sein könnte und wir bereuen würden, dass wir es nicht ausgesprochen hatten, als noch die Chance dazu bestanden hatte.

Als sie mein Zimmer verließ, hüpfte mein Herz auf und ab. Ich war so nah dran, meiner Schwester gegenüberzutreten, und trotzdem kam ich ins Stocken. Meine Gedanken waren ein Karussell der Zerrissenheit, sodass ich händeringend nach der richtigen Entscheidung suchte. Zwei Meinungen von Menschen, die ich gernhatte, erschien mir als wirksam. Also schrieb ich beiden dieselbe Nachricht:

Ich habe Dainas Adresse von meiner Mutter bekommen.

Die erste Nachricht, die ich nach wenigen Sekunden erhielt, war von Vid:

Soll ich dich fahren?

Ich seufzte. Vermutlich war das für Außenstehende die einzig logische Schlussfolgerung: Sobald ich die Adresse hatte, würde ich hinfahren. Doch in mir wütete plötzlich ein Sturm aus Verzweiflung. Wenn Daina gar nicht bereit dazu war, mich zu sehen? Wenn ich es nur noch schlimmer machte? Aber was wäre, wenn sie nur auf eine Erklärung wartete, um weitermachen zu können – egal ob mit oder ohne mich? Entscheidungen treffen war für mich vergleichbar mit Telefonate führen. Horror. Doch wie ich bereits reflektiert hatte, war keine Entscheidung zu treffen auch eine Entscheidung. Das machte es nicht besser.

Ich weiß noch gar nicht, ob ich überhaupt
hinfahre, Vid.

Seine Antwort folgte prompt:

Natürlich wirst du das!

Ich atmete einmal tief durch, doch noch bevor ich anfangen konnte zu tippen, trudelte eine Nachricht von Faye ein.

Wow, Evie! Das ist wunderbar. Eine Tür, die
sich öffnet.

Auch ihre Antwort überraschte mich wenig. Nun hatte ich meine beiden Meinungen und trotzdem war ich mir noch immer nicht sicher, was ich tun sollte. Schnell antwortete ich Faye mit der geballten Ehrlichkeit, die ich in meinem Herzen trug:

Ja, die Frage ist nur, was sich dahinter verbirgt
und ob ich das mit diesem Risiko überhaupt
herausfinden möchte.

Ihre Antwort ließ mich erst mal schlucken:

Wenn du in einem Raum wärst mit Menschen,
mit denen du je gesprochen hast: Nach welcher
Person würdest du Ausschau halten? Welchen
Menschen wünschst du dir wiederzusehen?

Mein Herz schnürte sich zu, während ich ihren Namen eintippte:

Daina.

Natürlich wusste sie, was ich antworten würde und genau das war auch ihr Ziel, denn ihre Nachricht kam beinahe in derselben Sekunde wie meine Antwort auf ihre Frage:

Es gibt jetzt die Möglichkeit, sie wiederzusehen,
und trotzdem zweifelst du?

Nach dieser Nachricht fühlte ich mich wie ein idiotischer Vollidiot, denn ich hatte ja tatsächlich das, was ich die ganze Zeit wollte, und war jetzt im Begriff, einen Rückzieher zu machen, weil ich zu feige war? Mein Herz sagte: *Tu es!* Doch mein Kopf sagte noch immer:

Ich kann nicht!

Als daraufhin ihre Nachricht kam, fiel mir ein Stein vom Herzen, weil sie mir geholfen hatte, binnen Sekunden eine finale Entscheidung zu treffen. Wenn Faye nicht irgendwann selbst Therapeutin würde, würde die Menschheit eine wertvolle Stütze verpassen.

Ich schrieb Vid, dass er mich gern abholen kommen konnte, und bedankte mich bei ihm. Noch während ich mir meine Jacke überzog, las ich noch einmal die Nachricht der Freundin, die mit gebrochener Seele stärker war als alle zusammen.

Wenn du nur beobachtest und stehen bleibst, wird die Hoffnung auf ein besseres Leben an dir vorbeiziehen. Hab keine Angst vor einer Zurückweisung. Sei mutig genug, um zu erkennen, dass es diese Angst wert ist.

Es war merkwürdig, diesen Schritt zu gehen, war ich es doch gewohnt, mich ständig und immer hinter meiner Angst zu verstecken, um ihr nicht entgegenblicken zu müssen. Doch diesmal war der Preis, den ich dafür zahlen musste, es mehr wert als je zuvor. Kurz bevor ich das Haus verließ, umarmte ich noch einmal still meine Mutter und schrieb Faye einen letzten Satz zurück:

Ich bin bereit, mich meiner Vergangenheit zu stellen.

KAPITEL 31

*Deine wahre Stärke erkennst du erst,
wenn du deine Schwäche zeigst.*

Wenn Augenblicke verletzende und befreiende Gefühle zugleich auslösten, bewies das nur, dass man sie viel zu lange zurückgehalten hatte.

Als Vid und ich nach knapp zwei Stunden schließlich vor einem Haus hielten, das augenscheinlich viele Wohnungen bereithielt, konnte ich meine Hände kaum mehr unter Kontrolle bringen. Der Vergleich mit ihrer vorherigen Wohngegend war absurd. Meine Schwester hatte immer immens viel Wert darauf gelegt, in gehobeneren Vierteln zu verkehren. Generell war Luxus für sie ein Privileg, das sie immer angestrebt und hart dafür gearbeitet hatte. Dass sie nun in einem Haus wohnte, das mit Graffiti-Hasstiraden besprüht wurde, passte absolut nicht zu ihr. Das untere Fenster des Gebäudes war augenscheinlich schon mal eingeschlagen und lediglich mit einer Plane ersetzt worden. Auch der Geruch, der sogar durch den kleinen Spalt der Fensterscheibe drang, war nicht gerade einladend. Mit einem Blick nach links erkannte ich, woher der Gestank kam: eine Müllhalde direkt neben dem Haus. Sicherlich der perfekte Nachbar.

Insgeheim hatte ich mir vermutlich eingeredet, dass meine Schuldgefühle etwas gemildert würden, wenn sie wenigstens eine nette Bleibe gefunden hätte. Doch dieses Bild der Wahrheit trieb mir die Tränen in die Augen. Mein Atem wurde immer schneller, mein Herz pochte mir im Hals.

»Ich glaube, ich war lange nicht mehr so aufgeregt«, flüsterte Vid, verbalisierte meine Gedanken und nahm meine Hand. »Soll ich mitkommen?«

Ich biss mir auf die Lippe. Nichts wäre schöner, als ihn an meiner Seite zu wissen, während ich mich dem Chaos stellte, das ich vor einiger Zeit ausgelöst hatte. Doch das war nicht fair und auch nicht richtig. Dies war mein Fehler. Dies war der Zeitpunkt, den ich nur mit Daina teilen sollte. Von Schwester zu Schwester.

Ich schüttelte den Kopf und gebärdete das erste und das vorletzte Wort meiner Antwort. »Nein, ich muss da allein durch.« So wie Daina damals, fügte ich gedanklich hinzu.

Vid nickte. »Ich warte hier unten im Auto auf dich.«

Mit zittrigen Händen gebärdete ich schnell ein »Danke« und machte mich dann mit weichen Knien auf den Weg zur Haustür. Dabei lief mir beinahe eine Frau mittleren Alters in die Arme, die aus der Tür gestürmt kam und es offensichtlich sehr eilig hatte. In einer anderen Situation wäre ich rot angelaufen, doch in diesem Moment war ich fast schon dankbar für die Anremplerin.

Ich fing die Tür ab, bevor sie ins Schloss fallen konnte,

und verschaffte mir damit Zutritt in das Haus. Wenigstens konnte sie mich jetzt nicht bereits an der Türsprechanlage abwimmeln. Treppe für Treppe lief ich hoch und schaute an jede Wohnungstür, ob ich einen vertrauten Namen erkannte.

Erst im dritten Stockwerk wurde ich fündig und blieb vor einer weißen Tür und einer Fußmatte mit einer »Willkommen«-Aufschrift stehen. Ob sie tatsächlich die Person willkommen heißen würde, die gerade vor ihrer Tür stand? Wahrscheinlich nicht.

Ich biss mir auf die Lippe und erinnerte mich daran, dass uns womöglich nur noch diese Tür trennte und wie wenig sie davon ahnte. Wie unvorbereitet sie dieser Besuch treffen würde und auf wie viele unterschiedliche Arten all das eskalieren könnte. Eine leise Stimme befahl mir, umzukehren und nichts zu riskieren, während eine andere in mir schrie, sich der Herausforderung zu stellen. Im Endeffekt war das keine Wahl, die ich in erster Linie für mich traf, sondern für sie.

Kurz kratzte ich mit dem Nagel meines Mittelfingers an der Haut meines Daumens, bis ich mich dazu zwang, damit aufzuhören. Ich fuhr mir durch mein Haar und richtete noch einmal meine Brille, die ohnehin fest auf meiner kleinen Nase saß. Je länger ich hier stand und grübelte, desto mehr Ängste spukten durch meinen Kopf. Also riss ich mich am Riemen und hoffte inständig, dass sie zu Hause war. Keine Ahnung, ob ich diese Reise noch einmal antreten konnte.

Tief atmete ich durch und drückte dann die Klingel. Der Klang schrillte in meinem Inneren wie der Weckton meines Handys an jedem Morgen.

Mit jedem Schritt, der sich der Tür näherte, wurde mein Atem wuchtiger, schneller, unkontrollierbarer.

Ich hörte schließlich ihre Stimme. Sie war gerade dabei, in die Türsprechanlage zu fragen, wer da sei. Ihre melodisch helle Stimme rührte mich beinahe zu Tränen, doch ich riss mich zusammen. Mit Vid hatte ich gelernt, dass der bloße Ton einer Stimme dich zu Hause fühlen lassen konnte. Bei Dainas war es ähnlich wie mit Vids. In ihr schwang die Sehnsucht mit, die ich so lange in mir getragen hatte.

Ich entschied mich, an die Tür zu klopfen, sodass sie wusste, dass ihr Gast bereits oben war. Ich hatte nicht mal Zeit, noch einen Atemzug zu machen, da wurde auch schon die Tür vor mir geöffnet und blaue Augen starrten mir entgegen. Erst verwirrt, dann entsetzt, dann wütend. Ihre blonden Haare waren zu einem losen Dutt zusammengebunden, ihre dunklen Augenränder zeugten von zahlreichen schlaflosen Nächten. Sie wirkte deutlich älter, sehr viel reifer, sehr viel abgestumpfter. Von der lebensfrohen Daina war kaum mehr etwas zu erkennen. Meine Kehle brannte bei dem lächerlichen Versuch, mir meine Bestürzung darüber nicht anmerken zu lassen.

Ich räusperte mich einmal, um meinen Kloß zum zehnten Mal in Folge herunterzuschlucken, ehe ich das Wort ergriff. »Hey.« So eine saftige Kopfnuss hätte mir in diesem Moment echt gutgetan. Hey? Als ob ich mit einer Freundin sprach, die ich nach einer Woche in freudiger Erwartung wiedersah. Der Preis für die unpassendsten Phrasen ging definitiv an mich.

»Warum bist du hier?«, fragte sie noch immer gefangen in dem Wirrwarr ihrer Emotionen.

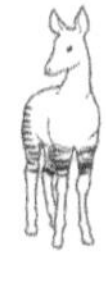

Um mich bei dir zu entschuldigen. »Ich habe dich gesucht.« Meine Stimme bibberte so sehr, als würde ich unter Schüttelfrost leiden.

»Jetzt hast du mich gefunden, schätze ich«, erwiderte sie kalt. »Komm rein. Die Nachbarn müssen ja nicht auch noch erfahren, wie verkorkst meine Familie ist.«

Ich nickte bloß und betrat mit zitternden Knien ihre Wohnung. Nur kurz schaute ich mich darin um und erkannte, dass sie sich keine Mühe gemacht hatte, sich heimisch einzurichten. Die Wände waren kahl, nirgends war die Liebe zum Dekorieren, die meine Schwester sonst immer ausgelebt hatte, auch nur zu erahnen. Diese Wohnung war kein Zuhause, es war eine Bleibe, die nur dem Zweck diente.

Daina blieb mit ineinander verschränkten Armen vor mir im Flur stehen. Sie hatte nicht vor, mich weiter in ihr Leben zu lassen als nötig. »Damit eins klar ist: Ich habe ja gewusst, dass man dir nicht vertrauen kann. Aber du kannst Mama gern ausrichten, dass ich das von ihr nicht erwartet hätte.«

»Ich habe sie förmlich angefleht«, verteidigte ich unsere Mutter und hatte sogleich ein schlechtes Gewissen, dass ich sie da reingezogen hatte. Hoffentlich war ich nicht letztlich daran schuld, dass sich Daina auch vor ihr verschloss.

»Das macht es nicht besser«, konterte Daina und blickte mir mit so einer Eiseskälte entgegen, dass ich kurz vergaß zu atmen. »Was willst du hier, Eviliana?«

Ich musste aufhören, um den heißen Brei herumzureden. Wer wusste schon, wie viel Zeit ich noch mit ihr hatte, ehe sie mich endgültig rausschmiss? Aus ihrer Wohnung, aus ihrem Leben.

»Es tut mir leid«, flüsterte ich tränennah, weil ich einfach nicht wusste, wie ich dieses Gespräch beginnen sollte.

»Was tut dir leid? Dass du mein Leben zerstört hast?« Ihre Stimme war verzerrt vor Wut.

Ich merkte, dass sie lange darauf gewartet hatte, mir ihre Meinung entgegenzubrüllen. Auch wenn mir ihre Stimmung wehtat, so war ich froh darüber, dass ich ihr endlich Platz für ihren Zorn gab.

Nickend zwang ich mich, weiterhin in ihre Augen zu schauen. Ich würde jetzt nicht wieder wie ein Feigling zu Boden schauen, denn nicht ich war hier das Opfer, sondern meine Schwester. Sie hatte verdammt noch mal verdient, dass ich ihr ins Gesicht schaute. »Ich habe dir wehgetan. Ich habe dich verletzt. Ich werde das nie wiedergutmachen können.«

»Stimmt, das kannst du nicht«, sagte sie voller Bitterkeit und presste ihre Lippen aufeinander. In ihr kochte und brodelte es und auch wenn jeder andere Mensch darüber traurig gewesen wäre, so war ich tatsächlich erleichtert. Wut war eine Emotion, die bedeutete, dass es sie noch immer beschäftigte. Sie trat mir nicht mit Irrelevanz gegenüber, sondern konnte genau das bei der richtigen Person loswerden, die sie in diese Lage gebracht hatte.

»Aber ich will dir helfen. Du musst nicht allein leben, wir bekommen das gemeinsam hin«, flehte ich und hatte damit wohl einen Schalter umgelegt, denn in ihrer Wut steckte plötzlich noch etwas anderes: tiefe Traurigkeit. Tränen flossen unaufhaltsam ihre Wangen hinunter und als auch sie das bemerkte, fing sie zu schreien an. »Wo warst du, als ich dich brauchte? Wo? Du hast mir alles genommen. Meine

Zukunft, meine Gegenwart, alles. Du, du als jemand, der mich lieben sollte, mir beistehen sollte. Und dann, als DU mich zerstört hast, bist du feige davongelaufen. Hast mich alleingelassen. Du warst mein größter Anker! Meine Schwester, die ich mehr geliebt habe als alles andere.«

Es brach mir das Herz, dass sie den letzten Satz in der Vergangenheitsform aussprach, doch ich konnte sie nur zu gut verstehen. Wie konnte man eine Person lieben, die einen so sehr enttäuscht hatte? »Ich weiß«, erwiderte ich und kämpfte nur noch mehr mit den Tränen.

»Ich werde dir das niemals verzeihen!«, sagte sie weinend und schüttelte den Kopf. Dann drehte sie sich um, um ihr Gesicht vor mir zu verbergen. »Und jetzt geh!«

Noch vor wenigen Wochen wäre ich sofort gegangen. Ich hätte nicht einmal vor ihr gestanden. Aber ich konnte nicht. Diesmal würde ich nicht feige davonlaufen. Diesmal würde die Stille nicht gewinnen.

»Ich war egoistisch«, fing ich an und sie zuckte zusammen. Offensichtlich hatte sie genauso wenig wie ich damit gerechnet, dass ich blieb. »Ich habe aus reinem Egoismus meine Bedürfnisse über dein Glück gestellt und das war der größte Fehler, den ich je begangen habe. Aber bitte hör mir zu, warum das alles passiert ist, ja? Das entschuldigt nicht meine Taten, das weiß ich, aber ich möchte, dass du weißt, weshalb ich das getan habe. Damit du damit abschließen kannst.« Ich atmete einmal tief durch, um mich meiner Schwäche, die ich so lange versucht hatte, geheim zu halten, zu stellen.

»Es gab eine Zeit – die fing plötzlich an –, da habe ich mich ständig mit Menschen aus dem Internet verglichen und mir gewünscht, wie sie zu sein. Ich habe mich im Spiegel angeschaut und gehasst, was ich gesehen habe. Jeder Typ, den ich auch nur ansatzweise süß fand, hat mich sofort abgewiesen und mich vor anderen lächerlich gemacht. Ich habe mich in keinem einzigen Kleidungsstück, mit keiner Frisur schön gefühlt. Und dann warst da du.«

Sie schaute über die Schulter zu mir. Ihre Augenbrauen waren zusammengezogen, als würde sie nicht verstehen, was ich da von mir gab.

»Du warst immer die Schöne, Daina. Selbst auf *meiner* Konfirmation, bei der ich ein Kleid getragen hatte, in dem ich mich nach stundenlanger Suche einigermaßen wohlgefühlt habe, warst du der Mittelpunkt mit deinem wunderschönen Kleid und deiner krassen Figur.« Ich wollte nicht anfangen zu weinen, denn das wäre nicht richtig. Ich erinnerte mich nochmals daran, dass *ich* hier nicht das Opfer war, das Mitleid bekommen sollte oder wollte. Den dicken Kloß, der sich mal wieder anbahnte, schluckte ich hinunter, während sich Daina nun vollends zu mir umdrehte. Bevor sie auch nur etwas sagen konnte, musste ich meinen Monolog beenden, damit sie verstand.

»Ich habe zu dir aufgesehen, wollte wie du sein und habe dich gleichzeitig so sehr gehasst, weil du alles hattest, das ich glaubte zu brauchen, um glücklich zu sein. Daina kann dies, Daina kann das, Daina ist so schön. Ich habe mich immer gefragt: Was ist mit mir? Was kann ich? Was bin ich? Du warst immer die Nummer eins. Mein Neid suggerierte mir, dass du schuld an meiner Unzufriedenheit warst. Und dann hattest du Phil.« Sie zuckte zusammen, als sie den Namen ihrer vermeintlich großen Liebe hörte. »Ich schwöre dir, Daina: Ich hatte keinerlei Interesse an Phil. In keiner Sekunde! Jedes Mal, wenn du einen Freund hattest, hätte ich mir niemals etwas mit ihm vorstellen können. Aber dann hat Phil mir plötzlich geschrieben. Liebe Sachen, Komplimente, die mir noch nie jemand gemacht hat. Er hat mein Selbstwertgefühl in neue Höhen gepusht und ich dachte, nachdem er mich nach diesem Bild gefragt hat, er könne mir mit seinen Worten zeigen, wie ich meinen Körper wieder lieben konnte. Ich habe das nie gekannt und, Daina, ich habe dich so gehasst, dass ich glaubte, es wäre in Ordnung, egoistisch zu sein und dir etwas zu nehmen, wenn du doch schon so viel mehr hattest als ich. Aber ich schwöre dir, Daina, ich liebe dich auch so sehr, dass ich mich nach dieser Aktion mehr gehasst habe als je zuvor. Ich war so dumm und es tut mir so wahnsinnig leid.«

Sie schaute mich mit Tränen in den Augen an, doch sagte nichts. Die Vermutung ließ mich nicht los, dass sie gerade damit beschäftigt war, verzweifelt ihren Zusammenbruch zu unterdrücken, der meine Sätze bei ihr ausgelöst hatte.

»Ich verlange nicht von dir, mir zu verzeihen. Ich möchte nur, dass du deinen Frieden findest. Vielleicht kannst du das, wenn du das weißt«, fügte ich leise hinzu.

»Oder erzählst du mir das, damit du Frieden findest?«, fragte sie flüsternd.

Ich lächelte traurig. »Das werde ich niemals können. Ich habe meine Schwester verloren.«

Wieder dieser leere Blick von Daina.

»Ich möchte nur, dass du weißt, dass ich unfassbar stolz auf dich bin, weil du aus diesem ganzen Scheiß herausgekommen bist«, sprach ich von ganzem Herzen aus und wünschte mir nichts sehnlicher, als sie zu umarmen. Doch diese stille Sehnsucht behielt ich für mich. Es wäre schlichtweg grenzüberschreitend und falsch, ihr diese Distanz zu nehmen.

Eine Träne lief über ihre Wange und sie wischte sie weg, bevor sie sich abermals wegdrehte. »Bitte geh jetzt.«

Diesmal erfüllte ich ihr diesen Wunsch.

KAPITEL 32

Wenn ich eins hasse, dann Überraschungen. Besonders diese, die alles zerstören können.

Ich schaffte es gerade so, meine Tränen aufzuhalten, bis ich neben Vid im Auto saß. Er umschlang mich mit seinen starken Armen und flüsterte mir beruhigende Dinge ins Ohr, während ich einen Zusammenbruch erfuhr, der mir so lange durch Egoismus und Furcht erspart geblieben war. Ich genoss, dass er mich drückte und an seine Brust schmiegte, obwohl oder gerade weshalb es mich zerriss, die Gewissheit zu haben, dass Daina eine stützende Schulter in diesem Augenblick viel mehr verdient und gebraucht hätte als ich.

Als ich mich schließlich von ihm löste, sah er mir zutiefst niedergeschlagen in die Augen. »Es tut so weh, dich traurig zu sehen.«

Ich schüttelte den Kopf und versuchte, einzelne signifikante Worte unterstützend zu gebärden. »Ich bin nicht traurig. Also ich bin traurig, aber ich bin auch glücklich. Ich konnte ihr endlich die ganze Wahrheit sagen.«

»Ich bin so stolz auf dich, Baby«, sagte er und umarmte mich abermals. Nichts konnte beschreiben, wie dankbar ich Vid war. Nicht weil ich dachte, dass ich *nur* und *ausschließlich* durch ihn geschafft hätte, diesen Schritt zu wagen. Denn letztlich hatte ich es meinem Mut und Willen zu verdanken, so weit gekommen zu sein.

Aber ich war zu Dank verpflichtet, weil er mich dabei *unterstützt* hatte, überhaupt zu erkennen, dass diese beiden Komponenten in mir schlummerten. Es ging im Leben nicht darum, alles allein meistern zu können, doch es war allein dein Entschluss, wie du am Ende mit deinen Problemen umgingst. Es sollte nicht ständig unser Bestreben sein, allein stark zu sein, sondern zu erkennen, dass man gemeinsam so viel mehr erreichen konnte. Man war nicht schwach, wenn man um Hilfe bat. Man würde schwach bleiben, wenn man es nicht tat.

Meine Mutter fragte mich nicht aus. Ihr war natürlich klar, dass ich bei Daina war, schwieg jedoch. Sicher war, dass sie neugierig sein musste, was wir besprochen hatten und wie meine Schwester reagiert hatte. Sie wusste jedoch, dass diese Sache so intim war, dass es übergriffig wäre, würde sie mich darüber ausquetschen wollen. Vermutlich wartete sie darauf, bis ich den ersten Schritt machte und es ihr erzählte, und das würde ich. Aber noch nicht heute.

Auch Faye vertröstete ich auf Montag und versprach ihr, dass ich ihr in der Schule alles erzählen würde.

Das Wochenende verbrachte ich allein. Vid hatte meine Entscheidung verständnisvoll hingenommen und empfand es als guten Plan, mir meine Zeit zu nehmen. Ich hingegen war mir spätestens Sonntagabend nicht mehr so sicher, ob es eine gute Idee war, mich abzuschotten. Bei den Überlegungen, die mich quälten, hätte eine Ablenkung ganz gutgetan. Andererseits war es sicherlich nicht sonderlich klug, sie abermals zu unterdrücken und zu verdrängen. Vielleicht mussten die Zweifel, die in mir wüteten, ihren Platz finden. Hatte ich Daina gegenüber die richtigen Worte gewählt? Hätte ich es ihr einfühlsamer beichten sollen? Hätte ich trotz ihres Wunsches bleiben sollen? Es war gelaufen, wie es gelaufen war, und trotzdem war es nur menschlich, sich im Nachhinein über die Herangehensweise den Kopf zu zerbrechen. Durch diesen Prozess musste man wohl durch, um am Schluss die Erkenntnis zu gewinnen, dass der Verlauf des Gesprächs aus den Emotionen resultierte, die im Vordergrund gestanden hatten. Nun konnte man vielleicht rational an die Sache herangehen und sie reflektieren, das bedeutete aber nicht, dass Worte, die aus Gefühlen heraus entstanden waren, von Grund auf falsch waren. Oft waren sie ehrlicher als jegliche zusammengeschusterten Phrasen, die man sich anschließend zusammenwürfelte.

»Du bist so stark, Evie«, sagte Faye bewundernd, nachdem ich ihr die ganze Geschichte unseres Zusammentreffens erzählt hatte. Wir saßen gerade im Computerraum und sollten eigentlich an unseren Präsentationen arbeiten, die wir in Geschichte halten würden. Faye, Vid und ich hatten uns zu einer Gruppe zusammengeschlossen, was mich recht glücklich machte, wissend, dass ich somit nicht die Einzige war, die inhaltlich etwas beitrug. Außerdem bedurfte es keiner

Erklärungen, wenn ich ihnen sagte, dass ich eine Passage ungern übernehmen würde. Sie wussten schließlich Bescheid, dass mir Präsentationen unangenehm waren, und wollten sie mir deshalb so behaglich wie nur möglich bereiten. Dasselbe galt auch für Faye.

»War es letztendlich die richtige Entscheidung für dich?«, fragte sie nach wenigen Sekunden, während sie im Internet alle Quellen kopierte, die wir bislang benutzt hatten.

Ich nickte. »Ja, und ich weiß auch, dass ich eigentlich jetzt aufatmen könnte. Ich habe ihr endlich das sagen können, was sie brauchte, um zu verstehen. Aber ich …« Ich stockte, weil mir die richtigen Worte fehlten. Das stimmte nicht ganz. Sie fehlten mir nicht, ich glaubte nur, dass ich sie nicht sagen durfte.

»Aber du hast dir gewünscht, dass sie dir verzeiht?«, sprach Faye das aus, was ich gedacht hatte.

»Ja«, brachte ich heraus. »Aber ich verstehe auch, dass sie es nicht kann und eigentlich ist das auch in Ordnung. Es ist egoistisch zu erwarten, dass sie mir verzeiht. Das war ja nicht mein Ziel.«

»Für Daina wäre es aber auch wichtig, dir zu verzeihen. Manchmal muss man anderen Menschen nicht ihretwillen verzeihen, sondern für sich, um mit dem Hass abschließen zu können«, kommentierte Faye einfühlsam und blickte mich mit ihren grauen Augen nachdenklich an. »Aber vielleicht wird sie das irgendwann. Sie hat dir zugehört und dich aussprechen lassen. Es scheint mir, als würde sie dich noch immer respektieren. Vielleicht *will* sie dir auch verzeihen, kann es aber noch nicht. Vielleicht sitzt der Schmerz noch zu tief.«

»Danke«, sagte ich ehrlich. Verwundert sah sie mich an. »Danke, dass du so eine echte Person bist und so eine wahre Freundin.«

Ihre Verwunderung verwandelte sich in Freude, die die Ehrlichkeit, die ich soeben angesprochen hatte, noch einmal unterstrich.

Noch bevor sie etwas erwiderte, unterbrach uns Vid, der unsere Konversation offenbar nur am Rande mitbekommen hatte. Das war wirklich ein Vorteil: Er konnte sich ausklinken, wann immer er merkte, dass wir ungestört reden wollten. »Die Stunde ist gleich um. Wenn wir pünktlich rauswollen, sollten wir jetzt wohl Schluss machen.« Er schmunzelte bei seinen letzten Worten. Idiotischer Vollidiot! »Ich bin noch angemeldet, du kannst das Dokument über meine Mailadresse verschicken. Ich geh noch schnell auf die Toilette.«

Während ich nickte, hauchte er mir noch rasch einen Kuss auf die Stirn und Faye widmete sich ihrem PC, um ihn herunterzufahren. Ich hatte ihr keine weiteren Details zu Vid und mir gegeben, war mir jedoch sicher, dass sie bereits mehr wusste, als ich annahm. Doch sie schwieg diskret und überließ mir den Zeitpunkt, wann ich es mit ihr teilen wollte. Ich nahm mir vor, sie nicht unnötig lange auf die Folter zu spannen und ihr bald alles zu erzählen. Ein wenig musste ich mich noch daran gewöhnen, eine Freundin zu haben, die sich für mich interessierte und erpicht darauf war, an meinem Leben teilzuhaben. Aber mit Faye an meiner Seite fiel es mir von Tag zu Tag einfacher.

Als ich auf Vids Mailaccount klickte, merkte ich erst, wie mechanisch mein Hirn bereits war und wie automatisiert manche Abläufe waren. Denn anstatt auf das Icon oben links zu klicken, damit ich eine Mail an mich schicken konnte, um die Präsentation auch ohne Stick zu Hause zu haben, klickte ich auf den Posteingang.

Noch bevor ich über mich selbst den Kopf schütteln konnte, stach mir eine Mail ganz oben in der Liste ins Auge. Es war der Name, der mich so irritierte.

Eine bereits geöffnete, favorisierte Mail von Marcus.

Ich erinnerte mich daran, dass Vid mir offenbart hatte, dass Rick Marcus etwas gemailt hatte, was er nicht erfahren sollte. Marcus habe diese Mail an Vid weitergeleitet. Ob das die Mail war?

Meine Finger begannen zu kribbeln, mein Herz schlug schneller und kurz kämpfte ich gegen das Bedürfnis an, die Nachricht zu öffnen. Wie eklig war es bitte, private Mails ohne Erlaubnis zu lesen? Jemandem hinterherzuspionieren? Doch je mehr ich auf diese Mail starrte, desto mehr blendete ich meine Einstellung dazu aus. Ich hätte das nicht tun dürfen. Es war falsch und doch sagte etwas in mir, dass ich dieses letzte Geheimnis, das zwischen uns stand, kennen musste. Schon jetzt wusste ich, dass ich mich später dafür hassen würde. Trotzdem öffnete ich den Anhang der wortlosen Mail. Es war eine eingescannte Seite aus einem Buch mit einer verschnörkelten, schönen Handschrift, die ich noch nie zuvor gesehen hatte.

Liebes Tagebuch,

Ich hielt inne. Welcher Mensch scannte einen Tagebucheintrag? Und welcher Mensch las ihn?

Javid hat mein Bild weitergeschickt. Ich hatte so sehr geglaubt, ich könne ihm vertrauen. Doch ich habe mich getäuscht. Dank ihm und seinen Freunden macht das Bild von meinem Körper die Runde in meiner gesamten Schule. Wie soll ich das bloß meinen Eltern erklären? Meinen Brüdern? Besonders Marcus wird durchdrehen. Alle schauen mich an, alle lachen mich aus. Wie soll ich damit weiterleben?

Ach du heilige –

»Evie? Bist du so weit?«

Fayes Frage ließ mich so erschrocken zusammenfahren, dass ich mich an meiner eigenen Spucke verschluckte und hüstelte.

»Alles in Ordnung?«, fragte sie und legte mir eine Hand auf die Schulter, während ich schnell den Tab schloss. Ohne darüber nachzudenken, dass ich die Präsentation nicht an mich verschickt hatte, fuhr ich den Computer herunter, um alle Beweise meiner Spionage zu vernichten.

»Äh, ja. Ich bin so weit«, erwiderte ich in derselben Sekunde, als die Schulklingel ertönte und Herr Fillips uns nach Hause entließ.

»Warten wir noch kurz auf Vid?«, stellte mir Faye die Frage, auf die ich gern verzichtet hätte, während ich beinahe über den Schulflur lief.

»Ich habe gleich einen Arzttermin, ich muss mich beeilen. Vid weiß aber Bescheid«, log ich und fühlte mich sofort schlecht. Sie konnte ja nichts dafür, dass Vid offenbar so ein Arsch und ich so eine toxische Schnüfflerin war.

Faye sah mich misstrauisch an, nahm meine Lüge aber kommentarlos hin. Das mit dem Aufklären über Vid und mich sollte ich wohl lieber doch vertagen und überdenken.

Die gesamte Fahrt nach Hause ignorierte ich Vids Nachrichten und hoffte inständig, dass er endlich aufgab. Ich hatte keinen blassen Schimmer, wie ich ihm gegenübertreten sollte, nachdem ich in seinen Mails herumgeschnüffelt und Dinge gelesen hatte, die definitiv nicht für meine Augen bestimmt waren. Kaum hatte ich mich für einen Fehler bei jemandem entschuldigt, machte ich den nächsten. Aber noch weniger wusste ich, wie ich ihm entgegentreten sollte, nachdem ich von Vids Seite erfahren hatte.

Zu Hause angekommen setzte ich mich sofort an meinen Laptop. Wenn eine Frau etwas herausfinden wollte, machte sie dem FBI Konkurrenz. Intuitiv gab ich auf den sozialen Netzwerken Vids vollen Namen ein und stieß tatsächlich auf einige Einträge. Viele davon waren bloß alte Statusposts von Vid selbst. Doch je weiter ich in seiner Vergangenheit wühlte, desto öfter fand ich Einträge von mehreren Mädchen, die ihn in Posts erwähnt hatten. Einer davon führte mich in ein anonymes Forum, wo sich mehrere Personen über Vid aufregten und ausließen. Neben zahlreichen Einträgen fand man auch mehrere Fotos von ihm, die digital verunstaltet wurden. Da hatten eine Menge Personen einen Hass auf ihn.

kara_7: Er hat mir tausende Komplimente gemacht, bis ich Gefühle für ihn entwickelt habe. Anschließend hat er mich vor seinen Freunden dafür ausgelacht ...

emily_: Das hat er mit mir auch abgezogen.

enna.lives.forever: Er hat freizügige Bilder von mir an seine Freunde verschickt. Was meint ihr, was ich für krasse Sprüche von denen abbekommen habe. Javid hat sich natürlich fein herausge-

halten, um sein »liebes« Image aufrechtzuerhalten ... Ich bin froh, dass ich die Schule gewechselt habe. Man kann von Glück reden, dass meine Eltern meine Entscheidung angenommen haben, ohne zu wissen, was mich dazu bewogen hat. Ich kann ihnen ja schlecht die Wahrheit erzählen. Dazu schäme ich mich zu sehr.

boys_in_books_are_better: WAS?! DAS HAT ER MIT MIR AUCH ABGEZOGEN! SO EIN A#&$!

Mel1962: Er hat mich täglich beleidigt und mit seinen Freunden fertiggemacht. Sein liebes Image habe ich nie kennenlernen dürfen. Wegen dem und seiner Freunde sind meine Familie und ich umgezogen!

Bee.b: Wirklich? Das ist so krass. Was für ein Mensch! Mich hat er so lange umgarnt, bis ich ihm vertraut habe, um meine Geheimnisse dann anschließend hinauszuposaunen. Ich schwöre euch, ALLE aus meinem Jahrgang haben mich monatelang aufgezogen. Das war so ungefähr die schwerste Zeit meines Lebens. Alles nur wegen diesem Kerl! Glaub mir, @Mel1962, jeder behandelt ihn so, als wäre nichts gewesen, als wäre nichts passiert. Nur weil er jetzt nicht mehr hören kann, scheint er jetzt für viele ein anderer Mensch zu sein. Also ich habe kein Mitleid mit dem.

61_löwe: Auch wenn ich offenbar immer zu unspektakulär war, kann ich es nur bestätigen: Er ist ein Arsch.

Mit pochendem Herzen klappte ich meinen Laptop zu und starrte an die Wand.

Ich hatte ihm meine verdammte Geschichte mit Daina über Chatverlauf geschrieben. Was war, wenn er es gegen mich verwendete und alles von vorn anfing? Das waren meine ersten Gedanken. Meine zweiten waren: Wie konnte ich mich nur so in ihm täuschen? Hatte er mir alles nur vorgespielt – wie all diesen Mädchen auch? War es *möglich*, seine Gefühle so lange und authentisch zu spielen, dass ich ihm Glauben geschenkt hatte? War ich so naiv und blind, gefangen in meiner rosaroten Wunschvorstellung, dass ich es nicht gemerkt hatte, was für ein falsches Spiel er mit mir abzog?

Vor meinem geistigen Auge tauchte Phil auf und ich erinnerte mich daran, wie er sich mir damals präsentiert hatte. Jedes erdenkliche Kompliment hatte er verwendet, damit ich ihm dieses verdammte Nacktbild von mir schickte. Wissend, dass ich ein mickriges Selbstbewusstsein hatte, das mein Hirn unfassbar schnell manipulierte. Ob Vid ähnlich tickte?

Dann dachte ich an meine alte Schule. Niemand hatte dieses Foto jemals gesehen. Meine Eltern hatten Phil angezeigt, schließlich war er bereits volljährig und ich noch fast ein Kind gewesen. Das Foto wurde also sofort vernichtet. Trotzdem war der Hass, den alle auf mich hatten, gigantisch. Natürlich konnte man mein Vergehen nicht mit denen der Mädchen vergleichen. Sie hatten bloß einem falschen Menschen vertraut, während ich meine gesamte Familie durch den Dreck gezogen hatte. Trotzdem konnte ich nachvollziehen, wie schlimm es war, wenn jeder dich herunterstufte und fertigmachte, dich beleidigte und schikanierte. Und das, weil du in einem temporären Augenblick jemandem Glauben geschenkt hattest, der es nicht verdient hatte. Für diesen

einen Mensch hattest du kurzzeitig deinen Verstand ausgestellt, um am Ende für einen flüchtigen Moment etwas Gutes zu fühlen und anschließend auf ewig etwas zu verlieren. Deine Familie. Deine Freunde. Dein Selbstbewusstsein. Deine positive Sicht auf die Gesellschaft. Dein Leben, wie es bisher war.

Am meisten tat es weh, dass sie derselben Person Vertrauen geschenkt hatten wie ich. Dass der Mensch, der mich vor übergriffigen, falschen Kerlen bewahren wollte, selbst nicht besser war. Ich hatte felsenfest daran geglaubt, dass er Verständnis für mich aufbringen konnte. Dabei war er bloß ein zweiter Phil.

Plötzlich ertönte die Haustürklingel, sodass ich zusammenzuckte. Es dauerte nicht lange und die Stimme meiner Mutter unten an der Treppe ertönte. »Evie! Besuch für dich!«

Er hatte mir sehr wenig Zeit zum Nachdenken gegeben, aber auch nicht viel weniger, als ich von ihm erwartet hätte. Schließlich wusste er ja gar nicht, was los war. Ob er es ahnte, nachdem er mir seinen Mailaccount überlassen hatte? Ich seufzte und ging zur Treppe. Als ich hinunterblickte, schaute ich in Vids grasgrüne Augen, die mich unruhig musterten. Wortlos winkte ich ihn nach oben und setzte mich abermals auf meinen Schreibtischstuhl. Als sich Vid auf meinem Sofa niederließ, sah ich auf und erkannte seine Unsicherheit in all seinen Regungen. Seine Hände knetete er, seine Körperspannung war unnatürlich, seine Stirn gerunzelt, sein Blick starr auf mich gerichtet.

»Was ist los? Ist etwas passiert?«, fragte er leise und legte seinen Kopf schief.

»Es gibt eine Menge Dinge über dich im Internet. Wusstest du das?«, fiel ich direkt ohne Umschweife mit der Tür ins Haus und schrieb ihm sogleich all das noch einmal in mein rotes Notizbuch.

»Was meinst du?«, fragte er verwirrt, als er davon aufschaute.

Ich sah dem Ende unserer Verbundenheit entgegen und fragte mich, ob es nicht besser gewesen wäre, all das nie erfahren zu haben. Ich meine, dass man vieles über dich erfährt, wenn man es darauf anlegt, versuchte ich es weiter, damit es endlich bei ihm klick machte.

»Du hast mich gestalkt?« Er wirkte schockiert.

Ich konnte es verstehen. Ich wäre es auch. Doch ich war zu sehr in Rage, als dass ich meine Empathie für ihn einsetzen konnte.

Gestalkt? Wohl kaum. Das Wort Mobber wird mir ja förmlich ins Gesicht geknallt, wenn ich deinen Namen suche.

Er stockte, sein Blick wurde immer nervöser und hilfloser. »Ich bin kein Mobber.«

Bevor ich vollkommen die Fassung verlieren würde, klappte ich meinen Laptop auf und schob ihn in seine Richtung, sodass er die zahlreichen Einträge über seine Person lesen konnte. Seine absurd schönen Augen flogen über die Zeilen und wurden bei jeder ein Stückchen größer. Vid wurde bleich im Gesicht und war in diesem Augenblick der Inbegriff von Sprachlosigkeit.

Als er schließlich wieder mich ansah, gab ich ihm gar keine Chance, sich lapidar zu rechtfertigen. »Du hast mit jungen Frauen gespielt, um ihre Geheimnisse herauszufiltern und sie bloßzustellen! Du hast Menschen so extrem wehgetan, dass sie geflohen sind!« Ich schüttelte den Kopf, während ich die Stichworte noch einmal in mein Notizbuch schrieb. »Du hast ein Nacktbild von der *Schwester* deines *besten* Freundes herumgeschickt! Was um alles in der Welt hast du dir dabei gedacht?«

Lange Zeit blickte er zu Boden, ehe er antwortete: »Was soll ich mir dabei gedacht haben? Nichts.« Dann schaute er auf. »Wie könnte ich das je wiedergutmachen? Mit einer Entschuldigung? Wohl kaum!«

Weißt du, wie viel mir eine Entschuldigung geholfen hätte? Ich habe viel zu lange daran festgehalten, dass ich verdient habe, gemobbt zu werden.

Meine Handschrift sah vor lauter Frust und Ungeduld mittlerweile so fürchterlich aus, dass ich bezweifelte, er würde alles entziffern können. Nachdem er es gelesen hatte, blickte er mir beschämt in die Augen und ich sah darin so viel Verständnislosigkeit, Verzweiflung und Wut, dass ich nicht erfassen konnte, was in ihm tatsächlich vorging.

Er senkte den Kopf, doch ich tippte ihn an, damit er mir wieder ins Gesicht sah. Ich musste wissen, ob ich mich genauso in ihm getäuscht hatte wie all die anderen zuvor. Auch wenn ich mich vor seiner Antwort fürchtete, so war es der einzige Ausweg aus meiner wahren Befürchtung. »Hast du vor, mein Geheimnis auszuplaudern? War das mit mir auch alles nur ein Spiel für dich?«

»Wie bitte?« Er hatte verstanden, was ich gefragt hatte. Er wollte es nur nicht wahrhaben. »Das denkst du von mir?« Seine Wut nahm nun Besitz von ihm und dämmte all die anderen Emotionen mit ihrer Wucht ein.

»Ich weiß nicht, was ich denken soll«, erwiderte ich ehrlich.

Zornig stand er auf und blickte von oben auf mich herab. »Ich war immer an deiner Seite – auch als du mir dein Geheimnis offenbart hast. Du hast mir keine Chance gegeben, dir meins irgendwann genauso anzuvertrauen. Stattdessen misstraust du mir, spionierst mir nach und verurteilst mich dann auch noch? Das ist nicht fair, Evie. Ja, ich habe wahnsinnige Fehler gemacht, und ja, ich wollte es vor dir verheimlichen, weil ich Angst vor genau dieser Reaktion hatte. Genauso wie du mit Sicherheit Angst vor meiner Reaktion hattest, als du mir alles über deinen Fehler erzählt hast.« Er atmete tief durch. »Denk mal darüber nach.«

Dann verließ er mein Zimmer und es fühlte sich so an, als würde er damit gleichzeitig mein Leben verlassen.

Den nächsten Schultag verbrachten Vid und ich damit, uns gekonnt zu ignorieren, während Faye ihre Zeit damit verschwendete zu ergründen, was bei uns vorgefallen war. Ich schwieg dazu und sie fragte auch nicht nach. Ein wesentlicher positiver Punkt von Faye war, dass sie unheimlich taktvoll war. Ganz anders als ich.

Ich verfluchte ganz tief im Inneren die Leute, die in Gruppenchats schrieben, dass sie ihre Konflikte privat lösen und sie nicht vor allen anderen austragen sollten, während ich mir bereits Popcorn bereitgestellt hatte. Natürlich hatten diese Personen recht und es war nur vernünftig, aber ich war zu meiner Schande ein wahnsinnig neugieriger Mensch, der das Drama liebte und lebte. Nur wenn es um mich selbst ging – dann musste alles im Stillen ablaufen. Nicht jeder konnte wie Faye sein und sich um ihren Kram kümmern, solange sie nicht gebraucht wurde. Cailan hatte wirklich den Jackpot gezogen, die Glückssau.

Als Faye und ich schließlich unsere Sachen zusammensuchten und uns auf den Weg zu unseren Spinden machten, war ich trotzdem froh, dass sie in das obere Stockwerk musste, während mein Spind nur zwei Flure entfernt war. Ich wusste, sie würde nicht hartnäckig nachfragen, aber ihre Blicke genügten bereits, um mich zu einer Antwort zu bewegen. Was sollte ich ihr sagen, ohne etwas zu sagen?

Seufzend schlug ich meine Spindtür zu und warf mir abermals meinen Rucksack über die Schulter, während ich dicht neben mir eine Person spürte, deren Blick auf mir lag. In voller Erwartung, dass es Faye war, blickte ich mich zu ihr um und erstarrte dann in meiner Bewegung.

»Hallo, Evie«, begrüßte mich Rick mit hämischem Grinsen und öffnete zwei Schritte neben mir seinen Schrank. »Ich schätze, wir sind fast Spindnachbarn.«

Warum gerade jetzt? Dass Zufall bloß eine Erfindung der Menschheit war, war mir ja allein deshalb bekannt, weil es unmöglich zufällig sein konnte, dass ich bei jedem Brettspiel *immer* nur die Eins würfelte. Aber die Zufälligkeit, die in diesem Zusammentreffen lag, nachdem ich mich mit Vid gestritten hatte, war wohl vielmehr Schicksal. Fast schon konnte ich das Leben vor Schadenfreude lachen hören.

Ich hatte Rick die letzten Wochen öfter, als mir lieb war, in der Schule gesehen und wir waren uns wirklich zu oft über den Weg gelaufen, als dass ich es als normal benennen konnte. Jedes Mal, als ich ihn gesehen hatte, hatte ich bloß zu Boden geschaut und gehofft, er würde mich ignorieren. Es hatte bisher immer geklappt – bis heute. Mochte schon sein, dass es daran lag, dass ich die Male zuvor fast immer Vid im Schlepptau gehabt hatte.

»Sieht so aus«, nuschelte ich, traute mich jedoch nicht, mich von ihm abzuwenden, wollte er offenbar eine Konversation mit mir beginnen.

»Wann gehen wir mal was essen?«, fragte er schließlich und lächelte mich an. Sein Lächeln erreichte seine Augen nicht, sie waren matt und glanzlos und verliehen dem gekünstelten Gesichtsausdruck einen fast gruseligen, beklemmenden Touch.

Tief atmete ich durch, zwang meine Finger, meinen Daumen nicht zu foltern, bevor ich sagte: »Hör mal, ich weiß, was zwischen dir und Javid vorgefallen ist, und es tut mir leid für dich. Aber ich habe damit nichts zu tun, also bitte zieh mich da nicht mit rein.«

Rick sah mich nicht einmal an. Sein deutlich angefressener Blick war lediglich auf seinen Spind gerichtet und so wandte ich mich von ihm ab. »Brillenschlange.«

Harmonie war wohl sein zweiter Vorname. Sein dritter wohl Wortgewandtheit, sein vierter Reife. Das war die typische Reaktion von bestimmten Männern, die einer Frau bei sozialen Netzwerken tausende Copy-and-paste-Komplimente schrieben und nach einem Korb plötzlich bemerkten, dass die Frau ja doch in ihren Augen hässlich sei. Die Logik dieser Männer war unerschöpflich. Genauso wie ihr verletzter Stolz.

Die Evie vor wenigen Wochen wäre jetzt wohl wegmarschiert und hätte sich in der Mädchentoilette eingesperrt, um darüber zu grübeln, ob die Brille doch nicht so schön war, wie sie angenommen hatte. Doch Rick hatte mir mehr als einmal gezeigt, dass er ein solch verletzendes Wesen besaß, dass seine Meinung über mich nichts wert war. Ich hatte wirklich versucht, ihn höflich darauf hinzuweisen, was ich wusste, und das, obwohl er mich ganz sicher zu eigenen Rachezwecken ausnutzen wollte. Mich nun zusätzlich beleidigen zu wollen, setzte dem Ganzen dann doch die Krone auf.

»Bist du nicht etwas zu alt für so kindische Beleidigungen?«, erwiderte ich schließlich zu meiner eigenen Überraschung und sah ihn mit zusammengezogenen Augenbrauen an. Tränen sammelten sich in meinen Augenwinkeln, meine Hände zitterten so stark, dass ich sie hinter meinem Rücken verstecken musste. Doch ich blieb. Diesmal rannte ich nicht davon. Nicht vor dieser Situation. Nicht vor Rick. Nicht vor mir selbst.

Nun endlich sah mich Rick an und wirkte zunehmend wütender. »Bist du nicht etwas zu klein für so eine große Fresse?«

Meine Gesichtszüge entglitten mir bei dem Ausmaß der Respektlosigkeit. Dass Rick nicht unbedingt die beste Erziehung genossen hatte, war mir ja bereits bei der letzten Party mit ihm bekannt. Aber das änderte nichts daran, dass es mich immer wieder schockierte, wenn man so mit jemandem sprach.

»Jetzt hast du's mir aber mit deinem überdimensional großen Ego gegeben«, gab ich mit zittriger Stimme zurück. Wie hatte ich das gerade über meine Lippen gebracht?

Ich konnte nur einmal blinzeln, da stand er auch schon direkt vor mir und sah mir zornig entgegen. Unsanft drückte er mich gegen einen Spind. Dann wandte er den Blick kurz zur Seite. Womöglich um zu schauen, ob sich irgendwo eine Lehrkraft aufhielt, um ihn zurechtzuweisen. Vielleicht auch nur, um zu erahnen, wie viele schaulustige Schülerinnen und Schüler dem Spektakel folgten. Ich war so perplex über sein dreistes Verhalten, dass ich ihn nur dabei beobachten konnte und in meiner Schockstarre verharrte. Was um alles in der Welt dachte er sich bitte dabei und vor allem was wollte er damit bezwecken? Die Antwort darauf würde nicht lange auf sich warten lassen, denn sein Blick schien plötzlich zu stocken. Es entstand ein unehrliches, fieses Grinsen auf seinem schmalen Gesicht. Als er sich wieder mir zuwandte, zwinkerte er provozierend. »Ob wir ihm noch Popcorn reichen sollen?«

Ich blickte in die Richtung, in die er gesehen hatte, und starrte in grasgrüne Augen, die mich fixierten. Vid hatte in seiner Position innegehalten, seine Augenbrauen waren zusammengezogen. Er schien das Szenario noch zu versuchen einzuordnen. Schnell schubste ich Rick von mir weg, doch er stieß mich gleich wieder gegen den Spind. Es war offensichtlich, dass er Vid weiterhin provozieren wollte, doch ich wollte kein Teil seiner perfiden Racheaktion sein. Er hatte nicht das Recht, mich so zu behandeln. Mit keiner Begründung der Welt.

»Was soll das?«, fragte ich aufgebracht und schrie ihm gedanklich alle Beleidigungen zu, die mir einfielen.

Ich war nicht überrascht darüber, dass sich Rick keine Mühe machte, auf meine Frage einzugehen, doch seine nächsten Worte schockierten mich zutiefst. »Ob dein behinderter Freund auch meine Lippen lesen kann?« Er grinste breit und blickte zu Vid, während er das Wort »Hure« mit seinen Lippen formte und mit einem Finger auf mich zeigte.

Ich erstarrte und dann ging alles ganz schnell.

Mit voller Wucht riss Vid Rick von mir, schubste ihn gegen die Wand und fixierte ihn dort.

»Lass sie gefälligst in Ruhe, du feiges Stück Scheiße!«, brüllte er plötzlich und alle hielten den Atem an. Er hatte noch nie in der Schule so laut seine Stimme erhoben und in diesem Augenblick klang sie deutlicher und klarer, als ich sie je vernommen hatte. Hatten die Schaulustigen um uns herum vorher wild getuschelt und geflüstert, war es nun mucksmäuschenstill geworden.

»Sonst was?«, preschte er Vid entgegen und versuchte, sich freizumachen, doch er schien wie festgenagelt.

»Sonst reiß ich dir deinen Arsch auf«, war Vids rasiermesserscharfe und eiskalte Antwort.

Nun war ich wohl wahrhaftig in meiner Horrorvorstellung angekommen. Ausnahmslos alle um uns herum starrten uns schockiert an, einige wenige tippten auf ihren Handys und warfen uns verstohlene Blicke zu. Keiner von ihnen machte jedoch Anstalten, einzugreifen oder sich einzumischen. Bis auf eine.

»Was ist hier los?«, hörte ich plötzlich Faye neben mir fragen.

Ich hingegen war damit beschäftigt, meine Hand auf Vids Arm zu legen und ihn stumm darum zu bitten, Rick loszulassen. Dieser schaute kurz zu mir, sein Blick immer noch wild und zornig. Doch während er mir in die Augen sah, veränderte sich seine Mimik. Er schloss für eine Sekunde die Lider, seufzte, stieß Rick noch einmal hart gegen die Wand und trat schließlich einige Schritte von ihm zurück.

»Wenn du sie noch einmal beleidigst –«, fing Vid drohend an, diesmal jedoch deutlich leiser.

Rick unterbrach ihn. »Dann bin ich wie du?«

Vid schien, ihn verstanden zu haben, und schüttelte zornig den Kopf. »Ich habe mit meiner Vergangenheit abgeschlossen.«

»Und haben das die ganzen Mädchen auch? Damit abgeschlossen?«, fragte Rick noch immer verärgert. »Wir können ja mal zum Beispiel Cleo fragen. Da müssten wir aber wahrscheinlich erst einen Besuchstermin in ihrer Klinik vereinbaren. Marcus gibt dir sicher die Adresse.«

Ich sah Vid an, dass er seinen Worten nicht folgen konnte, und das war auch nur gut so. Ricks Provokation brachte diese Konversation auch nicht sonderlich weiter.

»Das ist ja lustig«, mischte sich plötzlich Faye ein und Rick fixierte sie. »Du kritisierst Javid für sein vergangenes Fehlverhalten, bist aber selbst kein Stück besser.«

Irritiert schaute ich zu Faye. Ob sie bereits mehr über ihn wusste, ohne es mir je gesagt zu haben? Oder hatte sie ihre Schlüsse aus den Hasstiraden von Rick gezogen?

Fast schon ertappt zogen sich Ricks Augenbrauen nach oben. »Ich würde dir raten, etwas an deiner Klugscheißer-Art zu ändern. Das ist gar nicht sympathisch.«

»Sagte der unsympathischste Mensch auf dieser Schule. Ich glaube nicht, dass es ihr Bestreben ist, mit dir zu sympathisieren«, kommentierte ich, doch Faye brauchte gar keine Unterstützung.

»Mich so verändern zu müssen, damit ich nach *deinen* Vorstellungen der heftigste Mensch werde – also du –, wäre mein heftigster Untergang. Denn dann wäre ich für *mein* Verständnis der heftigste Abklatsch eines heftigen Arschloches«, sagte Faye und lächelte süffisant. So hatte ich sie noch nie erlebt und feierte es. »Uns zu schikanieren, scheint deinen Drang nach Aufmerksamkeit kompensieren zu können. Vermutlich ist das der einzige Weg für dich, soziale Interaktionen zu führen, weil sich kein Schwein mit dir auf intellektueller Basis unterhalten könnte. Dazu ist dein Niveau zu niedrig. Tut mir sehr leid für dich, aber mach nicht dein Problem zu unserem.«

Rick sah so sprachlos aus, dass ich mir nur ausmalen konnte, was in seinem Erbsenhirn abging. Faye war ein Vorbild für viele Jugendliche in unserer Gesellschaft. Trotz all ihrer Erfahrungen, trotz der Schmerzen, die sie erleiden musste, hatte sie es geschafft, sich wieder aufzurichten und sicherlich stärker zu sein als je zuvor.

»Ihr seid einfach nur lächerlich«, versuchte er kläglich, sich nicht anmerken zu lassen, dass er keinerlei Ahnung hatte, was er darauf kontern sollte.

Faye sah ihm schmunzelnd und mit einer hochgezogenen Augenbraue entgegen. Sie wusste, dass es keiner weiteren Sätze bedurfte. Er hatte diese Runde bereits haushoch verloren.

Als Rick kehrtmachte, dauerte es nicht lange und auch Vid verließ uns wortlos nach einem kurzen, stillen Blick zu mir.

»So viel Testosteron auf einmal ist nicht gut für meine Nerven«, sagte Faye zu mir gewandt und brachte mich zum Grinsen.

»So viel Dummheit ist nicht gut für meine Nerven«, entgegnete ich und sie nickte zustimmend.

»Cailan und ich müssen unbedingt zusammenziehen. Man munkelt ja, dass Dummheit ansteckend ist. Ich möchte nichts riskieren.«

Ich lachte. »Jetzt hast du auf jeden Fall einen triftigen Grund, Cailan zu überreden.«

»Gegen eine Pärchen-WG hätte ich auch nichts einzuwenden. Du, Cailan, Javid und ich«, schlug sie indirekt vor.

Ich biss mir auf die Unterlippe. »Vid und ich sind kein Pärchen«, stellte ich schweren Herzens klar. Keine Ahnung, ob wir das vor unserem Konflikt waren, wir hatten es schließlich nie benannt. Aber jetzt war es wohl so oder so mit Sicherheit nicht mehr der Fall.

»Ihr habt euch gestritten.« Es war keine Frage, es war eine Feststellung.

»Weißt du, ich glaube, Vid und ich haben beide so viele Baustellen, die wir nie freigegeben haben. Während wir die Baustellen des anderen bearbeiten wollen, sind wir mit unseren eigenen überfordert«, war ich bemüht, die Problematik zu verdeutlichen, ohne zu viel zu verraten. »Als wäre das nicht genug, bin ich jetzt auch mit einer von seinen überfordert.«

Sie legte einen Arm um meine Schultern und führte mich den Flur entlang und von den wenigen noch vorhandenen

neugierigen Blicken weg, die mich immer noch dazu verleiteten, meinen Daumen zu massakrieren. »Weißt du, Evie, dass du mit einer seiner Baustellen überfordert bist, bedeutet nur, dass sie nicht mehr nur seine ist, sondern auch deine. Das wiederum bedeutet, dass eure Beziehung viel tiefer geht, als du vielleicht annimmst. Und weißt du, was das wiederum bedeutet?« Sie lächelte leicht. »Dass ihr alle Baustellen, alle Hindernisse gemeinsam meistern könnt.«

»Sollte ich nicht zuerst meine eigenen wegschaffen, bevor ich mich weiteren widme?«, fragte ich niedergeschlagen und erinnerte mich an den Spruch, den mir schon so viele zuvor hatten eintrichtern wollen, obwohl ich die Meinung zuvor nie vertreten hatte: Man konnte erst jemanden lieben, wenn man sich selbst liebte. Aber wie konnte das stimmen, wenn Vid doch bereits den Großteil meines Herzens einnahm?

Faye drückte mich fester an sich. »Dasselbe habe ich mich auch gefragt, als das mit Cailan ernster wurde.« Verwundert sah ich sie an, doch sie sprach schon weiter. Den Blick nach vorn gerichtet schwelgte sie in ihren Erinnerungen. »Aber was ist, wenn du deine Probleme erst dann *verstehst* und bekämpfen kannst, wenn du beginnst zu erkennen, dass all der Schmerz es wert ist, solange es etwas gibt, wofür es sich zu kämpfen lohnt?«

»Haben wir verdient, füreinander zu kämpfen, wenn wir anderen wehgetan haben?«, hinterfragte ich ihre Ausführungen und strich mir aussichtslos durch das Haar.

Faye führte mich an die Seite des Flurs und umgriff sacht meine beiden Arme, während sie mir tief in die Augen sah. »Ihr habt anderen wehgetan, weil niemand für euch zuvor gekämpft hat. Das ist keine Entschuldigung, aber zeigt eine Sache ganz deutlich: Es gibt nicht nur Gut und Böse. Es gibt auch etwas dazwischen. Evie, du kannst Einsamkeit nicht mit Einsamkeit bekämpfen. Indem du und Vid leidet, macht ihr eure Fehler nicht rückgängig.«

KAPITEL 33

Manchmal kündigt ein Ende nur den Beginn einer neuen Chance an.

Der Nachhauseweg war eine Qual für mich. Ständig dachte ich über Fayes Worte nach und fragte mich, ob ich nicht bereits Vid viel zu sehr liebte, um ihn aus meinem Leben zu verbannen. Ich hasste mich schon fast dafür, dass ich ihn nicht dafür hassen konnte, was er all diesen Menschen angetan hatte, obwohl ich die Taten ohne sein Gesicht zutiefst verurteilt hätte. Es widersprach meiner Einstellung, meiner Moral, meiner Erfahrungen mit Menschen, die mir ähnliche Dinge angetan hatten. Er war einer der Personen, die ich verabscheute, und gleichzeitig liebte ich ihn so sehr, dass ich ihn von seinem schlechten Gewissen befreien wollte. Ob sich meine Eltern, was mich betraf, ähnlich fühlten?

Als die Haustür ins Schloss fiel, beschlich mich ein Gefühl tief in meinem Inneren. Als sich wenig später Stühle in der Küche zurückschoben, wusste ich, dass sich mein Gefühl nicht täuschte: Meine Mutter war nicht allein.

Die Person, die um die Ecke trat, hatte ich nie erwartet zu sehen. Mein Herz pochte gegen meine Brust, mein Blick verschleierte sich mit jedem Blinzeln. Diese Zusammenkunft war mehr, als ich ertragen konnte, und kam zu genau der richtigen Zeit. Ich konnte nicht fassen, dass das gerade wirklich passierte und bekam zunehmend weichere Knie.

Mein Vater stand vor mir und sah mich mit Tränen in den Augen an. Dann schloss er mich sogleich in seine Arme. »Ich liebe dich, Evie. Das werde ich immer tun, egal, was passiert«, flüsterte er mir mit brüchiger Stimme ins Ohr.

Die Mauer zerschellte wie Glas, das auf den Boden fiel. Ich ließ all meine Vorhänge fortfliegen, offenbarte all meine Narben und hieß das Gefühl von absoluter Entblößung willkommen. Tränen flossen über meine Wangen, mein Schluchzen unterdrückte ich nicht, mein Zittern akzeptierte ich, ohne den Versuch zu starten, es zu verstecken. Viel zu lange hatte ich meine Emotionen verschlossen, hatte nicht gewagt, sie zu offenbaren; war zu feige, sie zu zeigen. Nun stand ich hier: völlig entblößt, völlig ehrlich, völlig unverschleiert. Es konnte mit einer Freiheit beschrieben werden, die ich so lange zurückgehalten hatte; die erst entfachen konnte, als ich sie begann zu teilen. Seine geflüsterten Sätze verbannten all die aufgestauten Ängste, die ich all die Monate in meinem Inneren gesammelt hatte. Sie hatten sich dort angesiedelt und festgeklammert. Doch die Ehrlichkeit, die sich mit seinen Tränen mischte, konnte sie innerhalb von Sekunden wegwischen.

Meine Mutter trat neben uns und legte ihre Arme um unsere Körper, sodass wir sie wortlos in unsere Umarmung einschlossen.

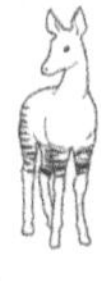

Für diesen einen Moment brauchte es keine weiteren Worte. Die Stille, die uns umhüllte, war friedlich und harmonisch. Sie sprach die Dinge aus, die wir fühlten und niemals in Worte fassen konnten.

Vid und ich hatten die gesamte Woche keinen Kontakt mehr. Lediglich ab und zu erwischten wir uns gegenseitig beim Beobachten. Es war kaum auszuhalten! Keiner von uns war bereit, das Gespräch zu suchen, und es verfestigte sich immer mehr die Befürchtung, dass unsere Reise ein Ende gefunden hatte. Als wären wir beide an einer Kreuzung in unterschiedliche Richtungen abgebogen. Der Liebeskummer zerbrach mich. Jeden Tag kam ich mit verquollenen Augen zur Schule, sodass sich Faye von Tag zu Tag mehr um mich sorgte. Ein kleiner Lichtblick war lediglich mein Vater, der in diesem Monat von zu Hause aus arbeitete und mich täglich begrüßte. Er und meine Mutter wussten, dass etwas mit mir los war. Um ihnen nicht mehr Sorgen zu bereiten als nötig, hatte ich ihnen schnell gebeichtet, dass mein Kummer etwas mit einem Jungen zu tun hatte. Natürlich wusste meine Mutter sofort, von wem die Rede war, vermutete aber sicherlich, dass er mir eine hässliche Abfuhr erteilt hatte. Damit ging ich konform.

Am Ende der Woche saß ich wie so oft allein in meinem Zimmer und hielt das Foto meiner Schwester und mir in den Händen. *»Du kannst Einsamkeit nicht mit Einsamkeit bekämpfen«*, hatte Faye gesagt. Sie hatte recht. Und ich würde auch niemals aus meiner Stille herauskommen, wenn ich stehen blieb und darauf wartete, dass sich etwas veränderte. Ich musste die Veränderung sein.

Tief durchatmend setzte ich mich an meinen Laptop und recherchierte nach Menschen, die ich längst hätte kontaktieren sollen. Als ich schließlich fündig wurde, schrieb ich eifrig einige Worte in mein Notizbuch und tigerte in meinem Zimmer hin und her, ehe ich mir ins Gedächtnis rief, dass es schwerer wurde, je mehr ich darüber nachdachte. Also setzte ich mich wieder auf meinen Schreibtischstuhl und stellte mich dem Unausweichlichen. Schnell tippte ich die erste Nummer in mein Handy ein und hielt mir den Hörer an mein schwitziges Ohr. Ich zitterte am ganzen Körper und starrte auf die Worte, die ich gleich ablesen würde. Dabei fühlte ich mich wie auf einer riesigen Achterbahn, die mich gleich ungesichert in die Tiefe stürzen lassen würde. Doch noch bevor ich auch nur darüber nachdenken konnte, lieber wieder aufzulegen, meldete sich eine melodische Stimme am anderen Ende der Leitung und begrüßte mich mit ihrem Namen.

»Ich bin Eviliana. Ich würde gern einen Termin bei Ihnen machen.«

Die Therapeutin ließ sich nicht anmerken, dass man meine Nervosität deutlich hören konnte, und fragte mich höflich, ob ich ihr kurz meine Vorgeschichte erzählen mochte, um sich ein ungefähres Bild zu machen. Das tat ich, gab ihr alles Weitere, was sie benötigte, weiter und war heilfroh, als wir schnell am Ende angelangt waren. Sie versicherte mir, mich auf die Warteliste zu schreiben, sodass ich in ungefähr drei Monaten einen Termin erhalten könne. Ich bedankte mich freundlich und wir wünschten einander noch einen schönen Tag. Als wir auflegten, hatte ich das Gefühl, einen riesigen Meilenstein in meinem Leben gemacht zu haben. Es

war ein Schritt in die richtige Richtung. Hilfe, die ich mir schon lange hätte suchen sollen.

Trotz all meiner Euphorie darüber spürte ich einen Stich im Herzen, zu gern hätte ich diesen Moment mit Vid geteilt, der sicherlich unendlich stolz auf mich gewesen wäre. Schade nur, dass das Schicksal einen anderen Plan für uns bereitgehalten hatte.

Am Abend lag ich im Bett und starrte an die Wand, während ich mich dabei erwischte, wie ich – wie fast zu jeder erdenklichen Tageszeit – abermals an Vid dachte.

Letztlich war es unfair, ihn für seine Vergangenheit zu verurteilen, während er meine akzeptiert hatte. Er war trotz meiner Beichte bei mir geblieben, hatte mich sogar dafür gelobt, wie ehrlich ich doch war. Er hatte mich zu Daina gefahren und mir beigestanden, während ich innerlich ein Wrack gewesen war. Er hatte mich nicht anhand meiner Fehler beurteilt, sondern sah mich mit all meinen Seiten, die ich ihm offenbart hatte.

Was hatte ich getan? Ich hatte ihn förmlich weggeschmissen, nachdem ich ihm hinterherspioniert hatte. Nicht einmal eine Chance hatte ich ihm gegeben, sich vernünftig zu erklären, geschweige denn Reue zu zeigen. Ich hatte bloß mit dem Finger auf ihn gezeigt und genau das getan, wovor ich mich bei ihm gefürchtet hatte.

Man hatte mir einst gesagt, dass alles aus einem bestimmten Grund passiere und dass man genau daran festhalten solle. Ich hatte mich oft dagegen gewehrt. Ich konnte nicht glauben, dass all das Schlechte irgendeinen Grund verfolgen würde. Mein Kopf glaubte einfach nur: Das Leben wollte mich mit all seinen Mitteln quälen und zerstören. Bis ich gemerkt hatte, dass das altbekannte Sprichwort »Wenn sich eine Tür schließt, öffnet sich eine neue« stimmte. Als ich die Tür schließen musste, war das so hart für mich. Ich war so entmutigt, ich war so traurig und manchmal dachte ich, ich könnte nie wieder glücklich werden. Doch als ich die nächste Tür geöffnet hatte, erkannte ich, dass man manchmal kurz vor dem Ertrinken sein musste, um wieder auftauchen zu können. Vielleicht sollten wir an den Hürden des Lebens nicht zerbrechen, sondern durch sie stärker werden.

Alles passierte aus einem Grund und es war unsere Aufgabe, die Augen zu öffnen und ihn zu verstehen.

Als plötzlich mein Handy vibrierte, schrak ich aus meinen endlosen Gedanken. Der Name auf meinem Bildschirm bestätigte mir noch einmal unsere unfassbare Verbundenheit, die ich glaubte, zerstört zu haben. Ich war gleichzeitig euphorisch und ängstlich und hatte Mühe, den langen Text mit meinen zittrigen Händen zu lesen. Ob er mir nun einen endgültigen Abschiedsbrief verfasst hatte, um mich aus seinem Leben zu streichen?

Ich weiß, dass ich riesengroße Fehler gemacht habe und ich weiß auch, dass ich es nicht wiedergutmachen kann. Diese Dinge zu tun, war eklig und falsch. Damals habe ich ständig versucht, bei den Jungs gut anzukommen. Als ich dann schließlich gehörlos wurde und die Klasse wiederholen musste, während sie alle die Schule verlassen hatten, habe ich dann erkannt, wer wirklich ein Freund war. Keiner

hat sich mehr bei mir gemeldet. Ich war abgeschrieben. Vor dieser Zeit, als ich diese Mädchen schikaniert habe, wurde ich ständig von meinen Mitschülerinnen für meine Größe fertiggemacht. Ich kam erst spät in die Pubertät und war dementsprechend echt klein für mein Alter. Ständig haben sie mich darauf reduziert und wollten mir täglich klarmachen, dass ich absolut unmännlich wirke. Was für ein Bullshit! Als ob so etwas wie die Körpergröße darüber entscheiden würde. Jedenfalls – und ich weiß, dass das keine Ausrede ist und es auch nicht entschuldigt, was ich getan habe – haben sich dann plötzlich, als ich größer und muskulöser wurde, mehrere Mädels um mich geschart. Auch einige derjenigen, die mich vorher so herabgewürdigt haben. Menschen sind oft so oberflächlich, Evie. Sobald ein Mensch in ihren Augen gut aussieht, behandeln sie ihn komplett anders. Anfangs wollte ich mich bloß rächen, aber irgendwann wurde es zu einem Spiel zwischen den Jungs und mir. Wir haben uns einen Spaß daraus gemacht und ständig neue Wetten abgeschlossen, ohne wirklich darüber nachzudenken, was das mit anderen Menschen anstellt. Dass Bilder in der Schule rumgingen – und das musst du mir bitte glauben – war nie meine Absicht! Ja, es war schlimm genug, es an die Jungs zu schicken. Aber die Schikane der gesamten Schule auf eine Person war nie mein Wille und ich habe mich absolut scheiße gefühlt. Bitte glaub mir das! Ich habe echt Mist gebaut.
Aber ich habe von dir gelernt, wie wichtig es ist, sich seine Taten einzugestehen und zu ihnen zu stehen. Vor allem aber sich dafür zu entschuldigen. Das habe ich. Ich habe

> allen Mädchen, die ich verletzt habe, geschrieben und sogar bei Rick und Marcus habe ich mich entschuldigt. Du glaubst gar nicht, wie sehr ich meinen Stolz bei Rick überwinden musste …
> Ich habe dich und deine Liebe nach all diesen Dingen nicht verdient, Evie, ich weiß das. Aber du hast ehrliche Liebe verdient und die kann ich dir geben. Du wirst so sehr geliebt. Bitte lauf nicht vor mir weg! Wegen deines Mutes, den du gegen deine Stille bewiesen hast, habe ich meinen gefunden. Ich habe mir einen Termin gemacht, um abzuklären, ob ein Hörgerät oder ein Cochlea-Implantat eine Möglichkeit wäre. Ohne dich hätte ich mich das nie getraut! Bitte begleite mich auf meinem Weg.
> Wenn du mir noch eine Chance gibst, dann komm bitte heute um 20 Uhr vor die Tür. Ich werde dort auf dich warten. Ich werde nicht klingeln und dich nicht drängen. Es gibt etwas, das längst fällig war.

Als ich das Handy beiseitelegte, musste ich mehrmals tief durchatmen. Das war mit Abstand die ehrlichste Nachricht, die ich je erhalten hatte. Ich war so gerührt davon, dass er mich so tief in sein Innerstes gelassen hatte.

Mit Tränen in den Augen blickte ich auf meinen Wecker. *19:00 Uhr.* Langsam richtete ich mich auf und starrte aus dem Fenster. Plötzlich durchdrangen mich die Worte von Faye, die mich vor wenigen Tagen tief getroffen hatten. *»Indem du und Vid leidet, macht ihr eure Fehler nicht rückgängig.«*

Das stimmte wohl. Wir hatten beide auf unterschiedlichen Ebenen mit unterschiedlichen Gründen Fehler begangen, während uns beide ein ähnliches schlechtes Gewissen plagte. Wie Meliya mir vor wenigen Wochen richtig zu verstehen gab: Wenn wir uns nicht selbst verzeihen konnten, wie konnten wir uns dann von anderen wünschen, dass sie uns verziehen?

Als ich das Haus um kurz vor acht verließ, machte ich Vid am Auto lehnend aus. Seine Hände hatte er in seiner Hosentasche vergraben, seine großen Augen waren auf mich gerichtet. Er blickte mich fast verwundert an. »Du bist gekommen.« Der Satz klang eher wie eine bloße Danksagung.

»Scheint, als hättest du damit nicht gerechnet.«

Er hielt mir die Beifahrertür auf. »Komm, ich muss dir etwas zeigen.«

Wortlos stieg ich ein und lächelte fast darüber, dass ich ihm noch immer so sehr vertraute und mich von ihm überraschen ließ, obwohl ich Überraschungen eigentlich verabscheute.

Die gesamte Autofahrt über blickte ich in die Dämmerung und fragte mich, wohin wir wohl fahren würden. Mit jedem Baum, der an uns vorbeischnellte, wurde die Neugier gieriger. Doch schon bald wurde meine Ungeduld gelöscht und ich erkannte den Park, der mir mittlerweile in guter Erinnerung war. Als Vid schließlich das Auto zum Stehen brachte, hielt er mir charmant die Tür auf und half mir aus dem Auto. Gemeinsam liefen wir den Hügel hinauf und blieben oben stehen. Die Aussicht während des Sonnenuntergangs war atemberaubend und entfachte die Ruhe, nach der ich mich die letzten Tage gesehnt hatte.

»Weißt du noch, als ich zu dir meinte, mein Tablet wäre das Wertvollste in meinem Leben?«, flüsterte er in die Stille. »Das stimmt nicht mehr. Du bist wertvoller.«

Natürlich musste sich mein affiges Ich wieder vorstellen, wie ich in Gold gehüllt wie ein Riesenbaby eingewickelt neben ihm her watschelte, bevor mich die Macht seines Kompliments komplett einnahm. Ich glaubte ihm und ich wusste auch, was das für uns bedeutete. Diese Sätze waren mehr als nur eine Liebesbekundung. Es zeigte vielmehr, wie sehr er mich in seinem Leben brauchte, ohne zu erahnen, wie sehr das auf Gegenseitigkeit beruhte.

Sanft nahm ich seine Hand in meine und blickte mich dann zu ihm um. »Du hast Fehler gemacht, ich habe Fehler gemacht«, sagte ich, während ich meine Worte noch einmal mit einer Mischung aus Zeichensprache und Gebärden gestikulierte. »Aber den größten Fehler zwischen uns habe ich wohl damit begangen, dass ich dir nie gesagt habe, was ich für dich fühle.«

Tief atmete ich durch. Die Befürchtung, die ich mit dieser Offenbarung assoziierte, war eigentlich so lächerlich, dass ich sie selbst nicht mehr ernst nehmen konnte. Vid hatte mir mehr als nur deutlich gezeigt, dass er mich mit all meinen Makeln schätzte und liebte; dass er nicht vorhatte, mich zu verlassen; dass er sich gegen jeden stellte, der mir etwas Böses wollte. Nun war ich an der Reihe, ihm klar und deutlich zu machen, dass ich dasselbe empfand.

Meine Daumen, die noch immer wund von der Folter der letzten Monate waren, wären (hätten sie eine eigene Persönlichkeit) froh darüber, dass ich sie diesmal trotz meiner Nervosität in Ruhe ließ. Kurz biss ich mir auf die Unterlippe und sah ihm tief in seine Augen, die mich und meine Bewegungen wie gebannt beobachteten. Dann zeigte ich auf mich, drückte meine beiden Fäuste über Kreuz gegen meine Brust und zeigte dann auf ihn, sodass das Grasgrün zu strahlen begann. »Ich liebe dich.«

Kaum hatte ich ausgesprochen, lagen seine Lippen auf meinen. Der Kuss strotzte nur so von Sehnsucht, Begierde und Liebe, dass mir schwindelig wurde. Seinen weichen Mund auf meinem zu spüren, entfachte in mir eine Lebendigkeit, die ich in der Form nur mit ihm verspürte. Deshalb endete der Kuss für mich auch viel zu schnell, während er mir sein schiefes Lächeln schenkte. »Heißt das, es gibt ein Wir?«

»Ja, Vid«, antwortete ich. Ich schmunzelte über den Wortwitz und darüber, dass ich ihm endlich sein Ja gegeben hatte, nach dem er so lange geächzt hatte. Mal aus einem Spiel heraus, mal aus Ernsthaftigkeit. Sein strahlendes Lächeln bewies mir, dass auch ihm klar war, dass er unser kleines Spielchen gewonnen hatte. In diesem Fall war ich gern die Verliererin.

Vid schaute kurz zur Seite, doch ehe ich mich in die Richtung neigen konnte, nahm er mein Gesicht in seine Hände und küsste mich auf die Schläfe. Dann blickte er mir mit seinen ehrlichen Augen in meine. »Ich liebe dich, Evie. Du wirst von so vielen Menschen geliebt.«

Ich bemühte mich, meinen Gesichtsausdruck zu kontrollieren, doch Vid kannte mich zu gut. »Auch von Daina.« Dann legte er seinen Zeigefinger unter mein Kinn, um mein Gesicht etwas anzuheben. »Liebe hält so vielem stand. Auch wenn Daina und du eine schwierige Vergangenheit hattet, so bedeutet das nicht, dass ihr euch nicht liebt.«

Ich schaute kurz zu Boden, um meine Tränen zu unterdrücken, um ihm anschließend ins Gesicht zu sehen. »Und wenn sie nach allem aufgehört hat, mich zu lieben?« Die Vorstellung verursachte eine klaffende Wunde in meinem Herzen, die niemand außer meiner Schwester zu heilen vermochte.

Vids Mundwinkel erhoben sich leicht, während er mich losließ und einen Schritt von mir wegtrat. »Dann wäre sie nicht hier.«

Ich drehte mich wie mechanisch in die Richtung, zu der Vid vor wenigen Sekunden noch geschaut hatte, und sah einen blonden Schopf. Ihre blauen Augen blickten mir bis in meine Seele. Mein Mund öffnete sich leicht, doch ich brachte keinen Ton heraus; wusste nicht, was ich sagen sollte. Meine Gedanken waren wie benebelt. Ich war fast schon so schockiert, dass ich nicht glauben konnte, dass das hier real war.

Langsam schritt sie auf mich zu, während sich Vid leise zurückzog.

Während ich fassungslos und zu Tränen gerührt in ihre blauen Augen starrte, ließ ich die letzten Monate Revue passieren. Wie automatisch strömten die Bilder durch meinen Kopf, die mich zu diesem Punkt gebracht hatten. Wenn ich eines gelernt hatte, dann, dass man keine Angst davor haben sollte, seine Gedanken zu äußern. Man sollte Angst davor haben, still weiterzumachen und daran zu zerbrechen.

Wir alle hatten selbst in der Hand, wie sehr uns die Angst einnahm, und nur wir hatten die Möglichkeit, etwas daran zu verändern. Das bedeutete nicht, dass wir sie allein und sofort bekämpfen mussten. Es bedeutete lediglich, dass wir sie nicht akzeptieren und in ihnen leben durften.

Still nahm Daina mit Tränen in den Augen meine Hand in ihre und strich einmal sacht über meinen Handrücken.

Sie musste nichts sagen.

Wir verstanden uns ohne Worte.

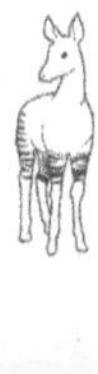

DANKSAGUNG

Um ehrlich zu sein, hasse ich Danksagungen. Nicht weil ich mich nicht gern bedanke, sondern weil ich nie weiß, wie ich sie beginnen soll.

Manche Dinge kann man gar nicht in Worte fassen, weil jedes erdenkliche Wort nicht einmal ansatzweise das Gefühl verbalisieren könnte.

Meiner Mama und meinem Papa möchte ich als Erstes danken. Es könnte noch so still um uns sein, eure Liebe wäre immer lauter. Nichts könnte mich stärker machen als ihr. Nichts ist ehrlicher als euer Stolz auf mich. Nichts macht mich glücklicher, als euch glücklich zu sehen.

Ich danke meiner großen Schwester Sarina, die mich vor allem eines gelehrt hat: Egal wie unterschiedlich man auch sein mag, wie viele Hürden man auch miteinander meistern muss und wie sehr man sich manchmal einfach nur gegenseitig verdreschen will … die Liebe führt uns trotzdem wieder zusammen.

Natürlich danke ich auch meiner kleinen Nichte Malina, die mich mit ihrer Geburt in einer Zeit voller Zweifel glücklich gemacht und motiviert hat.

Julian, ich danke dir, dass du nicht mehr nur mein Cailan und Maze bist, sondern mittlerweile auch mein Javid. Danke, dass du dir jedes Mal mein Gelaber anhörst, ohne zu meckern. Du versuchst mich ständig aus meiner Komfortzone rauszuholen und gibst mir das Gefühl, das viel mehr in mir steckt, als ich glaube.

Ein großer Dank gilt auch Jay, die meinen Traum, einen Verlag zu finden, erfüllt hat. Danke, dass du an mich und meine Geschichte glaubst! Und vielen Dank, dass du nicht (zumindest lässt du es dir nicht anmerken) von meiner ständigen Fragerei genervt bist. Du bist eine super Verlagschefin, die ihren Job mit Herzblut macht!

Vielen herzlichen Dank an Jacky, meine Lektorin. Du bist wirklich eine sehr empathische und liebevolle Person, die mir die Augen für meine eigene Geschichte geöffnet hat. Danke, dass du sie besser gemacht hast! Ich hoffe, du hast keine Albträume, in denen dich Wörter wie »grasgrün«, »abermals« und »beinahe« verfolgen.

Natürlich danke ich auch Nina für dieses unfassbar schöne Cover! Auch wenn der Charakter wichtiger ist als das Aussehen – auch bei einem Buch zählt der erste Eindruck. Dein Cover ist die Liebe auf den ersten Blick!

Gleiches gilt auch für Stefanie, die für meinen schönen Buchsatz verantwortlich ist.

Ich danke Sunny und Vicky, die mich schon so viele Jahre auf meiner Reise begleiten und von Anfang an dabei waren. Vielen Dank, dass ihr mich immer noch so unterstützt! Ihr seid wirklich unglaublich tolle Persönlichkeiten, die mir sehr ans Herz gewachsen sind.

Serap und Nazan: Danke für eure Unterstützung! Ihr habt mir gezeigt, was wahre Freundschaft bedeutet. Bei euch fühle ich mich wohl! Kiz! Ben seni yerim! – euer kurban

Ich danke allen, die meine ständigen Fragen bezüglich Gehörlosigkeit beantwortet haben. Ihr seid alle so lieb! Besonders möchte ich mich hierbei bei Cindy bedanken, die mir einen ganz neuen Blick auf ihre Welt bieten und ich Javid somit viel authentischer gestalten konnte.

Vielen herzlichen Dank an alle Blogger*innen, die mich unterstützen! Ihr seid unfassbar!

Zum Schluss würde ich mich gern bei dir bedanken, liebe*r Leser*in. Ich danke dir, dass du meiner Geschichte eine Chance gegeben hast. Hoffentlich hat sie dir Türen geöffnet, die bislang verschlossen schienen.

Ich bin mir sicher, ihr alle spürt meine Dankbarkeit zwischen den Zeilen. Denn im Grunde verstehen wir uns doch alle ohne Worte. ☺

DIE AUTORIN

Larissa Braun

Larissa Braun (im Internet auch bekannt als Kaici, 1995 geboren, lebt mit ihrem Freund, ihrer Katze Ivy und ihrem Kater Mufasa in Hannover.
Neben der Faszination für Worte, die sich bereits im Kindesalter bei ihr bemerkbar gemacht hat, ist sie leidenschaftliche Erzieherin.
Wenn sie nicht gerade liest, gemeinsam mit Kindern lacht oder an einer neuen Geschichte schreibt, teilt sie ihre Erfahrungen und Tipps über verschiedene Themen im Internet.

Triggerwarnung (Achtung Spoiler!)
Dieses Buch könnte dich triggern!
Sei dir bewusst, dass es Gehörlosigkeit, psychische Krankheiten wie Depressionen (im Zusammenhang mit SVV und Suizid) und soziale Phobie, familiäre Konflikte, Tod, Sexismus, Body- und Slutshaming, Bulimie und Mobbing thematisiert. Wenn es dir nicht gut geht, lies mit Bedacht und Vorsicht und gönne dir zwischendurch Pausen!

Seelsorge: http://www.telefonseelsorge.de/
(kostenlose Anrufe unter 0800/111 0 111 und 0800/111 0 222),
Mail unter online.telefonseelsorge.de